听风泣

TING FENG QI

徐暮明 —— 著

中国致公出版社

目录

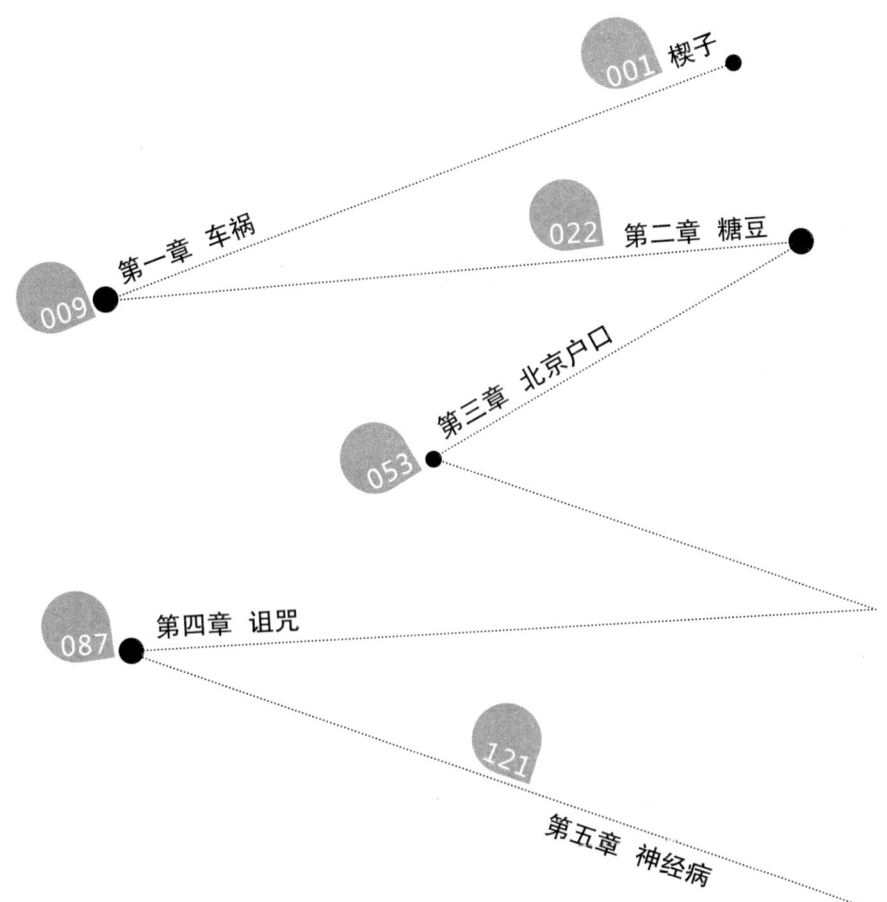

001 楔子

第一章 车祸 009

022 第二章 糖豆

第三章 北京户口 053

087 第四章 诅咒

121 第五章 神经病

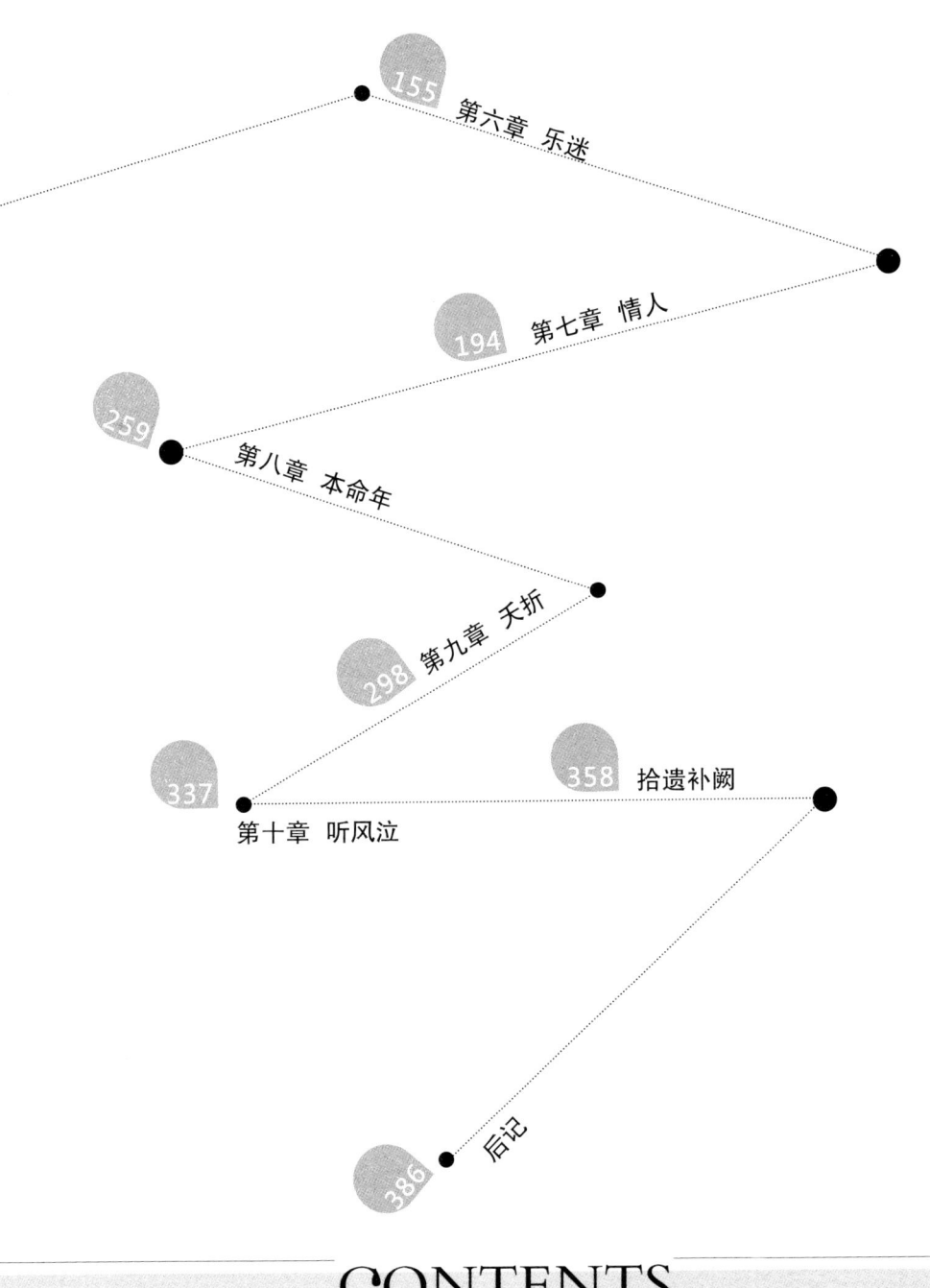

155　第六章　乐迷

194　第七章　情人

259　第八章　本命年

298　第九章　夭折

337　第十章　听风泣

358　拾遗补阙

386　后记

CONTENTS

◇ 一 ◇

一九八三年，芒种，北京开往济南的火车上。

高高的马尾辫束在脑后，宽阔的额头斜倚在窗前，精致的五官小巧动人，白皙的肌肤和身上的白衬衫映衬出十六岁女孩脸上特有的红晕。

她明亮的眼睛里映着蔚蓝的天空、苍苍的远山，还有一块块绿手帕一样的青青稻田。

在她瞳孔里，头戴草帽，脖子上系着白毛巾的赤脚农人们弯着腰在田里插秧，忙碌非凡。

她的脑中，响起了贝多芬的《春天奏鸣曲》，但是因为心爱的小提琴此刻正安静地躺在行李架上的琴盒里，高高地置于她头顶之上，所以藏在小桌板下的手，只能握成空拳，灵巧地按下想象中对应着的琴弦。

"方婷！方婷！"

听见了安雅的呼唤，方婷从似梦似幻的景乐和鸣中回过神来，她低头看见，安雅递向她的手心里，盛着一个剥开皮、散成瓣的橘子。

"想什么呢你？我们刚才说的话你听到没有？"见方婷终于将橘子接了过去，安雅对着她问道。

发现与安雅邻座的韩雪梅，还有身旁的刘溪敏正盯着自己奇怪地笑，方婷眨了眨眼睛，懵懵懂懂，问："说什么了？再说一遍。"

安雅她们三人对视了一眼，笑得更厉害了。

这让方婷一下子愣在了那里，原本清理着橘瓣上橘络的手也停了下来,"怎么了吗?你们到底在笑什么?"她怨怨地问道。

安雅清了清嗓子,说:"就是说呀,你想好了没,要怎么回应宋庆国明天要跟你表白的事儿?"

方婷听到了安雅的话,反倒失去了兴趣似的,一言不发地继续剥橘瓣上像白网一样的丝络。

韩雪梅赶忙接话道:"听男生们说,这次咱班出来春游,宋庆国还特意给你写了一首情诗。因为和趵突泉有关,所以他打算明天在趵突泉那儿,当着全班同学的面念给你听。"

"好浪漫啊!"方婷身旁的刘溪敏附和道。

"说说嘛!你怎么想的?"对面的安雅追问着方婷。

此时橘子瓣已经被剥得干干净净,变成了一个晶莹剔透的小金块,看起来十分诱人。方婷微微张开双唇将它送进嘴里,轻轻嚼着答道:"没想过,没兴趣,我不会把时间浪费在这种无聊的传言上。"

"对!我们方婷明年就要去维也纳音乐学院学习小提琴去了,才没工夫搭理那个宋庆国呢!对吧,方婷?"听到了方婷的回答,安雅瞬间倒戈,挑着眉毛嬉笑着对另外两个女孩说道。

"哪有那么容易,留学的事八字还没一撇呢!你们可别给我到处宣扬哦!要是去不成,到时候多丢脸啊!"方婷伸出一根手指,轻点着三个女孩儿认真地说道。

"哎呀,怎么可能去不了呢!只要你那个军功赫赫的爸爸,跟他那些做了外交官的战友打声招呼,这事不就成了吗!放心!"安雅探身伸手,推着方婷的手背,将方婷的手掌按在左侧的胸脯上。

"别瞎闹!部队有部队的纪律,可不是你说的那样。"方婷忙羞涩地将手从自己的胸上弹开,微红着脸,嘟嘴对安雅说道。

"哎呀,那宋庆国岂不是要单相思很久了!"韩雪梅恍然大悟似的说道。

刘溪敏立刻心领神会地补充:"是啊!我可听男生们说了,宋庆国发誓这辈子非方婷不娶!"

"好啦，好啦，不想听你们胡说八道了，让一让，我要去厕所。"发现姐妹们还在意犹未尽地拿她打趣，方婷站起身来，打算先出去避一避。

沿着车座中间的过道，快走到卫生间的时候，方婷感觉大腿上被什么绊了一下。

她下意识地低头，看见最后一排座位上的中年女人，怀里抱着一个三四岁大、睡着了的男孩。

男孩穿着绿色的上衣，深蓝色的粗布裤子，套着黑色布鞋的小脚伸至过道中间，因为掉了一只鞋子，那只小脚上露出了红色的袜子。他长长的睫毛正在微微颤动，看样子即将醒来。

方婷赶忙蹲下，从地上拾起那只被她撞掉了的小黑布鞋，"对不起，对不起！"她说着，将那只小鞋还给了怀抱男孩儿的女人。

掺杂着几缕白发、发髻散乱地系在脑后的女人没有说话，她接过了方婷递来的小布鞋，放到了桌板上，然后在脸上挤出了一个生硬的微笑。感受到了怀中男孩儿不安分地扭动，她生怕他醒来似的开始轻拍他的背。

一从卫生间出来，方婷便听见了吵闹的哭声，"我要找妈妈，我要找妈妈！"

过道中间，两只套着红袜子的小脚在胡乱地蹬着，另一只小黑布鞋此时也已被甩到了过道对面的车座下。

方婷想到，一定是自己刚才的碰撞，惊扰了男孩儿的安睡，她十分过意不去地走到他们身边，伸手去够座下的鞋。

"我要找妈妈。你不是我妈妈！你不是我妈妈，我要找我妈妈！"男孩儿的哭声响亮，握成拳头的小手不停地捶打着女人的胸脯。

"嘘，别闹！"女人低头将脸贴在男孩儿满是眼泪的脸颊上，试图用更紧的拥抱压制住他想奋力挣脱的小身板。

发现方婷正十分警觉地盯着她，女人腾出一只手，夺过方婷拎着的鞋，然后强装笑脸地对方婷说道："这孩子一没睡好，就爱这样闹。没事，你过去吧！"女人说着一扭身，把男孩儿的脚从过道中间移开。

看见方婷走了回来，刘溪敏侧了侧身子，给她让出进去的空间。

"我坐外面，你往里挪挪！"方婷站在过道上，对刘溪敏说道。

听出女孩儿们已经转换了话题，现在正在聊明年考大学的事情，方婷却无心参与，她全部的心思仍然在那个哭闹的男孩儿身上。男孩的那句"你不是我妈妈，我要找我妈妈"，让方婷心里生出了一丝怀疑，如今那怀疑正伴随着男孩越来越大的哭闹声，像一根敲向木桩里的钉子一样，一下下地钉进方婷的心里。

她忍不住绕过对面遮挡住视线的椅背，看向最后一排的女人和男孩儿。

可她马上又把头缩了回来，因为方婷看见，那个中年女人也正十分紧张地往她这边看。

"北大？我觉得还是清华好，反正明年我要考清华。你看去年毕业的那些一九七七年参加高考的大学生，还是清华的被分配到机关的多，北大的那些好多都被分配到工厂当干部去了。我才不想去工厂呢，脏兮兮的。"

"还挑呢，真能考上就不错了！咱们国家一九七七年才恢复高考，这帮七七级的大学生，那都是自一九六六年废除高考后，浓缩了十一年的精英。再过几年，人家没准儿都从工厂里锻炼完，去各部委当官去了。现在整个社会求贤若渴，只要能上了大学，将来到哪都是前途无量。我反正不挑，哪个学校能让我考上，我就谢天谢地了。是吧，安雅？"

听见哭声渐渐消失，方婷更加不安地将头又探了出去。她看见那女人正拿着一个黄色的儿童水壶，往男孩儿嘴里喂水。

男孩儿不再反抗，也不再挣扎，靠外侧的小手儿像死人一样耷拉在女人的膝前。

"什么清华北大的，要去就去世界上第一流的学府！我要去美国，去念哈佛，明年考不上就后年再考，什么时候考上什么时候为止！"

"嚯，安雅，你可真敢放豪言壮语！就你那点儿英语底子，还惦记考哈佛呢？来，先说两句给我们听听！说点儿什么呢？说点浪漫的诗句吧！"

"嘿，刘溪敏，你少瞧不起人！浪漫，浪漫，你满脑子想的都是罗曼蒂克。我看呀，你这是要犯花痴的前兆。"

"我同意安雅的说法，要不刘溪敏怎么总往男生堆儿里扎呢，说是替我们方婷打探消息。要我说，肯定是看上谁了吧！哈哈哈哈……"

"啊，好痛！"女孩儿们的嬉笑因方婷突如其来的喊痛声戛然而止，她们一齐看向站在过道上，手里拎着旧皮包的男人。

"哎呀，小妹妹，对不起了呀。你把脖子伸这么长，我这正要下车可不就撞到你了吗，没事吧？"男人好似在道歉，更多的是在埋怨。也许是急于下车，还没等方婷回答，他便已朝车门走去。

方婷揉着后脑勺，再度向最后一排望去，发现座位空了，她"腾"地一下站了起来，扑到车窗前，两手扒着窗玻璃，努力向外张望。

果然，在车窗外出站的人流中，方婷看见了那个怀抱着男孩儿的中年女人。

女人时不时地回头向后张望，当与方婷的目光交会之后，她面色慌乱地加快了脚步，小跑着钻进了人流里。

看见女人身上没有一件行李，先前那枚怀疑的钉子一下子被敲进了木桩里。"那孩子肯定是被那个女人拐了！"之前的怀疑在方婷心中变成了事实，确凿无疑。方婷想追下车，可火车马上又开动了起来。

在火车上没有找到执勤的乘警，从济南火车站一下车，方婷就拉住了安雅："陪我去一趟车站派出所！"

"怎么了？你东西丢了？"安雅瞪大了眼睛问道。

"没有。还记得车厢里最后一排的女人和小孩儿吗？我怀疑那个女人是拐卖儿童的人口贩子，那孩子是被拐来的。"

"是吗！怪不得上车时我就看那女的鬼鬼祟祟的，一看就不像好人！"安雅回忆着说道。

刚打算和方婷一起走，她又停了下来，说："等等！老师和同学们找不到咱们该着急了。要不，咱们先去跟老师说一声吧！"

"不行，距他们下车已经过了一个多小时了，不能再耽搁了。这样吧，我自己先去,你去跟老师说一声,然后再到派出所来找我。"方婷说着就已转身。

"欸,方婷,琴!拿来,我给你拿着!"

方婷犹豫了一下,才将肩头上的琴盒拿了下来,还没递出,就被安雅一把抱了过去。

"哎呀,出来春游还不忘练琴!等你去了维也纳就得整天扛着小提琴啦,现在还依依不舍的!我先帮你拿着,保准完好无损地还给你。快去吧!"

听到了安雅的承诺,方婷这才放心地转身朝济南火车站里的派出所跑去。

◇ 二 ◇

二〇一〇年,霜降,陕西省周园县邹家村。

邹宇从院子里抱来一捧柴火,转身走回屋里时,险些被外墙上掉下来的土疙瘩砸到头。

他用脚尖划拉着,将摔得稀碎的黄泥块儿从当作门槛的两块破砖上扒拉到两边。

迈过门槛,他把柴火一股脑儿地塞进了燃烧着的灶膛里。原本快要偃旗息鼓的灶火,突然被注入了新的生命,耀武扬威地蹿出一条火舌。蹲在灶口的邹宇赶忙向后一仰,一屁股坐在了地上。

邹宇记得父亲邹瞎子曾说过,他小时候就是被突然喷发出来的灶火灼瞎了眼睛,才变成瞎子的。

所以,邹宇每次烧火时都特别小心。他不想像父亲那样,即便四肢健全,却因为行动不便而整日躺在床上懒得动弹,吃喝拉撒都得靠别人照料。

自打奶奶去世后,十四岁起,邹宇就独自承担照顾父亲的重担。今年已经二十六岁的他,仍未成家,因为拿不出彩礼,没有哪家的姑娘愿意嫁给邹宇。

见灶台上的大铁锅里发出了"咕嘟咕嘟"的声响,他将锅盖掀开,被蒸腾的白雾裹着,邹宇舀了半瓢水出来,倒进灶前脏兮兮的蓝色塑料桶里。

在这片几近干涸的土地上,水是尤为珍贵的资源。之前那个桶,被摸索着想走到院子里晒太阳的邹瞎子踢了一脚,在边缘处裂开了一个口子,所以他倒水时特别小心,生怕水漫过了缺口,溢出桶外。

邹宇将晚饭用过的筷子碗碟统统放进桶里,挨个涮了涮,再捞出来,放在用得发黑了的菜板上,等着被风吹干。

接着,邹宇又掀起了灶上一口小锅的锅盖,从里面舀出熬好的猪食倒进了先前洗碗的桶里。

他将手指伸了进去,试了试温度,才用左手拎起桶把儿,晃晃悠悠地跨出门槛,朝院子里的猪舍走去。

由细木桩围成的猪舍里养着三只小猪,那是邹宇家现在唯一值钱的财产。为了能让这三只小猪茁壮成长,邹宇给它们熬的猪食里掺的是今年新收的玉米面儿,而他和邹瞎子吃的窝头用的还是去年的陈面儿。

饲料一倒进食槽里,小猪们便马上跑了过来,头挤着头,身挨着身,争抢着里面的食物,发出令人听了都会觉得饿的咀嚼声。

看小猪们吃得正香,邹宇放心地抹了一把额头上的汗。一阵风吹过,后脖颈上感受到了即将入冬的凉意,他先低头望了一眼铺满一地的枯黄落叶,才发现院子里的那棵大枣树不知什么时候变得光秃秃的了。

因为没有钱修建院墙,邹宇家的"院子"只是一块土坡上的开阔地。

他朝远处连绵不绝的群山望了一眼,此时夕阳西下,太阳正在往山里掉,本来昏黄一片的大地,渐渐变得黯然无光。

在这大山里,只看得见泥土的黄和山石的白,却少有绿色,仿佛这里是被上苍遗忘了的角落,未曾得到半点眷顾,只有贫瘠与荒芜。

趁着外面还有亮光,邹宇将今日进山里跟郝辰一起捡回来的枯树枝折成小段,扔进了房后的柴火堆里。

再回屋时，天色已黑。他从门后拿来脸盆，盛满热水，像刚才试猪食似的把手伸进里面试了试温度，端进屋里。

"大，洗脚！"邹宇对土炕上的邹瞎子说道。

邹瞎子倚着被垛，坐在炕角，头靠在贴满发黄报纸的泥墙上。跟他后脑勺挨着的旧报纸上的铅字早已被他的头油浸得黑黢黢的一片模糊。

邹瞎子双目紧闭，萎缩了的眼球连带着发青的眼窝深陷，满是褶皱、干瘪的皮肤，让他的脸看起来像一张被揉搓过，又押平了的旧报纸，毫无生气。

此时屋内没有开灯，土炕对面的破桌上，那台老旧彩电正"哇啦，哇啦"地播放着电视节目，散发着幽幽的光。

见父亲不动，邹宇将脸盆搁在地上，走过去单腿跪在炕边儿。他捧起邹瞎子的脚拉出炕沿儿，浸进了水盆里。

突然被脸盆里的热水包围，邹瞎子哼唧了一声，干瘦的双脚本能地缩了一下，抬出水面。

邹宇蹲在地上，仔细地揉捏着父亲那并不常用的脚踝，又用手心兜着水一点儿一点儿地淋湿他的脚面，见邹瞎子已经适应了洗脚水的温度，他才将父亲的双脚再次按回到盆里，耐心清洗着父亲的每一只脚趾。

不知道是不是邹宇没把握好力道，突然，邹瞎子的腿猛地抬起，连带着脚一起蹬了出去。

幸亏邹宇反应得快，及时躲闪才没有被邹瞎子踢到，但是脸盆中掀起的水花，还是溅了邹宇一脸。

"呸！大！你弄啥？"邹宇朝地上吐了一口嘴里的洗脚水，向邹瞎子抱怨道。

邹瞎子上下嚅动着嘴，却没发出一点儿声音，他颤颤巍巍地抬起了胳膊，突然伸得笔直，指向邹宇身后，嘴里同时发出像枯树枝突然折断时的声音，干巴巴地嘶吼："秀莲！秀莲！"

随着邹瞎子手指的方向，邹宇懵懵懂懂地回过头去，嘴因为惊讶而缓缓张开，就此定格，好似再也无法合拢起来。

第一章
车祸

◇ 一 ◇

二〇一一年大年初七，北京。

林红走出楼栋，走到小区门口时，值班室里的阿姨突然从椅子上站了起来，像盯着贼一样盯着林红上下打量。

匆匆和阿姨打过招呼后，林红径直穿过街道，走向小区对面的煎饼铺。

"来一套紫米面儿的煎饼，加一个蛋。"林红跟老板说完，便从挎包里掏出手机，查看起同事发来的短消息。

林红是10086的电话客服专员，虽然每天都要应对各式各样稀奇古怪的问题，但是林红却与怨声载道的同事们不同，她很喜欢这份工作，因为不用与人面对面地交流，让她心中有更多的自信。

余光感觉到摊煎饼的老板在偷看她，林红抬眼直视对方的目光，结果老板却败下阵来，慌忙低头，假装专注地推拉着平锅上的面糊。

林红知道他刚才在看什么，无非是在看她右脸上那块巴掌大小的红色胎记。虽然她早就习惯了旁人这异样的眼神，但是每每遇到时，依然会在心中生出厌恶来。

林红出生在山东东平，东平在战国时期被称作无盐，那里曾是齐国的属地，而无盐在历史上出过一位皇后，名叫钟离春，也就是有名的钟无艳。

巧合的是，与钟无艳一样，林红的右脸上也有一块红色的胎记。虽然父母总是拿这段历史来宽慰她,但是林红深知,除了把她视为掌上明珠的父母,没有人会将她脸上难看的胎记同钟无艳联系在一起。

其实除了这块胎记,林红算得上是一个美女,杏核眼、高鼻梁,削骨整容的明星们做梦都想拥有的瓜子脸。因此,今年过年家庭聚会的时候,她又遭到了亲戚们的调侃。

"林红,处对象了吗?还没有!你都二十九了,别那么挑剔了!你那话务员的工作挣得又不多,干得再好能有啥出息。女孩子早点儿找个依靠,嫁得好比什么都重要!"

"她大姑,别瞎说!找对象怎么能不挑挑拣拣呢?我们林红长得漂亮,工作也稳定,单位那是大企业!林红,你听老舅的,要找咱就找个北京的,一步到位,将来孩子是北京户口,上清华、北大都比其他地方的人容易!"

"找什么北京的呀!林红,咱就找一个有北京户口的就行。只要付得出一套房的首付,剩下的俩人贷款,将来慢慢还呗!对吧林红,三姨的想法比他们都实际吧?"

林红听着亲戚们这些看似嘘寒问暖,实则探听虚实的"建议",没有说话,只是尴尬地笑了笑。

他们说得容易,林红却深知,凭自己这普通院校的本科学历和小县城里的一般家庭出身,别说找个有北京户口的,单想留在北京发展都实属不易。只有为人憨厚的父母,还在傻乎乎地替她跟亲戚们一一解释这些想法有多不切实际。

虽然父母并没有逼林红,但是一过完大年初五,她便迫不及待地逃离家乡,逃避亲人们的唠叨,逃回了北京。

年前,林红租住的房子已到期,退还给了房东,她跟同事提前拿了钥匙,一回到北京就借住在了同事的出租房里。

这个位于西二环北蜂窝路的小区,据说是铁道部的家属院,里面住的大多是北京人,所以见有陌生人从楼里出来,门口值班室里的阿姨早已跃跃欲试地站到了窗前,朝外张望,这就是林红不得不假装热络,主动跟她打招呼的原因。

同事请了年假，在老家还没有回来。林红对这一带的路况并不熟悉，所以她选择提前一点儿出门，按照百度地图的规划，她朝最近的地铁站——一号线的军事博物馆站走去。

虽然是节后上班的第一天，但是很多人都如林红的同事一样还没有返京，这让北京的地上交通难得地顺畅。

走到军博西路与复兴路的十字路口前，林红看到对面的绿灯已经开始闪烁，她决定停下来，等着下一次绿灯亮起时再通过。

她拿出手机，回复同事发来的短消息，却突然听见身旁有人骂道："神经病！"

林红抬起头，看见一个穿着橘色制服、红色坎肩的清洁工大爷正歪着头，清扫着地面上烟花爆竹燃放过后残留下的红色碎片。顺着大爷的视线，她看见一个衣着邋遢的男人正缓缓地走到马路中间。

男人低着头，紧紧地盯着地面，嘴角、唇边杂乱的胡须覆盖住了小半张脸，看不出他的实际年龄有多大。

北京现在的室外温度最多也就是零度，男人却穿着一件单薄的旧夹克，土黄色的衣领里露出半截红色的脏秋衣，布满灰尘的黑裤子下是一双军绿色的破胶鞋。

他走过来时瑟瑟发抖，紧紧握着的双拳垂在身体的两侧，好似他正在用单薄的肉身向北京的寒冷挑战。

走到马路中间时，男人忽然静止不动了。这时，林红左右两侧的交通灯也变成了绿色。

这个男人的出现，让已经发动了的汽车畏缩不前，虽然鸣笛声四起，但却没有哪辆车敢越过实线前进。

站在林红这边的人群中有人开始朝男人叫喊，让他赶紧回去，或是快点过来，但是男人就像没听见似的一动不动。

忽然，令人惊骇的一幕出现了，一辆由西向东的黑色奔驰，正加速朝这边驶来。

人们的呼喊声变得更大了，这次男人终于有了反应，但他抬起头不是看向人群，而是看向奔驰车驶来的方向。

也许是被内侧车道滞留的车辆挡住了视线，驶过路口时，黑色奔驰没有减速，而是突然并道，从马路中间的男人身旁一闪而过。

"天啊，撞上了！"

"完了，完了，撞上了！"

马路旁的人群中有人惊呼，有人号叫。

林红在手机上飞快地按着数字键，"喂！120吗？我在军博西路与复兴路向东的交叉路口，这里刚刚发生了一起车祸，有一个人被撞倒了，请你们赶快过来一下！"

林红耳贴着手机，眼看着马路中间躺在地上的男人，焦急地说道。

二〇一一年，正月二十三。

民警赵勇接到了发小何磊的电话，"喂，勇子，忙什么呢？"何磊嘴里好像含着什么，说起话来模糊不清。

"能忙啥，值班儿呢，找我有事儿？"赵勇边填写着值班记录表，边回答道。

"我家老太太让我喊你过去吃饭。下了班你先来找我，咱俩一块儿回去。"

"嘿！那敢情儿好，我正愁晚上没饭辙呢！怎么咱妈今天突然想起我了？"听说是何磊的母亲邀请他去家里吃饭，赵勇一下子乐了。

"你妈不是托我妈给你介绍对象吗？这不，我妈给你找来一个，北航毕业的高才生，咱可别回去晚了！"何磊在嘴里咕噜了一下，像是糖块碰撞牙齿发出的声响。

"嘿！什么时候的事儿啊！你说我妈这人……"听到母亲自作主张，赵勇禁不住抱怨道。

"得嘞，你都三十好几了，个人问题也没个动静，我都替你着急！你说你这人也是，平时挺爷们儿的，怎么瞅见姑娘就肝颤呢？就说'小苹果'吧，当初你喜欢人家……"

"谁？你说我喜欢谁了？"赵勇打断何磊的话。

"甭装相！我表妹任萍萍，'小苹果'。你一见到人家就傻乐，脸红得跟个裂了口的西红柿似的，谁看不出来你喜欢她呀！我那时候可是一直撮合你们俩，您倒好！磨磨唧唧的！如今人家孩子都两岁了，您老还是孤家寡人呢。"

接着何磊又对赵勇打趣道："再嘱咐你一遍啊，晚上可得好好表现！争取旗开得胜，今儿个见面，下礼拜就把证儿领了，明年过年让咱妈抱上孙子，这不就成了。"

"甭跟这儿瞎扯，哪儿能那么快！就这样儿吧，一会儿下班找你去。"

赵勇跟何磊是土生土长的北京人，拆迁前他们两家挨着，都住在和平门的胡同里。一般大的孩子，再加上两人从小的志向相同，就是长大了要当警察，所以即便现在两家不住在一块儿了，这些年他俩也从未断了联系，一起报考了警察学校毕业后，何磊当了交警，而赵勇成了刑警。

赵勇走进何磊办公室里的时候，他正在闷头写着什么。抬头看见赵勇，何磊连忙从旁边拉了把椅子，拍了拍椅座说道："来了勇子！坐这儿！咳咳……"

听见何磊咳嗽了两声，赵勇问道："你怎么了？感冒了？我说刚才打电话的时候，听你嘴里好像含着糖呢。"

"前两天值外勤，冻得咽炎又犯了，就靠含着这润喉糖缓解一下。来一颗不？"说着，何磊用拇指弹开了金嗓子喉宝的盒盖，就要往赵勇手里倒。

"别了，您都留着自己吃吧。完事儿没？咱什么时候走？"赵勇朝何磊摆了摆手，坐在椅子上问道。

"还得等俩人！等他们来了，签完字咱就走。"

"谁啊?"

"嘿,甭问那么多了,我先给你说件好玩的事儿。"说着何磊抬起屁股,拉着椅座往赵勇跟前挪了挪,"方婷,知道吧?就现在特火的那小提琴家,过年那会儿还在国家大剧院举办过独奏演出。"

"知道啊!也是咱北京人!怎么想起她了?"

听赵勇说知道,何磊更来劲儿了,他眯起眼睛,神秘兮兮地对赵勇说道:"今年大年初七,早上七时零三分在复兴路与军博西路交叉的十字路口,发生了一起交通肇事事故。受害人没啥大事儿,只是跌倒时手撑地,擦破了点儿皮,不过这开车的司机当时却逃逸了。结果,一个小时之后,她又去西单的交通队自首了……"

"自首了?那不就结了吗!这有什么有趣儿的?"赵勇打断何磊问道。

"甭插话儿,你听我给你讲啊!接下来的故事可就玄了!这个来自首的司机就是方婷,可她自首的案子却是六时五十九分发生在西单北大街上的两车剐蹭逃逸事件。听出这里边儿的问题了吗?咱这儿是七时零三分方婷开着一辆黑色奔驰在军事博物馆附近险些撞伤人,而她自己却说,四分钟前开着一辆蓝色宝马在西单北大街跟一辆红色尼桑发生剐蹭。"

"这不扯淡吗!不说这是两辆车,这两个地方之间少说也有四公里,就算一路绿灯,超速通过,最少也得六七分钟吧。更何况那是早高峰啊,她想超速也超不了啊!"赵勇轻拍大腿,挺直了身子,皱着眉说道。

"是呀!稍微脑子正常点儿的人,都编不出这谎来,可人家方婷就编出来了!"何磊笑嘻嘻地说着,脸上露出了戏谑的表情,"后来,我们把两地儿的监控都调了出来。结果你猜怎么着,西单北大街的两车剐蹭,是方婷她未满十八岁的儿子无证驾驶干出来的。那小子以为开得快,摄像头拍不清他的脸,就给他妈打电话来顶罪。谁承想,他妈那时候也正在开车,结果心一慌,差点儿撞死个人。但为了宝贝儿子,她竟真跑去'自首'了。咳!我给你看看军博那儿拍的视频啊。你瞅瞅,这脸拍

第一章 车祸

得多清楚！你说她怎么想的啊，是不是这艺术家的脑袋里装的都是艺术，连点儿生活常识都没有了。"何磊说着，将电脑屏幕转向赵勇。

被做了慢速处理的视频中，黑色奔驰一点点地从远处驶近，定格在十字路口的监控画面里。

越过地上的白实线后，司机位置上方婷的脸，清晰地出现在了视频中，她紧紧地皱着眉，左手扶着方向盘，右手按着贴在耳朵上的手机。

接着，她驾车从车道中间、似乎自一开始就作为画面背景站在那里一动不动的男人身前经过。

男人随即向后仰身跌倒，而方婷的车在两秒后也驶出了画面。

"欸，何磊，我怎么觉得这人有点儿不对劲啊，你看他……"

"何磊，军博案的证人来了！"门外值班员的喊声，打断了赵勇的话。

"欸！知道了！"何磊押着脖子，朝门口回应道。接着他拿起桌面上先前写着的文件夹，抬起屁股就要走，忽然想起了赵勇，他转过头来，挑着眉毛说道："要不要一起去？有美女！你喜欢的类型！"

"我喜欢的类型？"看着何磊奇奇怪怪的模样，赵勇懵懵懂懂地重复了一句。

"对呀！赵丽颖，长得特像赵丽颖，就是脸上……"

"何磊，何磊，军博案的受害者也到了，你快出来下！"值班员的喊声又一次打断了两人间的对话。

何磊连连答应着，走出了办公室。赵勇心生好奇，便也跟了出去。

◇ 三 ◇

-1-

林红跟交通队里的值班员说明来意，便在接待台对面的塑料排椅上坐下等待。

这时，从门口走进来的男人引起了她的注意。他那件单薄的夹克和露在土黄衣领外的半截红秋衣，令林红久久地注视着他的背影。

男人说话的声音很小，林红听不清他在跟值班员说些什么。之后，他低着头走到林红坐的这排椅子旁，在另一端坐下。

林红听见值班员向里面通报说："军博案的受害人也到了。"

先前的猜想得到确认，她忍不住歪过头，对他偷偷看去。

他依旧穿着和那天发生车祸时一样的衣服，只是看起来整洁了很多，蓬乱的头发剃成了整齐的板寸，脸上的胡子也刮得干干净净。他始终低着头，弓着背，冻得通红的两手在身前不安地相互揉搓着。

林红这才看出，原来他只是个二十多岁的年轻人。

"来了啊，林红！辛苦了啊，这大冷天儿的还让你跑一趟！"

"没事儿，何警官，是我打电话报的警，配合调查也是应该的！"看见何磊从办公室里走出来，林红从椅子上站起来说道。

"那过来吧！我按照你电话里说的把笔录又改了一下，你看看，要是没什么问题就在上面签个字，以后就不麻烦你了！"何磊笑呵呵地说着，走到值班台前，将手中的笔录放在了台面上。

见林红走了过来，他又对她身后坐在椅子上的年轻男人喊道："欸，邹宇，你也过来吧，签下字！"

邹宇顺从地起身，快步走到林红旁边，匆匆接过何磊递给他的文件，拿起笔来就要写。

"欸欸欸！看看，看看再签！"何磊拦住了他，按下了他手里拿着的笔。

见邹宇和林红都开始阅读起各自手中的文件，何磊转过头去，对站在办公室门口的赵勇继续说起先前的话题："要说孙文亮这小子可真够幸运的，其实肇事时，再有两天他就满十八岁了。倒是他那个心甘情愿为他身败名裂的老妈，可有的受了。按《治安管理处罚法》，方婷得拘留。我还以为名人都特爱惜自己的羽毛，特在乎自己的名誉呢！这一看，也跟普通百姓一样，一挨上自己的亲生儿子就犯糊涂！听说方婷还是维也纳音乐学院毕业的呢，现在在咱中央音乐学院教书，你说，她也是喝过洋墨水儿的人，怎么就干出这么可笑的事呢，呵呵！"

何磊晃着脑袋，意犹未尽地说着，余光看到林红已经签了字，邹宇也撂下了手中的文件，他转过头来又对邹宇说道："都看完了？没问题就签字吧！"

林红看见身旁的年轻男人一声不响地拿起了笔，用左手握着，工工整整地写下两个字——邹宇。

"交通肇事调查的部分，咱这就算是结束了啊，如果你想向肇事司机要求民事赔偿，可以去法院申请。"何磊收起邹宇签好字的文件，对他说道。

接着，何磊又转向林红："没什么事啦，你走吧，谢谢了啊！"

"好的何警官，那我就先走了。要是还有什么需要我配合的，您给我打电话！"林红说完，不高兴地朝何磊办公室的门口望了一眼。

站在那里的、穿着民警制服的男人一愣，张了张嘴，终究还是没能在林红转身前说出些什么。

林红发觉，那个男人从一见到她，就一直盯着她看个不停，好像她脸上的五官让他十分困惑，非要看个清楚明白才肯罢休似的。

她猜，他一定也是在好奇她脸上的胎记，这让林红心里很不痛快。

"怎么样，是你喜欢的类型吧？我有她电话，你要不要？"眼看着林红走出了交通队的大门，何磊对赵勇调笑道。

见赵勇不说话，只是痴痴地看着门口出神，何磊又一脸惋惜地感叹道："人好，还善良！就是脸上……"

"瑕不掩瑜！"赵勇没有让何磊把话说完。

"什么虾啊鱼啊的？"何磊不明所以地问道。看着依然踮着脚，朝林红离去方向眺望的赵勇，何磊突然拍了下脑门："嘿！差点儿忘了，我妈给你介绍的姑娘还在家等着呢！"

-2-

"大姐,大姐,等一下!"

听见身后好像有人在喊自己,林红下意识地停住了脚步,回头望去。

邹宇半低着头,向前走了两步,用很小的声音说道:"大姐,谢谢你!"

林红看着眼前这个腼腆的男人,一脸疑惑地问道:"谢我什么?"

邹宇终于抬起了头:"谢谢你打电话让救护车来救我。"

林红这才看清了他的长相,单眼皮,宽阔的鼻梁,厚实发紫的嘴唇上结着干燥的白皮。

他像溪水一样清澈的眼睛,和脸颊上因日照过度而特有的红晕,一下子让林红想起了远在母亲老家的小表弟。

小时候,林红暑假里常跟着母亲回老家。有一次她惊慌失措地踩着溪石,正被一群大白鹅追赶,突然一个矮小的身影不知从何处腾空而起,骑在了头鹅的背上,接着他搂着白鹅又粗又壮的脖子,一起摔进了溪流里,嘴里却还不忘喊着:"姐,你别怕,有俺在呢!"那时,小表弟的眼里也泛着这样清澈的光。

想着和眼前的这个年轻人差不多大的小表弟,或许如今也去了某个大城市,像被白鹅追赶着似的努力打拼,但终究逃不过跌进溪流里的狼狈命运,林红的心里一酸,深深地叹了口气。

她伸手在挎包里摸索着,走到了邹宇的跟前,将他的手拉过来摊开,然后把掏出来的三百元钱塞进了他的手里:"拿着!"

邹宇先是一愣,然后赶忙推辞:"大姐,你这是干什么,我不要!"

"拿着!"林红还在与他撕扯,发觉邹宇的力气很大,知道自己拧不过他,林红提高了声音喊道,"拿着!你听我跟你说!"

见邹宇终于安分了下来,但手掌依旧倔强地张着,就是不肯握住手心里的钱,林红对他说道:"听我说,买张火车票回家吧!也许北京并不是你来之前想象的那样那么包容、那么美好,这里冰冷无情,讲求实际，异乡人想要留下来并不容易。所以没能留下也不丢人，回到家乡一样可以大有作为。"

邹宇的手终于软了下来，林红将他的手指合拢，等他牢牢地抓住了那三张粉红色的纸钞，她才转身离去。

没想到邹宇又追了上来，这一次，他没有再把钱往回塞，而是着急地对林红问道："大姐，那这钱我怎么还给你呢？你告诉我个联系方式，等到家后，我就把钱打给你。"

林红并没有名片，她知道邹宇也没有手机。见他一脸诚恳又执着的模样，林红只得从包里掏出上午刚发到她手里的《移动客服话术手册》，从中撕下空白的一页，写下了自己的电话和名字，交给了邹宇。

见他小心地叠好，放进了上衣口袋里，林红对他说了句"多保重"，便匆匆离去。

-3-

邹宇走出地铁时，天色已黑，北京冬夜里寒冷的北风吹得他透心凉。

与林红分开后，他本打算坐地铁去北京站，但是车厢内嘈杂的噪音，以及头脑中一路上纷乱不堪的思绪，让邹宇坐过了站，稀里糊涂地在南五环外下了车。

邹宇沿着鲜有人经过的路边，漫无目的地走着，插在裤兜里的两只手分别紧紧地攥着回乡的火车票和林红给他的三百元钱。

其实去交通队之前，他就买好了今日离京的火车票，虽然买完火车票后他已身无分文，但他并不是那种会摇尾乞怜的人，之所以勉强接受了林红的钱，是因为他不想辜负她的好意。

走过一棵大树下，树上残存的最后一片枯叶被冷风无情地吹落，拍打在了邹宇的脸上。可他就像没感觉到似的继续半低着头，往前走着。

他的眼角开始流出眼泪来，世界在他眼中变得无比清明。

他脑中反复回忆着那个交警，还有林红说过的话，渐渐地嘴角颤抖，牙关咬紧，裤兜里的车票也被他揉作一团。

"倒倒倒倒！……欸，看着点儿！"

"倒倒倒倒！……欸！我说你看着点儿！"

突然感觉到肩膀被人猛推了一把，邹宇这才抬起头。一辆车尾红灯高高亮起的轿车屁股正顶在他的身前，只有不到一寸的距离，他本能地往后退了一步。

"我说你是不是聋啊？喊了你半天了，你没看见这儿倒车吗！"

一个小伙子圆瞪着眼睛，对邹宇嚷道。他浅灰色的工作服上面布满了油渍，一双脏兮兮的灰白手套正对着邹宇比比画画。

看着周遭的景象，邹宇发现自己不知不觉地走到了一家修车店的门口。

"我说你站远点行不行，要不你就走过去，别杵在这儿碍事！"

邹宇顺从地靠边让开，之后他直勾勾地盯着店门口的"招工启事"，对依然怒气未消的小伙子问道："老板，洗车工一个月给多少钱啊？"

小伙子看出了邹宇的心思，没好气儿地回答道："别喊我老板！我就是这儿的修车工。老板在屋里呢！想在这儿干，跟他说去！"

末了他还不忘嘟囔了一句："一点儿眼力见儿没有！吃屎都吃不上热乎的，还惦记在这儿干呢！"

这时，从小伙子所说的那间亮着灯的屋子里传出了一个声音，"李成钢，你过来一下，刚才你修的那辆奥迪A6，该收多少钱？"

"欸！补胎，洗车，还加了瓶玻璃水，一百元。"小伙子应声回答着，朝那屋里走去。

邹宇又看了一遍"招工启事"上写的"包吃包住"几个字，他将早已揉作一团的火车票从裤兜里掏出来，撕成碎片，便毫不犹豫地朝那间亮着灯的屋里走去。

第二章
糖豆

◇ 一 ◇

二〇一三年，立冬。

"轰……"跑车排气管里发出的轰鸣声，引来工体北路上的一阵骚动。

随着发动机引擎被熄灭，一辆蓝色的保时捷911在三里屯太古里前面的马路边停了下来。

过了好半天，驾驶侧的车门被人从里面推开，下来了一个年轻人。

他的出现引来了道上行人的纷纷注目，不仅是因为他那辆显眼的跑车，还因为他身上昂贵的潮牌服饰以及出众的相貌。

浓眉大眼，唇红齿白，同花季少女一般白皙的脸蛋，因为与八七版《红楼梦》中欧阳奋强所饰演的贾宝玉有几分相像，孙文亮的狐朋狗友们常戏称他为"宝哥哥"。

而他自己也对这个称呼十分受用，特别是当那些搔首弄姿的女孩儿们嗲声嗲气地喊他"宝哥哥"时，他的心里比高中了状元还要得意，仿佛他真成了那风流倜傥的宝二爷。

孙文亮自认为，自己的家世也与显赫一时的贾家旗鼓相当，父亲孙建新是企业领导，母亲方婷是享誉世界的小提琴演奏家，这让他总是觉得在外面高人一等，即便和比他年长的人相处时，也不会表现出应有的尊敬。

在车门外站了一会儿，没看见相约的人，孙文亮又坐回到车上。太古里有不少当下流行的潮牌店，但是孙文亮今天却不是来逛街的。

"当当当"，听见有人在敲车窗，孙文亮侧脸望去，看见了一张谄媚的笑脸。

孙文亮抬手指了指旁边的副驾驶座，那人赶忙点头哈腰，绕过车头，嬉皮笑脸地朝副驾驶侧走去。

"宝哥哥！"一上车，穿着牛仔外套、歪戴棒球帽的中年男人便满脸堆笑地喊道。

"滚！你丫一大老爷们儿，瞎喊什么！宝哥哥是你叫的吗？"孙文亮垮着脸，撇着嘴骂道。

"是是是，亮哥，我错了！那是美女叫的。我这皮糙肉厚的傻老爷们儿，哪有资格这么叫您呀。叫出来那声儿也不好听，喊出来那动静也不是味儿啊！亮哥教训的是！教训的是！"

男人赶忙赔笑道。见孙文亮拿出一支烟衔在嘴角，他又忙从裤兜里翻出了打火机，探着身子，恭恭敬敬地给孙文亮点上。

摇下车窗，孙文亮满意地朝外面吐了一口烟圈，又转回头来板着脸，对男人说道："少废话，东西带来了吗？"

"带来了！带来了！亮哥的事儿哪儿敢怠慢啊！一接到您电话，我带着东西立马儿出了门儿，跑着跑着就感觉一脚高一脚低，一低头才发现，我这一脚穿着皮鞋，另一只脚踩着运动鞋就出来了。想到亮哥您还在等我呢，我就一咬牙，得！也甭回家换了，让人笑话就笑话吧，怎么也不能怠慢了亮哥您呐！"

男人将手伸进了牛仔外套的侧兜里，嘴里仍絮絮叨叨地说个不停，他警惕地朝四下看了一眼，从中掏出了一个透明塑料瓶，里面装着五颜六色、像糖豆一样的小药丸。

看着彩色药丸上画着的钻石、笑脸、007等可爱的图案，孙文亮轻轻一笑，将烟蒂潇洒地弹出车窗外。

他随手拿起预先放在大腿上准备好的手包拉开，从里面掏出了一沓人民币，数都没数就递给了身旁的男人。

"谢谢，谢谢！谢谢亮哥！谢谢亮哥照顾！"男人用双手恭恭敬敬地接过孙文亮的钱，卷成卷，揣进了裤兜里。不需清点，只是用手摸到那沓钞票的厚度，他就已乐开了花。

在把塑料瓶交到孙文亮手里之前，他用手轻轻晃了晃里面的颗粒，发出"哗哗"的响声，不忘嘱咐道："亮哥，这糖豆劲儿可大啊，您用的时候可悠着点儿。"

见孙文亮厌烦地朝他摆了摆手，赶他离开，男人便不再多说什么，乖乖地溜下了车。

重新发动引擎，孙文亮一溜烟朝自己位于西四环四季青桥的家驶去。

他要先回家去换衣服，然后赶在今晚六点前到达希尔顿大酒店的宴会厅去参加奶奶的八十大寿。

回家时，父母和小他两岁的妹妹孙晶晶已经先行出发，只有保姆英姐一个人在家。

见到孙文亮开门进来，英姐赶忙拿起早已为他熨烫好的西装迎了上去，用带有四川口音的普通话对他催促道："哦哟，小祖宗，你可回来了哇！搞快把衣服换起！先生走的时候，就因为你没在家发脾气嘞。搞快！可千万莫迟到了！"

孙文亮没说话，一把接过英姐手里的衣服，回到房间里迅速换上。看着穿衣镜里笔挺的身姿，他知道今晚的"表演"即将开始。

孙文亮将他在家人面前的种种，定义为表演人生，在这里，他是个天生的演员，在亲戚面前扮演着谦虚好学、知书达礼的晚辈角色。但是对于孙文亮而言，这并不是他真正的人生，这只是他在父亲孙建新的威逼下，不得已过的中规中矩的人生。

而他在外放浪形骸的日子，才是他真正的人生。他挥金无度，夜夜笙歌，换女友就像给汽车加油一样频繁，甚至一言不合就会殴打她们。

但他并不觉得这有什么不对，他是天选之人，是天之骄子，光是出生在这个家庭，就已经证明了这一点。

更何况他觉得那些女人们就是活该，即便尝到过他拳头的滋味，只要他买些贵重点儿的礼物赔礼道歉，再勾勾手指，她们又会擦干眼泪，回到他的身边。

这让孙文亮觉得自己对人心看得通透，对人生也已大彻大悟。

虽然幼时对他极度宠爱的父亲孙建新如今总是数落他一无是处，但是孙文亮却认为，凭借自己这看穿世事的本领和得天独厚的资源，将来一定会大有作为。而他现在要做的，只是去过令同辈人艳羡的人生。父亲的责怪只会让他更加叛逆，因为孙文亮觉得，他挥霍的也不过是自己的青春罢了，与他人无关。

从床下的纸盒子里拿出了落满灰尘的笔墨纸砚，孙文亮用力地吹掉了上面的灰，装进了书包里。

这是他今晚"表演"用的道具，孙文亮七岁师从书法大家陈柏岩，虽然学艺不精，但有名师指点，也能写出让外行人看起来拍案叫绝的两笔字来，所以书法是他今晚所要"表演"的节目之一。

用发蜡好好地在头上打理了一番，孙文亮才拎着书包，跑出了英姐早已为他拉开的大门。

◇ 二 ◇

希尔顿酒店的宴会厅里，由二十四张圆桌围成的宴席，聚满了孙家的朋友、同事，高朋满座，热闹非凡。

旁边二百多平方米的包厢里，用来放置寿礼的六张长条桌上，已被贺寿的鲜花和成堆的礼物铺满，另设有两桌规格更高的宴席，供孙家人和远道而来的亲戚享用。

及时赶到现场的孙文亮，此时正稳稳当当地与家人一起，坐在主桌席内。

他紧挨着母亲方婷而坐，另一侧是妹妹孙晶晶和她带来的同学姜梦娜。父亲孙建新坐在方婷的另一边，与今日的老寿星孙家奶奶挨着坐。

主座上的孙家奶奶满面红光，耳珠圆润，眉毛低垂，一头银丝如水晶颗粒般，在柔和的吊灯下五彩生辉，身着用金线绣有"寿"字的缎面红袄，慈和安详。

在众人纷纷献上贺寿礼、说过祝寿话之后，老太太看到席间座上的子孙后代们，个个仪表堂堂，不由得心生欢喜，开始派发起红包来。

孙建新本就是孙家独子，所以孙文亮自然偏得奶奶宠爱，多分了一个红包。

在他毕恭毕敬地谢过奶奶之后，便在众人面前显得十分谦让地将多得的红包塞进了妹妹孙晶晶的手里，还说妹妹精于学业，此次期末考在人大附中的排名了得，芭蕾舞技方面的造诣也可圈可点，理应得到更多的奖励。

孙晶晶知道哥哥在作秀，懒得与他配合，又将红包推了回去。

奶奶见状，这才发觉自己厚此薄彼，恍然大悟似的又补了一个红包给孙女，晶晶这才闷闷不乐地勉强收下。

等到菜上齐后，孙文亮知道，"表演"时间到了。

于是他起身向奶奶鞠了一躬说，为了今日贺寿，他特意准备了一首曲子要弹给奶奶听，祝奶奶福寿绵长。

在众人不绝于口的夸赞声中，孙文亮从容地走到了屋子中央，那里放着酒店为了这场寿宴而特意准备的钢琴。

钢琴前奏一起，屋里众人像被指挥着似的安静了下来。

随着《莫扎特奏鸣曲》k333第一乐章的乐声传进方婷的耳朵里，她的嘴角不禁缓缓地挂起了笑容。

在她的主张下，孙文亮六岁便开始跟著名的钢琴演奏家秦光学习钢琴，十二岁就达到了业余十级的水平。

只可惜儿子并没有继承方婷那样的音乐天赋，这之后便开始止步不前，再无长进。

但是，在方婷心里，孙文亮的出生本就是她生命里的一束光，是这束光重新将她破碎的人生聚拢，让她觉得自己的生活又回归到了正常的轨道上。

所以无论孙文亮怎样骄横，方婷都对他无比纵容，因为她对孙文亮怀揣着的不只是母爱，还有感激，一份常人无法理解的感激之情。

一曲作罢，掌声四起，孙文亮就像一个真正的钢琴家一样，受到了"乐迷"们的拥戴。

孙晶晶带来的同学姜梦娜更是从堆成小山的贺寿鲜花中捧起一束，跑到孙文亮跟前，献给了他。

孙文亮礼貌地接了过来，极为儒雅地轻声说着"谢谢"。

然而就在这一片和谐的欢乐气氛中，方婷的耳边却传来了一个极不和谐的声音。

"哗众取宠！"

方婷忍不住微微扭头，小声对丈夫埋怨道："说什么呢！"

然后她又转回头，如先前一样，带着微笑为孙文亮热烈鼓掌。

听出了方婷语气中的不悦，孙建新没再说什么，只是乜斜着眼睛极为厌恶地看着钢琴旁人模狗样的儿子，长长地叹了口气。

在与方婷结婚之前，孙建新曾有过一段短暂的婚姻，那场门不当户不对的一时冲动，让他吃尽了苦头。

明白了门第相当的重要性，孙建新十分珍视与方婷的这段姻缘，更何况方婷小他七岁，他理应对她有所谦让。他们一直还算相敬如宾，除了在对待儿子孙文亮的问题上。

孙文亮从小顽劣，孙建新承认，在对儿子溺爱的这把毁灭之火上，他也曾添进过不少柴，但是，他却不像妻子方婷那样不知反思，而是选择了悬崖勒马。可惜，孙建新发现得还是晚了，马终究还是坠下了悬崖，而且还差点带着他们这个家一起坠入深渊。

两年前的大年初七，当时还是十七岁的孙文亮，前一天晚上偷偷拿了他的车钥匙，开着他的宝马车出去玩。为了不被孙建新发现、赶在他上班前把车偷偷还回来，孙文亮超速无证驾驶，与别的车发生剐蹭后逃逸。这使得方婷因为包庇他，受到了拘留处罚。

虽说这并未对方婷的事业造成多大的打击，但是她的声誉却就此扫地。人们再提起方婷时，想到的不再是那个优雅的小提琴演奏家，而是慈母多败儿中母亲的形象。

虽然方婷那次的做法荒唐至极，但是孙建新把这一切，都归咎到他这不成器的儿子孙文亮身上。

有一次，孙建新下班后被客户请到KTV应酬，从卫生间回来的路上，他进错了包厢，结果在里面看见喝得烂醉如泥的孙文亮，在扇身旁女伴的耳光。

看见儿子的兽行，孙建新这才明白，那把溺爱的毁灭之火早已将孙文亮炼成了一个恶魔，只不过要被他烧成灰烬的，不只是孙文亮自己，还有他们整个孙家的未来。

所以从那一次开始，他决定要对孙文亮严格管教，但是每一次都遭到方婷的阻拦。这让他与方婷之间的争吵越来越多，隔阂越来越大。

但出乎意料的是，孙文亮在家里的表现却开始变乖了不少。正当孙建新以为，他以牺牲与妻子之间的感情为代价，换得儿子浪子回头之时，他却从保姆英姐与方婷的一次悄悄对话中得知，孙文亮的脏衣服里藏有违禁毒品。这让孙建新肝胆俱裂，心灰意冷。他终于明白了，孙文亮并没有改变，他只是学会了"表演"罢了。

见孙文亮在酒店工作人员搬来的长桌上摆开了笔墨纸砚，他知道，儿子的另一场"演出"即将开始。

孙文亮挥毫在横放着的卷轴上写下"松柏常青，日月长明"之后，由工作人员举着墨迹未干的横幅来到了孙老太太的身边，展示给众人欣赏。

一时间，夸赞声四起，老寿星更是赞不绝口，连连拍手称快。

见此次"演出"已圆满成功，想起待会儿工体酒吧包厢里的局，孙文亮来到奶奶的身边，俯身在老人家的脸上深情地亲了一口，将心中准备好的告辞话说了出来："奶奶，晚上我的外教要回国，我答应去给他送行，所以要先走了，请您……"

"不许去！混账东西！你也不看看今天是什么日子！你就给我在

这儿老实待着！"听见儿子又要找借口出去鬼混，孙建新再也忍不住心中的怒火，破口骂道。

孙建新的过激反应立刻让两桌亲朋变得鸦雀无声，先前还在奶奶耳边说着话的孙文亮，更是弓着身子，撅着屁股，尴尬地看着父亲。

"欸欸欸，年轻人有年轻人的交际嘛！你小时候整日跟大院里的孩子们混在一块儿胡闹，我说什么了？再说了，亮亮是去送他的老师，尊师重道嘛，应该的。去吧！去吧！"

老太太扶着孙子的手，仰脸皱眉对儿子教训道。又想起孙文亮的外教，做过外事工作的奶奶便用英语对孙文亮嘱咐了几句，之后等着听他的回答。

见孙文亮傻愣愣的模样，方婷连忙给儿子解释道："奶奶是说，要你别忘了买些手信礼物给老师带上，顺便慰问一下老师的家人。奶奶还问你，这一次托福考试有没有信心，能不能一举通过？"

孙文亮眨了眨无知的眼睛，这才回过神儿来，直起腰，一副成竹在胸的样子："啊，Good！Good！OK，OK，No problem！"

孙文亮说完，引来妹妹孙晶晶的嗤之以鼻。

他不作理会，而是又在奶奶脸上亲了一口，说道："Grandma，Happy birthday！"

怕奶奶回答他，更怕孙建新再度阻拦，孙文亮说完，便拿起了门口衣架上的外套，落荒而逃似的离开了奶奶的寿宴。

◇ 三 ◇

晚上八时十分，孙文亮在工体院内停好车，走进时下京城最火爆的那间酒吧里。

一进门，燃烧过的烟草和挥发出来的酒精味道，混合着朝他迎面扑来。

伴随着震耳欲聋的舞曲节奏，舞池中的男女，一个个像吊线木偶一样手舞足蹈,而操纵着他们四肢的线绳,正是舞台上 DJ 们手里打着的碟片。

头顶上方不停环绕闪烁的射灯,让他们身上的衣服极为统一地在红黄蓝绿紫之间切换着,音乐达至高潮,舞台两边喷发出一阵白烟,场内立即雾气蒸腾,似梦似幻。

舞台上,穿着暴露、站在上面领舞的三个女孩,开始更卖力地扭动着柔软的腰身。

台下的红男绿女们受到了感染,将双手高高举过头顶,伴随着节奏挥舞,脸上带着夸张的笑,还有痴迷的沉醉神情。

孙文亮扒拉着男人的背,扶着女孩的肩,一路穿过人群间隙,轻车熟路地朝 VIP2 号包房走去。

推开门,他看见已经有两男四女坐在里面了。

见孙文亮进来,其中一个戴眼镜的瘦高个儿男人赶忙起身迎接。

未等他靠近,孙文亮就先抱怨道:"怎么只订到了 2 号?你没告诉酒吧经理,今天晚上是谁要来玩吗?"

"说啦!说啦!能不说吗!但是很不凑巧,今晚 1 号包房被那位给订了。"眼镜男一脸哭相,连哄带劝地跟孙文亮解释道。

发现沙发上的四个女孩正在听着他们俩的对话,孙文亮的脾气更大了,他挑着半边眉毛不屑地问道:"谁啊?哪位啊?"

看孙文亮这气势,眼镜男只得将嘴凑到他的耳边,用手掩着,小声说了些什么。

听到了对方的名字,孙文亮这才消停了下来。他想起上个月飙车还曾输过对方两局,又一想到这名字背后令他望尘莫及的家世背景,便皱了皱眉,挥了挥手,那意思好像是在说"算了,算了"。

眼镜男见势赶忙转换了话题,他开始给孙文亮介绍起沙发上的四个女孩。其中有三个,孙文亮以前见过,自然没多大兴趣,倒是另外一个生面孔吸引了他的注意。

女孩儿从额前编织起的整头麻花辫,紧紧地绷着头皮聚合在脑后,高高地束起。画了烟熏妆的眼角处，用银色的亮片贴着泪滴形状的点缀，紫红色的嘴唇让她看起来既冷艳又性感。上身松垮的黑T恤裸露着双肩，下身短皮裙里的丝袜若隐若现。

孙文亮一眼就看出，她绝不是那种第一次到酒吧里来玩的女孩儿，便更料定之后会很有趣。

眼镜男似也看懂了孙文亮眼里的意思，向他介绍道："这是小美。"说着，他按着孙文亮的肩，坐到了小美的身边。

"宝哥哥！"不等孙文亮说话，小美开口称呼他道。

"小美是吧！上学呢，还是上班了啊？以前怎么没见过你呢？"孙文亮将身体靠在沙发背上，歪过头来，对小美正儿八经地问道，好似他真关心这些问题似的。

"我在外贸公司当前台。之前都跟着朋友在大厅里玩，今天还是第一次跟莹莹她们进包房，估计你很少去外面舞池里玩吧，所以以前没注意过我也正常。"女孩说着，羡慕地朝宽敞的豪华包厢四处扫了一眼。

孙文亮点了点头，从外套口袋里掏出一包烟打开，抽出一支，递到小美跟前，问："抽烟？"

"抽！"小美爽快地答道，用两指夹着，接了过来。

两人用孙文亮的卡地亚打火机点燃了各自的香烟，又闲聊了几句。

这时，他们先前点的酒被服务员端了进来。

看着人头马、芝华士、伏特加还有若干啤酒整整齐齐地码了满桌，眼镜男坏笑着提议大家玩"撕纸游戏"，暖暖场。

这个下酒游戏的规则很简单，就是抽出一张餐巾纸，由第一个人衔住纸巾一角，让下一个人撕，但是只能用嘴，不能用手。

无论撕纸的人撕掉多少，衔纸的人都要确保嘴里还有余纸留下，否则就要喝酒；而撕纸的人则必须要保证撕到纸，否则也要喝酒。

所以，一圈下来，随着纸被撕得越来越小，最后的两人就要面临嘴对着嘴抢纸的对决。

刚开始几局，大家都还算腼腆，往往撕到最后，男士会表现出不想占下一个女伴儿的便宜,主动喝酒。女孩儿们也要保持自己的矜持,不去接上一个男伴儿嘴唇上的细碎纸屑,甘愿罚酒。

但是,随着酒精在身体里越积越多,大家的精神开始越玩越放松。

这一次轮到孙文亮衔纸,而作为他下家的小美撕纸。

孙文亮故意从上一个女伴儿那撕掉很小的一块儿顶在舌尖上,然后他得意扬扬地伸出舌头,看着小美,等待着她的反应。

这时,变得放纵了的其他人开始起哄,有的要小美喝酒,有的喊小美别认输。

在酒精的作用下,脸颊变得通红的小美,没有让孙文亮失望。她轻轻咬了咬嘴唇,然后像终于下定了决心似的,含住了孙文亮的舌头,将那块细小的纸屑吮进了自己的嘴里,屋里瞬间爆发出众人起哄的尖叫和惊呼。

孙文亮愿赌服输似的扁了扁嘴,仰脖将自己杯中的酒一饮而尽。

之后几局他又故技重施,而小美似乎变得不再犹豫,两个人不知不觉地激吻了起来。

后来又玩了几轮划拳游戏,孙文亮借机灌了小美不少酒。

见微醺的小美双眼开始迷离,知道时机已经成熟,孙文亮便跟她提议道:"这里又乱又吵,要不咱俩去别的地方玩吧!"

小美眨了眨已经开始蒙眬的眼睛,嘟着嘴,拉长了声音问道:"啊?去哪啊?"

"去你家!你是一个人住吧?"其实从与小美最初的几句聊天中,孙文亮便已听出小美并不是北京女孩儿,所以对这个问题,他心中早有答案,再问,只是想确认一下。

"还有一个姐们儿跟我一块儿住,不过她今晚值夜班,应该没在家。"小美迷迷糊糊地答道。

"那正好,我送你回家吧!走走走!"孙文亮立刻起身,不由分说地拎起小美的胳膊,架着她往外走。

◇ 四 ◇

-1-

打车来到小美位于南三环的出租房内,进门后孙文亮直奔冰箱,嘴里问道:"欸,你家有啤酒吧?"

手扶着打开的冰箱门,孙文亮探头在里面寻找。

"有吧,我也不知道。前两天姐们儿做啤酒鸭,买了两瓶,要是有就有,没有就没有了。"

小美现在头晕得要命,胡乱地蹬掉了脚上的皮靴,倒在床上,含含糊糊地答道。

在冰箱里翻出一瓶燕京,孙文亮高兴得不得了,他将瓶盖抵在餐桌边,向下一拍,奶白色的啤酒沫便一股股地涌了出来。

从桌上拿了两个玻璃杯,孙文亮朝这个一居室开间里的床边走去。

"欸欸欸,起来!给你吃颗糖豆!"孙文亮拉着小美的手,把她从床上拽了起来。

"糖豆?什么糖豆啊?我不想吃,感觉好难受,还想吐。"小美皱着眉,扶着额角含糊着说道。

"没事,吃颗糖豆就不难受了,这是好东西!"说着,他从兜里掏出装有彩色药丸的塑料瓶拧开,往小美的手心里倒了两颗,又哄着她用啤酒送服,接着他往自己嘴里又扔了两颗,一仰脖咽了下去。

没过多久,孙文亮感觉到浑身燥热,口干难耐。他拿起地上的啤酒瓶子,干脆嘴对嘴地猛灌了两口。

他知道药劲儿已经起效了,但是一歪头看见倒在床上的小美,不禁又困惑了。

小美依旧没精神地躺着,紧紧地皱着眉,嘴里喃喃地叫着"难受"。

精神开始涣散的孙文亮觉得可能是药量不够,他就把小美扶了起来，捏开她的嘴，又让她吞了两颗。

之后，孙文亮拿出手机，播放起了重金属摇滚乐。

他点上一支烟叼在嘴里，将打火机随手往床头柜上一扔，看着屋里棚顶上的吸顶灯，他觉得自己变成了追光的向日葵，站在灯下围着上方的太阳不停地旋转。

他变成了风吹过田间的麦浪，跌宕起伏。

他变成了风在空中卷起的残云，支离破碎。

他是淤泥，马上就要向脚下的地板里沉去，那里是沼泽，他要与它融为一体。

他是高维生物，是万象佛，脑袋上四面八方都生出了他喜怒哀乐的面孔。

他是时间的旅行者，他可以同时看见自己坐在地板上倚着床边哭泣，和蹲在屋子中央大笑，而他却站在墙角，用手指着对面的两个自己，嘲笑他们都是傻子。

裸露在墙角的黑色电线，顺着地板缝蔓延到他脚前，探出头来向他挑衅，他丝毫不惧，用脚跺着，像打地鼠似的把它们踩回到地里。

溅起的尘土化成了孙建新的脸，对他怒目而视，正想教训些什么，却来不及开口，已被他一脚踢散。

就这样不知过了多久，孙文亮突然感觉到累了，便摇摇晃晃地来到床边，一头栽倒在枕头上。

不知不觉中，钻进他鼻孔里的香水味让他产生了另一种欲望。

他翻过身来，用胳膊支撑着身体，推了推背对着他的小美，"欸，起来了！来，咱们玩玩儿！"孙文亮说着，用手解开了自己腰间的皮带扣，脱光了衣服。

见小美依旧没有转过身来，孙文亮变得有点儿不耐烦："欸，别装死了！赶紧的！脱衣服！"

他将小美的身体彻底扳了过来，在闻到一股难闻的味道后，眼前的景象吓得他屁滚尿流地跌下了床。

小美脸色苍白，微微睁着的双眼只露出了白眼仁，嘴角和胸前布满了混合着呕吐物的黄沫。

孙文亮从没见过死人，但是他很确信小美已经死了。她的脑袋耷拉在肩头，像被扭断了脖子的木偶，那不是活人能够忍受的姿势。

用最后一点勇气，战战兢兢地盯着床上的死人，穿上了裤子，孙文亮抱着其余的衣服发疯似的冲出了门。

他想起落在床头柜上的打火机，但顾不得回去拿，也管不了门关没关好，在街边慌慌张张地拦下了一辆出租车后，直奔西四环的家去。

-2-

一回到家，走过长长的玄关过道，孙文亮看见了灯火通明的客厅里还在等着他的方婷。

见儿子衣冠不整，跟跟跄跄地走了进来，方婷下意识地站了起来。

"妈！完了，我完了！"孙文亮像个在外面挨了揍，跑回家跟母亲告状的孩子似的，带着哭腔朝方婷喊道。

他本想继续说下去，却看见方婷猛然抬起一只手，示意他不要说话。

顺着方婷的目光，孙文亮朝身后望去，原来是英姐被他的叫嚷声惊到，此时正披着一件外套站在保姆房的门口，朝母子俩怔怔地看过来。

"英姐，这里没事，我来处理。你回屋睡觉吧！"方婷的声音沉稳，语气虽客气，却透露着不容置疑。

英姐应了一声，便知趣地回到屋内。

见保姆房的门已经关牢，方婷才对孙文亮使了个眼色，要他到外面露台上去说话。

拉开了客厅尽头通往室外的门，母子俩在露台上，面对面地站了下来。

"妈，我完了！这回我完了！"不等方婷开口询问，孙文亮又一次几近崩溃地哭喊道。

他十指插进凌乱的头发里，拼命地摇着头，好似有什么东西在他脑袋里让他头疼欲裂，痛苦不堪。

见儿子这副模样，方婷赶忙上前扶住了孙文亮的双肩，试图让他冷静下来，嘴里着急地问道："怎么了？到底怎么了？"

从寿宴归来后，方婷就一直坐在客厅里等着孙文亮回来。

孙建新和孙晶晶早已各自回房间去了，可方婷却不知怎么了，就是觉得心中不安，好像冥冥之中有什么十分可怕的事情即将发生。

这让方婷没有心思去卸妆和换衣，还穿着参加寿宴时的金色礼服长裙，头发依然高高地盘起束在脑后，但是现在被孙文亮这么一折腾，全都松散了下来，落在肩头。

"妈，我完了，我杀人了。"孙文亮终于将手从脸上挪开，无力地垂在身旁，面如死灰地看着方婷嘟囔道。

方婷像被孙文亮的话电着了似的，松开了他，往后退了一步。她脸色惨白，用不敢置信的眼神上下打量着孙文亮，好像是在检查他身上有没有血迹。

之后，在方婷焦急的追问下，孙文亮才断断续续地将事情的经过，一五一十地讲了一遍。

听完后，方婷气得嘴唇发青，她微微颤动着眼角，狠狠地扬起巴掌，见孙文亮吓得缩成了一团，又不忍心地放了下来。

看出母亲始终还是对他下不了手，而是转过身去，在露台上来来回回地踱着步子，孙文亮继续哭喊道："妈，怎么办呀！这回我死定了！你快想想办法啊！"

方婷不说话，只是紧紧地皱着眉，步子踱得更急了。

走了几个来回之后，她突然转身，"哗"的一声拉开了玻璃门，穿过客厅，来不及穿外套，便朝大门而去。

"妈！你去哪啊？你不管我了？"孙文亮追着在她身后喊道。

"砰"的一声，方婷用重重的关门声回答了他。

孙文亮落寞地回到了露台上，"完了，这回我真的完了。"他喃喃地自言自语，好像除了"完了"，再也不会说别的话了。

孙文亮想起他那些犯过事儿的朋友中曾有人跟他说过，看守所里环境恶劣，一个号间里的大通铺上要睡二十几个人，晚上睡觉的时候，不能翻身也不能平躺，一天只有两个小时的放风时间，其余时间都要坐在靠墙的板凳上一分一秒地熬着过。

想到看守所里的日子已经如此，孙文亮更不敢想象在监狱里的生活了。他觉得，如果要他进监狱，还不如死了痛快呢！

他想到了自杀，从兜里摸出那瓶五颜六色的糖豆，抖着手拧开，倒了一大把在手心里。

他的手开始像筛糠一样颤抖不止，而那些糖豆则像筛子里的糠，被一点点儿地从手心里筛了出去。

他发现，原来将它们送到嘴边的过程都异常艰难，更别提吞下去了。

因为他是个懦夫，根本没有去死的勇气。

"啊！"孙文亮仰起头绝望地吼，将手心中剩余的糖豆抛了出去，接着，他像突然从空中坠落似的，一屁股摔坐在了露台上。

他叉着腿，如战火中失去双亲的婴孩一样号啕大哭，鼻涕眼泪糊了满脸。

就这样不知过了多久，他听见大门被人打开的声音，便连滚带爬地站起来，跑回客厅，看见了走进来的方婷。

方婷的面容憔悴，头发蓬乱地垂在胸前。她驼着背，看起来精疲力竭。

"妈！你去哪了？我都要死了，你不管我了！"

方婷没有说话，而是默默地走进了露台。"我出去打了个电话。"她的声音里带着无法形容的疲惫。

"打电话？都什么时候了，你还出去打电话！警察都快来抓我了，你都不管我，我到底是不是你的亲生儿子！"孙文亮声音嘶哑对着方婷的背影吼道。

"滚！"方婷猛地转过身来，"滚！滚回你自己的房间去！你听到没有，我叫你滚！"

方婷的头发凌乱地贴在脸上，披头散发，像一头鬃毛炸起，即将要发起进攻的狮子。

这是孙文亮从没有在优雅温柔的母亲身上见到过的模样。

孙文亮本能地连连后退，后背顶到了玻璃门上，摸索着抠开了身后的门，他跌跌撞撞地退进了客厅。

路过茶几前，他看见方婷放在上面、自始至终都未曾带出去过的手机，心中充满了疑惑，忍不住又朝露台望去。

看不见方婷的脸，他只看见她在不住地颤抖，伫立在北京冬夜里的孤独背影，正在低声啜泣。

◇ 五 ◇

-1-

刑警入职培训一结束，赵勇就按照刘队发给他的地址，赶到了南三环一处老旧小区里。

经过楼门口时，他看见鉴证科的同事正抬着黑色裹尸袋，把尸体往车上运。过来帮忙的辖区民警，也开始撤掉先前封锁住楼门口的警戒带。

在与刘队刚刚的通话中，赵勇已简单了解了一些案情。死者名叫张小美，黑龙江绥化人，今年二十四岁，在北京恒昌外贸公司做前台，今早被下夜班回来的合租室友发现死于出租屋内。

经法医初步检查判断，死者没有明显外伤痕迹，生前曾大量饮酒，死因是过量服用违禁毒品导致心脏骤停致死，但具体是什么毒品，还需等到尸检后进一步确定。

因为现场发现一个空啤酒瓶和两个酒杯，刘队怀疑，昨晚还有另一个人与死者在屋内一起饮酒。那么，死者自杀的可能性基本被排除，刘队推测，是服用毒品过量导致的意外死亡可能性更大。

然而，当时与死者共处一室的那个人，并没有采取施救措施，也未及时报警，且在屋内未找到剩余毒品或是装过毒品的容器。这使得刘队怀疑，这是一起诱导、迫使他人吸食毒品致其死亡的过失杀人案件。

赵勇今年下半年通过了刑侦队的选拔考试，一个月前才正式入职。

想到这是自己进入刑侦队以来参与的第一起恶性案件，赵勇打起了十二分的精神，三步两步地迈着楼梯，蹿上了顶楼。

一进到案发现场，赵勇跟之前就赶到的两名同事打了声招呼。接着，他走进卧室，看见刘队正站在窗前，举着一只玻璃杯仔细查看。

"刘队！"

"勇子来了！你过来看看！"刘队朝他招了招手说道。

赵勇戴上塑胶手套，走到窗前，他接过刘队递给他的玻璃杯，也学着刘队刚才的样子，举到阳光下认真查看杯壁上的痕迹。

赵勇发现，除了杯口有一点点残留的口红印，剩下的部分都被清理得十分干净，就跟刷过的一样。

这让他更相信了刘队先前在电话里的判断。很明显，有人故意擦去了杯壁上的指纹。

"真是怪了，这个人怎么把现场弄得乱七八糟的！"

听了刘队的话，赵勇顺着他的目光在屋里扫视了一圈，想不明白刘队为什么会这么说，不禁问道："乱七八糟？看着挺干净的啊！"

"是啊，卧室里就跟春节前大扫除过一样，干净得离谱，但是……"说到这儿，刘队停了下来，他皱着眉，盯着尸体被发现的地方，若有所思。

床单上，被死者压出来的褶皱旁边，粘着一摊干透了的发黄呕吐物。

赵勇忽然弄明白了，他一进屋就闻到的那股酸腐味道从何而来，忍不住摁了摁鼻子。

这时，赵勇听见刘队又接着说道："这屋子被嫌疑人仔细清理过，地面、桌面、连床头柜上的灰都被擦过，空啤酒瓶和你手里拿着的死者用过的酒杯，也被里里外外地刷了个干净。然而，就是这么一个细心的嫌疑人，却把屋外搞得一塌糊涂，你跟我来。"

赵勇跟着刘队，走出卧室，来到了厨房的水槽旁。

刘队指着水槽下空空的垃圾桶说道:"他在这儿清洗杯子时,打碎了自己用过的酒杯,把它们倒进了这个垃圾桶里。我们在碎片上发现了完整的指纹,是左手的。也许他当时十分慌乱,所以割破了手。于是,鉴证科的同事在这里找到了血迹。"刘队说着,用手指了指内侧的水槽壁。

"你看见门口的那把拖布了吗,拖布杆儿上也有他留下的两手指纹,左手在上,右手在下,门把手上也发现了指纹,还是左手的。"

"左撇子?"通过刘队的介绍,赵勇将脑中的第一反应说了出来。

"对,很有可能。如果说杯子和门把手上的左手指纹不能说明什么,但是从他使用拖布的姿势来看,左手在上,右手在下,说明他的惯用手是左手,也就是左撇子。但这都不是重点,重点是,他费尽心思打扫卧室,试图掩盖痕迹,却没有把用过的酒瓶和打碎的酒杯一并带走,还在屋外留下了一大堆指纹、证据等着咱们去发现,你不觉得太奇怪了吗?"

听刘队说完,赵勇也不禁皱起了眉,原先一直拿在手里的杯子被不知不觉地撂了下来。

阳光流转,太阳在杯壁上折射出来的光,射进了他的眼里,一下子,让他觉得十分刺眼。

-2-

三天后,经实验室的尸检鉴定,张小美是因过量服用"MDMA",也就是俗称的摇头丸,导致心肌严重缺血死亡的。

赵勇这几天来走访了很多张小美的同事、朋友,由此确定了,张小美的死与她那晚去过的酒吧,有着密不可分的关系。

顺着这条线,赵勇找到了那家酒吧的负责人,并调取了酒吧内外的监控。最后,将嫌疑人目标锁定在与张小美共同搭乘出租车离开的孙文亮身上。

于是这天,刘队带着赵勇来到了孙文亮位于西四环的家,汤泉御府。

在这片新开发的豪宅小区外绕了两圈,刘队和赵勇发现,附近柏油马路上的白色行车道标识还是崭新的,多条路段上都还未来得及安装摄像头。

看见赵勇皱起了眉，刘队安慰他道："这个汤泉御府都是四五百平方米的大户型平层，里面住的人非富即贵，想必小区里面一定安装了不少摄像头，不用担心取证问题！"

见赵勇轻轻地点了点头，刘队又说道："一会儿见到了孙文亮，主要由我来发问，你见机行事。"

之后，他们进入了小区，敲开了孙家的门。简单地说明了来意之后，他们同方婷母子俩在客厅的沙发上面对面地坐了下来。

还没正式开口问话，赵勇就看出孙文亮已紧张到不行。

孙文亮眼神慌乱，时不时地伸出舌尖，舔一下发干的嘴唇，拇指拨弄着手中的打火机来回翻转。

看着打火机上的卡地亚商标及镶在黑色珐琅表面极为精美的几十颗钻石，赵勇猜测它一定价格不菲。

孙文亮发现赵勇在看他手里的打火机，表现得更加心虚。

刘队十分机敏地捕捉到了这一点，开口说道："这打火机看起来挺漂亮啊，能给我看看吗？"话说着，他已向孙文亮伸出手来。

"啊！行啊。"孙文亮不情愿地把打火机放到了刘队的手心里，脸上生硬地挤出了一个微笑。

为了掩饰，他又赶忙从茶几上的烟盒里抽出一支烟，正想衔到嘴边，忽然看到赵勇凌厉的目光，拿着烟的手吓得停在了半空中。

"抽？抽烟？"孙文亮结结巴巴地问着，试图把烟卷递向赵勇。

"不用了，谢谢！"赵勇直截了当地抬起手来，抵住了递向自己的烟卷。

这时，刘队也把打火机还给了孙文亮。

"刚才听你说，立冬那晚，你参加完奶奶的寿宴，去酒吧玩了一会儿就回了家。我想请你回忆一下，那晚你大概是几点到的家？"刘队看着孙文亮开始发问。

"十点半。"孙文亮不假思索地回答道。

"哦，这么确定，不需要想想吗？"刘队嘴角向上一挑，露出钓鱼者感受到鱼儿咬钩时的笑容。

"因为我那天对他发了火，还第一次动手打了他，所以，他才记忆犹新。"不等孙文亮开口，方婷抢先说道。

"哦？"听了方婷的话，刘队将目光转向了她。虽然资料里显示这位著名的小提琴家如今已有四十六岁。但眼前这个坐姿优雅的女人，面容白皙，身材姣好，看起来更像不到四十岁的年纪。

方婷举手投足之间都流露着成熟女性的温柔，更有一股知性的魅力，实难想象她是那种会因儿子晚归就出手打人的母亲。

刘队歪着头对方婷问道："你那晚为什么打他？"

"因为那天是我婆婆的八十大寿，很多前来拜寿的亲朋好友都是远道而来。

"而他不顾我和他父亲的阻拦，硬是要出去玩，还跟我们保证九点半之前准能回家。我连妆都没卸，一直坐在客厅里等，打算等他回来，跟他好好谈谈学业的问题。

"结果他回来时，我特意看了一眼墙上的挂钟，是十点半，整整比他承诺的时间晚了一个小时。

"又听他说，是因为顺道送一个女孩儿回家才耽误的时间，我特生气，就动手打了他。"方婷的声音平稳，没有一丝波澜。

"嗯，对！我那天一进门，我妈就指着墙上的挂钟，朝我喊道'都十点半了，你干什么去了？'我跟她解释完，她反倒打了我一耳光，为这事儿，我跟我妈生了好几天的气，不就晚回来一个小时吗，至于吗！"孙文亮在一旁附和道，不服气地撇了撇嘴。

看着孙文亮这极富表演性的表情，刘队知道咬钩的鱼要脱钩了，在母亲的掩护下，正摆着尾巴往水中更深的地方逃去。

这时保姆过来送茶，当她将四杯泛着清香的热茶放在四人跟前，正转身要离开时，刘队将她喊住："立冬那天晚上，你在家吗？"

"在。"保姆英姐回答道，随即下意识地看了一眼方婷。

方婷没有理会英姐的眼神,她垂下眼眸,端起桌上的茶杯,送向嘴边。

刘队朝赵勇使了个眼色,赵勇马上心领神会地对英姐说道:"那正好,我有几个问题想问你,找个方便的地方说话吧!"

这时,方婷放下了茶杯,说道:"那就去先生的书房吧,用完了把门关上就好。"

听到了方婷的吩咐,英姐轻声回答说"是",然后就领着赵勇穿过客厅,朝房子里更深的地方走去。

"这茶真不错!欸?孙文亮,你怎么不喝呢?"刘队端起茶杯,指了指孙文亮,问道。

孙文亮这才把不安的目光从走远了的英姐他们身上收了回来,顺从地拿起跟前的茶杯,勉强地喝了一口。

见他这副模样,刘队笑了笑,对他说道:"别紧张,我们只是来了解了解情况,你说的要是实话,就没什么可怕的。但你要是撒谎……"

刘队转过头,看向方婷:"我们也不是拿你没办法。你应该知道,要是没有足够的证据指向你,我们也不可能找到你。"

◇ 六 ◇

进到孙建新的书房里,赵勇和英姐在沙发的两端分别坐下。

"请你回忆一下,立冬那晚孙文亮是几点到的家?"一坐定,赵勇就开口对英姐问道。

英姐几乎没有犹豫:"十点半。"

"嚯!对答如流!你怎么记得那么清楚?"

听到英姐与孙文亮的回答如出一辙,赵勇皱起了眉,紧紧地盯着英姐的双眼,想从里面一探究竟。

然而他很快就明白,这一趟将会无功而返,就像是要去仓库提货的人,还没靠近,就看到了紧闭的大门和锁门的铁链。

英姐面无表情,眼珠一动不动,只有嘴唇机械地上下开合:"亮亮回来时，我刚跟我儿子通完电话。听见走廊传来了太太的骂声，就赶忙出去看看。原来是太太在数落亮亮，嫌他回来晚了。于是，我就下意识地看了一眼手机，那时候就是十点半。"英姐的声音不高不低，几乎没有语调，像一个有待完善的智能机器人。

看出英姐事先已经和方婷母子俩串过供，赵勇有些心浮气躁，他严厉地对英姐说道："我劝你好好想清楚，孙文亮到底是什么时候回来的！我提醒你，作伪证是犯罪，是要被判刑的！"

赵勇的话让英姐的眼睛稍稍眨动了一下，但是片刻之后，她又恢复了原来的模样，机械地答道："十点半，我没记错。我儿子跟我挂电话时，就是十点半。"

"那行！你应该不介意我看看你的通话记录吧！"赵勇皱眉说着，伸出手来向英姐要她的手机。

赵勇再回到客厅时，刘队一眼便从他脸上看出，他与英姐的谈话进行得并不顺利。

此时，孙文亮正在回答刘队的另一个问题。

"我跟那个女孩儿在酒吧里只喝了几瓶啤酒，聊了几句天。听说她也要回家，我就好心打车送了她一段。在她住的小区外让她下了车，我就赶紧回家了，连她住几号楼我都不知道。现在她死了，跟我有什么关系啊？警察叔叔，你可不要吓唬我呀！"

听到孙文亮的话，赵勇还没来得及坐下，就质问他道："只聊了几句天？包厢里好几个人看到，你和张小美当晚举止亲密，多次接吻，你还敢说跟她没关系？"

"警察叔叔，现在都什么年代了，年轻人接吻就跟见面问好一样平常，谁也不会把这事儿当真，您是不是太保守了！"孙文亮苦着脸，跟赵勇狡辩道。

"甭跟这儿扯淡，你当自己是法国人呢，你们家见面问好接吻啊？"赵勇火冒三丈地回怼道。看见刘队朝他瞪眼，让他注意自己的态度，他才强压下怒火，没再说话。

这时，刘队把话接了过来："那好，既然你坚称跟张小美没关系，那晚你没去过她家，也没跟她一起服用过毒品，那你应该不怕配合警方做血检和尿检吧？"

"我……我有什么可怕的？"孙文亮硬着头皮回了一句，之后眼神又开始恍惚起来。

孙文亮的话正中刘队下怀，他正想乘胜追击，却听方婷说道："我们当然不怕任何检测，但是作为中华人民共和国的合法公民，我们也有自己的公民权利，不会因为什么人的随意揣测就必须配合。如果你们能拿得出合规的手续，孙文亮随时可以配合！"方婷的声音平稳，言语中却寸步不让。

"对！我妈说得对！拿得出合法的手续，你们想怎么验就怎么验！拿不出来，我哪都不去！"孙文亮一下子变得底气十足。

看着孙文亮脸上的嚣张模样，赵勇再也压不住心中的火气，他厉声说道："你以为我们没有证据强制你进行检测吗？好！我问你，你是什么血型？"

赵勇的问题像一记重拳压制住了孙文亮的表演，他身体往后一仰，微微一怔，半天没有回答，那样子像是在思索赵勇为什么会这么问他。

"问你呢！什么血型，快回答！"赵勇再也顾不得态度，像审犯人似的对孙文亮步步紧逼。

"我？我、我B型血啊，怎么啦？"孙文亮身体僵硬，快速地眨着眼睛，结结巴巴地回答道。

听到了孙文亮的回答，赵勇从刚才就一直紧紧皱着的眉毛，像突然绷断了的线一样，一下子向两边弹开。

他眼睛睁得大大的，无法掩饰心中的惊讶。因为赵勇知道，那个从水槽内壁找到的血迹，检测出来的血型是O型。他万万没想到会与孙文亮自述的血型不符。

对面坐着的方婷母子似乎立刻从赵勇的脸上读到了这些，都目不转睛地看着他。

孙文亮的眼神更是从刚才的畏缩胆怯变得活跃了起来，他看赵勇的样子，就像是中奖的人想知道自己会拿到什么奖品一样。

见此情景，刘队试图挽回局面，于是他假装漫不经心，实则敲山震虎似的说道："你们这高档小区里的安保设施做得还不错嘛！刚才我们进来时，看见一路上到处都是摄像头，想必有人几点进来，几点出去，都会被拍得一清二楚吧！"

"这倒是，摄像头的确安装了不少，但这个小区今年十月份业主们才开始陆续收房。一半的房源仍然在售，物业服务并没有收费，所以监控摄像头应该还没有启用。当然，我建议你们还是去物业问问。最好那些摄像头拍到了我儿子回家的时间，这样，你们就可以把工夫放在寻找真正的罪犯上去了。"方婷说着，眼眸低垂，将手中的骨瓷茶杯轻轻地放到了镶着金边的白色大理石茶几上。

一出孙家的门，赵勇就涨红着脸，想主动跟刘队承认错误："刘队！我，我……"他嘴里叹着粗气，心中却不服输，所以说不下去了。

"行了，别自责了！你还是个生瓜蛋子，还是太嫩！以后多出出外勤，练练就成了。"刘队拍着赵勇的肩膀安慰他道。

"可是，怎么可能呢？如果孙文亮的血型是B型，那么现场留下的血迹又是谁的呢？"赵勇依旧无法从沮丧的阴影中摆脱，面色凝重地嘟囔道。

忽然他转念一想，立马说道："难道是孙文亮这小子在撒谎？他根本就是O型血，骗咱们说是B型，就像跟他妈还有保姆串供一样，一直想蒙咱们！"他抬起头，满怀希望地看着刘队。

没想到刘队却轻轻地摇了摇头："现在说这些都太早，也许案子没咱们想象的这么简单。我刚才故意让孙文亮喝茶，观察他们母子俩端杯子的动作，结果他们用的一直都是右手。得，甭管怎么着，咱们先到安保监控室去看看，看看是不是真如方婷说的那样，小区里的监控还没有启用。"

◇ 七 ◇

-1-

　　清晨，赵勇被手机闹钟的振动从梦中吵醒。他翻了个身，想再睡一会儿，昨天为了查案，他很晚才回到家。但一想到今天上午刘队要开案情分析会，他不得不挣扎着从床上坐了起来。

　　那天在孙文亮家，方婷和保姆为孙文亮归来时间所做的证言，就好像她们事先就知道张小美的死亡时间一样，给孙文亮制造了完美的不在场证明。

　　虽然知道孙家人在说谎，却拿他们毫无办法，这让赵勇十分气愤，有一种被戏弄的感觉。

　　为此，当日他和刘队又去了小区里的监控室，结果正如方婷所说的那样，小区里的所有监控还未启用。

　　后来的调查则令赵勇更为大跌眼镜，孙文亮曾在大学里献过血，学校档案里对他的血型记录是Ｂ型，确实不是在案发现场找到的Ｏ型血，这证明了孙文亮在血型上没有说谎。

　　之后，鉴证科又从居民身份证系统中调来了孙文亮领取身份证时录入的指纹信息，与案发现场采集到的指纹进行了比对，结果并非同一人。

　　案件调查就此陷入了僵局。

　　洗漱完毕，赵勇来到餐桌旁坐下。桌上放着一碟儿六必居的酱黄瓜，透过半掩着的厨房门，他看见母亲还在里面忙碌。

　　揉了揉干涩的眼睛，赵勇打了个哈欠问道："妈，早上吃什么呀？"

　　"粥，还有包子，成不成？不成我去护国寺小吃给你买豆汁儿、焦圈儿去！"说着，母亲已将一碗小米粥端了出来，放在了赵勇的跟前。

　　舀着黄乎乎的粥面儿上棕红色的糖浆，一颗完整的、剥了皮的鸡蛋颤巍巍地靠在白瓷勺上，浮出了碗边。

"鸡蛋、红糖、小米，妈，您这是给我坐月子下奶呢？"赵勇朝正端着一笼包子走过来的母亲，开玩笑道。

"嘿，这不是看你这两天工作辛苦嘛，起早贪黑的，想给你补补身子。"

母亲说着，在圆桌旁坐了下来，看着赵勇笑嘻嘻地喝着粥，她见缝插针将话题一转："我倒真盼着给我儿媳妇伺候月子呢，关键是我那儿媳妇她在哪儿呢？"

听见母亲又开始为他找对象的事儿操心，赵勇连忙抬起头，用勺子"嗒嗒嗒"地敲了敲碗边："打住，您甭再往下说了啊，我自个儿心里有数。"

见赵勇又要推脱，母亲张开嘴想要再唠叨他几句。就在这时，家里的电话突然响了起来。

这台电话还是赵勇找林红帮他办理的。自打那次在交通队里见过她后，赵勇就跟发小儿何磊要来了林红的手机号，跟她假模假式地咨询过几次移动的宽带业务，这台电话就是那时候通过林红办理安装的。

但是，自从这部电话装上以后，几乎没有使用过，更别提有人打进来了。

母子俩坐在餐桌旁，大眼瞪小眼地互相看了一会儿，赵勇站起身来，走过去将电话接起："喂？……啊！赵大爷呀……您找我吗？哦，她在……"

赵勇举着听筒，转过头来，狐疑地看着母亲。结果他看到了母亲紧张兮兮的脸，和在胸前慌乱摆着的手，赶忙将差点说出来的"家"字又吞了回去，而是改口说道："她在我大姨家呢。我大姨高血压又犯了，她过去帮忙照料照料，去了有两天了……啊？您说她手机打不通啊！"

说到这儿，赵勇又转回头看母亲，母亲朝他连连眨着眼睛，这一次还将双手交叉在胸前比画了一个叉，"啊，那可能是她忙着买菜做饭什么的没听见吧。行，您甭担心了，等她回来，我让她打给您……好嘞，赵大爷，那先这么说，回见！"

挂断了电话，赵勇故意扁着嘴闷闷不乐地走了回来，发出"啧啧啧"的叹息声："我说妈，您要是不想跟赵大爷去公园跳舞，就跟人直说，别老吊着人家啊！再说，我爸都走了那么多年了，您还有什么放不开的。我看，赵大爷人不错，而且也姓赵，咱这肥水不流外人田，您差不多就得了，成就成，不成就拉倒，老欲迎还拒的，算怎么回事儿啊！"

"嘿！小兔崽子，胡说什么呢，什么欲迎还拒，把你妈说得跟老不正经似的。"刚开始听赵勇说话还差点儿憋不住笑的母亲，一下子挂不住脸儿了。

"欸呀！我就是打个比方。我爸走得早，您怕我受气，一直不肯再婚，一个人含辛茹苦地把我拉扯大。您老就是再借我一万个胆儿，我也不敢那么说您啊！做儿子的是希望您晚年有个伴儿，能陪您说说笑笑，逗您乐呵乐呵什么的。要是我哪句话说得不着调，妈，您就当我是个嗝儿，打出去就得了，别当我是个屁就成，咱别污染空气。"见母亲认真了起来，赵勇连忙哄她道。

发现母亲被自己刚说的话逗乐了，赵勇接着打趣道："不过妈，下回我可不能再帮您说谎了啊！您知道吗，我这是在给您做伪证，涉嫌包庇，这是犯罪！"

"呦呦呦，你小子小时候不想上学，跟老师装病，老师来家访时我替你编瞎话，你那时候怎么不治我个包庇罪啊？哦，当妈的包庇儿子就行，儿子替妈说两句谎，就像自己牺牲了多大似的。没良心！"

母亲假意生气地念叨着，嘟着嘴没好气地夹起了一个肉包子，放到了赵勇跟前的小碟儿里："快吃！吃完好上班去，甭跟这儿气我！"

赵勇笑呵呵地摇着头，将包子塞进了嘴里，牙齿刚碰到包子皮，还没咬到里面的馅儿，他就停在了那里，眼睛直勾勾地盯着桌面，像被石子儿硌了牙似的。

他的样子把母亲吓了一跳，赶忙探过身来关切地问道："怎么了？咬着舌头了？"见赵勇不说话，母亲着急地伸出手来扳过他的下巴，想要去查看他嘴里的情形。

不料赵勇"腾"地一下从椅子上站了起来,将嘴里没吃完的包子拿出来扔回到碟子里,嘴里喊着:"妈,我不吃了,我想起有事儿先走了。"就拿着外套冲出了门。

-2-

开车往刑警队的路上,赵勇一路加速,急着想尽快把心中刚刚冒出来的想法汇报给刘队听。

正是母亲最后说的那几句话,给他提了醒。他想起了两年前,方婷在孙文亮交通肇事中犯的那起"顶包"案,如果那时候她可以明知故犯地为儿子做伪证,那么现在她为什么不能如法炮制呢?这也解释了现场找到的血迹与孙文亮血型不符的原因,因为那是方婷留下的血。

为了让儿子脱罪,方婷在孙文亮回家后,又潜入了张小美的家中,慌慌张张地打扫了一遍,试图用左手指纹迷惑警方,让警方认定嫌疑人是一个左撇子。

也许是慌乱,也许是故意,方婷打碎了其中一个玻璃杯,在水槽内壁上留下了自己的血迹。之后她回家与保姆串供,只等着警察上门调查,再帮孙文亮摆脱嫌疑。

想到这儿,赵勇忍不住摇了摇头,为这个自作聪明的母亲再一次感到惋惜。

"刘队,我想明白了!"赵勇风风火火地走进了刘队的办公室。

刘队坐在椅子上,刚刚端起来的茶杯停在了嘴边。

赵勇快步走向桌边,接着说道:"是方婷!两年前她就这么干过。那时候她为了替孙文亮掩盖无证驾驶的交通肇事而'顶包',现在她又在孙文亮离开后,回到了张小美的家里,收拾了一切,留下了指纹和血迹,试图掩饰……"

赵勇的话还没有说完,他就看见刘队放下了手中的茶杯,拿起一份文件递到了他的跟前:"看看吧!这是血液鉴定中心返回来的报告,经

DNA 分析，在现场找到的 O 型血迹是属于男性的。"

刘队的话让赵勇一下子愣在了那里，他不敢置信地接过文件翻开来看。又听见刘队继续说道："你刚才说的猜测，我也曾这么想过，但是现在看来，咱们俩都错了。"

"不，也许不是方婷亲自干的，还有另外一种可能，她找人替孙文亮伪造了现场。对！一定是这样的！"赵勇不甘地说道。

"当晚孙家人连同保姆英姐的通话记录已经都调出来了。除了英姐在晚上十点半左右接过一个电话，其他人从晚上九点后就再没有通话往来……"

不等刘队说完，赵勇就不服气地将文件摔在了桌子上："可是您也看出来了，方婷他们就是在说谎，这件事肯定跟孙文亮有关，咱们应该把他带回来审问！"

"你说审就审啊！你有什么证据把人家抓回来审问？孙文亮和张小美那晚搭乘的出租车司机也找到了。司机说，他们从工体北路拐出来没多久，张小美就要吐，司机就让他们下了车，那个路段不是主路，监控没有覆盖，之后他们是不是搭乘了别的出租车，或者是其他交通工具回到张小美家，也不得而知了。现在这条唯一能证明孙文亮说谎的线索也断了。没有任何直接证据能够证明孙文亮曾到过案发现场，上级不会批准拘捕孙文亮，咱们最多只能传唤他十二个小时。他要是死鸭子嘴硬，一直不开口，你能拿他怎么办？时间一到，方婷一定会带着律师来要人，你敢不给？"

看见赵勇低下头终于冷静了下来，刘队绕过桌子，走到他的身边，将他原先摔在桌子上的《血液基因分析报告》拿起来，重新塞进了赵勇握紧双拳的手里。

刘队叹了口气，接着对赵勇说道："现在看来，要找到这个人，想从方婷母子嘴里问出来是不可能的了。"

刘队说到这，语重心长地拍了拍赵勇肩膀："只能靠咱们自己了！"

第三章
北京户口

◇ 一 ◇

二〇一四年夏，天津。

"旅客朋友们请注意！由天津开往北京南的 C25 次列车已经开始检票了，请乘坐此次列车的旅客，前往 23、24 检票口，检票上车！"

听见站台广播的通知，天津火车站里，坐在 23、24 检票口前等候上车的人们开始纷纷起身，前往检票口排队。只有一对年轻男女，还木然地坐在等候席的排椅上沉默不语，一动不动。

"开始检票了，你该去排队了，我走了。"

见女友起身要走，黄源一把拉住她的手，带着央求的语气，着急地说道："等等，桐桐！你还没告诉我你什么时候回北京呢。"

低头看着黄源期盼的眼睛，杜雨桐既没有甩开他的手，也没有要再坐下的意思。她的脸微微发红，低声说道："那你……什么时候带我去做那个手术？"这个问题令她难以启齿，所以说完后，她下意识地朝四下看了看，生怕别人听见。

"什么手术？"黄源明知故问，他只是不敢相信，女友竟然再次提出了这个无理要求。所以他要看看，她是否好意思再理直气壮地说出口。

"我跟你说过啦，处女膜修复术。"

"你……"

没想到女友真的说了出来，黄源的心里像吃饭时在盘子里发现了蟑螂腿一样恶心，脸上的表情更是像这一口饭已咽到了嗓子眼，无法吐出一样无奈。

他苦着脸问道:"你、你补那个干吗?"他嘴里虽然这样问,但是心里却受到了极大的侮辱。这又是一个明知故问的问题,甚至是细思极恐。

杜雨桐没有说话,却也未显现出丝毫愧意。

女友的无声抵抗令黄源感到恼火,他再也坐不住了,站起身来对着她逼问道:"是不是你爸看不起我,你就也看不上我了?你爸这个势利眼,我都进央企工作了,他还想要我怎么样?"

黄源这一次的天津之行并不顺利。去之前,母亲以为他要去天津拜见未来的岳父岳母,特意从四川老家托人寄来了两坛上好的竹叶青,让黄源带上。可一到天津杜雨桐的家里,黄源就知道,母亲这次的心思是白费了。

中午围着圆桌吃饭时,杜母倒是表现出了基本的待客之道,虽不算热情,其间却也给黄源夹过两次菜。可杜父却似看到了瘟神上门一样,一直垮着脸,一言不发。

吃完饭后,杜雨桐被杜母喊进厨房一起收拾碗筷。

黄源与杜父隔着老远,分别坐在沙发两端。

盯着茶几上冒着白烟的两杯热茶,黄源感觉如坐针毡。他时不时地朝厨房门口看上一眼,盼着女友能快点出现。

沙发对面的电视里正放着《百变大咖秀》的重播,贾玲和大张伟的卖力表演,博得观众们的一阵阵欢笑。而电视外,沙发上的两个男人却不为所动,气氛异常尴尬。

"听说,你找到工作了?"这时,杜父突然开口说话了,眼睛仍盯着前面的电视,面无表情。

"啊,是。两个月前,我拿到了国粮集团提供给应届研究生的实习机会,现在已经在国粮酒业里实习两个月了。再有一个月,实习期结束,我也拿到了硕士学位证,就可以正式办理入职手续了。"黄源扶了扶鼻梁上的眼镜,转向杜父坐正,认认真真地回答道。

"那你以后有什么打算啊？"

"我是研究生，所以一入职，公司给我的职级是法务主管，不像那些新毕业的大学生，入职后最多也就是个法务专员。央企的平台大，舞台宽，我相信只要我好好表现，努力工作，以后一定有我发挥的空间。国粮是世界500强企业，我……"

"切，想得容易！央企里的人多了，没根儿没叶儿的，最多也就是混到老了混个平稳退休。想出人头地，你那是做梦！"黄源的话还没有说完，就被杜父打断。

"叔叔，您说得是。现在在哪个企业里干都需要人脉，但是我对自己有信心，这个实习的机会也是我的导师帮我推荐的。国粮集团今年在北京只招收二十人，培训期间我看了一下，除了我和另外一个校友是人大的，其他同事都是清华、北大毕业的。虽然薪资水平不如外企，但是一旦正式入职，就能拿到北京的落户名额，所以我……"

"有北京户口又怎么样？是！传说一个北京户口能值四五十万，可那是冲着那些把北京户口当回事儿的人喊出来的价。有北京户口又能怎么样，是坐地铁不花钱啊，还是买房能给你打折啊？说实话，我并不想让桐桐留在北京，我觉得我们天津挺好，直辖市，人口密度、生活压力都比北京小。北京有清华、北大，我们天津还有天大、南大呢！"杜父没等黄源说完便不屑地说道。

"叔叔，您说得也有道理，但是北京毕竟是中国的首都，是很多年轻人向往留下来的地方。不说城市活力，就单说北京多姿多彩的生活，在北方地区那也是其他城市望尘莫及的。桐桐跟我一样是人大毕业的，留在北京发展的空间更大，而且据我所知，桐桐她自己也想留在北京，并不想……"

"啪！"这一次黄源的话，是被杜父重重摔在茶几上的茶杯打断的。

"我自己的闺女，我自己知道！谁说她想留在北京了？昨天她还跟我说回家真好呢！"

见黄源的脸涨得通红，没有再试图争辩，杜父的语气稍稍缓和了些：

"我听桐桐说了,你很努力。但是年轻人,你们这一代,光靠努力是不够的!直截了当点儿说吧,你们俩处对象,我并不同意!

"桐桐是独生女,不说娇生惯养吧,也是我和她妈妈捧在手心里养大的。

"你上面还有两个姐姐,听说,她们为了供你读大学,虽然成绩优异,但是没读完高中就都辍学了。

"我和桐桐她妈妈,虽然不是富贾高官,但也都是事业单位的中层干部。桐桐她妈妈已经退休了,现在每个月的退休金差不多有五六千元,而等到我退休时,比她多得可能不止一倍。

"但是我听说,你的父母连养老保险都没有。你母亲为了陪你上学,一直在北京打工,你父亲还在老家照顾你多病的奶奶,对吧?你看看,咱们两家的条件根本不对等嘛!

"我们可以把钱拿出来补贴闺女,但是将来要我们补贴亲家,你说谁能愿意?

"你有一天也会为人父母,到时候你自然会明白我的心情了。"

"你少这么说我爸!我爸他不是势利眼!他只是面对我的问题,为现实考虑得更多!再说,他担心的也不全错!"杜雨桐仰头瞪着黄源,冲他喊道,经过他们身边的人群纷纷投来各种目光。

黄源这才恍然大悟,为什么女友在厨房里一直没出来。或许,客厅里与杜父那场不愉快的谈话,也是他们一家人事先就商量好的安排。

杜雨桐比黄源小两岁,今年在人民大学本科毕业。黄源是在她读大三时,与她在人大校庆的活动上相识的。

黄源觉得杜雨桐人如其名,就如她那富有诗意的名字一样,这个女孩儿给他的感觉清新、文静,可与她谈了两年恋爱下来,黄源发现这些优点的背后,还附带着极度的保守。

整整交往一年后,杜雨桐才允许黄源对她做一些亲密的举动,但也仅限于拥抱和接吻,这让正值青春年华、血气方刚的黄源,时常有一种抓心挠肝的感觉。

虽然黄源主动提出过要求，也曾故意创造了几次机会，但杜雨桐就是不肯让他更进一步。

直到今年春天，想到杜雨桐即将毕业，黄源觉得实在不能再等，便在杜雨桐生日的那一天，借要给她看生日礼物之由，才将她连哄带骗地请进了研究生宿舍。

先前黄源已嘱咐过室友尽量晚回来，又买了玫瑰花和红酒，还在床上撒满了玫瑰花瓣，以制造浪漫的气氛。

在喝了几杯红酒之后，杜雨桐的脸上渐现红晕，黄源将他精心准备的礼物，用礼盒包着，跪献到了坐在床边的女友面前。

扯掉白色礼盒上漂亮的红丝带，掀开盒盖，一款时下最为流行的MK皮包静静地躺在盒中。

想着黄源一定是省了几个月的生活费，才给自己买的这份礼物，杜雨桐大为感动，惊喜之余，不禁落下泪来。

黄源赶忙坐到床边帮女友拭去眼泪，然后十分怜爱地将她拥入怀中，脸紧紧地贴着她的额头。

他给她勾勒了很多美好的未来愿景，也向她许诺了不少将来要实现的目标，包括买车买房，还有娶她回家，句句发自肺腑。

杜雨桐枕在黄源的胸口，轻声笑着，两个人很自然地热吻了起来。

那一次，黄源得偿所愿，虽然他也没有经验，但是过程中他极力控制，想给女友留下一个美好的回忆。可是杜雨桐的脸上却一直只是痛苦的表情，整个人僵硬得像一块儿砧板，而不是砧板上的肉。

虽然女友索然无味，但是初尝过甜头的黄源，每次回忆起来还是感觉意犹未尽。

他原以为，有过这一次，以后的事自然顺理成章。可黄源没想到，杜雨桐的态度却依然扭捏，每次他一提到这件事，她就会反问他："你到底是爱我的人，还是爱我的身体？为什么总想着那点儿事？"

杜雨桐说话时看着他的样子，就像看着一个性欲旺盛的色魔，这让黄源甚至都开始怀疑自己是不是真的要求过分了。但是看着校园小树林里那些如胶似漆的小情侣们，黄源又觉得自己没有错。

虽然之后他与杜雨桐又有过几次亲热行为，但是杜雨桐的反应并没有比第一次强上多少。

她没有黄源想象中女人应有的娇嗔妩媚，更没有事后的含羞带笑，总之就是毫无生趣。所以，渐渐地，黄源也就不再提要求，但是这并不表示他不想要。

无处发泄的情欲，像烈火缠身一样烧得他饥渴难耐。大多数时候，他都会采用以前的办法，自己解决。也有些时候他会往头上浇冷水，强忍下来。但是每每如此，他心中都会生出一个疑问，那就是，与他年纪相仿的杜雨桐，为什么会对这件事表现得如此冷漠呢？

"或许，从一开始她对我就不那么情愿吧。也许，她压根儿就没觉得跟我会有未来，更别提白头到老了。"

黄源在心里默默地回答着自己，先前茫然地看着火车车窗外的眼睛微微红了起来。

他摘下了眼镜，弓着手指抹了一把鼻子。再戴回眼镜时，他的眼睛不自觉地睁大了。

车窗外湛蓝的天空下，一条小河在绿油油的田间流淌，几只飞鸟雀跃地在阳光下飞翔。

海阔天高，就像他正驶向的未来，这让黄源心中豁然开朗。

"有什么了不起的，不就是谈了场失败的恋爱吗！我的未来，前途一片光明，让姓杜的一家等着后悔去吧！"黄源暗暗对自己说道。

◇ 二 ◇

-1-

在北京站下了车，黄源坐地铁回到了魏公村。毕业在即，为了方便上班，他已搬出了研究生宿舍，在学校附近的小区租了一套一居室。

走进楼门，沿着楼梯爬到四楼，黄源拿着钥匙正想开门，听见从楼上传来了一男一女的说话声，便将动作停了下来。

他听出那两人像是正在讨论租房子的事情，男人是中介，女人是租客，她讲的普通话里夹杂着很重的东北口音。

"还确认啥？我上回不都跟你说了吗，就我一个人，连宠物都没有。咋地，一个人，房东不租啊？"

"不是，王小姐，您别误会，房东只是让我们问下房客的详细情况。我刚才也跟您说了，这房子空了很久，一直不好租，要不然租金也不能便宜这么多。所以您愿意租，房东还巴不得呢。但是出于安全的考虑，谁家租房子，肯定都更愿意租给小夫妻或是小情侣，租给单身女性，房东有所顾忌，这也正常。"

"哎呀，说得挺好听的，出于安全的考虑，那是考虑我的安全啊，还是谁的安全啊？我之前不都跟你说了吗，我就是短租。对了，这事儿你跟房东说了吗？他咋回答的？"

"哦，说了。房东说最少得租仨月，您说的一个月太短。毕竟您不租了，找新房客期间，这房子还得空着，对房东来讲也是损失嘛！"

"行了，别说了！我要是住不到仨月就退了怎么算？"

"那样的话，按照我们提供的租房协议，需要您支付一个月的租金作为违约金赔给房东，其实挺不划算的！"

"那行，我知道了，这房子我也看了两回了，就这么定了吧！你约房东出来，今天就签合同，我能越快搬进来越好。"

很快，从楼上传来了下楼的脚步声，黄源向一旁退了退，给下来的两人在转弯处让出空间来。

黄源看见走在前边的男人穿着淡绿色的衬衫，胸前挂有"链家"标志的名牌，而跟在后面走下来的女人则浓妆艳抹。

卷曲的假睫毛高高翘起，打了高光阴影的鼻梁下，两瓣烈焰一样的红唇分外诱人；深V领的蝴蝶袖衬衫下摆，在腰间打了一个十字结，露出了性感的腰身；脐下，几乎与大腿根部平齐的超短热裤让她一双雪白的美腿暴露无遗；脚下踩着的"恨天高"，在这条狭窄楼道里的老旧台阶上敲出清脆的声响。

看见黄源，女人的眼睛亮了一下，然后便微微低头躲开了他的目光，含笑从他身边经过。

这令黄源十分诧异，因为从刚才女人那眼神里，他分明看出她好似认得他一样。但在黄源的记忆里，却对这个女人毫无印象。

"难道是自作多情，会错了意？"这样的想法，令黄源呆站在那里，目送着她下了楼，直到女人的身影彻底消失，才缓过神儿来。

对于自己的相貌，黄源虽有自信，但他也深知，自己并不是那种能让女人一见倾心的帅哥。于是他轻轻摇了摇头，将钥匙插进锁孔里，握住门把手正想开门，又停了下来。

他嗅到空气中弥漫着一股浓重的香水味，是刚刚那个女人留下来的。那是一股甜丝丝的味道，就像是一根羽毛探进他的心里，轻抚过每一个角落，令他感觉一阵痒痒。

这天夜里，黄源被屋顶上传来的声响弄得从梦中惊醒，好像是有人在挪动家具。

这令黄源猛地从床上坐起，惊骇地瞪着黑漆漆的室内，竖着耳朵仔细聆听。

据黄源所知，楼上一直是空房，没人住，他搬到这里不久，便听说那是一处凶宅。

两年前，楼上的老头儿因为不愿再忍受儿女的虐待，把自己活活吊死在了屋里。

虽然刚听说这个传闻时，黄源也曾几度失眠，还在深夜时躲在被窝里，悄悄地探听楼上的动静，但好在一直未有异况发生。渐渐地，黄源已把这件事淡忘，然后彻底抛诸脑后了。

"咣当！"楼上好像有什么东西重重地摔在了地上。

黄源吓得赶忙起身下床，走到了屋子中央，抬起头来，紧紧地盯着天花板看。

他脑中想象着，吊在老头儿脖子上的白绫突然被扯断，一具翻着白眼、伸着长舌头的苍老尸体重重地坠落到地面，光溜溜的脑袋磕到地板，发出"咣当"的一声响。

脑补出来的情景，令黄源恨不得立即逃离这间屋子，结果还没走到门口，他就听见门外传来的说话声，"慢点，慢点！轻点，轻点！"

黄源听出楼道里好像有人在搬家，他这才恍然想起，白天里遇到的房产中介和那个女人。

"原来她租了楼上的这间屋子，正在搬家呢！"黄源这才松了一口气，脱了衣服，悻悻地躺回到床上。

还好，只过了一会儿，楼上折腾的声音便停了下来，黄源也再次进入了梦乡。

转天是星期日，也是黄源与母亲约定好每周见面的日子。通常他都会在中午到达母亲做工的地方，然后在附近找一家餐馆，和母亲一起坐下来吃顿午饭，聊聊母子俩这一周的近况。

想到母亲今天一定会向他问起昨日去天津女友家的情况，黄源的心里开始打怵，他犹豫着要不要对母亲实话实说，还是编些谎话来骗她。

想起杜父话语之间透露出来的对他家庭的瞧不起，黄源觉得如果是一五一十地跟母亲说了，那对她无疑是一种伤害，但是不说，他又要如何向母亲解释，他与杜雨桐已经分手的事实呢。

带着这样的忐忑，黄源推开了房门。一走进楼道，他便像狗一样探着鼻子用力地嗅了嗅，又是那股甜甜的香水味儿，这说明楼上的那个女人刚刚从这里经过。想明白了这一点,黄源忍不住抬起头,朝楼上望了一眼。

就在这时,楼下传来了高跟鞋的声音。女人还是昨天的那身打扮,她一只手拿着崭新的扫把、簸箕,另一只手拎着一个白色的塑料袋,里面满满当当地装着方便食品,看样子是刚从超市采购归来。

黄源赶忙低下了头,往楼下走,贴着墙边与她擦肩而过。

"我叫王丽娟。"

"啊?"听见身后的女人像是在跟他说话,黄源本能地回过头去看向她。

此时女人已站在楼梯上,而黄源站在楼梯下。他又听见女人对他说道:"我叫王丽娟,新搬来的,住你楼上。"

"啊。我叫黄源,搬来两个月了,住你楼下。"话一出口,黄源就后悔地用力咬紧了嘴唇。

果然,黄源紧张的自我介绍引来了她的一阵轻笑。

"我知道你住我楼下。"王丽娟放下了刚刚轻掩在嘴边遮挡住嘴角笑意的手,接着对他说道,"昨天晚上搬家没吵到你吧?"

"啊,没有,没有。我睡得死,什么都没听见。"黄源傻笑着回答道。

"呵呵,那就好,以后要是有打扰到你的地方,你就上来敲我的门,我一般都在家。"不等黄源说话,王丽娟说完,嘴角挂着一抹耐人寻味的微笑,已重新拎起袋子,向楼上走去。

黄源静静地看着她的脸,被折叠过来的上层楼梯渐渐遮住;又看着她的腰,在台阶之间慢慢消失。他不敢再往上看,于是慌忙低下了头,一路小跑着去了地铁站。

-2-

中午吃饭时,黄源还是没忍心将昨日在杜家的遭遇告诉母亲,更没敢将分手的事情说出口。

母亲还以为一切进行得很顺利,甚至开始为他与杜雨桐是在天津办婚礼，还是回四川老家办婚礼的事操起心来。

看着母亲眉飞色舞的表情，还有因为兴奋，说话时比比画画的布满老茧的双手，黄源的心里很是难过。

晚上回到家，黄源给杜雨桐发了条微信，试图挽回这段感情，可直到上床前，都没有得到对方的任何回应。

看着空空的天花板，黄源重重地叹了口气，他将手机扔到枕边，伸手拉下台灯，屋里瞬间黑成一团。

但刚刚闭上眼睛，他又猛然睁开。

黄源听见天花板上传来的、女人高跟鞋踩着地板"哒哒"的声响，接着又是床板的"咯吱"一声，然后是拉台灯的"咔哒"声音，这之后，屋里又重回宁静。

黄源再次闭上了眼睛，不过，先前他脑海中那个穿着黄棕色格子长裙、裙摆没过脚踝的杜雨桐已经消失，取而代之的，是那火辣辣的红唇、深V衣领下呼之欲出的胸脯，还有那超短裤之上若隐若现的肚脐……

◇ 三 ◇

又是一个星期日，黄源打算在中午吃饭的时候，将他即将转正的好消息告诉给母亲。

周五下班前，人力资源部的同事通知他，他的转正申请集团已经批下来了，再过一周将与他签订正式的劳动合同，让他提早去跟学校打招呼，准备调档。

到时候，他的户口也将会落在公司统一安排的集体户口名下，从此变成"北京人"。

一离开阴凉的楼门口，黄源切切实实地感受到了仲夏时节里室外的炎热。蝉儿不安分地在树上发出"知了，知了"的鸣叫，小区里的杨柳树也都热得纷纷垂下了头，早该修剪的细枝像乱发一样挡住了步道上方的空间。

"黄源！"

快走到小区门口时，黄源听到有人在喊他。他回过头去，看见王丽娟正坐在人行步道的台阶上。今天她扎了个高高的马尾辫，上方垂下来的杨柳枝几乎要碰到她的发梢儿。

"你怎么坐在这儿？"黄源对楚楚可怜、正望着他的王丽娟问道。

"别提了，一早上去中关村攒了台电脑，打车回来，司机死活不肯进小区，更不肯帮我搬上楼。这不，我自己才折腾了几步，脚后跟就磨破了。"她嘟着嘴对黄源说道，随后探出了一只脚，用手指了指那只脚后跟上磨出的破皮。

黄源这才注意到王丽娟的身旁放着两个纸箱。弄明白了王丽娟喊他的用意，黄源主动走了过去，"来吧，我帮你搬回去。"说完，他右手提起较大的纸箱，左手又去拎稍小的那个。

"你帮我拿主机就行，显示器我自己拎。"王丽娟伸手去夺他左手的纸箱。

"不用！不用！没事儿！"黄源依然紧紧握着纸箱上的绑带不肯松手，与王丽娟争抢着。

之后，他拎着两个箱子大步朝楼门口走去，手背上仍能感受到与王丽娟的手接触时留下的柔软冰凉的触感。

弓着身子帮王丽娟连接好了主机与显示器，又将网线和电源线一一插好，黄源直起腰来，走出了王丽娟的卧室。

来到厨房，他看见王丽娟正站在阳台上打电话，原本扎在辫子上的头绳已被她解了下来，一头秀发松散地搭在肩上，挡住了她小半张侧脸。

也许是感觉到热了，她时不时用手背撩起脖颈后的头发，露出白皙的脖子。

有滴汗水从她的耳畔缓缓滑下，蜿曲前行，一路挣扎着越过她的锁骨，朝她起伏的胸口潜去。

发现黄源在看她，王丽娟赶忙对着电话又说了两句就挂断了。她从阳台走了进来，"吃雪糕？"她的嘴角轻轻一挑，对黄源笑着问道。

"嗯。"黄源也冲她笑了笑。

"那你进屋坐吧,我给你拿进去!"王丽娟依然对他笑着,一只手已经搭在了冰箱门上。

在这个一居室的开间里,没有客厅,厨房直接与卧室相连。黄源回到卧室,如先前安装电脑时一样,他四下看了半天,都没在屋里找到一把椅子或是板凳之类可以坐的东西。于是他走到床边,老老实实地在床角搭着半个屁股坐了下来。

这时,王丽娟走了进来,手里拿着两根雪人雪糕。"哎呀,都装上啦!"王丽娟看着显示器上干净的开机界面,撕开雪糕的外包装袋,递给黄源说道。

接着,她坐到了黄源的身边,两人开始默默地吃起了雪糕。

"巧克力。"

"啊?"听见王丽娟在对他说话,黄源抬起了头。

"我说你嘴角上沾了巧克力。"

"哦。"黄源抬起手背,在嘴边抹了抹。

"没弄掉,还有。"

"哦。"这一次,黄源干脆将拇指肚按在嘴角上用力地蹭了蹭。

"算了,你别动!"说着,王丽娟的脸已经凑了过去,未等黄源反应过来,她的舌尖已经触到了黄源的嘴边。

湿凉的触感在嘴角边蔓延,可黄源却越发感觉口干舌燥!像在沙漠里行走了多日、饥渴难耐的人一样,与她彻底纠缠在一起。

甜丝丝的香水味儿混合着洗发水的清香,被滚烫的身体加热出令人目眩神迷的香气。黄源吻过她的脖颈,吻过她的锁骨,还在贪婪地向下吻着。黄源再也无法控制地将王丽娟按倒在了床上。

"嗯,不要嘛!"王丽娟口中发出扭捏的娇嗔,小臂却还紧紧揽着黄源的脖子。

"丽娟,我喜欢你,我知道你也想要。"黄源手忙脚乱地解开腰间的皮带扣,等不及将裤子一层层地脱去。

"啊，不要嘛！"王丽娟试图用手阻拦黄源拼命撕扯她衣服的动作，可她却一点力道都没有。

身下的马儿想要驰骋，他怎会听她的央求。那难解的内衣是拴住马儿的缰绳和木桩，他要咬断缰绳，掀掉木桩。

"别这样，衣服都快被你扯坏了！别这样！别这样了！"王丽娟提高了声音，这一次她好似真的在阻止黄源。

"撕拉。"

"嘎吱。"

伴随着王丽娟衣服被撕裂开的声音，黄源听到屋外的大门好似被人打开了。他正想回头去看，却被一拳重重地掀翻在地。

"老公！他强奸我！呜呜呜……"王丽娟哭喊的声音，顺着黄源嗡嗡作响的耳朵，传进了他昏昏沉沉的脑袋里。

"你敢强奸我老婆！我今天要你的命！"伴随着一个男人的怒吼声，黄源金星四射的眼睛里，看见一只坚硬无比、漆黑一片的鞋底朝他赤裸裸的胸口，用力地踩了过来。

◇ 四 ◇

欧尚超市里，六条收银通道内都排了很长的队伍，怨声载道。

"干吗呢，那老太太！"排在三号通道队尾的情侣等得有些不耐烦了，男孩儿干脆坐到了旁边的不锈钢栏杆上，抻着脖子朝前面张望。

"下来，下来，等会儿呗！"身旁的女友皱着眉，对男孩儿教训道。

排在他俩前面的中年男人回头看了一眼，"咣"地一下，把手中提着的菜篮子重重地撂在了旁边的整理台上，表达着心中同样的不满。

"一百六十七块三。"

"一百六十七块三！"

女收银员在第一次跟英姐说完应付的金额后，见她没有反应，又说了一遍。

"啊？多少？"英姐收回了茫然的目光，回过神儿来对收银员问道。

"一百六十七块三！"收银员以为她耳背，故意提高了声音又放慢了语速，对她说道。

误解了收银员的好意，英姐很不高兴地拿出钱包，把钱一张张地抽出来，在心里数着，放到了收银台上。末了，她又从零钱包里拿出了七个钢镚，堆在纸钞旁。

等英姐做完这些，收银员无奈地摇了摇头，抬眼儿看向她："是一百六十七块三，不是一百三十六块七。"

英姐身后离得近的几个顾客，已经开始叽叽咕咕地抱怨了起来。这让她感觉更加心烦意乱，头脑一片空白，原本在心里算着要补上的钱，一下子更算不明白了。

她十分烦躁地将钱包里的纸钞全部掏出来，扔到了收银台上，对收银员怨气冲天地说道："呐，该给多少，你自己拿吧！"

英姐从超市出来时，外面已下起了毛毛细雨。不紧不慢的雨水像汗水一样粘糊在裸露的皮肤上，让人感觉更加闷热难耐。

也许是受够了这样的沉闷，阴郁的天空中突然响起了一声闷雷。

英姐加快了脚步，她知道今早的天气预报里说会有暴雨，但是出门前精神恍惚的她还是忘带了雨伞。

果然，片刻的工夫，豆大的雨点从天上掉了下来，路上骑车的人们纷纷驶向路边，将车子停靠在大树下，慌忙掏出雨衣往身上穿。

半边机动车道被横七竖八停着的自行车和电动车占满，原本正常行驶的司机们不得不纷纷向里侧并道，一时间鸣笛声四起，令人心烦气躁。

"该死！"英姐在吵闹的喇叭声中小跑着，还是很快被雨水淋透了她的花衬衫，在后背处显现出内衣的轮廓来。

打开大门，英姐将买回来的东西堆在门口，换好鞋，一扭身，直接走进了自己的保姆房内。

她脱掉湿透了的衣裤，用湿衬衫擦了擦头发和脸上的雨水后，把它扔在了地上。正打算拿起床头的短袖T恤来换，她听到方婷从客厅里传过来的声音。

"英姐,你回来了,中午吃什么?"

"吃什么!吃什么!"英姐一边负气地往头上套着T恤,一边愤愤地嘟囔着。

之后,她走到门口,提高了声音问道:"你想吃什么?"

自打那两个警察上门后,这半年多来,英姐很少再称呼方婷为"太太",尤其是只有她们两个人单独相处的时候,她甚至有时还会直接喊方婷的名字。

她想借此来跟方婷抗议,表达她心中的不满,可方婷却好像完全没有发现她这些变化似的,表现得毫不在意。

这时英姐已将新买来的菜从门口拎进了厨房,方婷也跟了过来,她站在厨房外,对正在往冰箱里放东西的英姐说道:"吃西红柿打卤面怎么样?我想吃面条了。"

"该死!忘了买鸡蛋了!"英姐看着冰箱里空空的保鲜盒,咒骂道。

接着她转过头来,毫不客气地说道:"没有鸡蛋了,吃挂面还是方便面?"

方婷显得有些失望,"那吃挂面吧。"说完她就离开了。

"想吃面条了,你不自己做?"英姐从橱柜里拿出一筒挂面,小声嘀咕道。

英姐来北京六年了。头一年,她在一个退了休的银行行长家做住家保姆。

行长夫人患了脑癌,时日无多,待人却没有表现出半点宽容。她总是怀疑英姐会偷吃她的鹿茸、海参,所以时常清点,还旁敲侧击。

这令英姐感觉受到了极大的侮辱,但是为了供儿子上大学,她不得不忍辱负重地坚持了下来。

一年后,行长夫人离世,英姐在家政公司的介绍下来到了孙家。初见方婷,她眼前一亮,除了在电视上,她从没在生活中见过如此端庄优雅的女人。

与行长夫人完全不同，方婷为人和善，待她不薄，逢年过节必会包一个红包给她，所以英姐在孙家一做就是五年。

英姐烧得一手好菜，与方婷慢慢相处下来，她发觉其实方婷的厨艺也不赖。虽然炒菜一般，但是做面食绝对是一流。

炉上不锈钢锅里的水刚刚烧开，练琴室就传来了一阵演奏小提琴的乐曲声。

"拉，拉，拉，就知道拉！"英姐拿起一把挂面摔进了锅里，扑出的水花差点溅到她身上，令她本能地向后一闪。

自打替孙文亮向警察隐瞒了他归来的时间，英姐就觉得自己的功劳特别大。虽然过年时，方婷以恭喜英姐儿子毕业为名，给她包了个五万块钱的红包，但英姐觉得这远远不够。所以，她对方婷不再表现得尊敬，更别提低三下四，她要提醒方婷她的功劳，要与方婷平起平坐。

"叮咚！"

"快递！有人在家吗？"

听见快递在叫门，英姐并不打算放下在锅中搅和面条的筷子，她伸着脖子，向厨房外喊道："方婷，方婷！去拿一下快递！"

接着，她倾耳聆听，听见小提琴的声音停止，英姐才又低下头，继续捣鼓起锅里的面条。

"英姐！你出来一下！"

英姐正在菜板上"当当当当"地切着葱花，听见方婷的叫喊，她不耐烦地回应道："什么事啊？我正忙着呢！"

说着，她把刀撂到了菜板上，双手蹭了蹭身前的围裙走了出来，嘴里还不忘嘟囔着："什么事儿啊？待会面条该糊了。"

看见方婷正站在客厅的中央，一手拿着撕开的快递文件袋，另一只手里举着几张放大了的照片看着她，英姐懵懵懂懂地走了过去。她接过方婷手中的照片，只看了一眼，拿着照片的两手便不受控制地开始颤抖。

这时，她听见方婷对她说道："英姐，这是黄源吧！"

英姐虽然没有说话，但是她知道，现在想否认已经来不及了。因为这些年，每周日黄源来找她时方婷基本都在，方婷早已见过她的儿子很多次，还跟他说过话。

没有回答方婷的问话，英姐低着头转身往回走。

可没走几步，她便停了下来，她听见方婷在她身后说道："英姐，这是你的私事，我不想过问，但是现在这几张照片寄到我家，寄给了我，我希望你一会儿想通后，能给我一个合理的解释。"

方婷的声音不急不躁，语气却冰冷坚定，她的话像牛仔手中甩着的绳索一样，把英姐牢牢地套在原地，又拉了回来。

外面的雨越下越大，雨点像噼里啪啦的子弹击打在落地窗上，毫不留情。

英姐缓缓地转回身来，像做错了事一样，战战兢兢地望向方婷。

方婷所站的位置逆光，再加上室内没开灯，英姐看不清她的脸，只觉得黑乎乎的一片，好像有一团黑雾代替了她的五官。

比外面雨滴还要汹涌的眼泪，从英姐的眼睛里流了出来。她将黄源在电话里哭着告诉她的事情，一五一十地对方婷讲了，还把对方提出的要求也一并说了。

"他们给黄源录了视频，逼他承认强奸人家的老婆未遂，那女人的男人要我们拿五十万出来补偿他，不然就要把这视频传到网上，还要去黄源的单位闹，让他转不了正。"

英姐的声音哽咽，几乎无法完整地说完一句话，每说几个字便要从肺里深深地抽上一口气，才能将下一个词说出来，这让她的喘息听起来像一个患了肺痨的病人，"嘶嘶啦啦"的，透着即将咳血的绝望。

方婷沉默了一会儿，接着她只说了一句话，就拿起了手机，说："他们这是在敲诈！报警吧！"

"不能啊，太太！不能报警啊！报了警，黄源的前途就毁了！"

英姐哭喊着扑向了方婷的手机，随着被她抢夺下来的手机掉落在地上，她也双膝跪倒在了方婷的脚边。

那一瞬间，英姐脑中飘过了很多过去的回忆。

她看见黄源是如何坐在昏暗发黄的吊灯下，伏在破木桌上，一边挠着腿上被跳蚤咬出来的脓包，一边学习的。

　　她看见两个女儿是如何咬紧牙关，弓着身子，捂着胃病发作的腹部，忍痛摘下茶花中能够制成茶叶的绿芯，装进身后的背篓里的。

　　她看见丈夫是如何抹掉额顶上浓密的汗珠，穿着破旧的凉鞋和打着补丁的背心，一下下地砍下毛竹加固房梁的。

　　这些记忆的片段像破碎的玻璃，一片片地扎进了她的心里，令她泣不成声，继而号啕大哭。

　　"那就付赎金吧！"

　　听到了方婷的话，英姐不敢置信地抬起了头，她仰着脸，看着方婷的眼睛。

　　她记得，上一次从这个角度去看一双眼睛，还是在红螺寺里的观音像前。

　　与观音的眼睛一样，方婷的眼睛里没有半点的彷徨和戏谑，什么都没有。

◇ 五 ◇

　　大兴老四烧烤店前的大排档里，一盘辣炒田螺被端上来后，桌上的两男一女举起了啤酒杯，重重地碰在了一起。

　　"干！"

　　放下空空的酒杯，李成钢将一个黑色书包从马扎旁拿起来，递给了对面的邹宇："哥，都在这儿了。"

　　邹宇赶忙撂下筷子，伸手接了过来。

　　拉链被拉开后，成摞的百元钞票便再也不受拘束地露出粉红色的一角。

　　王丽娟探着头，依依不舍地看着那些钱。

　　李成钢用肩头撞了她一下。

发觉被李成钢狠狠地瞪着，王丽娟这才勉强地收回了贪婪的目光。

"成钢，丽娟，你们辛苦了……咳咳……"

从不远处的烧烤炉上飘来一阵青烟，呛得邹宇干咳了两声，眼圈也跟着红了起来。

他抬起手在脸前用力地扇了扇，接着说道："让你们冒了这么大的险，我这当哥的，不知道该怎么感激你们才好。"

此时李成钢已经喝了不少，脸涨得像个吹足了气的红气球。他看着邹宇发红的眼圈，激动地说道："哥，你说什么呢！什么感激不感激的！你我可是过命的兄弟，欠你的情，我一辈子都还不完！"

李成钢说的是心里话，邹宇曾救过他的命，正因为此，他与邹宇拜了把子，以兄弟相称。

其实在那场事故发生前，有修车技术的李成钢根本看不起只会洗车的邹宇。

那天，李成钢站在被举升机架起的车辆下维修。举升机的钢丝突然绷断，正在被修理的汽车开始极速下降。

若不是碰巧经过的邹宇舍命扑向茫然无措的李成钢，抱着他从车底下滚了出去，李成钢恐怕早已被压成了肉饼。

此后，为了感谢邹宇的救命之恩，李成钢不但认了邹宇当哥，还将自己在河南老家学的修车技术毫无保留地教给了邹宇。

"这五万块钱，你们拿着！"邹宇从黑书包里掏出了一摞钱，推到李成钢的跟前。

"哥，你这是干什么？我不要！"李成钢一把按住邹宇的手，又把钱推了回去，粗声粗气地说道。

"成钢，你听我说！你不是说过不想再给人打工了，想开一个自己的修车厂吗！把这些钱拿上，再贷点儿款，去天津或河北，找个合适的地方，估计就够了。叫你拿着，你就拿着！"

李成钢的力气不小，邹宇的力气更大。这摞人民币高高隆起，像拱桥一样，又被邹宇硬推了回去。

"那剩下的钱怎么办？"王丽娟看着挣得面红耳赤的两个男人，突然问道。

她的话，让邹宇和李成钢终于停了下来，纷纷侧过脸来看向她。

"剩下的钱，会还给出钱的人。"邹宇淡淡地答道。

"呸！"王丽娟一甩头，把一只含在嘴里的田螺壳重重地吐到了地上。

她一脸委屈，愤愤地说道："啥？还给那个黄源？那咱们整这一出戏干啥呢？费心劳力地骗他上当，让他占我便宜，最后还得把钱还回去？泡我呢！你知不知道，他把我内衣都撕坏了……"

"你闭嘴！你懂个啥？哥说怎么办就怎么办！"李成钢怒吼着，没让王丽娟把话说下去。

见男朋友生气了，王丽娟没再吭声。她负气地立起筷子，在桌面上用力地杵了杵，来回扒拉着盘中的田螺，表达着心中的不满。

见此情景，邹宇看了看桌上空空的铁盘，站起身来说道："我再去要点儿烤串。"

会把钱还回去的事，李成钢事先就知道。虽然初听到邹宇的这个打算时，他也像王丽娟一样，不能理解，但是李成钢没有表现出愤愤不平，而是选择了沉默。

李成钢与邹宇做兄弟这几年，他渐渐发现，这个大哥身上有很多不为人知的秘密。

默默地望着邹宇走向烧烤摊前的背影，李成钢的思绪回到了去年立冬的那天。

"哥，把扳手递我一下！"李成钢对蹲在他身旁的邹宇说道。

两人正把一个补好了胎的车轮装回到轿车上。

"邹宇，有人找！"

"欸！"邹宇答应着，摘下了脏兮兮的线手套，转回头来对李成钢说道："你先弄着，我出去一下，马上回来。"

"行，你去吧。"李成钢知道邹宇刚才接了个电话，有人要给他送什么东西,现在看来,是那人已经到了。

嘴里答应着邹宇,李成钢抬起了头,朝邹宇离开的方向望去。

他看见邹宇将双手背过身后,在后裤腰上用力地抹了抹,试图擦掉粘在手上的机油。

透过邹宇的背影,李成钢看见修车厂外,一个女人正站在那里,笑盈盈地看着邹宇走过去。

女人的右脸上有一块红色的胎记,手里拿着一个用保温袋装着的盒子。他们俩有说有笑地在门口聊了一会儿,邹宇便走了回来。

"今天晚上有饺子吃了。"邹宇朝李成钢摇了摇手中的饭盒,笑着说道。

然后他将饭盒放到了旁边的工具台上,蹲下来继续给李成钢帮忙。

"为什么啊?"李成钢看着拿起螺丝帽,正要往车轮上拧的邹宇问道。

"今天是立冬啊,北方人的传统是立冬都得吃饺子。"

"谁问你这个了,我问你人家为什么给你送饺子啊?那女的是谁啊?"李成钢一脸坏笑地看着邹宇。之前他曾见过这个女人,来找过邹宇几次,这个问题他早就想问了。

邹宇没有察觉到李成钢语气里的戏谑,回道:"啊,你说红姐啊。她是我刚来北京时认识的朋友,人挺好的。我那时候身无分文,她还借给我三百块钱。后来我发了工资还她,她正巧搬家,离咱这儿不远,我就帮了她几次忙。这不,人家逢年过节的,就都想着我。"

"朋友?就这么简单?我记得你的手机还是人家给你买的吧?我看她啊,对你有意思!"

邹宇这才停下了手里的动作,懵懵懂懂地转回头来。

他看了李成钢半天,然后扑哧一声笑了出来:"怎么可能?人家才看不上我呢!再说,手机也不是她给我买的,是她帮我办的话费套餐送的。红姐是大学生,哪会看上我这个没文化的穷鬼!不可能,不可能。"

邹宇把脸转过去继续干活,倒不像是在说服李成钢,更像是在说服自己似的摇着头。

"有什么不可能的！哥，你人长得帅，又努力，有姑娘喜欢你，那是正常。不信，你下回亲她一口试试，她保准不拒绝！"

听到了李成钢的话，邹宇只是呵呵呵地傻笑。

李成钢却更来了兴致："你笑什么？我敢跟你打赌……"接着，他轻轻皱眉，疑惑地问道："哥，你不会是……"

"啊？什么？"听见李成钢没把话说完，邹宇抬起头来。

李成钢坏笑着，盯着邹宇的裤裆："哥，你那家伙事儿不会是……还没开刃吧！"

弄明白了李成钢话里的意思，邹宇涨红了脸，朝他肩膀上猛推了一把："臭小子，别胡扯了，赶紧干活吧，晚上还想不想吃饺子！"

李成钢得到了确定的答案，忍不住哈哈大笑了起来。为了不让邹宇尴尬，他转换了话题："反正明天休息，一会下了工，我请你去旁边的中医按摩，按按背怎么样？欸，我跟你说啊，那里来了一个姓王的东北妹子，手法特别好。按一回舒坦好几天。上回我落枕了，就是她给我按好的……"

"我不去，你自己去吧！我看你是想追人家，要不最近怎么总落枕，总往人家那跑呢？我说得没错吧！"

就这样，两人后来又嘻嘻哈哈地闹了半天。这晚，李成钢没有去隔壁做按摩，而是跟邹宇回到了八人共住的宿舍里，边吃饺子，边看了一晚上的电视。

他们俩的床位头对着头，都在上铺。晚上十二点刚过，李成钢正打算关掉夹在他俩床头中间的台灯，邹宇的手机突然振动了起来。

接通电话，邹宇只"喂"了一声，便猛地坐了起来，对电话里兴奋地说道："你等一下，我出去接！"

接着，李成钢就看见他满脸高兴地跳下了床，披着衣服走出了宿舍。

李成钢心想，一定是白天那个被邹宇称为"红姐"的女人打来的，便饶有兴致地靠墙坐着，等着邹宇回来好好"审问"他。

十几分钟后,邹宇走了进来。他阴沉着脸,慌慌张张地拿起衣服,急匆匆地往身上穿。

"哥,你怎么了?"见他那模样,李成钢收起了还没说出口的打趣他的话,转而着急地问道。

"没事,我出去一趟,你先睡吧!"可能是怕打扰到其他工友,邹宇的声音压得很低。

之后,他头也没抬地拎着外套出了门。

想着邹宇离开前的表情,李成钢这一宿睡得并不踏实。天快亮时,他听见门口的响动,知道邹宇回来了,便揉了揉眼睛,从上铺探出头来,对邹宇问道:"哥,你这一宿去哪了?没出什么事吧?"

令他没想到的是,邹宇没有搭理他,像跟他赌气似的,径直走到自己的床铺前,往枕头下塞了个东西,便一声不吭地走进了隔壁的浴室。

很快,浴室里传出了花洒喷水的"沙沙"声。

"哥,热水器坏了,只能喷冷水!洗不了澡,你忘了!"

"才几点啊!吵吵闹闹的,还让不让人睡觉了,敢情你们俩今天休息了!"宿舍里有工友抱怨道。

李成钢只得从上铺爬了下来,趿拉着拖鞋,走到浴室门口。他猜,邹宇刚才也许没听见,所以打算再提醒他一次热水器坏了的事情。

然而,一站到浴室门口,李成钢便愣在了那里。

邹宇正背对着他,赤裸裸地站在花洒喷出的冷水中,瑟瑟发抖。

邹宇就像是在暴雨中跌进了沟里,又慌忙爬起来的人一样,正试图用雨水,冲刷掉身上那些肮脏不堪的污泥。

他拼命地用手指在身上搓着,本已被冷水冲得发白的皮肤,硬被他剐出了一道道红印。堆在脚边脱下来的外衣裤,也自虐似的躺在地上,等着被溅出来的冷水一点点地浸透。

这景象让李成钢下意识地觉得不该再追问。怕被邹宇看见,他忧心忡忡地退回到屋里。

经过邹宇床边时,李成钢想起邹宇进来后做过的那个动作,便跟着将手伸到了枕头下面。

李成钢摸到了一个冰凉的金属块儿。他慌忙回头看了一眼，确认邹宇还没出来，赶紧掏出来看。

那是一个黑色的方形打火机，虽然不认得上面的牌子，但仅凭那打火机的一角镶满了几十颗闪亮的钻石，李成钢断定它一定价值不菲。

他在心里暗暗记下那上面印着的字母，将打火机又塞了回去。

第二天，李成钢特意上网，搜到了那个打火机。他发现，那打火机去年底刚刚在纽约拍卖出去，据说是被北京的一位买家拍走，金额高达二十多万人民币。

这个发现，令李成钢一度怀疑邹宇那晚出去抢劫了。为此，他替邹宇担惊受怕了很久。

好在后来没有警察上门，而邹宇也没有突然变得有钱，还像过去一样穷，过着入不敷出的日子。

那之后没多久，邹宇老家的父亲病了，还是李成钢借了三千块给他，才勉强把邹父的住院费凑上。

这样的经济窘境直到邹宇换了现在的工作，送起了快递，才稍稍好些。

然而，那一晚邹宇到底干什么去了，还有那个再未出现过的昂贵打火机，在李成钢心里成了一个永远解不开的谜。

"知道丽娟能吃辣，我特意让老板多撒了点辣椒。来！尝尝，够不够味儿？"邹宇握着一把肉串走了回来，将其中一根递给王丽娟，哄着她说道。

"丽娟，我还想问你来着，你鞋跟上那个像创可贴似的防磨脚的贴，是在哪里买的？"邹宇坐下来后又对王丽娟问道。

"哦，你说这个吗？"王丽娟踮着脚，将贴在高跟鞋内侧的防磨贴露了出来。

"对，就是这个！"

"网上有卖的，屈臣氏里也有。欸！我包里现在就有俩，你要，我给你不就得了。"王丽娟翘着嘴唇，用上下牙夹着，从签子上扯下一块肉来，含在嘴里嚼着说道。

"干！"李成钢举起酒杯提议道。

之后，三个人的杯子又重重地碰在了一起。

◇ 六 ◇

-1-

第二天一早，邹宇拎着昨晚李成钢给他的黑色书包，走进了工商银行的营业厅。

在人工柜台，他将包里的四十五万转给了一个账号后，又来到自动提款机前，把自己的银行卡插了进去，余额显示他还有五千三百二十一点八元。

邹宇将其中的三千元转账给了发小儿郝辰，那是邹瞎子这三个月的生活费和药钱。

办完了这些之后，他在营业厅门口，骑上先前停在路边的快递三轮车，朝林红家驶去。

-2-

短消息传到方婷手机上的时候，她正坐在客厅里的沙发上看电视。

划开手机屏幕，她读到了工商银行发来的账户变动提醒：

您尾号5525卡7月13日09：42柜台收入（现存）450,000元。

这时门铃响了起来，"快递，有人在家吗？"

方婷放下手机，正想起身去开门，英姐从厨房里小跑着出来，她举着湿漉漉的手对方婷喊道:"太太,您别动!我来!我来!"

见英姐已经跑到了门口,方婷便坐回沙发上,继续看起了电视。

不一会儿,英姐端着一盘剥掉壳的荔枝,放到方婷的跟前。

"太太,知道您爱吃荔枝,我前两天特意从网上订的特级'妃子笑',您尝尝!"

方婷用食指和拇指轻拈着,将一颗肉汁丰满的荔枝放进了嘴里。她轻轻地点了点头,夸赞说味道不错。英姐这才心满意足地回厨房继续干活去了。

这时,电视剧中的女主角因为上当受骗而开始放声大哭。

方婷慢慢地咀嚼着嘴里富有弹性的果肉,脸上渐现出一抹微笑。

-3-

南五环外的果园小区内,靠马路边的一楼车库这两年被精明的业主陆续改成底商对外出租,林红就租了其中的一间。

此时,她正在里面"噼里啪啦"地敲击着键盘,回答着淘宝顾客们关于家庭安防设备各种各样的咨询。

两年前,在一次同城交友活动上,林红认识了做安防设备的男朋友。

他谈历史、论外交,头头是道,虽然长相一般,还有些谢顶,但他高大的身材和自信的谈吐,依然博得了在场不少女孩儿的好感,其中也包括林红。

活动后,他对林红发起了猛烈的追求,没两天就成功捕获了林红的芳心,与她开始了同居生活。

靠着伶牙俐齿,男友让对股票一窍不通的林红几乎拿出了全部的积蓄给他投资。

男友虽屡屡传来他从股市上大获全胜的好消息,但林红却从未收到他还回来的一分钱。尽管如此,林红仍对男友心怀着坚不可摧的信任和几近仰视的欣赏。

直到有一天,早上去上班的林红在自家楼下被一个胖女孩儿拦在了楼门口。胖女孩儿请求林红，不要再纠缠她的男朋友。

林红这才如遭雷劈般地恍然大悟，回忆起最近给男友打电话时，他总是躲躲闪闪、支支吾吾，想必那些时候，他就是和这个胖女孩儿在一起。

林红只是万万没有想到，男友为了掩盖他的三心二意，竟然无耻地编出是"她在纠缠他"的谎话来，还将她家的地址告诉给这个"第三者"。

后来，虽然与胖女孩儿将整件事情捋了个清楚通透，也分出了谁先谁后，但是胖女孩儿却不像林红那样看清了他的真面目，而是执迷不悟地放出豪言：

"我不管你说的是不是那么回事儿，我只知道我很爱他！而且，我能给他的，你给不了！

"他是单亲家庭，他妈一直指望他能有出息。他常说，对于一个男人来讲，最重要的，第一是事业，第二是家庭。

"我或许在经济上给不了他太多支持，但我能给他北京户口！只要我们俩结婚够十年，等他到四十五岁，他就有北京户口了！况且找一个守家在地儿的本地人，总比找一个外地人要好发展，对不对？

"所以，我求求你了，你放过他吧！"

虽然这段恋情以男友脚踩两只船而告终，却让林红最终明白了一个道理，男人是靠不住的，女人更要自强。

于是，她辞去了10086的客服工作，用协助前男友工作时所发现的商机，开了一家淘宝店。

近几年，无线WiFi在家庭中的普及给家庭智能安防设备带来了巨大的机遇，林红十分敏锐地捕捉到了这一点。

她以线上业务为主，兼营线下实体店。从进货、咨询，到包装、发货，都由她一人完成。虽然辛苦，收入却是她做话务员时的好几倍。再加上林红有多年的客服经验，对于顾客咨询的问题总能给出耐心细致的解答，这也为她积攒了不少回头客。

邹宇走进来时，林红正在忙着给一个老顾客解答设备安装的问题。

"阿红，这两天要发的货都在这儿了吗？"邹宇看着墙角处散乱堆着的包裹问道。

"啊！是！就这些，你先往车上运吧，我这边忙完再跟你结算。"林红目不转睛地盯着电脑屏幕，回答道。

自打林红开了这家淘宝店，她对快递业务也逐渐了解。她发觉，快递行业正在高速成长，比起洗车工，快递员的工作也更有发展。

当时，附近的物流站正在招人，林红就将邹宇介绍了过去。

现在每隔两天，邹宇便会来她店里取一趟要发出的快递。

日子久了，林红已不记得是从什么时候起，邹宇不再喊她"红姐"，而是改口叫她"阿红"的。反正，她也没想强调她比邹宇大一岁的事实，所以也就任他这么叫了。

邹宇将要寄出的包裹悉数装到了车上。走回屋内，看见林红仍在电脑前忙碌着，他走向一旁的饮水机，将空空的水桶拿了下来，默默地朝水站走去。

几分钟后，顾客的问题终于得到了解决，林红有些疲惫地伸了个懒腰，发现桌上的水杯空了，她站起身，想要去接水。

这时，手机响了起来，林红放下水杯，接听了电话。

"林红，嘿嘿，忙着吗？"

"没有啊。怎么了，勇哥？"赵勇在电话里的声音听起来有些紧张，这让林红觉得他大概是有什么要紧的事。

自打林红帮赵勇的母亲家里安装了宽带和座机之后，赵勇就一直说要请她吃饭。

刚好那阵子林红晚上常常要加班，他们便将约定的日子一拖再拖。

等到林红终于有空了，赵勇又升任了刑警。于是两个人约了几次的饭局，一直都没有实现。

后来，有一次赵勇打来电话时，林红正在跟刚交往不久的男友逛街。

平日里温文尔雅的男友，一把抢过林红的手机，对着电话骂了几句，然后又不顾林红的阻止，强行挂断了电话。

虽然事后林红就此与男友发生了不小的争吵，责怪他的小气和神经质，并给赵勇打电话道了歉，但这还是令她跟赵勇之间变得十分尴尬。

自那以后，赵勇就再没约过她，两个人的交往从此就仅限于朋友圈里的问候了。

◇ 七 ◇

"今儿翻了翻你朋友圈，看见你和男朋友分手了……你还好吧？"赵勇的声音温柔，里面充满了试探性的关心。

"呵呵，你看的是什么时候的朋友圈啊，那都是半年前的事儿了！勇哥，你可真逗！"听出赵勇并没有什么要紧的事，林红松了口气，笑着答道。

"那是半年前的消息了吗？嘿！你说这事儿闹的！说实话，我忙得压根儿没时间看朋友圈。今儿得空，合计着随便翻翻，一看着，就给你打电话过来了，也没仔细看日期。你说这事儿闹的！你说这事儿闹的！"赵勇在电话里傻呵呵地笑着，不停地重复感叹着，林红好似都看见了他此时不停挠头的尴尬模样。

"嗯，您那儿消息是有点滞后了。不过，放心吧！我没事儿，早缓过来了。我现在自己在大兴这边开了家店，卖家用安防设备，你有空可以过来看看，陪我聊聊天。"

"好啊！那你今儿晚上有空吗？咱们先吃个饭，然后一起去看电影，怎么样？就看《京城81号》，现在那片儿特火！吴镇宇和林心如演的。影评上有人说，看到最后吓得差点儿哭出来！怎么样，想看吗？"赵勇的声音突然兴奋了起来，一口气说了一大堆。

"哦……我今晚倒是没什么事儿，不过……那个……是恐怖片吧？"听赵勇这么一说，林红变得犹豫。

"对，恐怖片。据说，是至今国产恐怖片里最吓人的一部！我买票前还特意看了看介绍，别说，还真刺激！等看完电影，我再带你到朝内81号附近去转转，夜游恐怖片现场，实地考察一番，呵呵，到时候肯定特有感觉……"

赵勇完全没有听出林红话里的畏缩，自顾自地说着。

林红在这头，已经听得连连蹙眉。

这时话筒里传来了"嘟嘟嘟"的声响，"欸，我有电话进来，是队里的，你稍等啊，先别挂！"

林红"哦！"了一声，接着便是一阵等待。

"喂！"赵勇的声音再从话筒里传出来时，变得很失落，"真对不起啊，晚上又去不成了。队里接了新案子，人手不够，真是抱歉啊。"

赵勇的声音沮丧，情绪低落，让林红听不出他是因为新案子棘手，还是晚上约会取消了。

不过，林红还是安慰他道："没事儿，勇哥，你先忙吧，我现在时间灵活多了，咱们随时都能再约。"

"真的？那敢情好！"赵勇就像个好哄的孩子，一下子又重拾了刚才的高兴劲儿，接着说道，"对了，票我已经从网上买好了，也不能退，你找朋友一块儿去看吧。我待会把取票码发给你。就这么说定了啊，我先挂了。"

林红刚想说"别，不用了！"电话里已传来了断线的声音。

这时，隔壁居委会的刘大妈摇着蒲扇走了进来。她手里拿着两瓶冰镇可乐，瓶壁四周结出的白色水雾聚集成水珠，还在不停地向下流。

"林红，给你拿了两瓶可乐，解解暑。"刘大妈笑呵呵地朝林红说道。

林红赶忙迎了上去，接过刘大妈手里的可乐放在桌上："哎呀，刘大妈，谢谢您！这大热天的，您还特意跑一趟。"

"欸，我要谢谢你才对！谢谢你男朋友帮我去换水！小伙子身体真棒，肩膀上扛一桶，手里还能拎一桶，看着就结实，你有福气啦！"刘大妈将蒲扇放在胸前，眉飞色舞地笑着说道。

"男朋友？"林红狐疑地重复道。

这时，邹宇扛着一桶水走了进来。

刘大妈十分知趣地让出身来，让邹宇走过去,将水桶扣回到饮水机上。

刘大妈冲林红挑了挑眉毛："那我先走了啊，不打扰了。"

她走到邹宇身后，轻轻拍了拍他结实的后背，笑呵呵地说道："刚才谢谢你了啊！给你们俩拿了两瓶可乐，趁凉的喝！"

邹宇连忙转身："啊，没事没事。您再换水，就来阿红这儿找我，我帮您换，不麻烦！"发觉水桶要歪倒，邹宇赶忙转回身去，将水桶扶正。

听到这话，刘大妈笑得更开心了。她伸出右手的大拇指比在胸前，又朝林红挤了下眼睛，之后才离开。

"阿红，你怎么了，脸怎么这么红？"

邹宇确认完出水口的水流畅通，一转身，看见林红正举着空马克杯直勾勾地看着他，便禁不住问道。

"哦，没事……天太热了。"

林红说着，慌忙躲开了邹宇的目光，背对着他，走向放在门口桌子上的电风扇，"啪"地一下将它按开。

风扇里突然吹出的风，将林红的长发吹得四散飞扬。她赶忙用手捋了捋被风吹散的头发，别在耳后。她怕被他看见她披头散发的样子，更怕被他看穿她此时纷乱不堪的心思。

好在邹宇没对她继续追问，林红又回到了电脑前，假模假式地浏览页面以平复心绪。

用余光看见邹宇走了过来，然后蹲到了她的脚边。林红感觉脚踝处传来被触摸的温热，发现邹宇正试图帮她脱掉高跟鞋。

"做、做什么？"林红虽没有闪躲，却还是被邹宇的举动吓了一跳。

"啊，前两天看你脚后跟磨破皮了，我从朋友那要了两个防磨贴，给你安在鞋上，应该就不磨脚了。"邹宇抬起头，对她解释道。

"哦。"林红红着脸，轻声答应，黑色的高跟鞋被他顺利地脱了下来。

邹宇将高跟鞋捧在怀里，用胸口抵着，从兜里掏出了王丽娟给他的防磨贴，认认真真又小心翼翼地在鞋后跟上粘着。

他用食指和拇指掐着，矫正防磨贴的位置，生怕贴得不够对称影响美观，又怕贴得有所偏差起不了作用。

在这段林红只听得到自己心跳的时间里，摆头的风扇"呜呜"地响着，将屋里的气流打乱。她闻到邹宇后背上有一股混合了阳光和肥皂味道的气味，那是勤劳男人衣服上才有的健康味道。

望着邹宇弓着的背和他脖颈处黝黑的皮肤，林红忽然有了一种似曾相识的感觉。好像在她上中学时的某个夏天，在钢厂里做炼炉工的父亲也曾这样弓着背，沐浴在夕阳的余晖里，修补自行车后车胎。

那时的林红，感觉父亲的后背特别结实，特别温暖。让林红常常坐在后座上，重重倚靠，沉沉睡去，也倍感安心。

她曾在父亲的背上闻到过那股健康的味道，和如今传进她鼻子里的一模一样。

林红重新感受到了脚踝上传来的温热，她知道邹宇正试图把鞋穿回到她的脚上。

也许是发现林红光着的脚，刚刚一直点在地上，脚掌上沾了浮土。邹宇放下才套在她脚尖上的高跟鞋，伸出手，在林红脚下轻轻拂了拂。

林红的脚猛然一缩，邹宇抬起了头。

"痒……"她微微颔首，避开他的目光，小声说道。

邹宇笑了笑，重新帮林红把鞋穿好，让鞋跟踩到地面，才松开了她的脚踝："试试，看看还磨不磨。"

"嗯，好多了。"林红的声音越来越小，小到几乎让自己都快听不见。

发觉邹宇依然蹲在那儿看她，林红不再闪躲，将目光迎了上去。

四目相对，他灼热的目光像早春的阳光，融化冰封的大地，温暖了她的心房，让她放下坚硬刚强。

不知何时暗生的情愫，如苏醒的种子，破土而出，令她幡然醒悟。

忽然，林红放在桌上的手机响了一下，是赵勇发来的电影取票码。

"晚上想去看电影吗？"林红撂下了手机，重又看着邹宇问道。

第四章 诅咒

◇ 一 ◇

-1-

二〇一五年，冬至前三天。

"我要她消失。"

早上六点半，未被窗帘遮住的窗户里，没透进来一点阳光，整个世界还像浸在墨汁里一样黑暗。

然而无须睁眼，孙晶晶就知道自己已经醒了。当刚刚那缕意识飘进脑子里，她便十分确定了这一点。

就像是嬉闹的课间突然响起的上课铃，或是意犹未尽的电视剧忽然播放的片尾曲，明明白白地告诉你，什么即将开始，什么已经结束。

伸脚趾，"嘎哒"，勾脚趾，"嘎哒"。

伸脚趾，"嘎哒"，勾脚趾，"嘎哒"。

孙晶晶开始每日醒来后，必做的第一项练习。

她的脚踝，发出了像缺少润滑剂的老机器一样不堪重负的声响。那是她十几年来，苦练芭蕾舞所做出的牺牲。

仔细感受完双腿的知觉，孙晶晶仰面平躺，朝漆黑的空中深深地叹了口气。

腿上的"诅咒"依然没有解除，反倒是变得更强烈了。

似有一块巨石压在膝盖上，让她感觉膝盖以下的部分麻木不堪。

那股从骨髓中传出的似冰一样的寒冷，仿佛已使她小腿里的血液凝固成块，堵塞住了她周身的血液循环。

僵硬的双腿像是从尸体上卸下，又装在她身上的一样，没有丝毫属于她的知觉。

孙晶晶两手拄在身后，强撑着身体坐了起来，摸索着拉下了台灯的灯绳。

一缕亮光，从芭蕾舞裙下的灯泡里四散开来，点亮了她床头的一角。

这个芭蕾舞者造型的台灯，是方婷和孙建新去巴黎旅行时给孙晶晶带回来的，她十分珍视，已在床头摆放了好多年。

倚靠着床头坐好，一阵又痛又痒的感觉从双膝处传来。

孙晶晶下意识地掀开了被子，眼前的景象令她惊呆。

两摊像黑色膏药一样的东西在她的双膝上蠕动，分别在中间形成了一个旋涡，正在往她骨头里钻。

她探过身去，想仔细查看，终于看清那黑色的旋涡竟是一圈圈排列有序的大黑蚂蚁，正在一边分泌着蚁酸，腐蚀着她的皮肉，一边疯狂地啃噬着她的膝盖骨。

"啊！"孙晶晶惊声尖叫，猛然睁开了双眼。

窗外的天空已有了一丝光亮，让屋里现出了幽幽的蓝色。

她慌乱地拉开了台灯，猛然坐起，掀开了被子，双膝上两块拳头大的淤青由外至内分别呈现出了黄、青、紫三圈颜色。

她紧张地曲起右膝来看，没有看见令她毛骨悚然的大蚂蚁，但是淤青中心处的毛孔上，那些如被蚂蚁啃噬过的黑紫色斑点，仍令她触目惊心。

她将脸深深地埋进了双手里，多年来的芭蕾舞刻苦训练，早已让孙晶晶锻炼出了比一般女孩要坚韧许多的性格，她不会轻易流泪，甚至很少悲伤，但是这一刻，被恐惧和无助所纠缠着的她，还是感受到了无法形容的绝望。

"怎么办？我被诅咒了，怎么办？"她在心中抽泣着，对自己说道。

方婷从厨房端着两盘早餐走出来的时候，孙晶晶正无精打采地坐在餐桌旁。

英姐请假回老家了，这些天都是由方婷来准备家人的早餐。

孙建新总是将早饭留到单位去吃，他将早餐时间称为是与下属一起讨论工作的绝好时机。

孙文亮则经常夜不归宿，更别提回家吃早饭了。所以这些年来，都是孙晶晶陪着早起的方婷一起在家用早餐。

发现女儿只是盯着盘中的煎蛋看，而没有拿起刀叉，方婷忍不住问道："怎么了？没胃口吗？"

听到了母亲的问话，孙晶晶这才抬起头，勉强地朝方婷笑了笑，然后她拿起刀叉，开始切盘中的培根。

看到女儿眼圈发黑，方婷知道她昨晚一定又没睡好，虽然有些隐隐的担心，但是方婷没有继续逼问，而是拿起了桌上的牛奶盒，在孙晶晶已有的橙汁旁，又给她倒了杯牛奶。

"我要她消失。"

"什么？晶晶，你刚才说什么？你要谁消失？"隐约听见女儿低头嘟囔了句什么，本该放回桌面的牛奶盒被悬在了半空。

方婷目不转睛地盯着女儿，可孙晶晶就像刚才的那句话不是出自她的口一样，一脸的茫然。

"妈，今儿早上吃什么呀？"孙文亮的声音从走廊上传了过来。

虽然不知道儿子昨晚是几点回来的，但是仅凭他浮肿的双眼和身上还没来得及换下的衬衫，方婷就知道，他一定又是一夜宿醉。

此时孙文亮已走到了餐桌边，一把拉开椅子，吊儿郎当地坐了下来。

没想到儿子会出来吃饭，方婷并没有准备他的早餐，只得将自己的那份推到了孙文亮的跟前。

正打算起身再去厨房里做，方婷听到孙文亮戏谑地对孙晶晶挤对道:"欸,我说你们跳芭蕾的,不是拿脚趾头跳吗,怎么现在改拿手指头跳了?"

孙文亮耷拉着眼皮,斜眼看着孙晶晶右手上缠着的创可贴,歪嘴笑着。

方婷这才发现女儿手上的伤,关切地问道:"怎么弄的?"

"没什么事儿,一个小口子,不知道在哪儿划的,过两天就好了。"孙晶晶小声说着,将右手藏到了桌下,换左手拿起面包,继续低头吃着。

孙文亮拿起叉子,捅开了固住蛋黄的一层薄膜,金黄色的蛋液带着蛋香立即向盘中流去。

他赶忙将面包片折叠,蘸向溢出的蛋黄:"嗯,妈,您这煎蛋做得真是绝了!我就爱吃妈做的煎蛋,连那些五星酒店的大厨都没法跟您比。"

"他们做的不是两面熟透了,就是生得跟磕破了蛋壳儿,直接倒你盘子里似的,就没一回合我胃口儿。"

"您要是再做煎蛋,头天儿可得提前告诉我,我一定上好闹钟,起来陪您吃早餐。嗯,好吃!"孙文亮嘴里嚼着沾满蛋液的面包,笑嘻嘻地对方婷说道。

听到了儿子油嘴滑舌的夸赞,方婷的脸上正要挂起笑容,却发现女儿突然站起,冲进了卫生间,那笑容还未完全绽放,就僵在了那里。

"我去!妈,晶晶不会是怀孕了吧!"孙文亮半张着嘴,侧耳听着从卫生间里传来的一阵阵呕吐声,没心没肺地说道。

"胡说什么!怎么说你妹妹呢!"虽然嘴里这样训斥着孙文亮,方婷的眼睛却担心地朝紧闭着的卫生间门看去。

方婷知道女儿最近常常呕吐,可每次问她,她总是躲躲闪闪地说胃不舒服。

想到这些,方婷站起身来,朝卫生间走了过去。

第四章 诅咒

◇ 二 ◇

走出小区，孙晶晶朝街对面的公交车站走去，她要坐两站公交，才能到达离家最近的地铁站，然后再搭乘地铁去舞蹈教室练舞。

与骄横奢侈的哥哥孙文亮不同，孙晶晶一直保持着勤俭克己的生活作风。她会花钱打扮自己，但是很少去买奢侈品。她会像普通家庭的女孩儿一样，把更多的注意力放在服饰搭配而非服装品牌上。难能可贵的是，这并非因为她没有条件去买那些昂贵的品牌。

虽然十八岁拿到驾照的那天，父亲孙建新就为她买了辆mini cooper作为庆生礼物，但孙晶晶很少会开那辆车出行。

她把搭乘公共交通去练舞视为一种美德，是不学无术、开着保时捷911招摇过市的哥哥身上没有的美德。

她与孙文亮的对比，就像切开的榴梿与西瓜，她相信父母闻得见，也品得出，到底哪一个才清香宜人，还不会让人上火。

走进地铁站，在空旷的站台上等了一会儿，一辆拖着长长噪音的列车便缓缓地停靠在了孙晶晶的面前。

今天是星期六，与站台上一样，车厢里也显得空荡荡的，虽然有不少空座位，孙晶晶还是朝另一侧的车门走了过去。

她将身上的背包拿下来，挂在了车门口的扶手上，又用后背靠着车座旁的玻璃格栅站好，才稍稍地松了一口气。

临出家门前，方婷那紧追着她不放的眼神，让孙晶晶觉得若是那一刻再不把脚尖迈出门槛，一定会被母亲留下来问个究竟，所以她慌忙逃出门，连鞋带都没来得及系好。

刚蹲到一半，膝盖外侧撕裂的疼痛便让她禁不住咧了咧嘴，她咬着后槽牙，强撑着绑好了鞋带，才拉着侧面的扶手小心地站了起来。

过了好半天，腿上的疼痛都没有减轻，这令她开始为明天的复试隐隐担心了起来。

今年，巴黎歌剧院芭蕾舞团在华只吸纳一个舞蹈演员，为了这个进入世界级芭蕾舞团的宝贵机会，孙晶晶已准备了整整一年。

初试中，她以不错的表现成功进入了复试名单，可也就是在那一天，她的双腿遭受了来自对手的"诅咒"。

车门外，隧道里的白灯一闪而过，孙晶晶下意识地抬起了头，从车窗上的玻璃中，她看到了自己的影像。

宽阔饱满的额头，小巧的鼻梁和微微上翘的鼻尖，深陷的眼窝还有消瘦的脸颊，让她的五官看起来更加立体秀美，也更像方婷。

与其他的芭蕾舞者不同，孙晶晶心中的偶像不是那些享誉世界的芭蕾舞蹈家，而是身为小提琴家的母亲，方婷。

母亲高贵、端庄，时时刻刻散发着女性优雅的魅力。母亲很少会把时间浪费在社交应酬上，除了去音乐学院教书，就是在家练琴，几十年如一日，孜孜不倦。

在孙晶晶的心中，方婷是当之无愧的艺术家，是勤勉刻苦的典范。她从小就梦想着有朝一日，自己也能像母亲一样，站在舞台的聚光灯下，在观众席爆发出的热烈掌声之中，享受艺术家应得的殊荣。

为此，虽然孙晶晶的学习成绩很好，甚至在SAT的模拟考试中取得了有望进入麻省理工求学的分数，但她还是放弃了留学的机会，而是为自己选择了芭蕾之路，并决心走到舞蹈世界的巅峰。

她要跳给世人看，让所有人见识到她在芭蕾方面的才华；她要跳给母亲看，让方婷以她为傲，承认她继承了母亲优秀的艺术基因。

车窗外的白灯又一闪而过，孙晶晶突然睁大了眼睛。这一次，她在玻璃的反照中，看到了身后另一个人的脸。

丁欣，她的五官十分清晰，令孙晶晶一眼就认出了她。她身上的衣服都没有换，与初试那天孙晶晶见到她时的一模一样。

丁欣正靠在另一边的车门上，目不转睛地盯着孙晶晶的背。也许是没想到孙晶晶会从玻璃的反照中发现她，丁欣的眼睛开始肆无忌惮地上下打量起孙晶晶。眼波流转，最终将目光停在了孙晶晶的腿上。

接着,孙晶晶看见,丁欣从身前的挎包里悄悄地掏出了一个扎着马尾辫的洋娃娃,看到那洋娃娃的五官,孙晶晶惊骇不已,它分明就是缩小版的自己。

丁欣带着一抹诡异的微笑,突然将洋娃娃的双腿从膝盖处折断。

与此同时,孙晶晶也再次感受到了"诅咒"的力量。她甚至都听到了腿骨处传来的"咔嚓"声,紧接着,碎骨般的剧痛让她疼得险些摔倒。

"她又来害我了!我该怎么办?"陷于惊恐与愤恨之中,孙晶晶急促地喘息着。

待疼痛稍稍缓和了一些,她重新直起腰来,猛地转回头去,想要与丁欣对峙。

然而对面的车门此时正大敞着,就在刚刚,车已经进站。

看着空荡荡的车门口,孙晶晶一把摘下扶手上的背包,在车门合上前的一瞬,冲下了车。

她要找到丁欣,这一次,她绝不会让丁欣如此轻易地得逞。

可是在站台上左右看了一个来回,孙晶晶也没找到丁欣的身影。

忽然,她从上行楼梯的台阶上发现了丁欣的背影。忍受着膝盖处传来的剧痛,孙晶晶咬紧牙关,追了上去。

被她抓住的女孩儿猛然回头,出现在孙晶晶眼中的却是一张陌生的面孔。

她茫然失措,慌忙松开了对方,重新回到站台上,孙晶晶只感觉天旋地转。

"难道刚刚那一切,都只是我的幻觉?"当这个想法从孙晶晶的头脑里冒出来时,她便感觉到自己几近崩溃。

膝盖上的疼痛还在继续,心中慌乱不堪的情绪令她快要窒息。

压力就像是一张结在墙角、布满灰尘的蜘蛛网,蒙蔽了她所有的心智,让她眼中的世界变得暗无天日。

压力就像是一个与她拼命争抢氧气的怪兽,让她周遭的空气变得稀薄,时时刻刻有种即将晕倒的错觉。

"让她消失……让她消失……让她消失！我要她消失！"

地铁站狭长的通道内，孙晶晶痛苦地捂着耳朵，拼命地摇晃着脑袋，尖叫道。

◇ 三 ◇

-1-

来到空无一人的舞蹈教室，孙晶晶扶着墙边的栏杆热完身，便坐在地上穿起了舞鞋。

她的脚趾，前三个趾头平齐，与后两个脚趾形成钝角，用芭蕾舞界的行话来说，她是天生吃这碗饭的料。

长年的训练令她的脚趾甲从来没有完整的时候，这使得她不得不用胶布将它们一一缠紧，以防止进一步的伤害。

孙晶晶对训练有着极近严苛的要求，如果某个动作不能达到理想的状态，她会连着练上几十遍甚至上百遍，直到满意为止。

而她对脚趾上这些绷带的缠法也严苛到近似于强迫症的地步，一圈、两圈、三圈，一定要不多不少地刚刚缠满三圈，且胶带结束的位置要与起始处对齐在一条直线上，这个脚趾上的绷带才能算缠完。

穿好舞鞋，她尝试着从教室的一角向屋子的正中央做了一个漂亮的跳跃，这个跳跃很完美，轻盈得像扑进花丛中的蝴蝶。

她转过身来，面向训练镜。接下来要开始旋转了，她心里却突然变得没底。

腿上沉重的感觉，由脚尖直达心间，仿佛有人在她腿里注入了水泥。

那些水泥，正从她小腿的毛孔里向外溢出，漫过脚面，缓缓地蔓延到地板上，将她小腿以下的部分与地板牢牢地砌在了一起，令她无法抬起双腿，也无法移动，更别提旋转。

虽然知道这一切都只是自己的幻觉，可是孙晶晶还是无法克服心中的恐惧。

她抬起头，悲伤地看着镜中的自己，一眼望不到头的训练镜，像刚刚被拉开的舞台大幕，将她带回到了初试的那天。

跳跃，旋转。

跳跃，跳跃。

旋转，旋转，再旋转。

在小提琴和古典钢琴的伴奏下，孙晶晶给巴黎歌剧院芭蕾舞团的评委们留下了极佳的印象，单从那几位评委灰蓝色的眼睛里，她就已确定了这一点。

再旋转一次，这一幕的动作便算完成。

恰恰就在这时，孙晶晶用余光发现了帷幕后，另一个人正对她虎视眈眈。

那个女孩有一双桀骜不驯的眼睛，那眼神里带着自信而锐利的光芒。

身为专业舞蹈演员，孙晶晶并不害怕陌生人的直视，可不知道为什么，这个女孩儿的眼神让她感觉到了前所未有的冰冷。

尤其是，当她歪着一边的嘴角、盯着孙晶晶正在旋转着的双腿时，孙晶晶立刻感觉到自己的双膝开始颤抖，好似那部分的肌肉，虽能承受孙晶晶身上的重量，却无法承受那女孩的目光。

还好，此时孙晶晶已完成了最后一圈的旋转，不然下一秒，她感觉自己真的会摔倒。

掩饰住了结束前的瑕疵，成功地获得了复试资格，但最后那一段的分神，还是令孙晶晶的膝盖扭伤。

回到后台匆匆卸完妆，来不及摘下头饰放进包里，孙晶晶就赶到帷幕后，去看那个女孩的演出。

这一次选拔赛，巴黎歌剧院芭蕾舞团给出了统一的考试曲目——《吉赛尔》。

能参演这出久负盛名的芭蕾舞剧，是每一个芭蕾舞者心中的梦想，但也因其要求舞者必须兼具表演性的表现力及出色的芭蕾舞技，所以极富挑战。

而这一次参选者，从初试、复试直到终试，所要表演的正是这出剧中的女主角"吉赛尔"的角色。

要靠具有张力的肢体语言，来表现乡下姑娘吉赛尔同乔装打扮成贫民的贵族公子，从相识相爱，到发现被其深深欺骗，而心碎致死的过程。

之后，已成亡灵的吉赛尔，在面对心爱之人的诚心忏悔及死魂灵鬼王的重重威胁下，选择了宽恕和救赎，最后毅然离去的故事。

在听到舞台上一段简单的自我介绍之后，孙晶晶知道了这个女孩儿的名字，她叫丁欣。

接着，音乐响起，丁欣一跃来到了舞台中央，在男性舞伴的配合下，丁欣变成了吉赛尔。

她陷入了爱情，热烈，幸福，柔情蜜意。

她遭遇了背叛，孱弱，悲伤，肝肠寸断。

她仿佛就是真正的吉赛尔，令在场的所有人为她动容，为她心碎，为她爆发出热烈的掌声。

谢幕之后，丁欣与孙晶晶擦肩而过，眼中带着胜利者看着手下败将的骄傲，嘴里却平淡无奇地对孙晶晶说出了另一句话："你的手在流血。"

孙晶晶这才发现，刚刚观看丁欣表演的整个过程中，她一直将头饰紧紧地攥在手里，用力握紧的右手食指被头饰上的别针扎得流出血来，自己竟浑然不知。

旋转，旋转，"咣当"。

在训练室里只旋转了两圈，孙晶晶又一次摔倒在了地上。

她不记得这是初试那天之后，自己第几次在旋转时摔倒了。

双膝无疑承担了身体大部分的重量，在地板上跪出像是直接拿骨头敲打地面的闷响。

膝盖上那两块淤青处传来的剧痛，疼得她蜷起了身子，在地板上来回翻滚了半天。

"不能再这样下去，不能就任由她这样得逞，你必须做点什么，孙晶晶！"蜷缩着膝盖，侧卧在地板上，孙晶晶失魂地对镜中的女孩说道。

-2-

二〇一五年，冬至前两天。

方婷抬头看了一眼墙上的挂钟，时间显示是 17:30。

孙文亮两个小时前兴冲冲地拎着一个黑色的方盒子走进了卧室，之后就再也没有出来。现在，他的房间里正传出"乒乒乓乓"的枪响和鬼一般的号叫。

方婷不停地看表，将所有心神都集中在本该在中午就回来的女儿身上。

孙晶晶去参加巴黎歌剧院芭蕾舞团的复试选拔，到现在都没有回家。

方婷不是那种会束缚住儿女自由的母亲，她不会像普通家长那样，不停地打电话催促他们回家，或是用家长的威严硬逼着他们结束与朋友意犹未尽的聚会。

她深知，像孙晶晶这个年龄的女孩儿，对这个五彩斑斓的花花世界有太多的好奇，所以通常情况下，只要女儿不在外留宿，即使晚归几个小时，她也不会过问。但是想到孙晶晶近些天来的反常表现，方婷现在变得坐立难安。

她正犹豫着是不是该给女儿打个电话，问问她在哪里，门"咔"的一声，被人从外面拉开了。

看见孙晶晶没有将背包背在身后，而是紧紧地抱在胸前走了进来，一直盼着女儿回来的方婷，下意识地走上前去迎接。

她正想伸手接过女儿的书包，不料孙晶晶却猛然别过身去，生怕被母亲抢走似的，将怀里的书包搂得更紧了。

"妈，你、你干什么？"孙晶晶紧张地看着方婷问道。

这一问，反倒把方婷问愣了。她想到，或许是她好久都没有对女儿做过这么贴心的举动，才会让这个十九岁的女孩儿对母亲的突然关爱，感到受宠若惊。

但是，看到孙晶晶躲闪的模样，更像是包里藏着什么不可告人的秘密，生怕被发现似的惊慌，方婷很快意识到，事情没有这么简单。

"没什么，那我帮你拿拖鞋出来换上吧。"就这样，一直石化在门口的母女，还是由方婷率先开口打破了僵局。

"不，不用了。"孙晶晶这才意识到，自己刚刚的反应有些过激，误会了母亲的好意。

但她仍用一只手死死地捂住书包，腾出另一只手来，抢先在方婷够到拖鞋前，将它们从鞋柜里掏了出来，扔在了地上。然后她两脚跟互相蹭着，脱掉了雪地靴，一踩进拖鞋里，便溜着墙边儿，跑回了自己的卧室。

听见孙晶晶将房门反锁，方婷忍不住跟了过去。

◇ 四 ◇

不知道孙晶晶在书包里究竟藏了什么，方婷眼看着女儿紧闭上的卧室门，追到了她的房门口。

正想抬手去敲门，门忽然自己打开了。

孙晶晶风风火火地从里面跑了出来，在餐桌上匆匆倒了一杯水后，又拿着玻璃杯风风火火地走了回去。

开始方婷只是站在门口，默默看着这一切，当她正想伸手拦住女儿时，孙晶晶已钻回了屋里，把门反锁上。

看着女儿怪异的举动，方婷"咚咚咚"地敲起了房门，对着里面喊道："晶晶，你怎么了？把门开开。晶晶，你在里面干什么呢？快把门开开！"

就这样，方婷不知在门外敲了多久，门终于再次打开了。

孙晶晶捂着嘴，从房间里冲了出来，直接冲进了旁边的卫生间。

虽然方婷紧追不放，但还是被女儿抢先了一步，再次把门锁得死死的。

于是刚才的一幕再次上演，方婷疯狂地拍着卫生间的门，连门框都跟着颤抖了起来，"晶晶，你怎么了？把门打开！快把门开开！"隔着卫生间的门，听见从里面传出来的一阵阵剧烈的呕吐声，方婷心急如焚。

就在这时，门铃却不是时候地"叮咚叮咚"响了起来。

方婷已无心顾及，她正在拼命地拽着卫生间的门把手，试图用蛮力将那扇门拉开，心里咒骂着英姐为什么还不去开门。

也许是卫生间里的呕吐声突然停止，让方婷觉得心下稍安，也可能是大门外催命一样按响的门铃声惊醒了她的记忆，她才想起，英姐不在，几天前，她就请假回老家去了。

"叮咚，叮咚，叮咚……"门铃还在响个不停。

虽然已经转身去开门，一路上，方婷仍时不时回头，朝卫生间的房门看了又看。

"梦娜，怎么是你？"打开大门，方婷看着站在门口一脸堆笑的年轻女孩问道。

据方婷所知，虽然中学时孙晶晶与这个叫姜梦娜的女同学关系十分要好，但自打高中毕业后，她俩就鲜有来往。虽不知是发生了什么事令两个女孩的友谊草草结束，但方婷记得，那一次，她们俩闹得不可开交，所以方婷刚刚才会这样惊讶。

但是转念一想，也许是情绪低落的女儿喊她来安慰，方婷又赶忙问道："梦娜，你是来劝晶晶的吗？能告诉我，她到底发生了什么事，到底怎么了吗？"

听到了方婷的话，姜梦娜缩了缩脖子，一脸苦笑："方阿姨，我是来，我是来找……"

就在这时，孙文亮的声音从屋内走廊的尽头传了过来："哎呀，我说你怎么才来呀！你站门口那儿干吗呢？赶紧进来啊！我都等了你半天了！"他抻着脖子，伸出一只手来，隔空在姜梦娜与方婷之间扒拉着，叫嚷道。

"那，方阿姨，我进去了啊。"姜梦娜抬起眼睛，抿着嘴唇，小心翼翼地从方婷的身边经过，然后跟孙文亮一起钻进了他的房间里。

不知儿子又是何时同这个女孩扯上了关系，方婷怔怔地把大门关上。

想起孙晶晶，她便快速地走回屋内，路过女儿房门前的时候，她突然停了下来。

她闻到一股浓重的焦煳味，正是从孙晶晶的屋里飘出来的。再也顾不得女儿会不高兴，方婷一把推开了卧室的门。

走进屋里，她发现桌上放着一杯浑浊的液体，好像有什么东西被女儿焚烧过，投进了刚刚倒的那杯水里。

方婷赶忙拿起杯子仔细查看，在杯底，她看见了未彻底烧成灰的黄色纸屑，上面印着红色的篆体字。

厚厚的黑色纸灰在水中漂浮、旋转，看起来就像是不知名的诡异生物。很明显，那杯水已经被孙晶晶喝去了一半。

瞥见女儿扔在床上的背包，方婷放下了玻璃杯，将包里的东西悉数倒了出来。

在里面，她找到了一个印着"灵符商店"的包装袋，和一份打开了的说明书，那上面写着"除咒符"的使用方法：

只要专心想着施予诅咒之人，想着Ta的姓名、模样，口中默念"除咒经文"。再将符纸点燃，溶到水中一饮而尽，便可让施咒之人得到反噬。

切记！一定要专心和一饮而尽！

读着上面的文字，方婷终于知道那杯里装的是什么了，也就松了一口气。

忽然，她听到了女孩儿的尖叫声，是从孙文亮的房间里传出来的。

方婷从孙晶晶的房间里夺门而出，狂奔着来到了孙文亮的卧室外，门大敞着，里面的景象却令方婷哭笑不得。

姜梦娜头上戴着一个黑色的长方形塑料眼罩，两手各持一个舀饭勺形状的手柄，站在屋子中间，正对着空气尖叫。

"亮亮，快救救我！哎呀，吓死我了！"

"坚持！坚持！我告诉你，我把你这段发到网上，你就火了，你知道吗？你现在戴的可是我托哥们儿从美国寄来的VR设备。VR知道吗？虚拟现实，现在火得不行不行的。

"在纳斯达克，凡是跟VR有关的公司，市值都翻了几十倍！你现在感受的可是世界顶尖的科技。

"别摘头盔，别摘，别摘！

"挺住！僵尸来了！打它！对！开枪朝它脑袋上打。

"嘿！我说你怎么那么色呢，别打人家胸呀，打它的头，爆头！"

孙文亮举着手机，一边转着圈地对姜梦娜拍摄着，一边看着电脑屏幕上游戏里的画面。

"哎呀，亮亮，快来救我呀，我要死啦！快来救救我吧！"

"行了，行了，我来了，帮你扶着枪还不成吗？你从头盔里看仔细了啊，我在外面可什么都看不见。你掌控方向，我负责扣动扳机。这回可别说我占你便宜啊，可是你要求的！"

看见儿子紧紧地贴在姜梦娜的身后，一手搂着她的腰，一手跟她一起握住了手柄，而姜梦娜也娇滴滴地嘟起了嘴。方婷无奈地摇了摇头，转身离开。

发现卫生间的门已经被打开了，意识到女儿可能回了自己的房间，方婷忐忑地走到了孙晶晶的门前。她用手指轻轻推门，还好这一次女儿并没有把门锁上。

透过渐渐敞开的门缝，方婷看见孙晶晶躲进了被窝里，正用被子蒙着头"呜呜"地哭泣，嘴里还不住地嘟囔着什么。

"晶晶，晶晶！你怎么了？能告诉妈妈，你怎么了吗？"方婷小心翼翼地朝女儿的床边一点点地靠近，最后她终于听清了孙晶晶一直重复着的那句话。

"我被诅咒了，怎么办！我被诅咒了，怎么办！"

看不见女儿的脸，仅仅是听到她绝望的呜咽，方婷就感受到了比被诅咒还要可怕的恐惧。

◇ 五 ◇

第二天早上,母女俩坐在餐桌旁。

"你今天不用去给学生上课吗?"听到方婷刚才的提议,孙晶晶放下了手中的汤匙,抬起一直低着的头,不解地问道。

"已经跟院里请过假了。你今天也不要去练舞了,陪我去一趟潭柘寺吧,怎么样?"方婷重复着刚才的问话,从桌上拿起牛奶盒子打开,将牛奶倒进了孙晶晶空空的玻璃杯里。

今天方婷煮了速冻小馄饨做早餐,也许是比较合胃口,孙晶晶没有再像前几天一样冲进卫生间去呕吐,而是勉强吃掉了几个。但是看着女儿像小猫一样的食量,方婷又给她倒了杯牛奶。

"嗯。"孙晶晶简单地答应了一声,拿起刚倒好的牛奶来喝。

"晶晶,头发。"

"什么?"

"头发!"看见女儿有一缕头发贴在嘴角,险些蘸到牛奶杯里,方婷又提醒了一遍。

原本仰脖喝着牛奶的孙晶晶,连忙将杯子放下,捋了捋蓬散的头发,别在耳后。余光看见母亲还在打量自己,她垂下眼睛,低头舀起碗中的馄饨放进嘴里。

从昨晚到现在,孙晶晶一直都在试图躲开方婷的眼神,避免与她目光交会。

上了车,方婷才注意到,孙晶晶今天与她一样,都穿了白色的羽绒服,只不过女儿穿的是短款,她穿的是长款。

看着副驾驶座上故意微微偏头看向车窗外的清秀侧脸,方婷突然发现原来晶晶跟她长得如此相像,甚至有那么一瞬间,她产生了一种错觉,仿佛坐在她身旁的不是女儿,而是十九岁的自己。

黑色的奔驰在雾霾重重的五环路上行驶,隐约可见前方车辆亮起的红色尾灯。

"看来今天要下一场大雪了。"看着窗外阴郁的天空，方婷打破了母女间的沉默。

"也许只是雾霾，北京很久没下过雪了。"孙晶晶半低着头幽幽地说道，拇指轻轻摩挲着勾在一起的食指。

"不，今天一定会下雪！"

听见母亲的坚持，孙晶晶下意识地抬眼看向方婷，发觉母亲的目光也正落在她身上，她连忙再次低头躲闪。

"听点音乐吧！要听什么呢？"

"随便。"

"我可没有你们年轻人喜欢听的流行歌曲，也许广播里会有吧。"方婷两手抓着方向盘，用空出来的拇指拨弄着方向盘上的按键，试图用音乐改变车厢内沉闷的气氛。

"不用。就放你演奏的小提琴曲吧，听这个就行。"

"哦？天天听我在家练琴，你还没听腻啊？不过，我车上可没有我演奏的碟片。"

"那算了。就这样吧，这样安静着也挺好。"孙晶晶说着，将脸转了过去，看向车窗外。

就这样，母女俩又继续沉默了半天之后，方婷再次开口："记得你小时候不肯睡觉，只要我在你床边拉一首曲子，你就能很快睡着。那时你还是个婴儿呢，就能感受到音乐的律动，想想，你的艺术天分真的是与生俱来的。"

"嗯，你拉的曲子确实有安抚我的力量。"孙晶晶淡淡地答道，方婷能看到的依旧是她的侧脸。

"那从今天开始，每晚睡前，我都在你床边再给你拉一首曲子好不好？"

"什么？为什么？"孙晶晶终于将头转了回来，看向母亲。

"因为你最近常常睡不好啊。"

听到了方婷的话，孙晶晶轻咬着嘴唇低下了头。

"晶晶，能告诉妈妈，你最近为什么常常呕吐吗？"

"你指什么时候？是昨晚还是什么时候？"

不知为何，方婷在女儿的回答里听到了质问的意味。她不禁歪头看向身旁眼睑低垂的女儿："昨晚你为什么吐，我想我已经知道了。我说的是这几天早餐的时候，你为什么会吐？真的只是胃不舒服吗？"方婷也不再避讳，直截了当地问道。

"看来你真的不知道，算了！"孙晶晶看着方婷失望地说道。

"不知道什么？什么算了？晶晶，你到底想说什么？"女儿的表现令方婷皱起了眉。

"你从来都不知道，只有孙文亮才喜欢吃单面熟的煎蛋，英姨给我做的，一直都是全熟的。

"那些黏腻的，还带着蛋腥味的黄色液体，让我只是闻闻就想吐，可你从来都不知道！

"算了，反正你眼里一直就只有孙文亮。"

孙晶晶负气地说着，将胳膊肘支在了车窗边上。这一次，她彻底地将脸转了过去，只给方婷留下了一个后脑勺。

"晶晶，对不起。如果是这样，妈妈向你道歉。但是，真的只是因为这个吗？"方婷说着，眼神不安地朝女儿的小腹看了一眼。

"还有压力吧……"没有看到母亲的目光，孙晶晶极为平淡地嘟囔了一句。

看出女儿并不是在说谎，方婷这才长长地舒了一口气，忍不住说道："那就好，如果是这样就好……"

"好？哪里好？有什么好的？"这一次换女儿皱眉盯着母亲，接着孙晶晶像马上明白过来了似的，提高了声音，"妈，你不会是以为我……以为我怀孕了吧？"

方婷的沉默等于给了她答案，孙晶晶不可思议地看着只敢直视着前方的母亲说道："妈，你怎么会这么想我？算了！"

第四章 诅咒

孙晶晶的手在空中一挥，可心中的不平却无法如此轻易地烟消云散："看来你真的不了解我。我早已决定将此生献给芭蕾，我不打算结婚，也不会有自己的小孩，因为我不想把时间浪费到这种事情上。"

晶晶的话令方婷猛地看向她，这是她第一次知道女儿对未来所做的打算，惊讶之余难免震惊。

"嘀——"一辆货车拖着长长的喇叭声，从黑色的奔驰旁擦身而过。

方婷赶忙扭转方向盘，让车子重回到车道中央。刚刚的分神让奔驰偏离了正常行驶的方向，险些酿出一场事故。

她在心中整理着措辞，半晌后才又说道："晶晶，也许你最近只是压力太大了，才会有这样的想法，不过有压力也未必是坏事，压力可以使人进步，也可以使人……"

"好事？呵呵。你根本不知道我经历了什么！我不是方婷，我只是方婷的女儿，我没有你那样的天分，我只能靠刻苦练习！"

"这些年为了优秀，为了杰出，我付出的太多太多，如果明天的终试我不能被成功选上，我真不知道要如何在这条路上继续走下去。

"这些你看不见，也从来不知道，因为你压根儿就不关心！你的眼睛里，就只有你的宝贝儿子——孙文亮！

"好事？你管这叫好事？"

孙晶晶语无伦次地说着，情绪越来越激动，原本倚在车窗上的手拿了下来，放进了嘴里，下意识地咬起了拇指上的指甲盖。

想起方婷可能会看到先前就已被她啃得光秃秃的指甲，她又慌忙地攥紧了拳，将拇指藏进了手心里。

"做方婷的女儿一定很辛苦吧？"

虽然听见了母亲这似感叹又似问题的话，孙晶晶却并不打算再做回应。她将头靠向椅背，闭起了眼睛，用无声表达着心中的难过。

路过镶在拱形门上的几个字——"绿水青山门头沟"，车子在山间盘旋了几圈，便来到了潭柘寺山脚下的停车场里。

与市区不同，虽未见太阳，这里的雾气却已散开，视野十分清明。

只是昨夜山里落下的小雨，如今覆在路面冻成了薄冰，让上山的路异常湿滑。

方婷买票时，孙晶晶远远地站在一旁。买完票后，孙晶晶也只是沿着石阶，自顾自地向上攀爬，没有去管身后的母亲。

此处已有一定的海拔，再加上路不好走，她们没走多远，便都开始气喘吁吁。

寺院外朱红色的砖墙，沿着青黑色的石阶小径，在青松翠柏间引路，像高僧拖在身后的红色袈裟，庄严而肃穆。

石径路下，供僧团生活的院落里，长了一棵树干雪白、直冲云霄的大树。它枝丫粗壮，却仅在顶端才冒出少许叶丛，看起来像是从云端里探出来的头，在俯瞰人间。

被这棵不知名的大树所吸引，孙晶晶一时忘记了脚下的凶险，腿向台阶上迈着，目光却还在那棵树上流连，结果脚底一滑，身子也跟着摇晃了起来。

她本能地伸手去抓旁边的石栏杆，却发现石栏杆上的琉璃瓦面儿积了厚厚的一层冰，根本什么都抓不住。

意识到自己即将仰面摔倒，想起母亲还在身后，孙晶晶立即呼喊道："妈，让开！"

接着，她的身体便不受控制地倒了下去。

脚掌离开地面，摔下山去的恐惧包裹着孙晶晶绷紧的全身。那一瞬间，她本能地闭紧双眼，等待厄运的降临。

然而，并没有如孙晶晶先前预料的那样，被坚硬的石阶撞击到后脑，或是听到颈椎折断的脆响。

她感受到了来自身后，母亲紧紧地拥抱。接着，她同母亲一起，翻滚着摔到了石阶下的平台上。

孙晶晶挣扎着，从满是浊水的地上爬着坐了起来，半张脸上全是污泥。

第四章 诅咒

她庆幸，好在只迈过了平台上的四五级台阶，若非如此，后果不堪设想。

回过神来，孙晶晶对跟她一样狼狈的母亲埋怨道："我刚才让你让开，你为什么不听？非要跟我一块儿摔成这样！"

方婷强忍着腰间的剧痛，伸手去撩挡在女儿眼前的头发，想要查看她额头上的擦伤。

孙晶晶看着母亲身上和自己一样肮脏不堪的白色羽绒服，眼圈泛红："你真该让我摔下去！也许这样，我就会把明天的失败归结为天意，或是命该如此。或许这样，我就会有勇气面对失败，而不是把自己的无能，怨东怨西，怪这个怪那个，你真该让我摔下去……"

虽然手上沾满污泥，方婷还是一把将泪流满面的女儿搂进了怀里。

她贴着女儿的脸颊，拼命地摇着头："晶晶，你在胡说些什么！你怎么会有这样的想法？你是我身上掉下来的肉，是我心头的肉，我怎么可能让你摔下去！"

听见了母亲的话，孙晶晶哭得更厉害了："妈，我是不是特别没用？你一定是以为我疯了吧，因为我昨天晚上说的那些话、做的那些事，你今天才把我带到这来的吧？你一定看不起我！这么不坚强，这么脆弱，你一定觉得我不配做你的女儿！"

"晶晶，妈妈从来没有这样觉得过，不管发生什么，你都是我引以为傲的女儿。

"你从四岁开始学习芭蕾，那时妈妈只是想着培养一个兴趣就好，没想到你真的坚持了下来。

"那些年龄比你大的孩子，压腿时惨烈的哭声，每次想起时，都还会在我耳边回荡。可你却总是咬着牙，不吭一声。

"后来我才弄明白，那是因为你知道，我一直在舞蹈教室后的玻璃那儿看着你，你是不想让我失望。

"不忍心让你如此过分的坚强，所以从那以后，我才不再去看你练舞的。

"你的学习成绩优异,从来不用我操心,我时常在深夜里还能看见从你门缝漏下来的光,我好怕我若再过问,会把你压垮,所以我故意表现出对你在学校的排名漠不关心的样子。

"你跟你不争气的哥哥不同,他是上天对我的惩罚,而你却是我今生得到的,最大的奖赏。

"煎蛋的事,是妈妈对不起你,我把太多的心思用在事业和你哥哥身上,忽略了你。是妈妈不好,妈妈不对!晶晶,你原谅妈妈吧!"方婷的眼泪也似断了线的珠,从鼻尖一滴滴地掉下。

"妈,可这一次我感觉我真的不行了,我真的挺不过去了!我真的中了诅咒,没有办法解脱,我看不见自己的才华!"

"晶晶,你听我说,不管你说什么,妈妈都相信你,但是你也要相信你自己。

"记住!你并不是这世界上唯一一个遭遇巨大挫折的女孩。在妈妈的人生里,在比你还小的时候,我也曾经历过无比黑暗的日子,比你现在要承受的痛苦多得多。

"那时,我以为自己很快就会去维也纳学习小提琴,可是事与愿违,我不但没有得到留学的机会,还坠入了深渊。

"但是在那段黯淡无光的日子里,我从没有一天放弃过梦想,也没有一天怀疑过自己。我向神明祷告,向上天祈祷,所以我最后还是去了维也纳。

"别说你看不见才华,除非你真的感觉不到它。

"才华,它听不见,也摸不着,因为它在你的骨子里。在你每一滴血液形成时,它就从你的骨髓融进了你的细胞,在你身上流淌,在你每一个毛孔里散发。这就是天赋,是才华,无论日子怎样黯淡无光,它都能替你照亮前路,你都能够实实在在地感受到它。

"起来!跟妈妈一起,去向神明祈祷,把你心里想说的话,把你的愿望,把你的信念大声说给他听,他会听得到,会助你如愿!"

母女俩互相搀扶着从地上站了起来,像两个从山崩海啸中逃生出来的幸存者一样搭着肩膀，继续向寺里攀登。

在大雄宝殿前上过香，又在毗卢阁行过礼，方婷和孙晶晶来到了潭柘寺的最高处——莲海慈航。这里供奉着观世音菩萨，也许是周一的缘故，此时这里并没有其他香客，只有一名戴着红袖章的工作人员，偶尔出现一下，在殿前巡视一圈。

方婷捧起女儿的脸，帮她整理了一下凌乱的头发，然后看着她的眼睛说道："还记得妈妈刚才跟你说的话吗？把你真实的心愿说给神明听，大声地讲出来。观世音，她能听见世间一切声音，你的话她一定会听见，去吧！"

晶晶轻轻地点了点头，走进了莲海慈航。空无一人的殿内威严而肃穆，菩萨高高地坐在莲花座上，似笑非笑地俯瞰着请愿之人。

孙晶晶仰面跪在最中间位置的蒲团上，揣测着菩萨的表情有何寓意。

犹豫了半晌，她终究还是鼓起勇气开口说道："观音菩萨，我叫孙晶晶，今年十九岁。我并不是一个虔诚的信徒，从未给您上过一炷香，也未曾诵过一段经文。

"但是今天，我却是专程来向您请愿的，因为我实在没有别的办法了，不知道这世上，除了神明还有谁能够救救我。

"我吃不好，睡不着，日夜不得安宁。我中了一个人的'诅咒'，她的名字叫丁欣，她比我漂亮，比我优秀，似乎也比我更有当芭蕾舞蹈家的天赋。她的每一次出现，都会让我的双膝颤抖不止……"

说到这儿，孙晶晶停了下来，只细细感受了一下膝盖上的疼痛，就知道，这样一双腿，明日的终试是无论如何也不可能胜出的。

再抬起头来看向观音像时，她已是泪流满面："我知道，这个请求很自私也很过分，可是我真的热爱芭蕾，真的不能失去明天的机会。

"我求求您，帮我解除丁欣在我身上、在我心里施下的'诅咒'。让我明天不要看到她，让她消失，只一天就好！

"若能达成所愿，我愿就此斋戒十年，积德行善。若这样还不够，我愿用自己的阳寿来相抵，只要丁欣明天不会出现！菩萨，您听见了吗？"

将这些话说完，她抬起头看向了观音的脸，菩萨依然是那副看空一切的神情，可孙晶晶却觉得，观音好像笑了。

走出殿外时，她看见方婷静静地站在远处的石栏杆那儿，于是走到了母亲的身边。

这时，有一片片轻柔的东西打湿了她的脸颊，"妈，下雪了！真的下雪了！"看着眼前的景象，孙晶晶惊讶地喊道。

巨大的雪花从天空中洋洋洒洒地落下，看得见它们是从高处而来，却看不见那高处的顶点到底在哪里，又是谁将它们撒向人间。

白色的雪片从肮脏的羽绒服上滑落，好似要用这雪的纯净带走身上的罪恶。

纷飞的雪花打乱了时间的次序，除了雪，一切都好像要静止般慢了下来。

半晌后，方婷才收回了凝望着苍茫天空的眸子，"是啊，下雪了……"她幽幽地望着下方一座座正在被白色遮掩的青灰建筑，接着说道，"晶晶，咱们走吧，是时候回家了。"

车子在小区地下车库停好，方婷熄灭了发动机。看见女儿正推开车门打算下车，她一把拉住了女儿的手。

"妈，怎么了？"晶晶转过头来，怯怯地问道。

方婷看着女儿，嘴角微微颤抖着，生硬地笑了笑。

她撩开脖颈后的头发，边解着颈上的项链，边说道："这个是我十六岁生日时，我妈妈送给我的。还记得我今天跟你说过的，生命里那段最灰暗的日子吗，那时我就是靠它，靠信仰的力量，才支撑着挺过来的。

"现在，我把它送给你。晶晶，你要相信你自己，相信你对芭蕾的热爱会让你成为一个杰出的舞蹈家，这就是我所说的信仰。"

方婷将手递了过去，让女儿看到她手心里那条小提琴形状的项链。

她将它戴到了晶晶的脖子上："还有，我希望你知道，无论什么时候，无论发生什么，妈妈永远爱你，妈妈的爱永远都在。"她抚过女儿的脸，将嘴唇深深地印在了她的额头上。

这一吻好似已阔别多年，也许上一次还是在晶晶很小很小的时候。方婷深知，下一次这样亲吻女儿，不知又要过上多少年，所以她很想记住这一刻，记住这一刻的感觉和心情，不敢有丝毫错过。

就像在地平线上看着初升的太阳，她留恋，她不舍，可终究无法挽留。她能做的只是聚精会神地记住这一刻，因为如果她有一刹那的分神，那么再抬起头来时，冉冉升起的太阳已跳出了美丽的橘红，高高地挂在空中了。

晶晶的眼泪滑落在方婷轻抚着她脸庞的手上："妈，在车上我没有回答你的那个问题，我现在想告诉你。做方婷的女儿很好，我很自豪！"

方婷紧紧地贴着孙晶晶的脸颊，轻拍着她的后背："我知道，我知道。好了，我的宝贝，不哭了，咱们都不哭了。"

这一夜，当家里的所有人都酣然入睡之后，方婷一个人悄悄地来到了琴房。

她对着看得见月光的那扇小窗，跪了下来，双手合十，深深埋头。

在那些看不见太阳的日子里，记不得有多少个夜晚，她也曾像现在这样，跪在窗前，与神明对话。

只不过那时，她向神明索要的是救赎；而如今，她祈求的是宽恕。

窗外的月光清明，照得从她脸颊上滑落下来的眼泪晶莹剔透，照得她跪在那里的身影狭长狭长。

月亮东升西落，窗棂下抽泣的影子，由西到东。

直到冬至早晨的第一缕阳光照了进来，她才缓缓地抬起了头，坦然地迎向那驱散罪恶与黑暗的冬日暖阳。

◇ 六 ◇

-1-

冬至。

粉饼抹过额头和脸颊，眉笔滑过眉间，黑色的口红游走于双唇之上。

在后台的化妆室里化好妆，孙晶晶看着镜中的自己，心中十分忐忑。

这种忐忑并非来自一会儿即将要开始的终试，而是源于她身旁，标记着"4号"的空空座位。

在经过前两轮比赛后，筛选出来的五名选手中，丁欣被安排在今天第四个上场，孙晶晶则是最后一个。

可如今，前三位选手已经表演完毕，而孙晶晶身旁，属于丁欣的这个化妆镜前，却还是空荡荡的。

"难道她今天不会出现了？"这个想法开始还像柴堆里刚燃起的火苗，随着时间的推进，如今已变成了熊熊大火，令孙晶晶坐立难安。

"她来了吗？"负责在后台催场的工作人员突然将头探进了化妆室，对孙晶晶问道。

他吓了她一跳，但是孙晶晶很快就反应过来，他问的是丁欣。

"没，还没有。"孙晶晶转过头来，看着工作人员紧张地回答道，那样子就像是丁欣被她藏起来了一样惶恐。

工作人员皱了皱眉，抬起手腕，看了一眼时间，对孙晶晶说道："算了，换你先上，跟我来吧！"接着，他便转身走了。

孙晶晶连忙起身，跟在他身后，朝后台的方向走去。

她看见他从裤兜里掏出了手机，对照着左手里拿着的本子，开始用右手在手机上按下号码，然后把手机举起，贴到了耳朵上。

时间一分一秒地过去，从化妆室到后台的这几步路，变得无比漫长。

盯着他的背影，孙晶晶竟有了一种奇怪的期盼，"不要接通，不要接通，不要接通……"

心里这样想着，她的手不自觉地放在了昨天下午才刚刚属于她的小提琴形项链的坠上。

"奇怪，关机了！昨天还跟她确认过，说今天一定会来的。"他对帷幕后的另一个工作人员惋惜地说道，同时将电话放回口袋。

他转过头来，对孙晶晶说道："你在这儿准备，一分钟后，音乐一响，

第四章 诅咒

你就上场,听明白了吗?"

孙晶晶顺从地点了点头,他一走开,她便本能地眯起了眼睛。舞台前方打过来的射灯,令她感觉炫目。

恍惚间,她眼前飘过了那半杯漂浮着黑灰的符水、观音菩萨似笑非笑的脸、方婷为她戴上项链时额头上深深的一吻。

"她真的消失了!我的诅咒解除了!"

孙晶晶激动地喘息着,不知道究竟是哪一个起了作用,才让她的心中所盼实现得如此猝不及防。

就在她试图深究之时,音乐响了起来。

"该你了,上!"帷幕旁的工作人员对孙晶晶催促道。

跳跃,她像早起清晨、叶片上滴落下来的露珠,圆润轻盈。

舒展,她像冰雪融化后、大地里伸出的春芽,活力非凡。

旋转,她像清风拂过的风车,五彩斑斓。

旋转,她像狂风卷起的旋涡,肆虐大地。

旋转,她像微风吹起的蒲公英,在阳光下、天空中盘旋,光在她皮肤上折射出金色,让她比要飞向的太阳还要耀眼。

她才是真正的吉赛尔,在光明与黑暗间徘徊,在生存与死亡中挣扎,令爱人在她温柔的臂弯中忏悔不已,而她却在看淡了一切之后,绝尘而去。

当雷鸣般的掌声热烈地响起,她看到了,在遥远的法国,巴黎歌剧院的舞台上,那里,已为她留出了一席之地。

-2-

冬至。

早上六点半,丁欣从家里走出来的时候,道旁两侧的路灯都还亮着。

在这一年中夜最长、昼最短的一天,空气中有一股说不上来的味道。无法用任何一个描述气味的词来形容,只是让人感觉憋闷得很,呼吸困难,这就是雾霾的味道。

今天是丁欣的大日子,所以她才会这么早出门。

两年前，在东三环上班的丈夫为他们在燕郊置办了这套婚房。虽然要坐上两个小时的公交才能到达国贸，但是丁欣却也没什么资格抱怨，毕竟买房的钱都是婆家出的，她作为一个没有名气的芭蕾舞演员，微薄的收入为房贷做不了什么贡献。

转过小区前的丁字路口，丁欣远远地看见，一条街外的公交车站前，已经有零星的上班族开始在排队。

有了竞争的紧迫感，丁欣加快了脚步，可没走多远，她就被人喊住了。

"姐们儿，帮帮忙！哎哟，哎哟！"

丁欣转过头来，看见坐在路牙子上，一直向她求救的女孩。

她说话的口音里夹杂着一股东北味，弓着腰，双手用力地捂在肚子上。痛苦的表情令她的五官向内集中，抽搐到了一块儿，即便如此，却难掩她嘴唇上如烈焰一般的红色。

"你怎么了？"听到了乡音，再加上恻隐之心，丁欣忍不住对她问道。

"胃……疼。胃病犯了，药……药在车里。"

顺着女孩儿手指的方向，丁欣看向她身前停着的白色面包车。中排座上的车门敞开着，里面空荡荡的，只有后排座上堆着几个画着香蕉苹果图案的纸箱。

丁欣想到这女孩可能是早起去上货的水果摊贩，便不再犹豫，对她问道："药在哪儿？我去帮你拿。"

"在中排座旁的车门里，有一个白色的小药瓶，你爬进去帮我够一下，谢谢了，姐们儿。"

不想再耽搁，丁欣毫不迟疑地钻进了面包车。她趴在中间排的座椅上，伸手扒拉着车门里的东西，可是除了两小包纸巾，她并没看见什么白色的小药瓶。

丁欣正想转回头去，让女孩再仔细想想药到底放哪儿了，却突然在后背上感受到一股无法摆脱的重压。

接着，她的头被人用黑色的布袋罩住了。没等她喊出声来，鼻下和嘴前又传来了一阵湿凉的感觉，有人用湿毛巾捂住了她的口鼻，令她无法呼吸，直至彻底失去意识。

-3-

"丁欣，丁欣，醒醒！该起床了，不能再睡了，今天可是最后一轮决选的日子。"

被自己的声音从混沌中叫醒，丁欣深吸了一口气，猛地坐了起来。可她并不知道自己在哪里，因为套在头上的黑色布袋还在，而她的手也别在身后，似乎被胶带缠了起来。

意识到自己被绑架了，丁欣想尖叫，却在声音从喉咙里冲出的前一秒克制了下来。

她不知道自己在什么地方，不知道周围的环境，不知道对面有没有人，她只能静止不动，轻声喘息，仔细聆听。

空气中有一股发霉的味道，四周安静得出奇，身下刺骨的冰凉向她身上传来，她猜她可能正坐在水泥地面上。

"你们想要什么？我并不是有钱人，你们绑错人了！"丁欣尝试着与这空间里可能存在的活人说话。但等了半晌没有得到任何回应之后，她意识到自己错了。

"有人吗？这有人吗？"丁欣惊慌失措地叫道。

绑匪并没有与她共处一室，反倒让她更觉惊惧。她开始浮想联翩，甚至怀疑自己是不是被什么变态囚禁在了地窖或是冷库里了，也许对方想要的根本就不是钱，而是她的人……和她的自由。

这样想着，丁欣感觉周遭的空气都变得稀薄了起来，如果自己身处一个密闭的空间中，氧气无疑是弥足珍贵，这让她甚至都不敢大口喘气，怕等不到救援，就被活活困死在了这里。

然而就在这时，腿上突然传来了奇怪的感觉，好像有一只手在抚摸她的小腿，她很害怕地抽走了那条腿，倒向一边。

"你干什么？"丁欣惊叫道。

她的大嗓门并没有吓退对方，而是在停歇了片刻之后，从她的另一条腿上又传来了相同的触感。

这一次那只手更加放肆，它直接来到她的大腿上，甚至还在向她的大腿根部摸索。

"你干什么？别碰我！走开！别碰我！"丁欣一边呵斥着，一边在地上依靠着臀部的力量向后蹭。

她知道自己在地面上，所以挣扎着试图站起来，可被捆绑在身后的双手让她像一条离开了水的鱼，只是在地面上无用地扑腾，却无法逃脱。

终于，丁欣的后背顶到了什么，接着"哗啦"一声，好似有很多盒子从天而降，落在了她的身前及左右。

她听到了"吱"的一声老鼠的惨叫，同时她腿上的那只手也一并消失了。

刚才的挣扎让她手上的胶带松开了一些，她用力一拉，成功将一只手从中抽了出来。第一反应就是摘掉套在头上的布袋，她看清了所处空间里的景象，不禁呆住了。

在这间空旷的屋子里，只有几排货架和一些散乱堆着的包裹，而她此时正坐在一堆坍塌了的纸箱中央。

接二连三地拿起身旁的纸箱来看，丁欣发现那上面贴着的都是同一家快递公司的快递单。

她意识到自己正在这家快递公司的仓库里，正前方不远处，紧闭着的两扇大铁门，被透进来的阳光一分为二，给了丁欣逃生的方向。

她从纸盒堆中爬了起来，奋力跑到铁门前。她用手推门，却听见门外的铁门栓"咣当，咣当"响，门被人从外面锁上了。

透过缝隙，她看见远处围墙下坐着一个男人，正痴痴呆呆地看着手机屏幕傻笑，他那件快递员制服上的Logo，和这些快递单上印着的一模一样。

她开始用力拍打着铁门，嘴对着缝隙向外求救："救命啊！救救我！我被关到这里了，这里有人。"

丁欣每喊几句，便换眼睛贴在缝隙上向外查看，想知道那男人是否听到。

　　她的手拍得生疼，铁门发出"咣，咣，咣"的声响。可不知道是不是因为距离太远，他只顾低头看着手机，没有朝她这边望上一眼。

　　男人的反应令丁欣失望却没有绝望，她在屋里寻找了半天，终于在屋角那儿找到了一把金属杆儿的扫把，她相信这一次他一定能听到了。

　　于是，她使出了全身的力气，用扫把杆不停地敲打门板。金属之间碰撞的声音，令她觉得刺耳，本能地侧头躲避，可门外的他就像聋了似的，依然毫无反应。

　　放下敲弯了的扫把，丁欣仍不放弃地换回原来的方法，对着门缝外嘶喊，直到她感觉肺泡都快要炸开了，声音也逐渐变得沙哑。

　　忽然，她看见一辆小型货车驶到了院门口，便停止了嘶喊，看着司机从驾驶室里跳了下来，原先坐在墙边的男人立马迎了过去。

　　他们俩在门口说笑了一会儿，男人便拉着一个平板推车朝货车尾走去。不一会儿的工夫，他拉着满满的一车包裹又重新出现在了丁欣的视线里。

　　男人朝司机招了招手，那辆小货车便在车轮下卷起一阵黄烟离开了。

　　丁欣紧张地看着他的一举一动，心里怦怦直跳，"过来，过来，快过来！没错，往这边走！对，把货送进来，快过来！"她在嘴里念叨着，扒在铁门上的指甲压成了白色。

　　可用左手拉车的男人，却偏偏不想让丁欣如愿似的，只把一车货拉回到院里，就又懒散地坐回了原来的地方，继续玩起了手机。

　　知道他不会过来了，丁欣绝望地摔坐在了地上。

　　从门外的太阳来看，现在已经是下午了。她想到了今天的终试，想到了那打着聚光灯的舞台，便无法控制地伏在地上放声大哭。

　　就这样不知过了多久，她恍恍惚惚地坐了起来，失神地看着落在地面上，门缝里透进来的阳光。

　　有那么一刹那，她错把它当成是射向舞台上的光束。

　　她将错就错，让手垂在地面上，跪在阳光里，食指和中指化作有力的下肢,代替她,在聚光灯下跳起了舞。

她是惨遭背叛的吉赛尔,伤心欲绝却无能为力。

她是知道了真相的吉赛尔,痛苦不堪即将衰弱地死去。

她是听天由命的吉赛尔,无法摆脱鬼王的控制,更无法逃离黑色的梦魇……

她试图追着光,驱散黑暗,可那光束却越来越短,越来越暗,最后消失在了门缝下。

铁门终于被人从外面打开了,可她心中再没有了先前的期盼。

"你……你是谁?怎么会在这儿?"看见丁欣的男人显得惊讶不已,他猛然向后退了两步,盯着披头散发瘫坐在门口的她,结结巴巴地问道。

丁欣费力地抬起眼皮,借着黄昏的残光,她看清了他的长相,单眼皮,宽阔的鼻梁,厚实的嘴唇,和一双像溪水一样清澈的眼睛。

-4-

"她情况怎么样?"

"身体还行,就是心理受到了很大的打击。警察同志,真的一点线索都没有吗?"

"家属,您先别着急,我们还在努力侦办中。从快递仓库前的摄像头里,虽然找到了那辆面包车的车牌,但是刚刚查明,那是一辆套牌车。车上下来的一男一女,都戴着帽子和口罩,一时间也很难辨认清他们的相貌,所以……"

"那个快递员呢?他有没有看见什么?"

"我们调查过了,那个叫邹宇的快递员,他本来不是管仓库的,今天是临时帮生病同事的忙,而且他早上起晚了,到达仓库的那个时间丁欣已经被关了进去。所以,他也没能提供什么有帮助的信息来。"

"哎!什么都没有,我要怎么跟她解释呢?好在人没事,这也算是万幸了!"

"是啊，搞不清楚那两个人这么做的目的是什么。对了，丁欣的挎包在那堆倒塌的纸箱下面被找到了，钱包和手机都在里面，但是手机卡好像是被毁坏了，等我们从上面取完指纹，你们就可以领走了。放心吧，我们会尽力追查，你也好好安抚一下受害人的情绪，就先这样吧。"

"那行，谢谢您了，警察同志，你们辛苦了。"

"没事，没事，别送了，留步吧。"

丁欣红肿着眼睛，侧躺在卧室的床上，听着房间外丈夫与警察的对话，她的眼泪止不住地往下流。

今天发生的一切就像是一场梦，虽然现在从噩梦中惊醒，但是长久以来所经历着的那个美梦，也化为了泡影。

丁欣今年已经二十七岁了，在参加巴黎歌剧院芭蕾舞团的这场选拔赛之前，她已答应了丈夫，如果这一次没能被选上，她就会放弃作为芭蕾舞演员的职业生涯。

他们会卖掉燕郊的房子，然后一起回老家，接受家里的安排，在长春市某个邮政营业厅里踏踏实实地做一个事业单位的员工，再为独生子的丈夫生下一个孩子。

看着对面窗帘上，丈夫走进来时投射在上面的影子，丁欣仿佛也看见了在那遥远的法国，巴黎歌剧院的舞台上，灯光熄灭，帷幕落下。

原本属于她的那个位置，正在慢慢缩小，变成了一个圈，一个点，最后像烟一样消失不见了。

第五章
神经病

◇ 一 ◇

二〇一六年，立秋。

"神经病！你是不是疯了？"宋庆国掀开盖在身上的毛巾被，翻腾着从床上坐了起来。顾不得从昨夜酒醉后就一直持续着的眩晕，他一手扶着沉重的额头，一手指着站在床尾的妻子骂道。

"你真的去找她了？"宋庆国两眼通红，还抱着一丝侥幸，盼着妻子刚刚告诉他的话，都只是为了吓唬他。

"对！我去找方婷了！在她教书的音乐学院门口见的面。帮你送信！"刘溪敏毫不示弱，尖声嚷道。

接着，她一抬手，甩出一样东西，朝宋庆国的面门飞去。

宋庆国还没来得及看清楚是什么，就听见"啪"的一声，东西摔在了他的脸上，然后顺着他的面颊滑落。

"三十三年了，你还忘不了她！呐，我替您完成心愿！"

见宋庆国低头沉默不语，只是涨红着脸，盯着发黄的旧信封愣神，刘溪敏的火气更大了。

"你昨儿个把这旧情书揣兜里，是打算干吗？不就是想借着高中同学会的机会交给她吗？她没来，你特失望吧？把自己喝得跟摊烂泥似的，长本事了吧？"

刘溪敏摇着头，嘴里发出"啧啧啧"的声响。

"看把你给闷骚的，这些年开同学会哪次她来过？你还揣着这封破信，盼着她能出现呢！做你的大头梦吧！"

说完这些，刘溪敏一把抓起毛巾被上的信封，"我让你痴情！让你犯贱！我看你还能捣鼓什么花花肠子出来，看你怎么交给她！"她喘着粗气，将信撕得粉碎。

宋庆国不忍目睹这一切，别过脸去紧闭着双眼，又听见刘溪敏咆哮道："我告诉方婷了，她要是再敢勾引我丈夫，再敢跟你有任何联系，我就把她以前的丑事全发到网上去！她现在不是名人吗？我倒要让大伙儿看看，她以前什么德行！"

"疯了！疯了！你真是疯了！"宋庆国从床边弹起，扯过搭在床尾的裤子，像跟它有仇似的，连扯带拉，两脚蹬踹着套到腿上。之后，宋庆国气冲冲地走进了卫生间。

刘溪敏紧跟其后，仍不依不饶："你就不想知道，她看到这信时的反应吗？哼！人家连拆都没拆开！你知道人家是怎么说的吗？"

宋庆国把牙刷塞进嘴里，带着怒气的牙刷头在他的唇齿间奔走，蹭得他牙龈生疼。

"她说了，感谢你年少时的垂青，过去的都过去了，让我不必介怀。怎么样，像方婷说的话吧？还'年少时的垂青'！啧啧啧，都半老徐娘了，还跟那儿装纯情呢！当初，她就是靠装纯，把你们这些男生迷得神魂颠倒，现在她还猫改不了偷腥，真是一个天生的骚货！贱货！浪货！"

"呸！呸！呸！呸！"宋庆国用力地朝水盆里吐着嘴里的牙膏沫。仿佛那就是刘溪敏的脸，他要以这种方式，回击她说的那些不堪入耳的话。

"怎么着，我说错了吗？她上周干吗去找你啊？明知道你当年喜欢她，现在又跑出来吊着你，不就是浪吗！"

"神经病！你说的都是什么疯话？我早就跟你说了，上周她去税务大厅办事，跟我只是碰巧遇上！之前她压根都不知道我在那儿工作！

"现在国家对演艺界的个人所得税抓得严了，我们俩就聊了几句合理避税的事。

"况且，那天她也不是一个人来的，还带着她助理呢！你胡乱发什么神经？脑子有病！"

原本弓身伏在水盆前的宋庆国忍无可忍，猛地直起腰来，朝刘溪敏吼道。细碎的牙膏沫从他的嘴里喷了出来，直奔刘溪敏而去。

"你别跟我这儿揣着明白装糊涂！谁知道你们俩耍什么猫腻！我就知道，打那之后，你心里就跟长了草似的，等着那个装小绵羊的女人去啃。不然昨天同学会上别人说方婷不是，你犯得着玩命替她狡辩吗？"

"你还有脸说？亏你上学的时候跟她关系那么好，居然还主动提起那些不着调的传言，跟那些嫉妒她的人一起污蔑她！你算个什么东西！"

"那你就当着那么多同学寒碜我啊？"刘溪敏抬起手来，使劲擦掉了脸上的牙膏沫。

她鼻头通红，眼里泛着泪光："你看看同学们当时都怎么笑话我的，'溪敏啊，你们家老宋还是忘不了他的梦中情人啊！你可得看紧点儿啊！'

"你想没想过，我多没面子！再说了，你怎么知道那些就是传言，不是事实？

"别忘了，当年全班去济南春游，大伙儿一块儿下的火车，怎么就方婷再没出现呀？老师和安雅也提前回了北京，只留下辅导老师带着咱们在济南瞎转悠了三天。

"打那以后，谁都没有再见过方婷，直到她从维也纳回来，摇身一变，嚯！成了小提琴家。

"当年，明明就有同学听见安雅跑回来说，方婷被人贩子拐走了，所以老师才……"

"胡说八道！我当时就站在老师身边，听得清清楚楚的！

"安雅跟老师说的是，方婷在火车上发现了拐走小孩的人贩子，让安雅回来通知老师，她自己先到车站警务室报警去了！"

"根本不是你们这些人胡编乱造、以讹传讹的那样！

"回北京后，老师也跟同学们解释过了，那天，安雅带着老师一起到警务室找方婷，碰巧儿火车站里的广播说，有从北京发给方婷的加急电报，说她父亲病危，让她立刻回京。

"不放心方婷一个人，老师和安雅陪她一起赶回的北京，在病房里还见到了方婷的父亲，这就是事实！

"别人满嘴跑火车，你怎么也跟着起哄架秧子！

"后来方婷休学，陪她父亲去美国治病，起初你们不还一直通信的吗？方婷不是还告诉你，她爸的病情好转，她在那边儿一切安好吗？

"何况，安雅半年后也去了美国，还给我寄了张她跟方婷在哈佛门口的合影，千真万确！

"你们说方婷被拐卖了？还一拐就拐到美国去了吗？如果那样，你们个个儿都得蹦着高儿地，争着抢着被拐吧！

"真是一帮吃不着葡萄说葡萄酸的小市民！

"尤其是你！明明见过那张照片，明明知道怎么回事，还跟着那帮人一块儿造谣，还有脸跑去威胁她，你还算人吗！"

宋庆国说完，将擦完嘴的毛巾重重地摔在了置物架上，一把推开堵在门口的刘溪敏走了出去。

刘溪敏跟跟跄跄地靠在了墙上，刚一站稳，又朝宋庆国嚷道："这些事儿你记得可真够清楚的，你还说不是一直惦记着她！"

宋庆国一把扯下挂在衣架上的外套："神经病，不可理喻！我懒得跟你废话！"

"神经病！神经病！你就骂吧！早晚我得被你骂出毛病来，到时看你怎么办！"

"……你去哪儿？你站住！你给我回来！"刘溪敏站在宋庆国的身后，朝已经推开一半大门的丈夫嘶吼道。

◇ 二 ◇

一出家门，宋庆国飞快地踏着那几步楼梯。

他现在，一心只想着赶快去跟方婷解释清楚，为刘溪敏荒唐的行为，向她当面道歉，希望没给她的工作和生活带来影响。

思绪万千，脚下的台阶在宋庆国的眼中，开始变得像一节节铁轨一样平坦，脑中遥远的记忆，也跟着清晰了起来。

一九八三年，像展开的旧胶卷一样平坦的铁轨上，从北京开往济南的火车，疾驰而过。

车厢里的宋庆国，反复听到自己的名字被后排座上的女生们提起，早已跃跃欲试的他朝后张望，想听清楚她们在说些什么。

他看见安雅、刘溪敏、韩雪梅已笑得不成模样，却只看到方婷一脸严肃，匆匆离去的背影。

回过身来，他心中不免更加忐忑，手不自觉地按在了裤兜上，那里面用崭新的白色信封，装着他准备交给方婷的情书。

那是在税务局与方婷偶遇前，三十三年来，方婷留给宋庆国的最后印象。

出了楼栋口，宋庆国抬头看了看天。天空阴沉沉，看来，入秋后的第一场雨注定要以势不可当的气势，给这盛夏如火的热情画上一个句号。

他加快了脚步，怕自己稍一犹豫，便没有勇气再走下去。

穿越小区花园里的小径时，两旁绿油油的景象，像极了宋庆国多年以来，一直梦到的那片青青草地。

草丛中，鲜花红艳似火。穿着格子裙、白衬衫，马尾辫高高竖起的方婷站在其间，频频转头，朝他微笑。

他紧张得心脏狂跳，一直低着头不敢去看她一眼。

当他终于鼓足勇气，从裤兜里掏出前一夜为她修改了九次的情书，想交给她时，却发现方婷早已不见了踪影。

表白那份不会再有的纯真情愫，是宋庆国长久以来的一个梦。所以，他才想要借同学会的机会，将那封旧情书交到方婷的手里。

对于他和她之间的关系，宋庆国并没有想要越界的期盼，他只是想把那封发黄的信，交到它本该属于的主人手里。

宋庆国十分清楚,她不再是那个梦中的少女,而他,也不再是那个做梦的少年。他与方婷的所有可能,早在三十三年前就因她的突然离京而化为了泡影。

高中毕业后,宋庆国参军,被分配到了南方的城市。一有时间,他就会给远方的方婷写信,跟她讲述军营里的生活,询问她的近况。

多雨的南方,时常阴雨绵绵。宋庆国常常站在滴雨的窗檐下,望着灰蒙蒙的天空祈盼。

没有盼到方婷的回信,却等来了刘溪敏像雪花一样纷飞的书信。

宋庆国快走到小区门口的时候,纷飞的雨滴开始从空中落下。

远远地,他看见一对老夫妻,缓缓地朝他迎面走来,便不自觉地放慢了脚步。

老头儿为了搀扶身旁步履蹒跚的妻子,没有撑伞,而是将雨伞夹在腋下。

他苍老的双手紧抓着妻子的胳膊,支撑着她的身体,与她一起在越来越密集的雨点里艰难前行。

那老妇一瘸一拐的走路姿势,让宋庆国一下想起了刘溪敏。

军营里的艰苦生活,使宋庆国患上了严重的胃病。转业回京后,刘溪敏主动追求,细心照料,从未让他吃过一顿隔夜的冷饭。

她总是利用单位短暂的午休时间,跑回家给宋庆国做饭,再急匆匆地用保温瓶装上,送到他当时所在的财政局去。

一次,因为赶时间,刘溪敏在骑车送饭的途中出了交通事故,撞伤了右腿,从此落下了残疾,还失去了生育能力。

她走路时,右膝盖再也无法完全伸直。一脚高一脚低地走路的姿势,让她看起来就像在身体右侧挂了一个沉重的秤砣,每走一步,都要向右侧歪一下。见过她的人,都能轻易从她的背影认出她。

这次事故之后,刘溪敏迎来了与宋庆国的婚姻。宋庆国打心眼儿里认定了她,发誓与她不离不弃,相濡以沫。

与那对老夫妻擦肩而过后,宋庆国停了下来。不知是被冰凉的雨水浇灭了怒火，还是因为心中想起的那句"相濡以沫"，他突然为自己刚才对刘溪敏的暴躁态度，感到后悔。

不能生育和残疾，使刘溪敏变得自卑又多疑。这些年，只要是宋庆国对哪个异性多看上两眼，她都要找碴儿，大吵一架。

原本就性格内向的宋庆国，随着年龄的增长，变得更加倔强，即使被她误会，他也不愿过多解释，总是以沉默应对。

他这样的反应，反倒成了刘溪敏的助燃剂，她因而歇斯底里，就如刚才一样。

好好地反省了自己一番，宋庆国觉得，与方婷当面道歉的事可以缓缓再说，但家中那个神经紧张、已经处于崩溃边缘的妻子，却等不得他半点迟疑的安慰。

他于是掉头，朝家的方向大步走去。

宋庆国回到家时，刘溪敏正伏在桌子上哭泣。雨水冲刷地面"沙沙"的响声，从半敞着的窗户传进屋里，遮盖了她的哭声。看不见她的脸，只看得到她起伏的肩膀。

"上学时，为了让你注意到我，我整天往男生堆儿里扎，被女生们说我满脑子都只有罗曼蒂克，笑我'花痴'。现在，又一天到晚被你骂是'神经病'。我的脑子可能真的有问题！不然，为什么就看上了你！你回来干什么？你不是要出去找她吗？你去呀！我倒要看看你们俩能有什么好下场！"刘溪敏把脸埋在臂弯里，声音伴随着呜咽，从她胳膊肘的夹缝里传了出来。

不想再和妻子发生冲突，宋庆国深深地叹了口气。他穿着滴着雨水的湿衣服，走到桌子的另一端，缓缓坐下。

他知道，刘溪敏上个月被诊断出了更年期综合征，现在正处于激素紊乱的状态，身体和心理都经受着各种不适，他理应对她有所谦让。

他伸出手想去抚妻子的肩，还没挨到她身上，桌上的手机突然响了起来。

见刘溪敏一直不肯接，宋庆国只得替她按下了静音。但那电话仍不肯罢休似的，接二连三地打了过来。

"你的电话，估计人家有急事。别哭了，接一下吧！"看着手机屏幕上不停显示着的同一个名字，宋庆国轻声说道。

"我不接！爱谁谁！"刘溪敏倔强地说道。

宋庆国把电话拿了起来，举到耳边，"喂？不好意思！刘溪敏现在不太方便，您能不能待会儿再……"宋庆国的话还没有讲完，就被对方的叫骂声打断。

话筒另一头，男人愤怒的声音像火山突然喷发出来的烈焰，险些灼伤宋庆国的耳朵。他连忙后仰，皱着眉，将电话举得离自己远一些。

在听完了对方电话里的内容后，他着急地猛推刘溪敏的肩膀，生生让她把头抬了起来。

"你做兼职会计，代账的那家贸易公司说你替他们买的发票有一百多万是假的。现在税管员发现了，要处罚他们！电话里的人说，要么你把三十多万的罚金替他们交了，要么就让你好看！到底怎么回事？"

宋庆国错愕地盯着逐渐开始慌张的刘溪敏，不等她回答，已从她的眼睛里得到了答案。

"你是不是真疯了呀！我是干税务的，专抓偷税漏税。你竟然为了抵税，去买假发票！你、你、你……你怎么想的啊你？"宋庆国气得直拍桌子。

"神经病！"进门前，反复告诫自己要改掉这句口头禅的宋庆国，还是指着妻子的鼻子破口骂了出来。

◇ 三 ◇

午休快结束的时候，宋庆国手机里的社区微信群突然炸开了锅。他点开查看，消息像蹦出锅外的爆米花，接二连三地跳了出来。

原来是小区里有人要跳楼，位置在离他家不远的12号楼的楼顶上。

宋庆国往上翻了几下，其中一个邻居发来的消息引起了他的注意，手指便缓缓地停在了那里。

"我认识这个女的，好像是跟我住在同一个单元，1楼那家的。"

邻居的昵称下标着"9号楼1单元"。

9号楼1单元1楼，那正是宋庆国家所在的位置。

他往上又翻了几下，这一次，另一个邻居从地面自下而上拍摄楼顶的照片令他彻底呆住了。

楼顶露台边缘，骑在防护栏上的女人，双手抓着半人高的防护栏杆，一条腿已经跨在防护栏外。她的身子向外倾斜，看样子马上就要坠下楼去。

虽然看不清楚女人的脸，但那烫卷了的短发和身上绛紫色的居家服，令宋庆国只看了一眼，就想到了刘溪敏。

他感觉胸口发闷，像有只手用力地捏着他的气管，令他喘不过气，

"巧合！肯定是巧合！不可能是溪敏！"抱着这样的念头，他慌忙把群里的消息翻到头。

除了邻居们紧张地讨论该如何救人，没有更多关于那女的究竟是谁的消息了。

宋庆国正要打电话给刘溪敏，群里一个2号楼的邻居又发上来一条十几秒的短视频。

身着绛紫色居家服的女人已经彻底翻过了楼顶的防护栏，她站在露台边缘，半个脚掌悬空，冲着楼下围观的人群又哭又笑。

视频中传出一个旁观者的声音："感觉她精神不太正常，这是真的要跳楼了呀！赶紧打110吧！"

"打了，打了，刚才就有人打了，怎么还没到呢？"录制者焦急地搭话道。

说话间歇，楼上的女人侧身扶着栏杆，踩着露台边沿，一步步走了起来。

楼下的人群也随着她迈出的步子，发出阵阵惊呼。

宋庆国看着视频，像被棍子击中脑袋一样，感到眩晕。

一脚高一脚低,每迈一步身子都无法控制地向右倾斜,视频中女人那一瘸一拐的走路姿势,他再熟悉不过了,她就是刘溪敏。

"不要啊!"视频播放到最后一帧的时候,宋庆国忍不住吼了出来。他顾不得邻桌同事传来的诧异目光,抓起外套就往办公室外跑去。

"回家!回家!快点回家!"宋庆国往停车场飞奔,脑子里只剩下这一个念头。

可到了停车位前,他彻底傻了眼。被他规规矩矩停在车位里的黑色尼桑前,横着一辆白色的SUV。

没有时间可以耽误,他瞪着车主贴在前挡风玻璃上的挪车电话,狠狠地骂了句"神经病!"便转身往停车场外的路口狂奔。

很幸运,宋庆国一伸手,便有一辆空车停在了他的跟前。他不由分说,拉开车门坐进了后排。车门还没关上,他就将家里的地址报给司机,催促他快点开车。

之后,宋庆国掏出手机,不断给刘溪敏拨电话,话筒里"嘟嘟"直响,却始终没有人接。

"接电话呀!快点接电话!"他着急地咬牙切齿。虽然压低了声音,但任谁都能听出,他正在嘶吼。

司机从后视镜里斜了宋庆国一眼,看见他因焦急而扭曲、几乎凑到一起的五官,司机不自觉地踩下了油门。

出租车在马路上不停地并道飞驰,绕过正常速度行驶的车辆,与死神抢夺着时间,却不得不一次次地在红灯亮起的十字路口停了下来。

宋庆国觉得,那鲜艳如血的交通灯突然变得格外刺眼,像是要跟他争抢刘溪敏的生命一般。

"溪敏,你为什么这么冲动!有什么事不能好好商量?"宋庆国的心在颤抖,日子虽然过得平淡无奇,早就没了滋味,但夫妻之间还有多年沉淀的情义,他无法想象没了刘溪敏的生活要怎么过。

"冷静!一定要冷静!想想还能做些什么!想想!"宋庆国把脸埋在掌心里,痛苦地跟自己说道。

刘溪敏不接电话，他唯一能够了解情况的渠道，只剩下社区微信群。

群里已经有人报了警，还有人拨打了119，想到可能会发生的最坏结果，冷静下来的宋庆国按下了120。

他把家里的地址和目前的情况跟急救中心的人说了一遍。

对方问他与跳楼者的关系，他沙哑着声音答道："夫妻！"

出租车在东二环的东花市北里小区门口停下，急刹车之后，宋庆国跳下了车。

他沿着小区里离家最近的小径一路奔跑，在快到达12号楼前，拦住了刚要启动的救护车。

"能让我坐上去吗？里面躺着的是我老婆！"宋庆国红着眼睛，指了指副驾驶的位置，声音哽咽地对司机说道。

司机默默地看了他一眼，然后慢悠悠地转过头去，对后面车厢里的人说了几句话。

之后，救护车的后门被人从里面推开，有两个穿着急救中心制服的医护人员从车尾跳了下来。

他们走到心急如焚的宋庆国面前，冲他问道："刚才是你打的急救电话？"

"对！是我打的！"

"怎么打完电话就关机了？害得我们半天都联系不上你！"其中一个人没好气儿地埋怨道。

"关机了？"宋庆国抖着手，掏出手机，发现黑屏了，他试图重启，结果显示电量不足。

"没，没电了！"

"行了，别管怎么着，先把账结了吧！救护车使用费50元，医疗转运服务费120元，一共170元。你带现金了吗？看样子，你也没法微信、支付宝转账。"

"结账？神经病！你们不赶紧把人送医院去，在这跟我算什么账？"宋庆国被这帮人不慌不忙的态度惹毛了，他伸出手来，扯住要他结账的那个人的衣领，怒吼道。

"唉唉唉！松开！你先松开！那女的根本就没跳！她自己回家了！我们到这儿时警察都走了，这还是找看热闹的打听的。按规定，因家属自身原因，拒绝使用已到达的救护车，我们必须收取这两项费用。"

"没跳？"宋庆国半信半疑地放开了手，然后，他恍恍惚惚地朝12号楼的草坪走去。

"唉，你干什么去？费用必须结！救护车不是你让来就来，让走就走。你听到没有？"

地面上没有血迹，草丛也没有被大面积压倒的痕迹，看来刘溪敏真的没跳。

虚惊一场，神经突然放松下来的宋庆国瘫坐在了草地上。

自打因为假发票的事被客户威胁，刘溪敏就整日躲在家里，惶恐不安，还生怕对方找上门来报复。

难道，就是在这样的高压之下，刘溪敏才想要去跳楼的吗？

宋庆国想到刘溪敏恐高，上学时，她连滑梯都不敢滑，若不是抱着必死的决心，她决不会爬到二十几米高的楼顶想要跳下。

想到这儿，宋庆国的心中突然一惊，也许刘溪敏最终没有跳，只是因为恐高，不想以极度恐惧的方式结束生命罢了；也许她必死的决心根本没有动摇，而是去用别的方法了结自己了？

割腕、上吊、打开煤气灶，刘溪敏各种寻死的画面，开始在宋庆国的头脑里一一闪现。

他从草地上爬起来，推开追过来吵着要跟他结账的那两个人，朝家冲去。

"溪敏！溪敏！"一用钥匙将门打开，宋庆国便带着哭腔，大声朝屋里喊道。

"啪！"玻璃杯在地上摔得四分五裂。

被吓了一跳的刘溪敏，扭过头来看向门口风风火火的宋庆国。

"他们找来了是不是？我就知道，根本躲不过去的。三十多万的罚款啊,那贸易公司老板有社会背景,肯定不会放过我的!完了完了,这下完了!"刘溪敏着急地在屋里踱起了步子,时不时懊悔地拍一下手。

她突然走到阳台,朝没搞明白状况的宋庆国招了招手:"你过来!看那儿!"

宋庆国懵懵懂懂地走了过去,按照刘溪敏指的方向,朝窗外看去。

被树荫遮掩的小径空旷无人,只有一辆送快递用的厢式三轮车,停在不远的道边。

"看什么?"

"快递车!在咱家窗外停了好几天了,是他们派来监视我的!"

"啊?"宋庆国紧张地把脸凑近玻璃。

他盯着一米见宽、四周封闭的车厢看了一会儿,皱了皱眉问道:"哪有人啊?"

"在车厢里!你看见那车厢皮上有个圆孔了吗?我觉得有人就蹲在车厢里,透过那个孔看着我的一举一动。"

这要是在往日,宋庆国一定会大叫"神经病!"质问刘溪敏又发什么神经。但今天,他只是狐疑地盯着她一惊一乍的模样,没敢说话。

半晌后,宋庆国才试探性地开口问道:"你刚才去12号楼的天台干什么去了?电话也不接!"

"谁?我哪儿也没去啊,一直在家睡午觉啊。睡午觉,电话可不就静音了吗。"刘溪敏一脸不解地回答着,走回卧室,去拿床头边的手机。

宋庆国呆住了,他知道刘溪敏每天有睡午觉的习惯,按理来说,刚刚那个时间段,她确实应该是在睡午觉。可那视频中,想要从12号楼天台上跳下去的女人,明明就是刘溪敏啊。

"怎么回事?"宋庆国心里泛起了嘀咕。

他正打算再看一遍社区群里的视频,忽然听到卧室里传来了刘溪敏的尖叫。

"怎么了?"宋庆国冲进卧室,对着刘溪敏焦急地问道。

刘溪敏神色慌张,将播放着视频的手机缓缓地转过来,朝向宋庆国。

"庆国,这个人,这个人,是……是我吗?"

◇ 四 ◇

家里安装智能安防设备的整个过程中,刘溪敏一直坐在沙发上闷闷不乐。

宋庆国不予理会,径直走到电视墙跟前,从烟盒里抽出一支烟,递给站在梯子上的安装师傅。

"小邹师傅,下来歇会儿吧,抽支烟!"

单眼皮,宽鼻梁,眼睛像溪水一样清澈的男人连忙推却。

"大哥,您别客气了。都是熟人介绍,已经喝了您一瓶矿泉水了,我哪还好意思再抽您的烟。马上就装完了,您看看,这个位置行不行?"他腼腆地笑着,用手调整了下摄像头的角度,对宋庆国说道。

顺着摄像头拍摄的方向,宋庆国回头看了一眼正带着怨气盯着他的刘溪敏。

他想到,白天的大多数时间,刘溪敏都会像现在这样,坐在沙发上,摆弄着放在茶几上的笔记本电脑办公,便将头转了回来,对等待答复的男人说道:"再稍稍往右一点,不用照着大门,正对着沙发就好。"

"好嘞!硬件的部分这就算装完了。您把手机给我,我把监控软件给您装上。"

"行,行!"宋庆国将手机解锁,递到了男人手里。

"出厂密码是6个8,安全起见,建议您改一下,但是也别改得太复杂,不然忘了密码,想找回也挺麻烦的。最好设成您或大姐的生日,或是结婚纪念日什么的,反正外人也不知道。呐,您输一下!"

宋庆国拿回电话想了想,轻声嘟囔道:"那就我生日吧!"说完,他将对应的数字输了进去。

"清晰度我给您设成什么样的呢?高清,普通,还是一般?要想录得清楚,就选高清,但是这个存储卡不大,要想录高清,就得把声音录制关了。其实，您要是只为了看图像，有没有声音也无所谓。"

"那就高清吧！要是真进了贼，还能边偷东西，边在屋里聊天不成？呵呵，是不是？"宋庆国打趣道。

男人附和着笑了笑，又说道："那好！这样，为了能在卡里多保存几天的影像，我给您设成只白天摄录，早7点到晚7点。您要是临时出个远门儿，去旅游啥的，家里没人，还可以把时间调回成全天录制。不过那样，就只能保存最近两天的录像，先前的都会被新录的覆盖掉。"

"行啊！没事儿，我们也不出门。就这么设吧！反正晚上我都在家，用不着录全天的。"

……………

安装师傅走后，宋庆国从厨房拿出扫把，开始清理散落在电视柜附近的电线头。

"你装这个干吗？你真拿我当神经病啦？"刘溪敏突然朝着宋庆国喊道。

"哪儿跟哪儿啊？"宋庆国酸着脸，不耐烦地回答了一句，眼睛却像犯了错似的，始终盯着地面，不敢朝别处多看一眼，继续弓着身子扫地。

从一周前12号楼天台的跳楼事件发生后，宋庆国就有了要在家里安装摄像头的念头。

那天，刘溪敏瞪着两只茫然失措的眼睛看着他，好像她真的不知道自己为什么会在午睡的时候，跑到12号楼的楼顶上又哭又笑似的。

宋庆国安慰刘溪敏，说她是心理压力太大导致的梦游，劝她别放在心上。

话虽这样说，但宋庆国心中的不安却一点儿不比刘溪敏少。

他开始悄悄观察妻子的一举一动，像科研人员观察实验对象，像护士看管病人，对刘溪敏稍有异样的举动或是反常的言语，都会加以思考和分析。

渐渐地，刘溪敏对此似乎也有所察觉。刚开始，她小心翼翼，之后，她变得暴躁。

"你少在那装蒜!不然你一天到晚像盯贼似的盯着我干吗?你就是拿我当神经病了,想把我监管起来。

"装了这个摄像头,你上班的时候就可以拿手机监视我了,是不是?宋庆国,我告诉你,我没疯!就算以后我真疯了,也是被你逼疯的!"

刘溪敏怒气冲冲地走到宋庆国的跟前,扯过他手里的簸箕,摔在地上。电线头儿立即像离巢的小虫,爬满了一地。

"你胡闹什么!还不是因为你一天到晚疑神疑鬼的,说有人蹲在快递车里偷窥,整天躲在家里怕人来寻仇。要不是这样,我花这份钱干吗?你以为买一套这玩意便宜啊,你又乱发什么神经?"

宋庆国气得把扫把干脆也扔到了一边,转圈指着门窗上的报警器和墙上的摄像头说道。

"你少拿这些有的没的跟我掰扯,要真像你说的那样,你怎么不在阳台上,还有大门外装摄像头呢?装客厅正中间儿算怎么回事?

"你装在这儿,能拍得着躲在快递车里偷窥我的人吗?你少拿我当三岁小孩儿糊弄?还有,你给我等着……"

刘溪敏说着,从卧室里拿了两本书出来,举到宋庆国面前,"哗哗啦啦"地用力抖着。

"我问你,这些又是什么?别以为你藏在床头柜里,我就发现不了!"

见宋庆国只是冷着脸,不说话,她又说道:"《精神病分析学》《如何发现身边人的精神障碍》。宋庆国,你别告诉我,你买这些书回来,是要改行去当心理医生!"

面对证据确凿的质问,宋庆国不再辩解,而是选择躲开了妻子的目光。

刘溪敏的声音颤抖,喘息中带着丝丝拉拉的抽泣,一字一句地说道:"你真觉得我精神出了问题,对吧?不然你不会买这些书,也不会装摄像头。"

没有等到丈夫用欺骗让她心下稍安,刘溪敏一下子彻底崩溃:"宋庆国，你平时张嘴闭嘴地骂我'神经病'，现在，我真被你说出毛病了，这下你如愿了吧？

"我是怎么爬到那楼顶上去的，我真的一丁点儿都想不起来了！你看看我在视频里那模样，跟疯子有什么区别？这下你高兴了吧！

"这下好了，我也觉得自己有神经病了。

"呜呜呜呜呜……"

刘溪敏最终控制不住地失声痛哭，几宿未眠的眼睛外青内红，透露着无助与绝望。

◇ 五 ◇

周一上午例会前，宋庆国办公室里的每一个人，都收到了上级下发的红头文件《关于进一步加强高收入者个人所得税征收管理的通知》。

想到一会儿开会要讨论到这个议题，宋庆国觉得正好可以借这个机会给方婷打一个电话。

他翻开通话记录，上面显示，最近一次和方婷的通话是在五天前。

五天前，他打给方婷，为刘溪敏去音乐学院门口威胁她的事道了歉，并将刘溪敏的近况如实相告，希望得到她的谅解。

出乎宋庆国的意料，方婷不但没有表现出半点生气，反倒是劝宋庆国，要多多关怀处于"特殊时期"的刘溪敏。还说，如果有她能帮上忙的，一定要告诉她。

宋庆国打心眼里佩服方婷的重情重义，更后悔因为他的那封旧情书，给方婷惹来的困扰。

见不到方婷的人，只听见她的声音，宋庆国脑中突然出现了一个奇怪的画面，好似手机那头正在跟他通话的，不是他在税务局见到的优雅女人，而是那个十六岁的青春女孩。她正举着老式的座机听筒，穿越时空，与他说着那些宽慰人心的话。

手指悬在了方婷的名字上良久，他还在犹豫。

"就这么打给她，会不会太频繁了？如果只是通知她征税的问题，这个理由似乎不够充分。"宋庆国拿着手机歪头思索着。

想了一会儿，他找到了更好的借口，除了征税的事儿，他打算再跟方婷道谢，感谢她介绍了家用安防设备的卖家给他。

现在他通过手机平台，就可以随时监控刘溪敏在家的状况，再也不用担心刘溪敏做傻事他发现不了了。

想到这儿，宋庆国决定拨给方婷。可手指还没有接触到屏幕，手机就率先亮了起来。刘溪敏的名字出现在屏幕的正中。

宋庆国吓了一跳，无可奈何地按下了接听键。

还没喊出"喂"，刘溪敏尖厉的声音就从话筒里传了出来。

"我又怎么招你了？你干吗一直骂我神经病？"

宋庆国一下子糊涂了："我什么时候骂你了？"

"宋庆国，你少在那跟我装神弄鬼的，不是你，还能有谁？我现在算弄明白了，你在家里装这么个破摄像头，就是为了吓唬我，想把我真吓疯。

"我告诉你，你想得美！你真以为我不知道这个摄像头有对讲功能啊？安装那天，那个工人跟你说的话，我可全听见了。

"你手机上装的那个破软件，不但能实时监控这屋里的画面，还能通过摄像头里自带的喇叭，跟这屋里的人远程对话，他不就是这么跟你说的吗？

"你一出家门，电视墙那头就开始有人说话，隔一会儿一句'神经病'地骂，声音跟你一模一样！

"你还敢说不是你？你少蒙我！我不会让你得逞的！我现在就走，躲这屋远远的，看你还怎么吓唬我？"还没等宋庆国说话，刘溪敏就挂断了电话。他回拨，刘溪敏拒接。

刘溪敏刚才的一通嚷嚷，让宋庆国开始担心，会不会是这套安防系统的端口被什么人恶意入侵了。

他记得在网上看到过类似的报道，曝光家用摄像头有泄露隐私的安全隐患。

　　宋庆国慌忙打开监控软件查看，他记得，安装的小邹师傅跟他说过，在"登录设备"一栏下，可以查看"登录数量"。如果数量多于1，就表明还有其他人在与他同时使用这个摄像头、监控他家的情况，那就必须重置登录密码，检查网络安全了。

　　看到"登录数量"栏里显示着的"1"，宋庆国眨了眨眼。怎么回事？并没有人黑进他们家的网络，那么刘溪敏说，有人一直从摄像头里骂她"神经病"又是怎么回事？

　　宋庆国又翻到实时监控画面，静止的图像中有一大半被米色的方块占据。宋庆国辨认出，那些应该是客厅里的大理石地砖。很显然，摄像头此时倒在地上，正对着大门的一角进行拍摄。

　　这时，一双浅粉色的女士运动鞋出现在了大门旁，门随即被敞开，露出一条看得见走廊的宽缝来。

　　看出那是刘溪敏平日里常穿的运动鞋，宋庆国连忙按下了对讲键，冲着话筒说道："溪敏，你别走！早上说话的真不是我！我一直等着开例会，根本没打开过这个软件。"

　　说完，他看见站在门口的运动鞋稍稍迟疑了片刻，但最终还是迈出了门槛，门随后也被关上。

　　下班后，宋庆国回到家，朝空荡荡的客厅里唤了两声刘溪敏的名字。没听到回应，他深深地叹了口气，走进屋里。

　　他将躺在地砖上的摄像头捡了起来，一红一蓝两根电线，裸露在外，成了塑料底座与眼球形摄像头之间唯一的连接。一看就知道是有人用蛮力把它从墙上硬扯下来的。

　　宋庆国关掉了摄像头的电源，将存储卡从里面拔了出来。他来到刘溪敏平日里摆放笔记本电脑的茶几前，把卡插进电脑里，打开录制文件，想看看今天上午究竟发生了什么。

　　图像录制准时从早七点开始，直到八点十七分他离开家之前，都没有任何异样。

但九点刚过，刘溪敏走过客厅，原本快要走出拍摄区域的她，像被人轻拍了后背似的，突然回头，带着疑惑的眼神，左右张望。

接着，她跑向阳台方向，在窗前逗留了片刻。

然后，她又飞快地走到客厅中央，立在原地，皱着眉，好似在侧耳确认什么。

最终，她朝电视墙这边看了过来，怒气冲冲地走近摄像头，对着镜头指指点点。

宋庆国看见，刘溪敏越来越激动，口中好似念念有词，像跟人吵架似的表情越来越凶狠。

由于设置成了静音拍摄，宋庆国听不到刘溪敏说的话，只看到一个张牙舞爪的女人，这让拍摄到的画面看起来异常诡异。

合上电脑，宋庆国从沙发上站了起来，他边尝试着给刘溪敏拨通电话，边往卧室里走。

刘溪敏的手机铃声在卧室里响起来的时候，宋庆国着实被吓了一跳。

他看见昏暗的屋子里，刘溪敏背对着他，坐在床边，直勾勾地望着窗外，好似一个黄昏时分、藏在暗处等待黑夜降临的鬼魅。

"你在家呢，怎么不开灯？吓我一跳！"

妻子不回话，宋庆国猜，她还在生他的气，便耐下性子，清了清嗓子，诚心诚意地想把误会解释清楚："溪敏，咱家的网络可能被人给黑了，白天你在摄像头里听到的那些骂你的话，一定是有人搞的恶作剧。

"也许打上摄像头装上没多久，咱家的情况就被人知道得一清二楚了，你说摄像头里说话的声音是我，很有可能是我在家说的话被人录了下来，今天又通过摄像头自带的喇叭，播出来吓唬你的。

"这事怪我，没有考虑到这玩意儿的网络安全问题，现在无聊的人特多，总喜欢偷窥、收集别人的隐私。

"不过你别担心了，以后咱不装这破玩意儿了。溪敏，你别生气了。我……"

"我看见我自己了……我看见我自己了……在镜子以外的地方……

我看见自己了……"

"什么？你说什么呢？"刚刚没说完的话，突然被刘溪敏断断续续的嘟囔声打断。宋庆国站在原地，不敢再往前走了。

"给你打完电话，我就出了门。一出楼栋口，我就看见我自己了。

"她穿着我离家时穿的这身衣服，走在我前面，时不时回头，冲我微笑……

"老宋，我是不是真的疯了？"

刘溪敏缓缓地转过头来，瞪着两只空洞无神的眼睛，幽幽地问道。

◇ 六 ◇

隔天一早，宋庆国给单位打电话，请了两天假。他打算带刘溪敏去京郊怀柔住上几天，希望山里的清新空气能驱散连日来一直萦绕在他和刘溪敏心头上的阴霾。

刘溪敏的状态越来越糟，宋庆国嘴上不说，脸上却难掩愁容。这次的出行，不只是为了陪刘溪敏散散心，也是为了让他能喘口气。

怀柔雁栖湖，在二〇一四年 APEC 之后，得到了大力开发，那里山清水秀，很适合疗养和度假。习近平主席曾引用白居易"风翻白浪花千片，雁点青天字一行"的诗句，赞美雁栖湖的秀美风光。

特别是当地有名的虹鳟鱼，可蘸芥末生吃，可刷上酱料烤制，总是引得食客们流连忘返。

刘溪敏偏爱吃鱼，尤其是对这种依靠山间泉水养殖出来的冷水鱼赞不绝口。

宋庆国还记得上一次和妻子去怀柔的情景，那时的刘溪敏眼神明亮，如山中泉水般熠熠生辉，而不像如今这般整日混沌，昏暗无光。

宋庆国拎着装有他们换洗衣物的旅行包，走向位于小区中央的地上停车场。

路过安保岗亭的时候，他看见保安在闸机旁被几个人团团围住。

"晚上没有人在这值守?那你们设这个岗亭有什么用?我们每个月交200元的停车费,虽然不多,你们也该尽到管理责任啊!"

"这岗亭,是给白天临时停放车辆离开时收费用的,所以只安排了白天值守。停车场里四面都装了摄像头,我们也没想到,还有人敢干这样的事儿啊!"保安苦着脸回答着。

宋庆国从人群边匆匆而过,径直朝停车的地方走去。他没有看热闹的心情和时间,刘溪敏还在家门口等着他开车去接。

快到车前,他按下遥控钥匙解锁,"哔哔!"车头灯同时闪烁两下,却被宋庆国忽视了,他呆站在原地,注意力全部集中在使人触目惊心的车身上。

黑色尼桑的周身被人用利器转着圈儿地划出深深的白痕。有几处划痕由于过深,直接露出了车漆下的金属材质。

宋庆国将行李包扔在脚边,赶紧走过去,绕着车身仔细查看。

他四处张望,才发现,不只是他的这辆车,与他车位相邻的几辆私家车都遭到了同样的破坏。

显然,昨夜有人将这里当成了宣泄的舞台,这些遭殃的车辆就是那个人的杰作。

一下子弄明白了是怎么回事儿,宋庆国小跑着,加入了围在岗亭前的人群。

他刚要开口质问保安,就听到有邻居嚷道:"少废话!什么'监控室重地,外人不得进入',我们现在就要查监控!你以为这就补几块漆的事儿啊?这差不多得整车喷漆!这回损失可大了……等不了警察来了,我们现在就要看!"

这时,保安手里的对讲机发出了声响:"3号岗亭,你那里跟业主们沟通得怎么样了?"

保安哭丧着脸,将对讲机举到嘴前:"不太顺利。业主们坚持要去监控室查监控,我跟他们说,等一会儿警察到了再说,他们不听!"

"那把他们带过来吧!队长已经同意车辆受损的业主进入监控室

了。"

听到对讲机里的话，宋庆国赶紧随着领头的保安，和另外六七个邻居一起往物业管理处走。

其间，他通过微信给刘溪敏发了消息，把车辆受损的情况告诉了她，让她直接到物业这儿跟他会合。

本就狭窄的监控室里，一下子挤满了情绪激动的业主。看着墙上一排排播放着实时监控的电视屏幕，宋庆国对坐在电脑后的保安队长没好气儿地问道："昨晚停车场里的监控画面呢？你们到底录没录上？"

保安队长扬起手来，指了指整面墙上最中间的那块屏幕："看那儿，这就给你们放！"

之后，他又小声嘟囔道："看了能怎么着，就像你们认识那人似的，最后还不是得等警察来破案。"

业主们齐刷刷地将头转向电视墙。

正中间那块屏幕，开始播放夜间模式下拍摄的影像。

黑白画面内，时间显示凌晨一点零八分。

一个一瘸一拐的人走进停车场，看身材和个儿头，应该是女人。

她低着头，好像在地面上寻找着什么。晃晃悠悠地转了一圈，她在停车场的一角捡起半块碎砖，径直朝宋庆国停车的地方走去。

模糊的画面中，尼桑车被她绕着走了一圈，黑色的车身上已能清晰地看出白色的划痕。

接着，她又对附近停车位上的几辆车做了同样的事。

最后，她回到宋庆国的车前，俯身用几乎趴在前机盖上的姿势，拿着那半块砖头在上面刻了个图案。

当她扔掉砖头，转身离开时，宋庆国已惊讶得合不拢嘴。

这时，有邻居看出了那图案的形状，于是叫道："鱼？她画了条鱼？这人有病吧！"

早已看过这段录像的保安队长听到这句话，忍不住点点头，咂了咂嘴，正想做总结性的发言，忽然被门外气急败坏的声音打断。

"老宋,谁划的咱家车,找到人了吗?"

众人将目光投向监控室门口。接下来,除了宋庆国之外,车主们的脸上都起了微妙的变化。

他们由先前的好奇,一下子变得愤怒。

保安队长更是因为惊愕,在慌乱之中碰到了键盘。整墙的屏幕瞬间变成同一个重复的画面。

身着居家服,梳着卷曲短发的女人两手合十,举过头顶,像中邪了似的,扭动着身体。

她在扮演游水的鱼,但移动时无法完全伸直的右腿,让她看起来更像一条失去平衡的病鱼,不停地向一侧翻,整个人看起来病态又诡异。

"是她!是她干的!抓住她!"

见已有业主认出了刘溪敏,宋庆国率先朝门口冲去。他两手死命地扒着门框,靠身体挡住扑过来的那些人,朝身后的刘溪敏喊道:"快走,先回家去!快跑!"

可盯着电视墙的刘溪敏,却像被吓傻了一样,呆呆地立在原地。

她双手胡乱地抓着头发,瞪圆了眼睛,言语失魂:"怎么回事?怎么会这样?不……不……不!那不是我!那不是我……"

然后,她两眼一翻,直直地倒在了地上。

◇ 七 ◇

刘溪敏醒来后,被几个热心的女邻居搀扶着回了家。

众人亲眼看见了刘溪敏在监控室外晕倒的场景,最终相信了宋庆国的解释,纷纷对她投以同情的目光。

在辖区民警的协调下,宋庆国与受损车辆的车主们一一达成了赔偿协议。

折腾完这些,宋庆国再回到家时已是中午。

此时,刘溪敏正躺在卧室的床上,目不转睛地盯着天花板发呆。

"溪敏，你感觉怎么样，好点了吗？"宋庆国拖着疲惫的身子，坐到了妻子身边，小心翼翼地问道。

没有听见妻子的回答，也没在她脸上看到一丝表情变化，宋庆国觉得，眼前的刘溪敏就像一具魂魄出窍的躯壳。

他忍着想要从喉咙里发出的深深叹息，沙哑着声音劝她道："要是能睡，你就先睡会儿，什么都不要想了……"

这一次，没等宋庆国说完，刘溪敏就已"顺从地"闭上了眼睛。

宋庆国盯了一会儿妻子惨白的脸，发现她佯装睡去，眼皮却还在微微颤动。

他猜刘溪敏想静一静，于是他起身，走到远离卧室的阳台，点燃了一支烟。

融入他血液里的尼古丁，每抽一口都化作一只温柔的手，轻抚过他的后背，给他些许抚慰。

卸下了硬撑着的坚强，从没有过的无助，立即像冲开闸门的洪水，袭上心来。

他想起邻居们同情的目光，那其中透露着隐隐的防备和不安。

他记得民警问他，除了"扮演"鱼，刘溪敏是否还"扮演"过别的动物。民警们的措辞谨慎，语气认真，像是在评估她的攻击性和危害度。

宋庆国明白，所有人都展现出了宽宏大量，归根结底，是源于对一个精神病人的无奈。

他知道刘溪敏很快就会成为这个小区里的"名人"，人人避之不及的对象，而他也会受到牵连，被人指指点点。

被羞耻感笼罩着，他更加心烦意乱，手中的半支香烟掐成了两截。

未燃尽的烟丝在他掌中熄灭，与此同时，宋庆国终于下定了决心，掏出手机，拨给了他打算求助的人。

………

电话响起的时候，方婷正在琴室里练琴。通常，她都会将手机调为静音，但今天却是个例外。

不慌不忙地将小提琴放回琴盒，方婷几乎分秒不差地在铃声最后一次响起的时候，将电话接起。

"方婷，是我，宋庆国。现在说话方便吗？"

"方便，你说吧！"方婷淡淡地回答着，走了出去，随手关上了琴室的门。

"有件事情……我现在真不知道该找谁商量才好，所以……所以，想请你帮忙。上次，我跟你说过，溪敏的情况不太好。她现在……她现在……"

宋庆国还站在阳台的一角，举着电话欲言又止。

他犹豫的目光扫过窗外，被路边的景象吸引，正要开口的话一下子卡在了半张的嘴里。

离他家阳台不远处，一个人影在快递三轮车旁晃动。被敞开的后车门挡住了大半身体，宋庆国只得看见一双移动的人腿。

这辆被刘溪敏声称是客户派来监视她的快递三轮车，在他家窗外停了近一个月，他从未见过有快递员来这辆车上取货或是挪动过车辆。

想到这儿，宋庆国心里生出了些许异样。他皱着眉，紧盯着正在关上车厢门的男人。

穿着快递员制服的男人似乎察觉到了来自屋内的目光，警惕地朝阳台的方向望了一眼。

还没等宋庆国看清楚他的脸，男人便立即低头，压下帽檐，快步朝车头走去。

男人匆匆坐上三轮车，想驾车迅速离开。由于掉头时转弯太急，险些与迎面而来的私家车撞上。

听着私家车那充满怨气的鸣笛声，看着那快递员离开前仍不忘鬼鬼祟祟朝他这边望上一眼的模样，宋庆国下意识地向前迈了一步，将目光追了过去。

这一下，他的脸险些撞到了玻璃上。也是在这一瞬，他被快递三轮车身上的玻璃反光晃了眼，眼睛不自觉地眯了起来。

第五章 神经病

发光的位置，正是刘溪敏曾指给他看的那处圆孔。

"难道那里面装了用来监视刘溪敏的摄像头？"突如其来的猜测，一下子跳出了宋庆国的思绪，就像缺氧的鱼，突然从水下冒出头来，跃出水面。

他正想追着它想下去，却被方婷的声音打断。

"庆国，你还在吗？"

"嗯！"宋庆国回过神来，连忙应了一声。

"你刚跟我说溪敏怎么了？"方婷走到客厅在沙发上坐了下来。

"溪敏她……她现在的情况，比上次还糟。我很担心她，所以……想问问你，方不方便把你之前提到过的那个精神科医生朋友介绍给我，我们可能需要他的帮助。"

"没问题，我帮你联系。不过，溪敏到底怎么了？"

这时英姐走了过来，小声提醒方婷去音乐学院上课的时间到了。方婷轻轻点了点头，站起身来，朝卧室走去，打算进去换衣服。

"很糟……之前，我们一直不敢正视一些征兆，现在看来，或许是一味的逃避，让她的情况恶化了……"

宋庆国偷偷地朝卧室那边看了一眼，门依旧关着，他才放心地把头转回来，继续说道："她越来越无法控制自己，完全想不起来自己做过什么。她昨天半夜跑出去，划了小区好几辆车。她什么时候出的家门我一点儿都没察觉，我根本看不住她……她还以为自己是条、是条……"宋庆国声音沮丧，沉沉叹息，他实在没法再描述下去，最后只得深吸一口气，说道，"我想，溪敏她可能真的病了。"

此时，方婷正经过孙晶晶的卧室门口。听到宋庆国的话，她停了下来，推开女儿已经紧闭了好久的房门。

看着空荡荡的房间，方婷轻轻地叹了口气："庆国，有句话我早就想跟你说了，你真要改改你那句口头禅，不要一发脾气就'神经病、神经病'地骂。这句话不停重复，点点滴滴，日积月累，会给溪敏心理造成暗示，会让她的潜意识怀疑自己。"

"可是，很多人生气时都会骂别人'神经病'，也没见谁被真的骂疯了呀？你真觉得她变成这样是我的原因？"宋庆国疲惫地倚在墙角，不甘地问道。

"庆国，不要小看心理暗示的力量。我曾亲眼见证过，它差点儿让一个极具天赋与才华的舞蹈家变成一个废人。"

说到这儿，方婷低下头，目光落在芭蕾舞者造型的台灯上。她随手在桌面上抹了一下，自从孙晶晶去了巴黎以后，英姐每日都还会来打扫，这里依旧一尘不染。

"好好照顾溪敏，这件事，你也有责任。"她最后说道。

挂断了与方婷的电话，宋庆国重重地坐在了客厅的沙发上。他埋头反思着方婷说的那些话，不自觉地联想起昨天和刘溪敏吃晚饭时的情景。

昨晚，刘溪敏做了红烧鱼，正是由此他才想到了虹鳟鱼，提议一起去怀柔散心的。

"难道这也成了心理暗示，所以刘溪敏才会在半夜起来'化身'成一条鱼，去停车场搞破坏？可她这行为背后的意义又是什么呢？"

宋庆国用力地搓了搓脸，感觉再这样思考下去，自己也快疯了。再抬起头来时，宋庆国看见了电视柜上的摄像头。

裸露的电线还连接着眼球形状的镜头和裂开了的底座，像一只死不瞑目的眼睛，在怔怔地盯着他。

难道，昨晚还有别人知道他们要去怀柔吃鱼的计划？

直觉一般的怀疑再次向宋庆国袭来，他从沙发上弹起，快步走到电视柜前，拿起摄像头查看。

然而，最后一丝的侥幸也瞬间破灭，电源根本没插。

"明天就去看那个精神科医生，有必要的话，让溪敏尽快住院治疗。"宋庆国最后在心中做出决定。

◇ 八 ◇

当手机闹铃在半地下的出租屋内第三次响起的时候，闫静嘴角挂着淡淡的笑意，缓缓地睁开了眼睛。

躺在下铺上删完闹钟，她又看了一遍雇主昨晚约她今日见面结账的微信，才满意地将手机重新放回到日得褪了色的红枕巾上。

她侧过头，去看先前照在她额头上的秋日晨光，竟忽然觉得，头顶上那扇狭小的通气窗，如今透进的秋光，像极了情人的眼眸，深邃且带着浓浓的情谊。

她想到"暗送秋波"这四个字。

"秋波会不会指的就是这浓浓的秋意？"

她幡然顿悟，赶忙从枕头下抽出那本被她称之为《群演的自我修养》的笔记本，在空白处记录了下来。

或许下一次，她再充当人肉背景，站在角落里，对着遥远的摄像机想展现含情脉脉的眼神时，可以回想眼前的这扇小窗。

出租屋里的其他姐妹都已陆续上工去了，享受完这狭小房间里难得的片刻宁静，闫静起床，刷牙洗脸收拾妥当，准备去和雇主见面。

昨晚，她已通知寝室里的六个姐妹，下了工直奔簋街，今晚由她请客。

姐妹们听说闫静要做东，既不是去吃西餐麦当劳，也不是去吃日料吉野家，而是要去簋街吃有名的"胡大麻小"，个个瞠目结舌。

作为北漂高楼里的地基，人均二十元以上的消费都会让她们有一种坐着电梯升到地上的感觉，更何况是人均超过一百五十元的麻辣小龙虾。

询问闫静是在哪里发了大财，闫静不语，只是抿嘴微笑。雇主果决谨慎，与她早有约定，即使是关系再好的姐妹，也不允许她如实相告。

沿着人防通道的楼梯，刚爬到一楼，闫静就听到房东大娘掺杂着"咳咳咔咔"的咳嗽声，将她叫住。

"你们屋，咳咳……就你的床费还没有交，咳咳……都拖了两个礼拜了,你这礼拜再不交就……"

"交!今天晚上就交!不交我半夜就搬出去。"

闫静的爽快一下子截断了房东大娘的话,她板着脸,愣愣地看了闫静三秒,接着说道:"行,就这么说定了。"

见大娘转头扭身走回了屋里,闫静也转身朝单元门外走去。

"你们屋,咳咳……就你的床费还没有交,咳咳……都拖了两个礼拜了,你这礼拜再不交就……"闫静一边学着房东大娘的模样轻抚胸口,一边朝车站走去。

她轻轻皱眉,感觉刚刚模仿房东大娘的声音里,好像少了点什么,"是喘息声!那种只有气管病人说话时才有的丝丝拉拉的声响。"

闫静想到了甘肃老家土房子里的旧烟囱,大风刮进烟囱里的声响大概就是这样的吧。

于是,闫静开始想象,自己的胸口里有一个熏得通体发黑的破烟囱,之后她收紧喉咙,又说了一遍房东大娘说过的话,果然像了很多。

她为这点微不足道的进步感到欣喜,她坚信,平日里这些微不足道的积累,总有一天能让她像王宝强一样,靠在北影厂门口趴活儿而光芒万丈。

"是金子总会发光,越黑的地方发得越亮,终有一天光芒万丈!"这是闫静加工改良过的格言,支撑着她在北京熬了七年。虽然只有二十五岁,但她却是个实实在在的老北漂。

闫静个子不高,长相普通,想靠脸蛋光芒万丈,那只能是白日做梦,不过她却有一身专业演员都鲜有的绝活。

从举止、谈吐、声音到妆扮,她对明星的模仿可称得上惟妙惟肖。她是一箱隐藏于地下的宝藏,只等着拿着金属探测仪的探险家来发现她。

只可惜,熬到现在,她也没能被哪个导演发现,连当明星替身的机会都没有。

直到一个多月前的一天,雇主凭借慧眼,在北影厂门口选中了她,让她的才能得以发挥。

地铁站口，闫静看着早高峰时段不断涌向地铁站里的人群，扭头拐进了旁边一条人相对较少的小道里。

她四处看了看，从包里掏出全黑的墨镜戴上，又打开折叠的导盲杖。之后，"盲人闫静"便敲敲打打着地面，来到了地铁站外的直梯入口处。

看着排在轿厢门口那儿约有五米长的队伍，闫静心中不胜唏嘘。平时她大多在早上六七点前就赶到北影厂去趴活，所以很少见到地铁族里这些苦逼的"社畜"。看着他们一个个像低头认错似的，紧盯着自己的手机屏幕，闫静知道若是不努努力，没有人会发现她这个"残障人士"。

先前，她在雇主面前也伪装过盲人，不为所动的雇主曾指出她不少问题。回想着雇主的指点，闫静忙在地上左右敲打，然后故意打到队尾、穿细高跟年轻女孩光溜溜的小腿。

"哎哟！"女孩果然发出了惊醒人群的尖叫。

"哎呀，有人啊，对不起，对不起，我看不见啊！"闫静道歉，却面向女孩身前的那个男人。

这也是雇主教授她必须要掌握的盲态。盲人看不见，他们使用盲杖敲击物品，通过触感和回声来分辨敲击物的材质，以确定当下所处环境。

在人群密集的场所，盲杖难免会敲到人，敲到人要立即说抱歉，这是一个盲人的基本修养，也同时提醒对方，你是一个残障人士，请对方给出必要的谦让和帮助。

盲人听力相对敏锐，可以判断声音来源，却无法精确地辨认出声音的方向，所以闫静要表现得稍稍有所偏差，要向女孩身前的男人道歉，而不是被她击打到的女孩，这样看起来才更加逼真。

被整支队伍的人注意到，他们自觉为闫静让出畅通无阻的路。

就这样，在电梯门开启的瞬间，闫静跳过了漫长的等待，理所当然地走了进去。

敲敲打打到了站台，闫静无视每一个玻璃门两侧排着的长队，径直朝玻璃门正中的位置走了过去。

她看见排队的人们纷纷抬起头看她，但看见她后，眼中便再无异议，那感觉就像是走红毯的明星,在接受两排安保人员投来的注目礼。

快走到玻璃门前的时候,闫静用盲杖敲到了玻璃门。

"玻璃?"她大声说了出来。

这也是雇主提醒她要注意的盲态。盲人无法看到他人异样的眼光,在公共场所里表现出来的行为约束完全是主观意识强加给自己的,这种时时刻刻要提醒自己抬头挺胸、面带微笑,不要像僵尸一样突然伸手去探索前方的主观意识,稍一放松就会展现出盲人才有的盲态。

而适时展现一下盲态,才更像一个真正的盲人。所以闫静刚刚才要大声地自言自语。

果然,身旁有好心人应答:"对,前面就是玻璃,您别再往前走了,再往前走就撞上了!"

这时地铁里的一名工作人员小跑着来到了闫静身旁,在呼啸而来的列车到达后,闫静被送进了异常拥挤的车厢,并毫无疑问地令一个一脸倦容的中年男人,为她让出了好不容易才抢到的爱心座位。

上一次闫静伪装盲人被雇主识破后,她曾问过雇主,为什么那么了解盲人?雇主轻轻一笑,用溪水一般清澈的眼睛盯着她说道:"如果你照顾一个盲人二十多年,想不了解都难。"

闫静来到与雇主约定的沙县小吃店,一眼认出了等在那里的男人。他单眼皮,宽鼻梁,一双像溪水一样清澈的眼睛朝闫静所在的门口张望。

雇主轻轻点了点头,闫静走了过去。

随即一个装有一万元钱的厚厚信封出现在了桌面上,雇主刚要起身离开,闫静猛然喊道:"等等!"

雇主半抬着屁股,满脸狐疑地看着她,见闫静从包里掏出了一张清单递到他面前,才又坐了回去。

"小哥,这个,你给报销一下呗!假发、家居服、运动鞋……想找到和那女人一模一样的服装道具,我可是费了好大的劲啊。"

清单上所列出的价格,都比闫静实际的花费翻了一倍,但她知道,对面这位看起来穷酸,实际出手阔绰的雇主,绝对不会跟她计较这些,毕竟她帮他干的，是见不得人的事儿。

见雇主不打算还价，已经开始掏钱，闫静心中窃喜。

从雇主手里又接过 2000 元钱后，她有些得意忘形地问道："小哥，你跟那女的到底有啥仇，非要给她吓疯了不行？"

话一出口，闫静就发现，雇主像溪水一样清澈的眼睛突然结成了冰，透着能够冻死人的寒冷。

知道自己问多了，她尴尬地笑了笑，补充道："随便问问，随便问问。"

她本以为雇主会起身就走，没想到雇主却丢下了一句莫名其妙的话。

"精神病人说的话，还会有人信吗？"

听着这似问似答的话，闫静愣愣地看着雇主走出门的背影，回过神来，忍不住模仿着学道："精神病人说的话，还会有人信吗？"

她摇了摇头，觉得不像。又说了一遍，之后，是接二连三地摇头。

最后闫静终于找出到底差在了哪里，是眼神，即便她脑子里不停地想象着溪水，也无法模仿出雇主那像溪水一样清澈的眼神。

正当她打算放弃时，手机亮了起来，是同屋一个姐妹发来的微信。

她说她查了大众点评，打算把麻辣小龙虾、蒜蓉小龙虾、十三香小龙虾这些全点一遍，实现小龙虾自由之外，还要点一份沸腾鱼，末了，半开玩笑地嘱咐闫静，可一定要带够了钱。

回想起那晚在停车场里的表演，闫静在手机上回复道："不吃鱼，前两天刚演了条鱼，还没出戏。吃牛蛙吧，哞……呱！"

第六章
乐迷

◇ 一 ◇

二〇一八年，春。

周四上午，网容网办公区内的格子间里，吴冬正戴着Beats耳机，目不转睛地盯着自己的电脑屏幕。

页面虽停留在他所负责的交响乐版块上，可他眼中浮现的却是耳机里交响乐的音符。

周围的同事穿梭于工区，他的大脑却已将他们屏蔽，视而不见。

这时，他身旁的过道上，一个捧着文件匆匆去复印的女同事与一个端着咖啡的男同事迎面相撞，文件飞了满天，咖啡洒了一地，两个人急不可耐地向对方道着歉。

这不和谐的声音扰乱了吴冬耳机里的节奏，他闭上眼睛，关闭了现实中的画面，集中精力回到音乐的世界里。

很快，那些美丽的音符又重新出现在他的眼前，它们有的是金色，有的是极端相反的黑色和白色，有的是五颜六色，带着彩虹般的光泽在空中飞舞。

他双手不自觉地抬起，按小节与韵律将那些音符捧起又摊开，双手一张一合，像一个指挥家一样，在烹制一场音乐盛宴。

忽然，他感到自己左肩膀被人轻轻敲了两下，可他不予理会。

吴冬今年四十三岁，是网容网里年龄最大的员工，在这个新陈代谢极快的IT公司里，他陪公司挺过了十几年前的互联网寒冬，又在行业快速发展的浪潮里抵御住了跳槽的诱惑，成功熬成了公司里资历最老的编辑。

只是他所负责的音乐专栏下的交响乐版块，并不被年轻网友喜爱，为网站带不来多少流量，所以不受公司的重视。

他没有下属，却有数不清的上级。年轻的后浪们表面上敬他三分，但吴冬却从他们的眼神里读出更为真实的态度，"都混到这岁数了，还只是个小编，真是职场悲剧啊！"

所以吴冬在公司里没有朋友，也不合群，甚至一整天都不会跟同事说一句话。正因为此，刚刚肩膀上的那两下触感，让他觉得只是哪个不长眼的同事，对他不小心的碰撞罢了。

一阵凉风迎面扑来，掀起了吴冬额角的刘海，他正好奇是谁打开窗户，将初春的凉风送进封闭的格子间，耳机却被人强行摘掉了，萨拉萨蒂的《流浪者之歌》在他耳边戛然而止。

吴冬不悦地睁开眼睛，小他五岁的主编正站在他身旁，桌面上是主编摔在那里的出差申请，正是那股由怨气化成的风，刚刚吹拂过吴冬的脸颊。

"你明天去天津的出差申请我看了，我觉得没有必要去。这个采访完全可以等到下周在北京做也不迟，所以我不打算批。"主编耐着性子，跟这位从不对他表现出半点儿尊敬的老员工解释他拒批的原因。

见吴冬不说话，也不抬头，只是将目光直勾勾地盯在那份出差申请上。主编四下看了看，屈尊弯下了腰，在他耳边说道："吴冬，你也知道，这些年轻的编辑现在出去采访，从主办方那儿拿回来的红包、车马费都是要上交的，可你一直都是例外，还按以前的老规矩自己留下，我也从来没有因为这种事难为过你。但是，出差要花掉部门的差旅预算，你这次的报道只是常规新闻，也不会让版块流量额外增加，我不批，你应该能理解吧？"

见吴冬不但没有就坡下驴，反倒是不想再听他废话似的戴上了耳机，主编很想发火，但是一想到在工区内与这个动不动就要与他论资排辈的"老东西"发生争执，难堪的很可能是自己，便又压抑了下来。

主编正想转身离开，却听见吴冬淡淡地说道："那我明天有事去天津，请一天事假，你总能批了吧！"

主编转回头来，不敢置信地看着椅子上悠闲的背影，无奈地摇摇头，气冲冲地走了。

午休时间，同事们三五成群地坐电梯离开写字楼去吃午饭。偌大的办公区域内，只有吴冬一个人还孤零零地坐在工位上，捣鼓着手机。

他在等一个人的微信，虽然并没有跟对方说好，但吴冬十分确定，今天一定会被邀约见面，而且大概率会是在中午。

又等了一会儿，微信终于有了动静，可只看了一眼消息栏里的昵称，吴冬眼中燃起的希望之火便又立刻消失殆尽。并不是他要等的人发来的消息，而是前妻。

前妻与吴冬同岁，是通过邻居介绍相亲认识的。结婚时，前妻还只是某运动品牌店里的营业员，而与他离婚时，她已经是这个品牌在北京区域的运营经理了，对十几家线下门店的销售业绩负责。

前妻发来的消息很简短，但内容却令吴冬生厌。她先问吴冬，儿子这个月的抚养费打算什么时候打给她。然后又说，儿子马上要过生日了，最近看上了一款运动鞋，价格3000元左右，问吴冬是否愿意送儿子这双鞋当礼物，给儿子一个惊喜，让他感觉到父爱的存在。

吴冬上一次与儿子见面，还是在去年儿子十七岁生日的时候。前妻因为去上海开会没在北京，所以那天安排了吴冬带儿子去庆生。

儿子从小与吴冬就不亲近，当在必胜客里点的"海鲜至尊"披萨被端上来后，他们俩陌生到为分食一张披萨而感到尴尬。所以直到用餐结束，那张"海鲜至尊"都还完整地待在桌上。

一开始父子俩都偏向于沉默，当吴冬用叉子像缠线球一样卷起墨鱼意面，刚刚放进嘴里，听见儿子突然开口。

"你现在还在那网站干呢？"

"嗯，对，网容网。中国第一大门户网站，你平时应该也常浏览吧。"

吴冬把叉子放下，打算认认真真地跟儿子说会儿话。

"还是编辑？"

儿子的表情和语气令吴冬仿佛尝到了墨鱼汁的腥味。他轻轻皱眉，不愿再去细品般地将没嚼碎的意面吞了下去，回答道："对，交响乐版块的高级编辑。做这个版块需要有丰富的专业知识，还要有对高雅艺术的品鉴能力，太年轻的编辑都干不了，所以公司一直让我……"

"得了吧！"儿子打断了吴冬的话，端起冒着气泡的可乐玻璃杯，侧过脸去，对着吸管用力地嘬了起来。

"怎么？你想说什么？"

儿子的模样，让吴冬想起了前妻。他发觉，儿子不但长得更像前妻，浓眉大眼，膀大腰圆，看起来五大三粗，而且连说话时的方式也像前妻。

当前妻想表达不满时，从不直截了当，而是用"不屑一顾"作为引燃吵架的导火索，然后再用"嗤之以鼻"作为开场白。

在十三年争吵不断的婚姻生活中，吴冬早已适应了这种对话模式，所以他下意识地，像对待前妻一样对儿子发问。

"我看是没人愿意干吧！我妈说了，你一直待在那网站不走，是因为没别的地儿要你。

"以前跟你一拨儿入职干互联网的同事，人家要么就是自己出去创业小有成就了，要么就是被猎头高薪挖走当中层了。而你负责这么个冷门版块，压根儿就没猎头找你，所以你才窝在那儿继续混日子的。我妈还说……"

"你少听你妈胡扯！"

这一次换吴冬打断儿子，他拿起餐巾纸，擦了擦嘴角，继续说道："你妈就是一个爱慕虚荣、追求低级物欲享受的人！她懂什么？她就认识钱，从原来像丫头似的伺候人家换衣服挣钱，到现在跟地主老财似的逼着导购们卖衣服挣钱，你妈就知道挣钱，你妈就是一个低俗的人！

"而我所做的工作，是源于我对音乐的热爱，对艺术的追求，这些是形而上的东西，你妈理解不了，我也懒得跟她掰扯！"吴冬说完这些时，脸已气得通红。

"热爱？切！"儿子蹬出一只脚，两腿分得很开，就像刚刚听到了一个天大的笑话似的仰面朝天。

"怎么，你又想说什么？"

"热爱？你真懂什么叫热爱？"

"没错，也许听着那些交响乐，你能听出哪块儿是什么音符来。你也能跟我说出一堆世界名曲和著名指挥家的名字来。我猜，让你讲讲贝多芬或是莫扎特的故事，你能比说自己的段子还溜。"

"但是，这就是热爱了吗？"

"你能说出哪首曲子曾让你无比感动或是欣喜若狂吗？你能说出哪段旋律让你看见过波澜壮阔的海面、鸟鹰纷飞的高山或是充满花香的田园吗？"

说到这儿，儿子停了下来，等了会儿吴冬的反应，又接着说道："对吧！压根儿就没有吧！你根本听不出来，因为你根本就不懂欣赏。你就是想沾交响乐的光，好像你挨了交响乐的边儿，就是一个高雅的人了，你就可以狡辩你在社会竞争中的失败了。"

"喜欢交响乐，追捧某个演奏家，只是你想贴在身上、表现你与众不同的标签，就跟我脚上穿的这双'椰子'一样，只是我追赶时髦、标榜品位的标签而已。"

儿子说着，抬起了一只脚，让吴冬看见了一只黑不溜秋，形状奇怪的运动鞋。

"我小时候，你整天逼我学小提琴，即使我觉得特没劲，你也非让我去那个破培训班。"

"你自己当不成音乐家，你就想当音乐家他爸，这样你就能在外面吹牛，说是我继承了你的艺术细胞了。"

"切！你才是一个自以为是、自命清高、虚伪虚荣的人！"

"这些不是我妈说的，这是我个人对你的看法！对了，我跟我妈一样，就是一个低级趣味的人，别问我刚刚说的那些文绉绉的话打哪儿学来的，百度上背下来的！百度，你知道吧！"

吴冬用力地皱着眉头，气得鼻孔外翻，他飞快地在手机上打字，给妻子回复道："一双运动鞋三千多，你把他惯得越来越没谱儿了。这钱我不出，再过几个月他就满十八了，那么喜欢攀比、爱慕虚荣，让他自己挣钱买去！"

发完，他正想关掉屏幕，前妻的微信又进来了。

"让你花掉半个月工资给儿子买双鞋，你就心疼得不行了？我倒想知道，明天你去趟天津又要花多少钱？大概又是要自费住五星级酒店吧？一晚上还不得好几千？这你就舍得？还屁颠儿屁颠儿上赶着追去！"

吴冬愣了一下，随即想起一早发在朋友圈里的海报，他猜前妻一定是看见了这个，才知道他明天要去天津。

于是他又给前妻回复了一条："我挣的钱，我爱怎么花就怎么花，我乐意！"之后，他就在联系人里将前妻拉黑了。

离婚后的这五年里，他与前妻互相拉黑对方已不下十几次了，虽然最后还是会加回来，但这也成了他们表达痛恨的一种方式。

刚负气地将手机撂在桌面上，屏幕又亮了起来。看见微信里发来的内容，吴冬一扫心中的阴霾，立即从椅子上站起，直奔电梯走去。

来信正是他这一天都在等待着的消息："吴先生，有货出，你来吗？"

◇ 二 ◇

收到吴冬发来的消息时，媛媛正在岚会所里吃着为客人们准备的零食。

同事们都去吃午饭了，媛媛虽然饿，也只能靠零食充饥，因为她要干的事只能趁同事不在，否则一旦有人发现，她一定会被老板开除。

媛媛慌忙吐出嘴里的瓜子皮，从凳子上拿起准备好的黑塑料袋，将东西装了进去，又用胶带捆了几圈，封好后，才鬼鬼祟祟地朝岚会所的后门走去。

　　这家位于东北二环、一处胡同里的岚会所，是由一套完整的四合院改造而成。门口没有挂牌，也没有安放彰显身份的石狮摆设，但院里面的装潢却是别有洞天。

　　它是著名影星岚雪儿在此设立的私人美容会所，不对外开放，只接待与岚雪儿私交甚好的女性友人。

　　岚会所里，员工包吃包住，待遇优厚，但老板十分在意保护客人的隐私，绝对禁止员工讨论客人的八卦，媛媛正是岚会所里的美容技师。

　　一走出后门，媛媛就看见站在黑色桑塔纳车前的吴冬。

　　他今天的衣服跟媛媛第一次见到他时的一样，土黄色的风衣里，深灰色的马甲，白衬衫领口处的青色领带被板正地压在马甲扣下，只露出方正的领带结来。他的头发总是梳得十分整齐，从一边三七分开，不长不短，油光锃亮。

　　虽然从没有问过吴冬的职业，但媛媛猜，他很可能是个作家或老师。因为初见吴冬时，他就给媛媛留下了书生气十足的印象。

　　那天，媛媛端着客人换下的浴袍，送往洗衣房，突然听到一个男人的召唤。她停下脚步，绕过半掩着的后门，看见一个男人正站在门缝间朝她挥手。

　　发现吸引了媛媛的注意，男人推了推鼻梁上的眼镜，露出一抹腼腆和善的笑容。

　　媛媛走过去，听男人极有诚意地述说完他的请求后，他们便从那天起，开始了延续至今的交易。

　　看见媛媛手里的黑色包裹，吴冬连忙迎上前，正要开口，一个骑着电动车的保安从胡同的另一头朝这边驶来。

　　吴冬和媛媛不约而同地低下头，看着各自的脚面，避免和保安的目光接触。

　　待用余光确认保安骑得够远后，吴冬才将早已攥在手里的五百块钱递给了媛媛，同时说道："辛苦你了！"

见媛媛既没接钱,也没有将包裹递过来的意思,吴冬不禁疑惑:"怎么了?哪里不对吗?"

"是两条,不是一条。"媛媛略显犹豫,开口答道。

"她今天用了两条?"

"嗯,开始我给了她一条,后来,她又找我要了一条。我猜,你可能都想要,就都拿来了。"

听到媛媛的话,吴冬变得欣喜若狂,同时也明白了她的意思,可从钱包里翻腾了半天,却只找到两张粉钞。

他显得愁眉不展:"糟糕!就只有两百现金了,要不,我给你微信红包吧!"说完,吴冬掏出手机,打算给媛媛转账。

媛媛却一下拦住了他:"算了,七百就七百吧。咱们以前说好的,我只收现金,这次就当给你打折了,你拿走吧!"说着媛媛将包裹递了过来。

"谢谢,谢谢,那太感谢了!"

吴冬一手交钱,一手拿货,然后飞快地跳上了车,发动引擎,迫不及待地朝南二环的家驶去。

……   ……

在离家不远的胡同口将车停好,吴冬抄起放在副驾驶座上的黑包裹,下车朝胡同里走去。

这条胡同虽只能容纳一辆小轿车和一辆三轮错肩而过,却承载了吴冬大部分的儿时记忆。

他在这里牙牙学语,蹒跚学步,在这里跟同龄的孩子比谁的蝈蝈儿个头儿大,叫声响;他追逐打闹,前后院疯跑,被拎着鸟笼、慌忙躲闪的遛鸟大爷骂"小兔崽子"。

他上房捡枣,踩得瓦片咯吱作响,整片房顶都是他的游乐场;他爬树摘柿子,码在窗台上冻得透心凉,整个冬日的味道都是甜的。

如今离婚后,他又搬回了胡同,虽然春日里依旧闻得到花香,夏夜里还能听得见蝉鸣,但是与父母并不融洽的关系却让吴冬对这里的生活再无半点好感。

还没走到自家院子，吴冬便远远看见院门口围了半圈人，他知道他们又在讨论院墙上贴的那张告示。

吴冬家所在的宣西北地区，在两年前被市文化局划拨成"旧城保护风貌协调区"。因附近的很多建筑，如著名的"杨椒山祠"等，都是明清时代的文物，政府决定出资修缮后加以保护，所以就有了院墙上那张《腾退补偿安置方案》。

自从这张告示在几天前被贴在这里后，胡同里的邻居们就炸开了锅。他们会在茶余饭后，自发地聚到院墙前，对着告示上的内容指指点点。

离得老远，吴母的声音就传进了吴冬的耳朵，她像面对着一群不识字儿的小孩儿，正大声地给他们念着腾退补偿方案：

> 以建筑面积为 15 平方米的房屋为例：
> 可以选择一套 102 平方米的安置房。
> 如果选择 82 平方米的两居室，则补差面积为 20 平方米，可以获得补差款 33 万。
> 除了上述补差款以外，还可以获得周转费、私房产权补助、整院奖励、搬家补助、空调移装、有线电视、电话移机补助，共计 32 万元。

发现吴冬一脚跨过了朱红色的门槛，吴母赶忙从人群中钻了出来："欸！我说，这还没到下班点儿呢，你怎么就跑回来了？"

吴冬不予理会，只顾着往院里走。

吴母紧追其后，接着问道："欸！我昨天让你去腾退办问问，咱家房本上没有，但 20 多年前就加盖出来的那 10 多平方米，他们打算怎么给咱们算？你去问了吗？"

吴冬没回头，只抬起手摆了摆说道："我没空！"

吴母依旧穷追不舍："没空？你现在不是回来了吗！抓紧问问去，

人家4点之后就不接待了。"

吴冬被母亲追赶着,快走到门口时,他抬眼看见父亲,正在窗沿下晾新洗的被单。

吴父看见吴冬手里拎着的黑色包裹,原先还平静的表情一下子变得极其厌恶。

当吴冬与父亲擦肩而过时,吴父低声骂道:"变态!"

父亲的一句"变态",让吴冬的脸腾地一下涨得通红,他快步钻回自己屋里,然后猛地把门摔上,将紧跟其后的吴母隔在了门外。

"吴冬,我刚才说的你听见了没有,你到底去不去啊?换房可不单单牵扯到我和你爸,又不是没你的份儿,你上点儿心成不成?"吴母一边朝吴冬屋里喊着,一边敲打着门上的玻璃窗,发出"咣咣"的声响。

刚在椅子上坐定的吴冬,又马上站了起来,他匆匆走回门口,"唰"地拉起门上的黑纱帘,像关掉电视机里的画面一样,将吴母的脸用一片黑色取代。

他想起,上一次就是因为忘了拉帘,被经过的父亲看见了他做的事,从此才被父亲骂作"变态"的。

"你甭跟那儿喊了,他爱去不去!回头让他自己出去租房子住,省得我看见他恶心!"

听见父亲的声音从窗沿下传了进来,吴冬又负气地爬上床,扯上桃粉色的窗帘,将朝向院子里的窗户一并挡上。

粉色的光线笼罩,屋里瞬间变得朦胧。

等到外面终于安静下来,吴冬才仰面靠在床头,长长地舒了一口气。

这间10平方米的房子,只能容下一张双人床,一个写字桌,一把椅子和一个镶着镜面的旧衣柜,除此之外,再没多余的空间。

而四面墙上,却满满当当贴了几十张海报。

海报上的女人妆容相似,服装各异,右下角都签着同一个名字——方婷。

第六章 乐迷

自吴冬二十二岁起,他便开始收集方婷演奏会后的各场签名海报,那时方婷还只是一个初露头角的小提琴青年演奏家。

看着对面墙上那一张张美丽的脸,吴冬又想起儿子指责他并非真正热爱交响乐的话。

他承认,儿子确实戳穿了他。虽然他精通乐理知识,对交响乐的发展史倒背如流,但吴冬早已忘记,他自年轻时便开始关注这些,是源于对交响乐的热爱,还是因为对画中女人的痴爱。

不过,无论怎样,吴冬都为自己感动。因为他觉得,这世间没有哪个男人,能够像他一样,二十几年始终如一地爱着一个女人。

吴冬知道,他对方婷的爱是单方面的,却是脚踏实地的,他早已将爱融进了生命里,实施在生活中。

每年方婷生日那天,吴冬都会为她订购二十一枝红色的郁金香,送到她的家里,在寄语上留下"生日快乐,爱你的乐迷!"

而到了吴冬生日这天,他又会将许愿后的蛋糕分成两半,把其中一半寄给方婷,附带卡片,"我的生日,愿与你一起分享这快乐时刻。爱你的乐迷!"

有很长一段时间,吴冬渴望每天都能见到方婷,于是他开始悄悄跟踪她。从方婷的家到她工作的地方,再到她每次演出前一天必会前往的岚会所,吴冬对她的行踪了如指掌。

就是因为那段时间的跟踪,七年前,吴冬在中央音乐学院的停车场里,曾看到过一个农民工打扮的男青年不断骚扰方婷。

青年试图阻拦方婷的去路,拉扯着不让她上车,其间,巡逻的保安碰巧经过,方婷才趁青年分神之际,将他一把推开,匆匆钻进车里,逃命似的驾车离开。

一直躲在车里的吴冬,目睹了这一切。他十分诧异,方婷为什么没有像普通女人那样,向保安呼救或是立即报警,而是纵容那个陌生青年对她的冒犯。

后来,吴冬在音乐学院的停车场里,又几次三番见到那个男青年。

可方婷的反应还同最初一样，落荒而逃。

这令吴冬越发困惑不解。最终，他将方婷的行为理解成不失体面的隐忍，想想更加让人心疼。

但那之后不久，便发生了轰动一时的"方婷替子顶包案"。吴冬托交通队的熟人看到了肇事现场的视频。

盯着视频中站在马路中间的受害人良久，吴冬通过他的穿着最终确认了，他就是停车场里频频骚扰方婷的男青年。

吴冬瞬间明白了，那场事故并非意外，而是方婷的忍无可忍。也许是不堪其扰，方婷才故意朝那青年撞过去，但在最后一刻，她还是心软了。

都说女人身上最柔软的部位是心，看来果真如此。

洞悉到这些后，吴冬请八卦版块的同事吃了好几回饭，请求他们不要再报道"顶包案"的后续消息，将对方婷的影响降到了最低。

吴冬理解方婷，把这个发现视作他们之间的秘密。这个由他单方面保守着的秘密，让吴冬觉得，他与方婷的连接是如此紧密。

午后的阳光透过桃花粉色的窗帘，在床单上留下一片温柔的粉色。吴冬用剪刀小心地将黑色的包裹剪开，从中取出两条雪白的浴巾铺在身旁。

他用指尖儿轻轻抚摸，细细体会从浴巾上传来的潮湿的触感。

想象着，哪里擦拭过方婷白皙的脖颈、柔美的臂弯、富有弹性的小腹……

吴冬将脸颊贴了上去，立刻嗅到了一股再熟悉不过的果香味，那是方婷几年来都会在全身SPA过程中使用的柑橘精油的香气。

这味道清新淡雅，总会让吴冬产生一种目眩神迷的错觉，仿佛此刻方婷真的就一丝不挂地躺在他的身边，楚楚动人地望着他，等待他贪婪地拥吻和热烈地抚摸。

脱下来的衣服被吴冬堆在床边，而他自己则赤裸裸地全身心投入这场似梦似幻的错觉之中。

转天清晨，吴冬将床上的浴巾板板正正地叠好，此时那上面的水汽早已蒸发干净，柑橘的味道也已消失殆尽。

拉开镶着镜面的柜门，吴冬将它们摞在了最上面。

柜子里，与之相同的白色浴巾已堆得满满当当，几乎再没有多余的位置存放下一条。

但是吴冬深知，他也不再需要了，因为从今晚开始，多年来的美梦将成为现实，他将拥有方婷，而不再只是这些她使用过的浴巾。

他十分确定，自己的计划万无一失，为此，他已足足准备了一年。

◇ 三 ◇

-1-

周五晚上，天津音乐厅里座无虚席，这座始建于一九二二年的欧式建筑里，正在进行着为著名小提琴演奏家方婷举办的音乐会。

她秀发如丝，高高地盘在脑后，泛着比钨金还要乌黑的光泽。

抹胸垂至脚底的银色长裙，令她如身披夜空中汇集点点繁星的银河一般，耀眼动人。

她侧脸贴在架于肩头的小提琴上，左手娴熟地拨弄着琴弦，右手张弛有度地拉着琴弓。

她站在舞台的最前端，虽不是正中央，却无疑让她身后的指挥家，连同整个协奏乐团一起沦为这场演出的背景。

一曲萨拉萨蒂的《流浪者之歌》作为终曲，结束了整场演出，方婷鞠躬致谢，观众席爆发出雷鸣般的掌声。

吴冬更是从第三排的正中位置站起，将双手举过头顶，热烈鼓掌。

在他的带动下，场内观众也都纷纷起立，用长鸣不断的掌声向这位艺术家表达敬意。

吴冬的眼中满是雀跃，然而，当方婷直起身、面向观众时，他又瞬间变得热泪盈眶，因为他在方婷的眼中，看到了莹莹泪光。

他知道《流浪者之歌》是萨拉萨蒂以吉卜赛民族的流浪生活为背景所创作的世界名曲，是一首表现吉卜赛人居无定所、无家可归的时代悲歌。

吴冬听不出乐曲中令人辗转反侧的哀伤情调，他只把注意力放在方婷的身上，所以她笑，他便欣喜若狂；她哭，他便泪流满面。

吴冬为自己感动，而他接下来要做的，就是让方婷也为他感动。

-2-

当马克西姆西餐厅的经理带着一男一女走向临窗座位处时，餐厅里的服务员们忍不住纷纷侧目，将目光投到那两人身上。

他们知道，不远处的天津音乐厅刚刚结束了一场著名音乐家的演奏会。

早在一个月前，关于这场演出的宣传海报便在公交站和地铁里四散开来，预告了小提琴演奏家方婷即将来津演出的消息。所以餐厅服务员们，几乎同时认出了这位气质不俗的女人。

"有什么推荐菜吗？"方婷接过经理递过来的餐单问道。

餐厅经理是一个彬彬有礼的中年男人，他穿着黑色的西装礼服，领口系着酒红色的领结，头发从一边分开，由发蜡固定出整齐的发型，极为符合法餐领班的标准。

为这桌点燃了白色烛台后，餐厅经理略微颔首欠身，对方婷回答道："您可以试试今日厨师长推荐的特别套餐。

"头盘是有机波士顿沙拉配蜂蜜芥末汁及煎泰国虎虾。

"汤是洛泽尔野生牛肝菌汤佐黑松露油。

"热头盘是马克西姆古法香草焗蜗牛。

"主菜是煎法国鲽鱼配藏红花珍珠中东米及腌洋蓟和伊比利亚火腿。

"甜品是蛋白霜配草莓慕斯及草莓芝士冰激凌。

"今天的泰国虎虾和法国鲽鱼都是冷链空运过来的，特别新鲜，建议您尝尝！"

"好的，就要这个吧，谢谢。"

看出她并不想在菜品选择上太过费神，餐厅经理收回餐单，礼貌地点了点头，转而看向桌对面的男人："那么先生呢？还需要我为您介绍些什么吗？"

男人连忙也合上餐单，递还给经理，说道："哦，不用不用，给我也来一份一样的套餐吧。"

接着，男人拿起了桌上的酒水单，只翻开了一页，便故意拉长了声音说道："要喝点什么呢……"

他抬起眼来，偷瞄方婷，见她正认真地盯着酒水单上的一页，似乎在心中已打定了主意。男人赶忙抢先说道："要不，来一瓶吉哈伯通皇家山鹰干白葡萄酒怎么样？"

"好啊。真巧，我刚刚正想建议点这瓶酒呢。"方婷显得很高兴，冲她对面的男人说道，合上了酒水单。

男人轻轻一笑，算是给方婷回应，心里却想着"你觉得这是巧合？呵呵，我对你的一切喜好都了如指掌"。

待餐厅经理离开后，男人马上坐直了身子对方婷说道："方老师，真的很感谢您今天能给我这样一个机会，若是再约不到您，我恐怕都要被公司炒鱿鱼了。"他的话里带着半开玩笑的意味。

"不不，吴先生，千万别这么说，上次在上海演出的时候，就已答应过你，要完成这个专访的，结果那天晚上硬是拗不过工作人员，被强拉着参加乐团的庆功宴去了，我该向你道歉才是。

"常听我的助理说，网容网这些年总会将我演出的消息放在最为明显的位置上，对我们帮助很大。今天这顿由我做东，就当作感谢，以及对上一次爽约的赔罪。"

"那怎么可以呢方老师，这样我岂不是很不好意思，再说……"

"不必争了吴先生，另外，叫我方婷就好，其实学生们喊我方老师还好，听到同辈人这么叫我，总是有一种愧不敢当的感觉。"方婷说着，脸上露出了谦逊的笑容。

"那好，那您也不要叫我吴先生，直接称呼我的名字吴冬吧。"吴冬表面平静，内心却早已涌起惊涛骇浪。等了这么多年，他终于能与方婷面对面一起吃饭，还被她允许直呼姓名，一切都进行得太过顺利，顺利到吴冬对接下来的行动信心十足。

他们聊了很多关于这场演奏会的内容，当主菜被端上桌时，吴冬正跟方婷谈到她今晚演奏的最后那支曲子。

"方婷，你好像对萨拉萨蒂的《流浪者之歌》有特别的感情。我印象中，你的每场演奏会都会以这支曲子作为终曲。不知道你是不是也经历过那样无人可依，绝望无助的时刻呢？"

听到吴冬的问话，方婷手中用来分割鲽鱼的刀叉突然停了下来，但很快，它们又被主人强行启动，继续先前在盘中的轨迹。

"没有！很不幸，我的人生十分顺利，出生在经济条件良好的家庭，从小未曾饱受过饥寒之苦，更别提流离失所了。

"上天好似对我特别眷顾，总是让我很容易地达成所愿。我这一生，可以用一帆风顺来形容，想想应该也算是少之又少的幸运儿了吧。"方婷抬起头来微微一笑，坦然答道。

"那你刚刚为什么又要说'很不幸'呢，这让我糊涂了。"

"就是因为太过顺利了！我觉得这对于一个艺术家来讲，或许是一种不幸。

"毕竟，不曾体味过人间疾苦，人生中也没有遇到过恶人，或是遭遇过至黑至暗的时刻，这无疑是缺乏情感体验的，这对艺术创作来讲并非好事。"

"哦？但最后拉完这首曲子时，我还是看到你流泪了呀！"吴冬不知道自己为何对这个话题穷追不舍，他起初只想借机夸奖方婷的表演真诚，可现在方婷的说法倒让他变得迷惑起来。

"是啊，或许我对吉卜赛人的同情是浮夸的，我虽然能感受到他们的悲哀，却并不如真正经历过痛苦的人感受得深刻。

"对了，你刚才说有个朋友得到了一把帕格尼尼用过的小提琴，是怎么一回事，还没说完呢。"方婷有意将话题岔开。

　　看出她即将跳入自己设好的圈套，吴冬打算先吊吊方婷的胃口。

　　他将铺在腿上的餐巾拿起，放到桌上，起身对方婷说道："这个吗，我待会儿回来再讲，现在请容我先去一趟洗手间。"

　　吴冬再回来时，桌上已摆好服务员刚端上来的甜品。见方婷用小勺舀着慢慢品尝，吴冬对她说道："不好意思，让你久等了。"

　　方婷轻轻摇头，笑着说没有。

　　吴冬再次坐下，缓缓讲道："关于帕格尼尼，这位十九世纪末的鬼才小提琴演奏家，你一定听过他的不少趣事。我今天要讲的这个故事没准你以前听过，但我还要再给你讲一遍，因为这和我朋友得到的那把琴有直接的关系。所以，不要打断我哦！"

　　他故弄玄虚，想吸引她的全部注意，见方婷同意地点点头，吴冬才又继续说道："传说，帕格尼尼七岁时，就在父亲的引导下学习小提琴，少年时代便已展现过人的音乐才华，收获了巨大的财富，并享有盛誉。

　　"可他的父亲，既是一位伯乐，也是一个赌徒。在帕格尼尼十八岁的时候，父亲在一场赌局中输掉了他的小提琴。这导致在即将进行的重要演出中，帕格尼尼无琴可用，焦虑万分。

　　"就在这时，一位名叫里沃隆的法国商人，将一把名琴'卡隆珀'借给了他。

　　"琴声一响，艳压四座，帕格尼尼的演出因用了这把名叫'卡隆珀'的琴，而取得了巨大的成功。后来，这把琴就被里沃隆送给了帕格尼尼。

　　"可惜，帕格尼尼继承了他父亲的嗜赌基因，一手拉得出名满天下的金色音符，一手又挥金如土，将大笔金钱输在了赌桌上。

　　"晚年时期，他被疾病缠身，不得不变卖家产，这把琴……"

　　"可据我所知，帕格尼尼虽变卖家产，但并不包括这把'卡隆珀'。他遵守了当初与里沃隆的约定，一直没有将这把琴给别人用过。

　　"等到他死后，家人也按照他的遗嘱，将这把琴捐赠了出去。如今被日内瓦博物馆所收藏。

"你朋友拿到的那把……恐怕并不是真品!"方婷还是没忍住,打断了吴冬。

早已预料到会如此,吴冬嘴角一挑:"我说的,不是那把'卡隆珀',而是帕格尼尼十八岁时,被他父亲输掉的那把。"

见方婷的眼睛因为惊讶而突然亮了起来,吴冬继续不紧不慢地说道:"去年,我朋友有幸从一名意大利古董家那里购得此琴,地点正是在帕格尼尼的老家,意大利北部的热那亚。

"刚购得此琴时,他不胜欢喜,可他并不是一个懂音乐、爱音乐的人,没过多久,便对这件古董失去了兴趣,想要转手。

"但他希望这把琴不再流入商人之手,因为那只能体现出它的古董价值,却埋没了它的艺术价值。

"所以,他找到我,希望我能在圈内帮他将这把琴转手,最好是转卖给一位真正的小提琴家。"

说到这儿,吴冬紧紧地看着方婷的双眼,发觉她的眼睛越发深邃,眼神中透露着隐隐的期待。

他决定不再卖关子:"于是,我就想到了方婷你或许会对这把小提琴感兴趣,所以今天也把它带来了。"

"在哪儿?"方婷眨了眨眼睛,眼光中带着怀疑。因为来餐厅时,她并没有看到吴冬提着琴盒,或是可以容纳小提琴大小的背包,但她的语气中仍透露着想一睹这把琴的迫切。

"在我住的酒店房间里。"

见方婷开始犹豫,吴冬马上又说道:"离这儿不远,就在丽思卡尔顿酒店。"

"这么巧,我也住那里!"方婷一下子显得兴奋。

"是吗?好巧,真的太巧了。"吴冬微笑着说道。

就在这时,酒店经理过来送发票:"先生,您的发票开好了,总共是一千七百八十元,请您看看公司名称有没有打错?"

发现吴冬趁着去卫生间的时候，偷偷把账结了，方婷显得十分过意不去。

"没关系，这算差旅费，公司能给我报销。再说，若是我成功将这把琴帮朋友转给了合适的人，这顿饭也就不算什么了。"

"走吧，咱们去我房间里看看琴！"

◇ 四 ◇

-1-

走进吴冬在丽思卡尔顿的豪华套房，方婷一眼便看到了实木书桌上的小提琴琴盒。

她用手指着琴盒，有些激动地转身对吴冬问道："就是这个？"

见吴冬轻轻点头，方婷显得格外兴奋。她快步走到桌边，双手轻抚琴盒，再看向吴冬时，她用眼神恳请他允许自己打开。

这时，门口传来了敲门声，吴冬走过去开门，在同服务员说了几句感谢的话之后，他接过餐车，推进了屋里。

"香槟？"吴冬说着，将冰桶里的酒瓶拿出，朝着方婷晃了晃。

"啊，不了，今天晚上我喝的已经够多了，头有些……"

"嘭！"没等方婷讲完，香槟上的软木塞已被吴冬轻易拔下，带着花果香味的白烟从墨绿色的瓶口冒出，令人精神为之一振。

吴冬"咕咚，咕咚"地在两只香槟杯中各倒了半杯，金黄色的透明液体上浮着一层厚厚的奶色泡沫，令人产生饮用的欲望。

他像没听见方婷的拒绝似的，将其中一杯递给她，然后高举酒杯对她说道："敬这个美妙的夜晚！"

方婷勉为其难地接了过来，轻轻抿了一口。也许是怕打开琴盒盖时会弄洒香槟，她走到屋中更深的地方，将高脚杯放到落地窗旁的茶几上。

透过半掩着的白色纱帘，她看见窗外美丽的海河夜景。但方婷无心留恋，一心只想着桌上的琴盒，她走回桌边，这一次，她直截了当地对吴冬问道："我可以打开吗？"

吴冬一手拿着快喝空了的香槟，另一只手从果盘里拿了两颗绿玛瑙葡萄塞进嘴里嚼着，他咕哝着嘴，不慌不忙地点了点头。

方婷满怀期待地转回身去，将琴盒小心翼翼地打开。

琴盒里空荡荡的景象让方婷先是一惊，当看清了散落在盒底的东西后，她便彻底呆住了。

方婷将双手伸进琴盒里，把散开的照片合拢到一起，拿出来，一张张仔细地查看。

全部是同一对男女在不同地点举止亲密的照片，照片中的女人方婷不认识，可照片中的男人方婷再熟悉不过，熟悉到与他日夜相对、共枕而眠，他是孙建新。

"他们在一起很久了，他一直都在骗你。"吴冬此时走了过来，紧紧地贴在方婷的身后，在她耳边低语。

"你知道，我本可以把这些照片交给八卦版的同事，或是其他娱乐杂志。但我不会这么做，我不能因为他所犯的错误，让你受到惩罚！

"那些底片我今天也带来了，就存在我相机的数码卡里，我可以把它们一并都交给你……"他说着，将手放在了方婷的腰上，见她一动不动，他变得肆无忌惮。

吴冬紧紧地贴着她的脸颊，继续说道："他就是一个道貌岸然的衣冠禽兽，他已经有了如此完美的你，却还不知足，他根本不配拥有你！

"他一直都在伤害你，而我，一直都默默地爱着你！"吴冬的手臂已经紧紧地环住了方婷的腰，用力将她拉进了怀里。

他将下巴抵在她锁骨分明的颈弯处，轻轻地摩挲，他甚至都可以听见白天里新生出来的胡茬，在她光滑皮肤上磨出的"沙沙"声。

柑橘精油的香味从方婷的身上一阵阵地传进吴冬的鼻腔里，是那么熟悉，那么立体，比他从岚会所买回来浴巾上的味道要清晰万倍。

吴冬的心开始狂跳不止，呼吸也不再均匀，他贪婪地摩擦着方婷的脸颊，在她耳边喘着粗气。

"我爱你，从我二十二岁起，从我在海报上看见你的第一眼起，我就爱上了你。

"起初为了让你记住我，只要你有演出，不管是在哪个城市，我都会跟到那里。我在观众席间为你热烈鼓掌，可你却从没有将目光在我身上多停留一秒。

"后来我开始探听你的行程、你演出下榻的酒店，我总会自费订下与你最近的房间。这让你终于注意到了我，但每次相遇，你只会不经意地说一句'好巧'，最多也就是夸一下我们网站的待遇真好，却从来未曾想过，这世间哪有那么多的巧合！

"可我不怪你，你就是那么单纯，这世上再没有人比我更了解你、更懂你。"

他搂着僵硬的方婷，开始亲吻她的脖颈，在她耳边呼出夹带着欲望的热气。

"我爱你，这份爱让我痛苦不堪，可你从来都不知道；我爱你，我永远不会像他一样，做对不起你的事；我爱你，每天想你想得，都快发了疯……"

吴冬的话句句发自肺腑，这让他的声音颤抖，原本紧紧搂住方婷腰身的双手，也随着激动的心情缓缓向上攀爬。

胸前的轮廓在他手掌中变得越发清晰，他陶醉地体会着从指尖传来的柔软触感。

直到方婷的身子微微一征，吴冬才意识到自己操之过急了，或许应该等方婷转过身来，热烈地吻过她的唇之后再这样做。

就在这时，吴冬感觉方婷猛地转身，兴奋之余，他没有等到方婷主动送上的朱唇，而是"啪"的一记耳光。

接着，方婷没再做片刻停留，她拿着那些照片，径直朝门口走去，只留下一扇大敞四开的房门，还有屋里捂着脸颊呆站在那里的吴冬。

-2-

这一晚,吴冬彻夜未眠,都说失恋的感觉是心碎的痛,可如今真切体会过,吴冬觉得那更像是失落的空。

二十多年来的单相思,仅在告白的瞬间就被方婷的一记耳光打得粉碎。吴冬的心里感觉空落落的。

他下床走到落地窗前,已经过了早上七点,可窗外的天空依旧昏暗,太阳就像是不愿与大地相见似的,没有半点儿打算从云层中露脸的意思。

不经意间低头,吴冬看到昨夜方婷放在茶几上未喝完的香槟,他将高脚杯举到眼前,上面还留着方婷淡淡的唇印。

吴冬想起了昨晚的画面,他们曾贴得那么近,只有衣服相隔。

吴冬坚信,方婷并未拒绝他从身后的拥吻,不仅是因为他数码相机里的底片对她造成的威慑,还因为至少有那么一刻,方婷被他感动过,也为他心动过。

在鼻下嗅了嗅杯子里残余的香槟,早已散尽花果香气、只留下酒精味道的液体提醒着吴冬,不管怎样,如今都已是一厢情愿。

他心中痛苦万分,抿住杯壁,与她的唇印相叠,还想再尝尝她的味道,哪怕留给他的,只剩下一个间接的吻。

忽然,屋里的电话响了起来。吴冬脑中立马闪出一个念头,"是方婷!"因为除了她,没有人知道吴冬住在这个房间。她一定是后悔昨晚打了他!

在吴冬心里,他所了解的方婷是爱面子且软弱可欺的。正是基于这两点,他才觉得方婷是需要被保护、被深爱的;也是基于这两点,他昨晚才敢采取那么大胆的行动。

电话还在"丁零零"地响着,吴冬飞快地跑到了床边,抓起床头柜上的鎏金话筒,迫切地问道:"喂!"

可对方的回答却让吴冬失望,是酒店前台提醒他,今日天津有中到大雨,建议他提早出行。

将听筒放了回去，吴冬失落地坐回了床边，他紧盯着暗格花纹的墙纸发呆，脑中盘算着要如何挽回这场败局。

他不允许方婷就这样拒绝他、断绝了他对她的所有念想，更何况，他手中还有能够制约她的筹码。

但是吴冬决定不再冒进，他计划先哄方婷恢复到之前的状态，然后再靠时间一点点地感化她。

◇ 五 ◇

七点半，穿戴整齐的吴冬来到方婷门前。他将耳朵贴在门上听了一会儿，然后弓起手指轻轻叩门。

房间里没有任何回应，但吴冬知道，方婷就在里面，因为他刚刚听到了从浴室里传出的水声。

吴冬又敲了两下门，清了清嗓子，对门里喊道："方老师，您在吗？"

将方婷的称呼又变回了"方老师"，吴冬心里很不是滋味，但他把这当作是与她重归于好、不得不做出的牺牲，更觉得自己这份痴情的伟大。

方婷依旧没有回应，不过吴冬却听见她朝门口小心靠近的脚步声。

知道方婷在听，他又说道："我订了今天中午十二点半回北京的动车票，你要不要跟我一起走？我们在车上可以好好聊聊，为昨晚的事，我想向你道歉。"

隔着门，吴冬猜方婷应该就站在门口，便将脸贴了过去，好似这样就能与她更亲近些。

他用手按着门，额头紧紧地抵在门上："方老师，我一会儿让前台叫一辆十一点半来接我们的出租车，希望到时能在楼下看到你！"

说完最后一句，吴冬甚至听到自己的声音开始哽咽。他又在门口站了一会儿，才回到了自己的房间。

他给前台打了电话，请他们帮忙叫一辆十一点半到达酒店的出租车。当前台问吴冬有几位乘客、几件行李时，他回答道："两个人，没什么行李。"

随即他犹豫了一下,想到或许方婷会有行李,又立即补充道:"请司机把后备厢留出空间来,也许到时候需要用。"

之后,吴冬就坐到落地窗边,反复翻看数码相机里,孙建新与女人亲热的照片,打发时间。

刚过十一点,电话铃就响了起来。

"先生您好,您预订的出租车现在已经到门口了,如若方便,您现在可以过来办理退房手续了。"

"现在就到了?我订的不是十一点半的吗!怎么来得这么早?"吴冬对前台抱怨道。

"是的,您订的是十一点半的出租车,是司机来早了。他说您要是不坐,他就走了。我们倒是可以帮您再订一辆,但是现在下雨,再订半个小时后的出租车,不一定能及时赶到,不过我们可以帮您试一试……"

"算了,算了,知道了。我这就下去。叫他等一会儿吧!"听到了前台的解释,吴冬不耐烦地说道。

他知道责怪前台也改变不了什么,吴冬唯一担心的,是不知方婷是否已收拾妥当,毕竟现在与他之前告诉她的离开时间,提早了半个小时。

拿起自己的单肩包,拎起空空的小提琴盒,吴冬出门朝方婷的房间走去。

远远地,他便看见方婷的房门敞开着,门口停了一辆清洁车。他半张着嘴,依旧不死心地走了过去。

看到房内正在做清洁的工作人员,他心里抱着的最后一丝幻想便像气球碰到了针尖,瞬间破灭。

方婷已经退房离开,并没有给他留下与之相见的机会。

吴冬在前台办完退房手续,走出酒店时,门口的礼宾贴心地给他递来一把伞。

外面的雨势不小,汇集到路边的雨水像缩小版的洪流,往排水沟里冲去。

"不用了，我想我不会再来了。"吴冬急匆匆地抬起手来挡住了礼宾员递过来的雨伞，然后径直朝对面的出租车快步走去。

他看见先他一步办理完退房手续的一个女人，正领着身旁五六岁的小女孩儿，拉开了他订的那辆出租车的车门。

吴冬着急地想朝司机喊那是他订的车，却见司机已从驾驶座上探过身来，语气粗暴地冲那对母女吼了两句，又强行把女人刚刚拉开的车门关上了。

女人拉着小孩悻悻地转身往回走，与吴冬擦肩而过，又回到了酒店内，看样子是让前台帮她们叫车去了。

这时，司机看见了吴冬，他的眼神一下子定住了。

吴冬感觉，司机眼中流露出来的不像是等到真正客人的喜悦，更像是与仇人相见所生出的分外眼红。

脑中闪过危险的信号，吴冬下意识地停了下来，不再朝那辆车靠近。

"我说你磨叽什么呢？我在楼下都等了你二十分钟了，还不赶紧上来，你到底走不走？"留着板寸的年轻男人从驾驶位上抻着脖子对吴冬吼道。

吴冬这才松了一口气，理解了司机那眼神背后的怨怒。

当吴冬走到车边，司机闷闷不乐地将副驾驶侧的车门从里面推开。

虽然潜意识里觉得司机的这个举动不对劲，但是吴冬没有多想，很自然地坐了进去。

吴冬将琴盒放在脚边，又把斜挎在肩头的单肩包拿了下来，搁在腿上，对司机说道："师傅，到天津站，谢谢。"

司机没吭声，一打方向盘，将早已启动了的车子驶下了酒店门前的坡道。

通过后视镜，吴冬看见又有一辆出租车停在了酒店门口。他下意识地看了一眼手机，时间显示在十一点三十分，刚好与他让前台帮忙订车的时间一致。

"前台不是说，下雨天的出租车不容易订吗，不可能刚才那对母女这么快就订到了吧?"吴冬心里正犯着嘀咕,"咔哒"一声,司机操控着开关,将所有车门落锁的声音打断了他的思绪。

吴冬下意识地歪过头去,看向驾驶位上的年轻男人,突然觉得他有点眼熟,便问道:"咱们是不是在哪儿见过?"

司机斜了吴冬一眼,淡淡地答道:"可能吧,没准你以前也坐过我的车。"

虽然知道这个可能性微乎其微,吴冬还是轻轻点了点头,不过他实在想不起来,曾在哪里见到过这张轮廓分明的脸。

车外的雨越下越大,雨刷器疯了般地甩动着,却也难以改变车窗外越来越模糊的视野,只有灰蒙蒙的一片。

吴冬突然发觉,大雨中的城市与硝烟过后的废墟有几分相似,都是被灰暗天空笼罩下的凄凉之地。

这时,车子开上架在海河两岸的大桥,吴冬看着这条虽不如上海黄浦江知名,却被天津人视为母亲河的海河,他想起,昨夜与方婷从餐厅散步回酒店时,也曾看到了这条河。

那时,海河两岸的霓虹闪烁如星,在河面上映出高楼大厦的璀璨倒影,岸边有不少架着鱼竿夜钓的人。

他和方婷就像两个相识了很久的老友,有说有笑,从一对对牵手散步的年轻情侣旁经过。

可转眼间,他和方婷的关系就已破裂,甚至还不如昨夜前的起点。就像如今这变得空旷无人的海河两岸,被中间混沌的河水相隔,仿佛一夜之间,便繁华落尽。

就像所有失恋的人想要寻求安慰一样,吴冬心生感触,他很想找个人倾诉。最终,他将目光投向了身旁这个陌生人。

吴冬斜眼看着这个冷脸的司机,开始没话找话:"雨真大啊!这种天气,打车的人会比平日多吧?"

"差不多。"司机的回答简短,明显没有聊天的兴趣。

没想到遇上了一个闷葫芦，吴冬转念一想，那就让他做自己的垃圾桶吧，把心中的苦水一并倒出，反正一会儿下车，大家各奔东西，谁也不认识谁。

"我失恋了。"吴冬直截了当地说道。发觉司机没有任何反应，只是用余光瞥了他一眼，吴冬又问道："你失恋过吗？"

"没有。"

"我失恋过两次，这是第二次。第一次是在我高三的时候，她是我的同桌。"

说到这儿，吴冬停了下来，他偷瞄司机的反应。发觉他依旧像一尊木雕一样目视前方，吴冬彻底放松了下来，回忆着说道："那时，知道她喜欢古文绝句，我一个月就背了三百多首唐诗宋词，还从中摘抄出抒情感人的句子编成一封情书，悄悄塞到她的书包里。

"可她不但没给我回信，之后也越来越少跟我说话。还在课桌中间画了一条三八线，如果是我的东西越线，她就会极其厌恶地把它们扔回来。

"我那时觉得，是我做得还不够，没能打动她。

"于是，一天放学后，我拎了五个空啤酒瓶子和一束花，来到她家楼下。

"我把五个空酒瓶子都装到一个编织袋里，玩命往地上摔，直到把它们都摔成玻璃碴子。

"她家住三楼，我就把那些玻璃碴子从一楼，一层台阶、一层台阶地铺到了三楼，然后捧着那束花跪在上面，一阶一阶地跪到她家门口。

"我知道那个时间他父母还没下班，只有她一个人在家，便鼓起勇气敲开了她的门。

"她惊愕地看着我裤子上渗出来的血，看都没看我递过去的花，就尖叫着关上了门，再没有打开过。

"后来，她家长找了老师，老师找了我父母。班里同学开始传言，说我极端、偏执，人人都躲着我，还有人在我课桌上贴纸条，上面写着

'变态'。

"之后,我再也没有见过她,她转了学,连一个说'再见'的机会都没有给我……"

看着车窗外延绵不断的海河,吴冬深深地吸了一口气,止住了差点儿开始的抽泣:"你说,我是不是太宠着、惯着她们了,她们才都这样对我?

"总是决绝地离开,连句'再见'也没有!

"是不是我越是倾尽所有,越是努力追求,她就越觉得我配不上她?

"她总是高高在上,永远站在我只能仰望的地方!

"我为她保守了那么多秘密,她却从来不知道感恩!"说到这儿,吴冬感觉痛彻心扉,握紧的拳头用力捶在大腿上。

"对,就是惯的,把我的付出当理所应该,只知道索取,不知道回报。我该把她拉下神坛,让她沦为凡人,这样,我就不是高攀不起了!

"没错!就该这么办!回去我就毁了她!让她再也别想翻身!"

吴冬的眼圈发红,越说越激动。发现司机的脸色变得难看,他才意识到,对这个陌生人说的话已然过了头。

他就此收敛,这时,手机屏亮了起来,是吴冬先前给自己设定的换票提醒。他在眼角上抹了一下,才发现已经十二点整了。

"怎么还没到?"吴冬疑惑地问着,探头朝窗外望去,看见的依旧是海河沿线的景致,他意识到他们已经沿着这条路开了很久。

"你绕远了吧?这也不是去天津站的方向啊,这是哪儿啊?"看着计价器上不断增长的数字,吴冬气愤地叫道。

见司机不回答,吴冬大为恼火:"停车!我要下车!"

司机面无表情地将出租车在路边缓缓停了下来。

"你绕道,还耽误了我乘车的时间,我是不会给你车钱的!"吴冬气哼哼地说着,扭头去开车门。

可他刚将车门上的锁拨开,就感觉到后脑被人猛地一推,脸狠狠地撞到了车门的玻璃窗上。

鼻子一阵酸痛过后，热乎乎的，有血不断从里面流了出来。

吴冬下意识地抬起胳膊肘隔在他与驾驶位中间，转过头来朝司机骂骂咧咧。

没想到司机此时已经下了车，走到了他这一侧，拉开车门。

吴冬大惊失色："你、干、干什么？我给你车钱不就得了，别、别、别动粗！"当司机猛扯着吴冬的衣领将他拉下车时，他用手挡在脸前，颤声说道。

"走！"司机只对他说了一个字。

发现吴冬原本放在腿上的包掉到了地上，司机又猛踹他腿弯儿，让他跪在地上把包捡了起来。然后，司机继续拎着吴冬的领子，把他往河岸下拽。

来到河岸边，吴冬不停地往后退，结果脚底一滑，摔坐在了地上。

雨水冲刷着吴冬脸上的血迹，模糊了他鼻子以下的小半张脸，一缕缕贴在额头的刘海耷拉在他眼前，看起来狼狈不堪。

他抬头看着朝他一点点逼近的司机："师傅，不，大哥，刚才是我不对，你饶了我吧！别打我，钱都给你！"

稠密的雨滴拍打在河面上，发出像搜索不到电台频率的收音机一样"沙沙"的声响，模糊了吴冬的声音，但他主动举起，递向司机的包表明了他的诚意。

司机一把扯过他手中的包，扔在地上，对他说道："站起来！"

"什么？"吴冬用胳膊肘拄着地面，胆怯地望着司机。

"站起来！"司机瞪圆了眼睛，对他吼道。

意识到再不听话，他又要出手，吴冬只得乖乖地在地上爬着，一点点儿地站了起来。

"大哥，你听我说，钱你都……啊！"

吴冬的话还没有说完，便感受到了踹在他裤裆正中的一脚。这一下差点要了他的命，他疼得在地上不停地翻滚，嘴里只能发出"呜呜呜"的呻吟，却说不出一个字来。

"你要是再敢碰她一下,或是再靠近她,我就弄死你!"

"谁……谁呀?啊……啊……我碰谁了?"吴冬终于缓上点儿气来,双手依旧捂着裤裆,痛苦地嘟囔道。

又是重重的一脚,依旧是在裤裆上,虽然有双手挡着,但是这蕴含着巨大恨意的一脚,却踢得吴冬挡在裆前的手一下子有一种被锤子砸断了的感觉。手瞬间肿得像个馒头,接着吴冬便再也感觉不到它们了。

他蜷缩在地上哀号着,眼看着司机捡起他的挎包,从里面掏出了数码相机查看照片,又将相机卡槽打开,从里面抽出了数据卡,揣进夹克里。

"我知道了,我知道了,我不敢了,不敢再碰她了,不敢再碰方婷了,你放过我吧!我再也不会靠近方……"

吴冬的话还没有说完,便看见司机挥拳朝他脸上打了过来,他感觉到嘴里又咸又甜,浓重的血腥味儿充斥整个口腔,牙齿也跟着松动了。

"别用你的脏嘴说出她的名字!如果再让我听见,我发誓,我会把你的牙,一颗一颗拔下来!"

看出吴冬再没能力挣扎,司机将吴冬包里的其他东西全部倒在地上,又仔细查看了一遍后,将手中的相机和空包统统抛进了海河里。

从岸边回来时,他没再看吴冬一眼,像绕开一摊狗屎似的,从吴冬的头上迈了过去,径直走回了河岸上,然后驾车离开。

吴冬依旧躺在地上,一手捂着裆,一手捂着嘴,奄奄一息的他,脑中不断出现司机的脸。

吴冬猜,他此生都无法再忘记这张脸,单眼皮、宽阔的鼻梁、厚实的嘴唇,像血河一样通红的眼睛。

◇ 六 ◇

天津大沽南路上,一家名叫"钢钢达"的汽修门店,从早上开始营业后就一直忙个不停。

两天前的一场大雨,让洗车的私家车都排到了店门外的路边很远的地方，旁边办公室里的老板李成钢因为忙着收钱，一上午都没来得及喝上一口水。

见暂时没有顾客结账，他终于抽空端起桌上早已凉透了的茶，"咕咚咕咚"地喝了起来。

"钢钢达"是王丽娟起的名字，取意李成钢名字里的"钢"字，而且王丽娟很喜欢听郭德纲的相声，再加上"钢钢达"在东北话里的谐音就是"棒棒的"意思，王丽娟便给他们两年前开的这家车行取了这个名字。

去年，李成钢与王丽娟已经正式登记成为夫妻，这两年"钢钢达"的生意日益兴隆，他们俩不但还清了开店之初向银行借的贷款，还有了一些积蓄。

王丽娟声称要做事业女性，便又在"钢钢达"对面租了一个底商，干起了老本行中医按摩。日子虽然忙碌，却也过得红火。

对面棕色软皮沙发上的黑白花猫见主人终于闲了下来，一跃跳到了地上，走到自己的食盆跟前，"喵喵"地叫了起来。

听见猫叫声，李成钢赶忙吞下嘴里含着的水，将白瓷杯放回到桌子上，朝花猫走了过去。

看着空空的食盆，他从柜子里拿出猫粮倒满，说道："对不起了花丫头，今天早上太忙了，都忘了喂你早饭了，快吃吧！"

这只名叫"花丫头"的小公猫，原本是只流浪猫，它的名字继承自王丽娟三年前养过的，一只名叫"花丫头"的小母猫。

两年前，"钢钢达"开业当天，正在门口忙着摆花篮的李成钢远远地便看见一只黑白花猫朝这边走了过来。他不敢置信地推了推身旁的王丽娟，当她看见这只猫时，也瞬间呆住了。

黑白花猫不紧不慢地走到他们脚边停住，王丽娟红着眼圈，蹲下来对黑白花猫说道："花丫头，是你吗？"

"喵……"

"真的是你吗，花丫头？"听到了花猫好似回答的叫声，王丽娟的声音变得颤抖。

"喵……"

王丽娟的眼泪终于从眼眶里流了出来,她轻抚着花猫的头:"你原谅我了是吗?花丫头,你是来原谅我的,对吗?"

"喵……"

这一天,李成钢和王丽娟去超市买回了猫粮、食盆,还有猫玩具。从此,这只黑白花的流浪猫就被收养在了"钢钢达"车行里,还有了自己的名字"花丫头"。

"老板,有个着急洗车的客人等不及了要走,怎么办?"洗车工小刘急匆匆地走进来对李成钢说道。他知道老板最近极其在乎每一个挣钱的机会,嘱咐他们不能放走任何一个已经上门来的顾客。

"别呀!跟他说别走,我给他洗!"说着,李成钢从猫食盆前起身,开始脱外套,急急忙忙地往手上戴着胶皮手套。

王丽娟在去年年底怀了孕,如今已有七个多月的身孕,一想到未来的奶粉、尿布开销,李成钢就干劲儿十足,俨然变成了一个"财迷"。

爬到车里给顾客清理地垫时,小指粗的金项链从李成钢的领口里掉了出来,下面挂着一个翡翠观音像。怕沾到浮尘,他赶忙摘下手套,又在衣服上蹭了蹭手,才握住观音像,虔诚地放回到衣领里。

"男戴观音,女戴佛。菩萨会帮你消除从前做下的孽障。"这是王丽娟将这枚观音吊坠戴在李成钢脖子上时说的原话。

三年前,王丽娟开始信佛,如今他们的家里摆放着供奉菩萨的神龛,还有从寺庙里请回来的神像。

这时,裤兜里的手机振动了起来。

李成钢看了一眼这个来自北京的号码,便招呼另一名工人来完成这辆车剩余的清洗工作,自己大步走回了办公室里。

他看着手里嗡嗡作响的手机,没有马上接,不经意瞥见吃饱喝足躺在沙发上伸着懒腰的花丫头,李成钢的思绪,一下子又回到了三年前冬至的那天。

"她是东北人。"这是王丽娟帮李成钢将那个女孩放进黑漆漆的快递仓库里后，她出来说的第一句话。

"嗯？什么？"李成钢开着白色的面包车，歪头看着闷闷不乐的王丽娟问道。他的心思一直不得安宁，所以没听清王丽娟刚刚的话。

"我说她是东北的！我听她的口音听出来的，她肯定也听出我的口音了。也许就是这个原因，她才会去车里帮我拿药的！"

王丽娟带着怨气说道。见李成钢不说话，只是沉默地扶着方向盘、茫然地望着前方，她的声音变得尖厉："你到底知不知道邹宇为什么要绑她？他没说，你不会问问啊！你怎么就……"

"不会有事的！哥说了，不会有事的，不会碰她一下，只是关她半天，等到傍晚就会把她放出去的。"李成钢肯定地说着，好似在安慰王丽娟，可他知道，他更是在安慰自己。

"不会有事的！不会有事的！没事，那干吗让咱们大老远跑燕郊来绑人家啊？"王丽娟瞪着眼睛嚷道。

见李成钢没有再像往常那样，只要她表现出对邹宇的半点不敬，就同她大吵大闹，王丽娟知道，李成钢此刻的心里一定也不是滋味。

她重重地靠回椅背上，看着前方，叹着气："钢子，咱们不能再这么干了！你欠他的情，咱们以后可以用别的方式慢慢还，这种事咱们不能再干了。"

…… ……

"门怎么开着？"一走近她和李成钢位于大兴的出租房门口，王丽娟看着敞了一条宽宽门缝的家门，转回头来对李成钢惊讶地问道。

李成钢此时已经抢在王丽娟之前走到了门前，发现门上并没有被撬过的痕迹，他皱着眉，嘟囔道："会不会昨夜走的时候你没把门关好？"

李成钢感受到王丽娟猛地推着他的肩膀，把他扒拉到了一边。

她冲进屋里，一边四处寻找，一边喊着："花丫头，妈妈回来了！花丫头！花丫头，你快出来！"

没有听见他们每次回来时必会从角落里传出的"喵喵"声，王丽娟转身，失魂地看着呆站在门口的李成钢。

这一晚，他们找遍了小区里的每一个角落，都没有看见花丫头的踪影。

"也许它明天自己就会回来了。上一次它跳窗跑掉，后来不也是自己找回来了吗，别担心了，会没事的！"

一整夜，李成钢不停用这样的话安慰泪流不止的王丽娟，可她只是伏在枕头上哭，却没有抬头回应他一句话。

李成钢知道她在怨他，他从没见过爱说爱笑的王丽娟伤心成这样，这让他十分难过。

次日一早，没睡上两个小时的李成钢被王丽娟从门口传来的尖叫声，惊得从床上蹦了下来。

他跑到门口，看见大敞四开的门和跌坐在门外地上、失魂落魄的王丽娟。

他知道事情不妙，顺手抄起放在门边的热水壶冲了出去。当他看到门外的景象，"嘭"的一声，热水壶落到了地上。

花丫头侧躺在离家门口不远的楼道里，嘴旁的地面上，有一块结成冰的红色血迹。

李成钢绕过瘫坐在地上的王丽娟，缓缓走到了黑白花猫的身边，他看见居委会安置在墙角里、用来投放鼠药的塑料盒子歪歪斜斜地倒在一旁，里面的毒鼠诱饵早已不见了踪影。

李成钢试图将花丫头抱起来，才发觉已经冻僵了的尸体像一块石头一样沉重冰冷。

花丫头的皮毛上再也没有了暖人心脾的柔软和温度，只剩下没有生命光泽的灰暗。

他知道，若不是前一天夜里他们匆匆赶去燕郊，准备在隔天早上绑走那个女孩，花丫头就不会从没关好的门里偷偷溜出去，在饥寒交迫之中误食鼠药，惨死在自家的门口。

他们将花丫头埋在了小区的花园里，王丽娟特意做了它最爱吃的红烧带鱼，放在微微隆起的土包上。

"钢子，你相信这世上有因果吗？不能再干了！"王丽娟用满含着眼泪的红肿眼睛，看着李成钢说道。

李成钢悔恨地点了点头，将她搂进了怀里，让她扶在他的肩头呜呜地哭泣。

掌中的手机不停地颤抖，把李成钢从三年前那段懊悔的回忆中拉了出来。他慌忙地按下接听键，对着话筒说道："喂，哥。"

"成钢，没有警察找过来吧？那辆出租车还给你哥们儿了吗？一切都还好吧？"邹宇关切的声音从另一头传来。

李成钢知道邹宇指的是两天前，天津大雨瓢泼那日，他帮邹宇搞来的那辆出租车。

当天早上八点半左右，他接到了邹宇的突然来电，要他去帮忙弄一辆套牌车来。想起了三年前冬至那天的事，李成钢下意识地问他，是否还是要面包车？可邹宇这一次却给他出了一个更大的难题。

"不！这次要出租车。如果不能套牌，就临时弄个假牌子也行，只要别在事后给这辆车的车主添麻烦就行！

"这次的事儿有点着急。我必须在十一点之前把这辆车开到丽思卡尔顿酒店去，你搞到后咱们就在那附近见吧。

"我现在正在赶往北京南站的路上，会坐最近一班的动车到天津。"邹宇在电话里说道。

后来下午的时候，邹宇把出租车还给了李成钢，匆匆嘱咐了他几句，便又急忙赶回北京。

就像那个名贵的打火机，还有那个在燕郊被绑的女人一样，李成钢明白，自己永远也不会知道邹宇拿这辆出租车做过什么，为什么要这样做。

他没把这件事告诉给王丽娟，连邹宇曾经来过他也没敢说。

也许是过了良久，都没有等到李成钢的回答，邹宇担心的声音从电话里传了出来："喂，成钢，能听见吗？"

"啊，能，能听见。没事，警察没找来，车已经还回去了，都挺好的。"

李成钢故作平静地在电话里答道。

"嗯，那就好。"

听出邹宇就要挂断电话，李成钢连忙喊道："哥……"

"怎么了成钢，还有什么事吗？"

"啊，嗯，没事，我就是想起来你上回走得匆忙，咱哥俩好久没在一块儿喝酒了。"李成钢支吾着，最终还是没把想问的话说出口。

"是啊。好久没在一块儿喝两口了，等我下次去，一并补上吧！"

"哥，等等！"听出邹宇又要挂断电话，李成钢又叫住了他。

这一次，邹宇没再说话，而是静静地等着李成钢继续说下去。

就这样，已接通的电话，好一阵子都只有两个男人互相倾听的沉重呼吸声。

之后，还是李成钢打破了沉默，"哥，你多保重！"他犹豫再三，最后发自真心地说道。

"嗯，放心吧。你也是。"邹宇顿了顿，又说道，"成钢，以后哥有事儿，不会再找你了，你也是快当爹的人了，不能再让你为我冒那样的险……"

"哥，你说什么呢！我不是那意思，我……"李成钢打断了邹宇的话，焦急地说道。

"别说了，你对我的情谊我都知道。但这是最后一次了，不会再有了。

"就这样吧，等下回我去天津，咱哥俩一定得从天黑喝到天亮，不喝到提不上裤子谁都不许回家。"邹宇最后故作轻松，笑着说道。

"喂！哥！喂！"李成钢不甘心地想再说些什么，却发现邹宇已挂断电话。

他想再拨回去，这时身后的玻璃门被人推开。

王丽娟穿着咖啡色的长款风衣走了进来，坚挺的肚子使她只能敞怀穿着这件时装款风衣，让腰身略显粗壮，可唇上如烈焰一般的红色和精致的妆容令她看起来还是那么漂亮，魅力十足。

"哟，跟谁打电话呢这是？"只看了一眼李成钢脸上的表情，她便怪声怪气地问道。

"我能跟谁打电话，广告！骚扰电话！跟我磨叽了半天，让我做信用贷款，还一个劲儿劝我利息特别低什么的。我一听，这是惦记坑我呀！就给挂了。"李成钢笑嘻嘻地说着，看见王丽娟胳膊上的挎包，便打算伸手去接。

今天上午若不是店里忙，他本该陪她一起去做产检的。现在看来，王丽娟从医院回来，还没来得及到对面的中医按摩店里看看员工们有没有偷懒，就直接来了"钢钢达"。

王丽娟胳膊往后一闪，躲开了李成钢伸过来的手，接着她伸出一只手来对李成钢说道："拿来！"

"什么？"

"手机！别装傻！"王丽娟说着，嘟起了嘴。

李成钢无奈地把脸侧向一边，从裤兜里掏出手机，拍到王丽娟的手心里，"看！看！让你看个够！"他嘴上这样说着，心里却在打鼓。

王丽娟熟练地按下手机密码，将屏幕解锁，翻出了通话记录里的号码，"北京的？骚扰电话？我不信，我得打回去问问！"她说着就把手机举到了耳边。

"问！问！好好问问！问问他们为什么总给我打电话？你爷们儿我就这么像缺钱的人吗？快替我好好骂骂他们！"李成钢说着，从桌上的烟盒里抽出一支香烟点上，以掩饰头皮里即将流下来的汗水。

王丽娟突然把电话从耳边拿了下来，将漆黑的屏幕对着李成钢俏皮地摇了摇，转而哈哈地笑着说道："骗你的！量你也不敢还在北京养个骚狐狸精。"

说完，她将手机放到李成钢的老板桌上，转身在对面的棕皮沙发上坐了下来，开始用手轻抚花丫头的头。

李成钢虚惊一场，从嘴里吐出长长的一口烟，对王丽娟正儿八经地问道："你今天产检做得怎么样？跟大夫问了吗？是男孩还是女孩？"

"问了，人家没告诉我。"王丽娟轻描淡写地说道，把花丫头抱到腿上。

"啥？你没给人家红包呀？你不是说跟那B超大夫挺聊得来的吗？咳咳……"李成钢被一口烟呛到，猛咳了两声。

"哎呀，现在医院里不让收红包了！人家大夫不敢说，你叫我咋整？"王丽娟不紧不慢地说完，抬眼偷偷瞄向陷入沉思的李成钢。

"算了，不着急了！男的女的能咋的，都是咱俩的孩子。反正俩月之后我们爷俩就见着面了。"

李成钢说完，手一挥，扇走了眼前的烟，想起王丽娟还在这儿，他赶忙将没抽完的半支烟按到烟灰缸里熄灭，又跑到玻璃门前，想把门打开，换换空气。

这时他听见王丽娟说道："呦，这就放弃啦！人家没告诉我是男孩女孩，但大夫说了，跟我不一样。"

李成钢猛地转回头来："啥？跟你不一样！啥意思？"

看着丈夫紧张的模样，王丽娟轻笑着白了他一眼："呆瓜，跟我不一样，就是跟你一样呗！"

"跟我一样？"李成钢琢磨着妻子话里的意思，突然他眼前一亮，瞪大了眼睛，"男孩！跟我一样，那就是男孩！对吧？"

见王丽娟笑着点了点头，他激动地冲了过去，想要将她抱起，但是一看到妻子圆滚滚的肚子便及时停了下来，转而将王丽娟腿上的花丫头抱了起来："儿子！我有儿子了！花丫头，你马上就有弟弟了，哈哈哈哈哈哈……"

李成钢举着花丫头在空中旋转，像得了失心疯似的"哈哈"大笑，自言自语着。

第七章
情人

◇ 一 ◇

二〇一九年，夏。

齐耳的短发像待放的花苞，包裹住她尖尖的下颚。为今日的团建活动，她化了很淡的妆，却藏不住她眉眼间不加粉饰的妩媚。

"白洁，白洁！"

听见身后有人在喊自己，她加快了下山的脚步，身着白色T恤、深蓝色束脚运动裤、浅粉色运动鞋的身影，在香山的石阶上灵巧地移动着。

因为未曾生育，三十六岁的白洁身材依然苗条挺拔。从身后望去，宛若黄昏时分在林子里穿梭，着急回家的少女。

感受到肩膀被人重重地拍了一下，她佯装惊讶地转过头去，"哎呀，亲爱的，你吓了我一跳！"白洁故意瞪大了眼睛，看着身后气喘吁吁的来人说道。

"我说你听什么呢？都追了你半天了，你也听不见，累死我了！"人力资源部的总监艾佳，两手掐着腰，弓着身子，上气不接下气地抱怨着。

白洁从耳朵里抠出了苹果蓝牙耳机，塞进了充电盒里："可能是耳机音量太大了，我真一点儿也没听到。"

"行啊，你一会儿怎么回去？要不，跟我一块儿坐公司大巴得了！"艾佳直起腰来，气终于喘匀了一些，手却还按在起伏不定的胸口上。

艾佳与白洁一样，穿着印有公司Logo的白T恤，可正值哺乳期，鼓胀的乳房和滚圆的身材使这件T恤费力地绷在她突出的小腹上，看起来好似短了一截。

"我不去坐大巴了,今天车又不停公司,跟大巴回去怪耽误时间的,还不如直接坐地铁回家呢!"白洁飞快地在脑中搜索着拒绝艾佳的借口,继续往山下走,想快点甩开她。

"那行,那我跟你一块儿坐地铁去!"艾佳紧随其后,也跟了下去。

"别呀,你家二宝还等着你回去喂奶呢!你跟我坐地铁还得来回换乘,不如你直接坐公司大巴快。"

"没事儿,我跟你一块坐地铁,咱俩路上还能说说话。而且我也不想那么早回家。一回去,老大就吵着要我带她下楼玩,一会儿也不得安宁。我这算给自己找个借口,躲会儿清静。就这么定了,咱俩一块儿坐地铁去!"

见艾佳执意如此,白洁只能勉强地笑了笑。

如果可以选择,白洁一定不会在公司里选艾佳做自己最好的朋友。

艾佳与白洁同岁,却已是两个孩子的母亲。她没有业余爱好,也不关注流行服饰,除了偶尔谈论哪部电视剧好看,哪个小鲜肉明星又有了八卦新闻,艾佳的生活里只剩下婆媳矛盾和两个孩子吃喝拉撒那点儿事。

这些事儿往往令白洁一听就厌,但她却不得不像今天一样,冲艾佳勉强地笑一笑,然后等着艾佳自己说够了这个话题再结束。

身为市场部总监的白洁和艾佳都是东单快乐城商场里的中层领导。这个如汉堡心儿一样的位置,在职场的人际关系中难免会遭遇尴尬。

如果与自己部门的员工太过亲近,那么在日常的管理工作中,就会出现下属不服管理、恃宠生娇的情形;若频频与高层接近,又会被同阶层的同事排挤,还会招来下属们称其"唯上不唯下"的不满。

所以在公司里,白洁只能从与她同级别、同性别的同事中寻找朋友,就这样,艾佳便成了她唯一的选择。

白洁时常安慰自己,与人事部门搞好关系,终究是有好处的。无论是公司里的人事变动,还是同事们个人生活中的风吹草动,人力资源部总能掌握第一手的消息。

就像四年前,白洁被突然升职为部门副总监时,艾佳早已在三天前就率先恭喜过她了。这给白洁留下了充足的时间做准备,直到上级告知她被提拔时,她表现出了事先就已准备好的受宠若惊和感激不尽。

好坏参半,白洁也愿意与艾佳维持着这种塑料花式的友情。但此刻,她却觉得艾佳格外讨人厌,碍事儿又碍眼。

忽然,白洁的手机在裤兜里振动了一下。她趁艾佳不注意,掏出来查看。

"一会儿在哪见呢?不用着急,我这里太堵,一时半会儿出不来。"

读完了置顶的微信,白洁想回却不敢回,因为艾佳又转过头来跟她说话了。

从香山脚下出来时,天已是半黑。停车场周围的路灯都亮了起来,一辆辆开了远光灯的小轿车纷纷从停车场里七拐八拐地驶向下山的斜坡路。远远地看去,就像是一窝倾巢出动的萤火虫,星星点点地铺满了蜿蜒的道路。

"还好听你的坐地铁去了,这要是坐公司大巴,还不知道哪辈子能从停车场里晃荡出来呢!"艾佳感叹道。

"是啊。"白洁心不在焉地附和着,眼神飘进远处的停车场里。

一路上惴惴不安,白洁跟着艾佳稀里糊涂地走上了大路,心里正盘算着要如何脱身,忽然一辆蓝色的宝马从她们身后驶了过来,停在了她俩的身边。

"小艾,小白,你们俩这是去哪儿啊?"

看清了说话的司机,艾佳立刻谄媚地笑了出来,随即答道:"孙总,您怎么才出来呀,我看您不是早下山了吗!我跟白洁正打算坐地铁回家呢。"

"欸,那正好,我开车捎你们回去吧,你们上来吧!"孙建新从车窗里探出头说道。

"那怎么合适呢?让领导送我们回家。今天是周末,本来路面上就堵车,再耽误您时间,我们可真过意不去了。"艾佳客气地说道。

"欸，顺路嘛！别说那么多了，快上来吧！"

艾佳这才主动拉开车门，让白洁先坐了进去，然后自己也上了车。

三人一路上谈论着这次香山团建中同事们的趣事。讲到充满活力的年轻员工时，孙建新对艾佳夸奖道："小艾，你们新招的这批员工，素质还是蛮不错的。

"今天做自我介绍时，我听他们大部分都是名校毕业，玩游戏时也表现得落落大方，会学还会玩，咱们项目就需要这样的人才。

"毕竟咱们快乐城，是定位于面向年轻消费群体的商业综合体，所以从各个方面都要把握住年轻人的脉搏，了解他们的喜好，才能吸引更多的年轻人来消费，成为整个王府井商圈潮流时尚的地标。

"这就需要我们的一线员工，绝大多数都得是有活力的年轻人。年轻人才最懂年轻人嘛，对不对？

"在人才储备这一点上，你们人力资源部做得很好！今天的活动也搞得不错，值得表扬！"

听到了领导的夸奖，艾佳显得很兴奋："谢谢孙总的鼓励！我们人力资源部是后勤部门，不如白洁她们这样的一线部门，为公司的营业额所做出的贡献多。

"不过我们一直都在竭尽全力，想办法靠公司的优势，吸引更多的优秀人才到一线去效力。

"您也知道，现在年轻人的心态浮躁，不再把咱们这种央企看成是铁饭碗，如果哪个猎头介绍了一个薪资待遇更好的公司，人家说走就走，毫不留情！

"所以我们一直绞尽脑汁地筹划一些像今天这样的团建活动，想靠团队温暖留住人才。

"但您也知道，这两年集团在搞整风运动，要求团建活动中必须杜绝吃、喝、抽奖等环节，这给我们的工作确实带来了不小的挑战啊！

"又得让员工们愿意积极参与，还得少花钱、不花钱，相当不容易啊！"

听出艾佳开始邀功诉苦,而白洁则一直默不作声,孙建新转换了话题:"欸,我听他们说,大家伙自发地一会儿要去KTV,你们俩怎么没去啊?"

"我倒是想去了,可家里还有两个孩子等着我回去照顾呢!那俩简直就是我的活祖宗,可怠慢不得啊!"

"哈哈,小艾,我记得你是两个女儿吧?多好!现在累是累点儿,但是孩子们一转眼就长大了,我是过来人,回头你就会特别想念她们这段小时候的时光了。"

听出艾佳又打算接话,孙建新这次直接点了白洁的名字:"不过小白呢?你怎么也不去啊?今天团建上你唱的那首邓丽君的《甜蜜蜜》真不错,平时一定总去唱歌吧?"

"她呀,她要去健身。白洁每天一下了班,就去健身房锻炼,风雨无阻,我可佩服她的毅力了。是吧,白洁?"高兴得忘了本的艾佳,又把话抢了过去。

发现艾佳用胳膊肘怼了下自己,白洁才开口说道:"哦,是,我一会儿得去健身,所以就不跟他们去了。"

说到这儿,白洁本该结束,但是从后视镜里看见孙建新得意的微笑,她便问道:"孙总您呢?您怎么不跟大伙一块儿去唱歌呀?"

听到白洁的问话,孙建新的笑容收了一些:"我吗?我得赶紧回家吃饭。今天是周末,每个周末妻子都会亲自下厨,我跟孩子们无论多忙,都得赶回去品尝她做的家宴。"孙建新的声音里透露着满足。

"哎呀!方婷老师竟然还会亲自做饭!孙总,我虽是个女人,但也太羡慕您了!"

"尤其是去年春晚,看见方婷老师在舞台上拉琴的样子,简直太美了!打那以后,我就给我们家大女儿报了小提琴班。"

"你说一个女人,怎么能优雅美丽成这个样子!孙总,我真是太羡慕您了!是吧,白洁?"艾佳眉飞色舞地说完,又看向白洁。

"嗯,我也羡慕她。"发现自己说错了话,白洁连忙改口,"啊不,

第七章 情人

199

我也羡慕孙总。"

知道艾佳并没有留意到她的慌张，白洁谨慎地瞥向孙建新，她看见孙建新正抿着嘴笑，笑得真诚。

车开到艾佳家附近时，白洁的电话正巧响了起来，她等艾佳下车跟孙建新道别离开后，才把电话接通。

是父亲打来的，问白洁明天休息，是否回家吃饭。

白洁自六岁起，由父亲独自抚养长大，与爸爸的感情极好。虽然缺少母爱，但如大海一般宽广深厚的父爱，却从未让她感受到亲情的缺失。

父亲像公主一样宠她。成年后，白洁收到的第一束花，是父亲送来的。那时父亲告诉她，一定要赶在那群臭小子之前，让她率先收到父亲送来的花。

此后若干年的情人节里，白洁每年都会捧着一束或是几束那个阶段的追求者们送来的鲜花回家。父亲每次都会把它们细心拆包，分装入瓶，然后摇着头，以花论人，告诉白洁哪束花的主人用了更多的心思在她身上。但总会不忘加上一句，这些花都不如他最初送的那一束好看。

那时，白洁还跟父亲住在老房子里。年轻时的白洁爱玩儿，经常唱K、泡吧、晚归。父亲担心她，总是在客厅里留一盏小灯伴着，直到看见她进门，才肯回屋去睡。

有时候，听说她只顾着玩儿，没吃晚饭，还会在深夜里亲自下厨，给她做上一碗既清淡又有营养的西红柿鸡蛋面当作夜宵。

父亲这样无微不至的照顾，让白洁的择偶标准与一般的女孩儿相比产生了偏移。

她不喜欢同龄的男孩儿，觉得他们既幼稚、又懒惰、还自私，她喜欢成熟的男人，他们体贴、勤奋、懂得包容。

所以，白洁与同龄的丈夫结婚只一年，就因为生活小事摩擦不断，最终无法互相容忍而协议离婚了。

为了有自己的私生活，白洁没有搬回老房子去住，而是在南三环买了一套小两居。

虽然此后她又交往了几任男朋友,但都不尽如人意,白洁更加深刻地理解到原来这世上再没有哪个男人能像父亲一样,对她一味地娇纵而没有半句怨言。

可是令白洁不理解的是,父亲这么好的男人,为什么母亲当初却偏偏不喜欢呢?

白洁对母亲的记忆停留在六岁那年的仲夏夜里。她记得,那一阵子干供销工作的父亲经常出差,而母亲则经常牙痛要去看牙医。

那天晚上,母亲带着白洁又去了家门口那家牙科诊所。她不清楚时间,印象中,只知道周围的店铺都已打烊,漆黑一片。

一进到诊所,消毒水混合着补牙材料的特殊味道,就让原本汗流不止的白洁感觉到瘆人的寒意。

母亲把白洁抱到了走廊尽头的小屋里,安抚她在电扇的吹拂中睡下。可不到半夜,她就被热醒了。

白洁缓缓爬下床,发现屋里一片漆黑。在通往治疗室的过道上,她听见母亲像是牙疼时才发出的痛苦呻吟。

寻着声音,她战战兢兢地走到了治疗室的门口,却看到了一幅她那时完全不懂的景象。

母亲赤裸地躺在上方悬着钻牙设备的椅子上,而牙医则脱得溜光,伏在母亲的身上不停地起伏。

后来,白洁把这晚所见当作奇特的经历讲给了父亲听,自那以后,她便再也没见过母亲。父亲告诉她,母亲嫌父亲不够好,所以离开他们永远不会回来了。

有那么一段时间,白洁时常会想念母亲,但日子久了,她便将那个整日爱数落父亲的女人渐渐淡忘,而永远留在她记忆里的则是母亲与牙医一起颤抖的画面。

发觉车子已经驶到自家小区的附近,白洁对电话里的父亲说道:"爸,我快到家了,今天是坐领导的车回来的,得跟领导说两句话,晚点再打给你。"

白洁挂断了电话,孙建新的车子正好也停在了路边。她推门下车,并没有直接朝家走去,而是绕过车头,来到副驾驶一侧,拉开了车门。

白洁一上车,孙建新就对她调笑道:"健身,原来你找的借口是'要去健身',啧啧,这么辛苦地训练你,也该把我这个私教的课时费结一下了吧?"

白洁不予理会,反倒是学着孙建新刚才的样子说道:"小白,那你呢?怎么也没跟他们一块儿去唱K呢?"

她看见孙建新依旧笑着,便用力白了他一眼,冷讽道:"演技不错啊!明知故问,我还能为什么没去!"

"不然呢?你要我怎么办?艾佳一直说个不停,而你一句话都没有。领导开车送你们回家,你却不把握机会谄媚领导,你也不怕艾佳怀疑你?话说回来,她怎么一直跟着你,没在山上就把她甩掉呢?"孙建新微微皱眉抱怨道。

"大不了就跟她一块儿坐地铁回家呗!再说了,甩掉又怎么样?就送我回家这么短的时间你还想做什么?不送也罢!"白洁毫不示弱,迎着孙建新的目光看了过去。

"要不是想着明天周末了,有两天都见不到你,我也不会从停车场出来就一路狂按喇叭,还沿着街边的步道一路冲到地铁站,就为了在你进站前接到你。"

听到孙建新的话,刚刚还盛气凌人的白洁一下子软了下来,缓缓垂下了眼睛。

这时,孙建新又对她问道:"你真的羡慕她?"

"谁?"

"方婷,你刚才说羡慕她。你是因为我刚刚跟艾佳说,必须要回家吃饭才不高兴的吧?"

"没有!今天是周五嘛,我当然知道你要回家吃她做的饭了。有什么稀奇的!我没有羡慕她,都说了那只是口误,我只是为了应付艾佳的话。"

白洁嘴上云淡风轻地说着,头却不自觉地歪向了一边,不想让孙建新看到她脸上真实的表情。

"过来!"

听到孙建新不容置喙的声音,白洁将头转了回来。

发现他的眼神越发深邃,她知道再这样别扭下去也是无用的挣扎。于是,她将头靠在了他的肩上,可还没等她靠实,孙建新便已吻了下来。

他的吻极具侵略性,令她感觉无法喘息,但她还是不自觉地揽住了他的脖子,让他吻得更加深入。

她想被他全部霸占。

带着情欲的热火灼烧着彼此的耳根,让他们的呼吸越来越重。

靠着最后一点理智,白洁轻轻推开了孙建新。她翻开他白衬衣上的领子仔细查看,怕上面蹭到了她脸上的妆粉。

"好啦,快回家吧!听话!"白洁温柔地用手指擦去孙建新嘴角上蹭到的口红印,又一次说出了违心的话。

就在这时,孙建新像被她手指电到了似的,猛地往后一仰,躲开了她:"有人在拍咱们!我看见闪光灯了!"

"不、不会吧!也许只是有车经过打开了大灯。去年有一次你也说有人在偷拍咱们,最后不也是没看到人吗?别疑神疑鬼的了!"白洁嘴上虽这么说着,但眼睛却还紧张地向车窗外不住地张望。

"不对!这回肯定有人,我刚刚……是他!"

孙建新说着,突然推开车门冲下了车。他几步追上前面人行道上的年轻男子,想夺过他左手举着的手机。却没承想,那男人左手的力气极大,反应极快,他一甩手,差点让孙建新摔了个趔趄。

"干什么你?"留着板寸的年轻男子,转过头来对孙建新怒目而视。

"你是谁?谁让你来拍我的?"孙建新丝毫不惧,又冲上去想要抢夺男人的手机。

可还没等孙建新靠近,男人却意外地举着手机翻转了过来,让屏幕对着孙建新的脸："谁拍你了，我给朋友发微信呢，你有病吧！"

孙建新这才及时止住了脚步，他看见手机屏幕确实停留在微信聊天的界面，上面有一张照片，是他的车旁边的火锅店。

"看见了吧！没拍你吧！神经病！"

单眼皮，鼻梁宽阔，眼神像溪水一样清澈的男人说着已将手机换到了右手，举到嘴前，用手指按着屏幕对话筒说道："刚才没说完就遇上了个神经病，就这家火锅店，你们到了先进去，我到前面看看有没有卖烟的。"

孙建新懵懵懂懂地站在原地，看着男人大步流星的背影。再回过头来时，发现白洁已经下了车，正站在车边忐忑不安地望着他。

◇ 二 ◇

周一清晨，白洁坐电梯来到小区地下车库，她在自己白色的路虎四周绕了一圈，才打开车门上车。

一个月前的那件事让她至今心有余悸，也是从那以后，她养成了开车前仔细检查的习惯。

那时白洁还将车停在小区附近的小路上，因为那里没有摄像头拍照，也没有交通协管员来贴条，既离小区后门更近，还可以省去停车位的租金。这让那条小路上的车位总是十分抢手。

不过作为公共路面，车主们靠先来后到占车位，一直也没人敢宣称哪个是自己的专属车位。

然而，一天早上，白洁规规矩矩停在小路上的车，不知被谁用砖头砸碎了驾驶位一侧的玻璃。

裂成丝网状的钢化玻璃虽没有散落一地，却被人砸碎后整块扯下，扔在车门外。

驾驶座上放着一块缺了一角儿的长方形红砖，下面压着一张白纸，歪歪扭扭地写着："再敢占用别人车位，就不只砸你的玻璃了！"

虽然不明白自己占了谁的车位，但白洁也不敢再将车停在那条小路上了。

她曾想过报警，但是考虑到车内并没有财物丢失，小路上也没装摄像头，估计这种单纯因争抢车位而引发的报复事件，警察也懒得调查出个所以然来。

这样一想，白洁只好自认倒霉，开着车去 4S 店换了一块玻璃了事。

车刚开上长安街，手机便在方向盘旁振动个不停，白洁划开界面接听，是艾佳。

"亲爱的，你到哪儿啦？"

"刚上长安街，怎么了？"

"那有二十分钟就能到单位了吧？我今天出来得早，已经在这儿了，等你到了，咱俩一块去星巴克吃早餐怎么样？"

"哦，这样啊，你自己去吧。你知道我从来不吃早餐的。"

"原先不吃也可以改一改吗！再说了，不吃早餐可不是一个好习惯！像咱们这个年龄的女人，身体透支得已经很严重了，再不吃早餐，很容易老的！"

"不了，还是你自己去吧！我早上一般没胃口，去了也吃不下。"

怕艾佳还要就吃早餐的话题劝个没完，白洁转而问道，"我说亲爱的，上回跟你说这周去看演唱会的事儿，你考虑得怎么样了？"

"我的天啊！你不会真的打算去看谭咏麟的演唱会吧？我还以为你说着玩呢！你要去看刘德华的我都能陪你，毕竟小时候喜欢过他一阵儿，也是一波回忆杀。可谭咏麟他也太老了吧！今年还不得……"艾佳在心里盘算着，却说不出来准确的数字来。

"六十九了，谭校长是一九五〇年生人，到今年二〇一九年，正好六十九了。"

"快七十了，还开演唱会呢！大爷太敬业了！令人佩服！不过我真没听过他什么歌，连一首名字都叫不出来。算了，你还是自己去吧！"

"那好吧！看来只能我自己去了。先不说了啊，我这儿路况不太好。

前面堵得厉害，大家都玩命并道呢，等到单位了咱俩再聊！"

挂断了艾佳的电话，白洁心里难免有些小失望。从少女时代起，相比那些油头粉面的奶油小生，她更喜欢眼神深邃、专注的谭咏麟，所以这周六的演唱会她是一定要去看的。

一个人去看演唱会，就像一个人的旅行，总有种凄然感，虽然艾佳并不是白洁的首选，但也总比没人陪她要好。而现在看来，她注定要孤家寡人地去看这场期盼已久的演唱会了。

白洁想过要不要去问问孙建新，但是这个念头在脑海中一起，又立刻被她否定了，"星期六，他怎么可能抽得出身来！算了，不要招他烦了！"她在心里幽幽地对自己说道。

一愣神儿，与前方车辆的空当被旁边车道上的红色轿车钻了进来，她赶忙踩下了刹车。"讨厌！抢什么抢！"她在车里愤愤地骂道。

八点整，在公司的地下车场里停好车，白洁从后座上拿下做早餐用的食材，面包、火腿、西红柿、生菜，朝快乐城酒店地下入口走去。

这座位于王府井商圈，由商场、写字楼、酒店所组成的快乐城商业综合体，是集团十年前花巨资在商业地产板块上打造的地标项目。

四年前，孙建新自降职级，从集团下调到项目公司执掌快乐城，对外宣称他明年满六十岁之际将在此退休。可公司里的所有人都知道，孙建新下调快乐城之意并非如此。

他是想在一线项目中创造业绩，作为明年达到退休年龄后被集团再度返聘的资历。

就像所有想要升职进入集团高层的项目经理，必须要到北京以外的异地项目打拼几年才能顺利晋升一样，孙建新的调职返聘之路，也是集团高层人事变动中不成文的规定。

坐电梯从地下四层直升到了酒店的顶层，白洁走到一七〇一门前，将食指伸进了纹锁里，门"咔嗒"一声打开了。

在门口并排摆着的红蓝两双拖鞋旁，换上了红色的那双，白洁径直走进屋里，打开餐桌旁的冰箱门，把手中今日用不到的食材悉数放了进去。

这间深藏在快乐城酒店顶层的一七〇一房间,是孙建新和白洁某种意义上的"家"。

这里不像酒店里的其他房间,只要使用房卡就能进入,这儿的门上改装了一把电子锁,只有孙建新和白洁两个人的指纹才能将它打开。

房间的浴室里没有酒店提供的一次性洗漱用品,而是在置物架上分别挂着属于他们两人的蓝色、粉色浴巾。

镜面柜里摆着白洁为他们俩采购的洗漱以及护肤用品。

在洗手盆侧面的墙砖上,挂着两个用来存放牙刷的塑料小盒,其中印有卡通老虎头形状的是属于孙建新的,而旁边那个露着一对白牙的可爱兔头的则是白洁的。

负责酒店运营的经理是孙建新从集团带过来的亲信,虽然知道孙建新和白洁的事,但是绝对会做到守口如瓶。一七〇一房间的改造也是在这位经理的张罗下进行的。

因为处于酒店内,无法使用燃气炉灶,但是这里设有可做简单烹饪的电磁炉和微波烤箱。

屋内的装潢也跟酒店里的其他房间不同,采用了白洁所偏爱的美式田园风格。油绿色的壁纸配以深咖啡色的地板,四周墙壁上挂着的黑色木质画框中,放的是孙建新喜欢的风景油画。

红黄咖三色相间的粗格子窗帘,遮蔽住顶层刺眼的阳光,让屋内显得恬静而朦胧,同时也遮盖了这闹世中的喧嚣,让此处俨然成了商圈里的世外桃源。

咖啡壶"咕嘟,咕嘟"地开始冒出热气,白洁在案板上制作起了三明治。孙建新曾说过最喜欢她做的三明治,比外面那些咖啡厅里做的都要好吃。

她将吐司去边,放在最底层,又在上面放上火腿和生菜,捞出锅里的水煮蛋剥壳碾碎,混合着蛋黄酱抹在了第二层面包上,又加了火腿和西红柿片,才盖上最后一层面包。从中间对角切开,分装到两个土黄色的瓷盘里,端着它们来到了餐桌边。

正想回去拿咖啡，白洁瞥见双人床上放着一个巨大的咖啡色购物袋。她记得团建前一晚与孙建新一起离开一七〇一时，床上还是空落落的，难道是他又特意回来放在这里的？

心生好奇，白洁朝床边走了过去。

伴随着从纸袋里取物的"哗啦"声，最新款的GUCCI小羊皮包出现在白洁的眼前。她会心一笑，没有背在肩上试试，便将它放进了床对面装满奢侈品的衣柜里。

白洁并不在乎孙建新送来的东西有多昂贵，也许最初他们在一起的那个阶段，她还会为收到这些礼物而感到兴奋，但现在，她更在乎他在她身上用了多少心思。

白洁对金钱的欲望依然强烈，但她却不需要孙建新的赠予。

四年前，当孙建新调到快乐城当总经理时，白洁已在快乐城工作了八年，但还只是市场部里一个高级经理。

孙建新给白洁的第一印象是严肃而冷漠的。

在与市场部同事的首次见面会时，孙建新全程没有给过大家一个笑脸，这让现场的气氛异常紧张。

同事们在自我介绍时，声音也变得一个比一个小，连平日里最爱口无遮拦、一口南城京腔的侯坤，也开始用蚊子叫似的普通话，认认真真地盘点起自己的工作。

当时，同事们私下讨论，认为孙建新一直耷拉着脸，给大家一副冷面孔，是因为时任市场部总监的程苏浪着装不够得体。

程苏浪身高刚一米七，体重却两百多斤，这成了他买不到合适西装和衬衫的借口。

前任总经理原是集团的财务总监，赶上央企整风，靠帮人改出了好看的账面，才得以高升到快乐城。但他对一线业务知之甚少，程苏浪便依靠油嘴滑舌和从业经验，博得了前任总经理的赏识。

公司的人事管理本就是多重标准，见风使舵。所以程苏浪就成了快乐城员工里的特例，可以穿短裤 T 恤来上班。

而一直在集团身居高位的孙建新，则对程苏浪这一套并不买账。他认为肥得汗里流油的程苏浪，浑身上下都散发着一股贪腐的臭味。

当然，孙建新这以貌取人也并非毫无道理。公司每年拨给市场部的推广预算有两千多万，谁都知道，控制着这笔钱花法的"市场总监"是一个肥差。

程苏浪与供应商拜把子、交朋友，借机收受回扣、中饱私囊的传闻，那时早已在公司里传得沸沸扬扬。

孙建新上任后的第一件事，便是废掉了程苏浪，换而提拔白洁做了市场部的副总监，执掌部门里的实际工作。

虽然程苏浪还是名义上的总监，但实权已被架空。凡是他提议的推广活动，孙建新统统不批，只有白洁递上来的策划案，孙建新才允许财务拨款，配合落实。

人事变动一直是公司里人情变动的风向标，皇上跟前的红人，谁都上赶着结交；被打入冷宫的后妃，人人唯恐避之不及。

在硬扛了一段难挨的日子之后，程苏浪被迫辞职，白洁也顺利地晋升为市场部的总监。

这场"废程立白"的事件发生得很突然，白洁记得孙建新只是让秘书将她叫到了总经理办公室，与她谈了一小时关于快乐城市场工作的想法后，便在下一周的公司例会上，正式提拔了她。

白洁懵懵懂懂地接过公司里最容易捞钱的差事，又稀里糊涂地被扶正，大脑中时常一片空白，但在她心里，却从没忘记过要感激孙建新。

白洁新官上任三把火，清理掉程苏浪遗留下来的供应商，还重新严肃了市场部的工作纪律，启用新晋员工作为部门里的中坚力量，屡屡做出花钱少、影响大的推广活动来，没有辜负孙建新的期望，给他交上了一份满意的答卷。

直到那时，她与孙建新的关系也仅仅是上下级间的同事关系。孙建新从没表现出对她动过歪脑筋，而白洁也深知孙建新的家世，未对他有过非分之想。

但白洁不得不承认,她被孙建新深深吸引,一方面是源于知遇之恩,另一方面是孙建新儒雅的外表和翩翩风度,更何况,有权力的男人本身就有魅力。

于是,在一次与孙建新参加完商务应酬的晚上,因为孙建新的司机请假,白洁开车将酒醉的孙建新送回酒店一七〇一室休息。

她将他扶到那时还铺着酒店统一的白色床单的大床上,正想转身去给他倒杯热水,却被他一把扯进了怀里。

从此,一七〇一就成了白洁和孙建新的"家",而那张白色的床单如今也变成了十分有生活气息的咖啡色。

拾起掉在咖啡色床单上的黄色便签,白洁看到了孙建新留在上面的字:"小白兔,送你一个新款的小背篓,记得要在里面装满胡萝卜!爱你的老虎哥哥。"

看到"老虎哥哥"的落款,白洁"扑哧"一声笑了出来,这是她给孙建新起的昵称,用来夸奖他在床上的勇猛表现。

不过有一次发生的事,却令白洁至今无法释怀。

那次孙建新伏在她身上,在她耳边含含糊糊地叫出了另一个女人的名字。

白洁很确定,他喊的不是方婷,但也更确定,他喊的不是自己。

"你说的是什么?"巨大的屈辱感瞬间袭来,白洁松开了搂着他脖子的手,忍不住皱眉问道。

"我说,爱你啊!"孙建新从她身上翻身下来,依然喘息着答道。但他却没有像往常一样,将她拉进怀里,再温存一会儿,而是直直地坐到了床边。

"不对!你喊了一个名字,她是谁?"白洁的眼圈发红,委屈又羞耻地拉扯着脚边的被子盖到身上。

"哪有的事,你听错了,我去洗澡了!"孙建新说着,已经起身走向浴室。

这期间他从未回头直视过白洁，这让白洁更加确信她先前听到的没错。

虽然之后没再发生过那样的事，她也留心观察，孙建新再没其他女人，但每每想起，白洁心里还是感觉很不痛快。可若再就这件事追问下去，白洁知道，结局只会不欢而散。

就像香山团建的那个晚上，孙建新问她"是不是羡慕方婷"时，她绝不能回答说"是"。

这就是她与孙建新之间的那层"窗户纸"，一旦捅破，就不得不去面对，结果注定支离破碎。

白洁不是没想过要从方婷手里把孙建新夺过来，她对孙建新的感情是复杂的，并非只觊觎他手中的权势和金钱，还有很多真真正正的欣赏和爱恋，这令白洁渴望嫁给他，与他执手偕老，而不只做他随时可能一拍两散的情人。

可孙建新却不像那些出轨的普通男人，总在情人面前数落老婆的不是。他很少提到方婷，即便偶尔提起，也带着真诚的笑意，仿佛方婷是他心中一块神圣的领地，是他完美的妻子。

这也令白洁清楚明白，孙建新是无论如何也不会离开方婷的。他不许白洁对他们这种关系抱有丝毫幻想，如果她不能做到这一点，那么孙建新就会立即结束这段感情。

渐渐地，白洁也接受了这样的现实，但对孙建新日益加深的依恋又让她产生了一个新的想法，她要给孙建新生个儿子。

虽然孙建新从未说过方婷的不是，却时常在白洁面前数落他那个儿子。白洁觉得，如果方婷不能给他生一个好儿子，那自己为什么不行呢？

她要给孙建新生一个令他满意的儿子，这样等到他退休之后，也许就不会再顾及流言蜚语，而选择和她们母子在一起了。即便孙建新不这样选择，她相信他也会妥善安置她和孩子，这样他便永远不会离开她了。

抱着这样的计划，白洁开始服用叶酸，积极备孕。她在等待时机，相信她与孙建新之间总会有机会制造出"意外"来，那么一切就都顺理成章了。

想到这儿，白洁走到橱柜旁，打开柜门，拿出一个绿色的瓶子，里面的叶酸快吃完了，她打算一会儿就去买。

听到门口的电子锁"咔哒"响了起来，她慌忙捋了捋头发，带着甜甜的微笑看向门口，和这间屋子一样，在每一个工作日的早晨，迎接那个男人的到来。

◇ 三 ◇

上午十点，白洁正伏在办公桌上仔细核对供应商 PonyBaby 发过来的报价方案。

虽然现在才七月初，但每年快乐城商场正门前的圣诞、新年装饰，都是王府井商圈的重头戏，十分受区领导的重视。为此，市场部一年两千多万的预算中，至少有三四百万会花在年底的景观搭建上。

近些年，集团对这笔开销审核得越来越严，要求项目公司必须找三家以上的供应商，进行公开招投标，综合评比分数，最后再开标决定中标公司。

即便如此，到项目公司执行时，依然有办法应对。

只要提前与内定的供应商谈好，让他们提供另外两家陪标的公司，进行所谓的"公开招标"，制作好供审计查不出漏洞的投标文件，一切就还跟原来一样。

PonyBaby 就是今年白洁所选的内定供应商。其实自打她上任以来，近三年的景观搭建都是由一家名叫"柯兆华"的香港设计公司完成的，与其早已建立了十分牢固的合作关系。

"柯兆华"的老板慷慨大方，重承诺，守信用，许给白洁的利益全部以现金形式兑付，未曾少过一分，原则上白洁是不会冒险更换供应商的。

但今年这家横空出世名叫 PonyBaby 的供应商，给白洁的诱惑实在太大，以 30% 的合同额作为回扣，那也就意味着，只要孙建新批了这个方案，仅仅过个圣诞节，白洁就能收到一百多万。

何况白洁根本不用担心孙建新不会签批，虽然他们从未就收受回扣的问题进行过讨论，但是大家早已心照不宣，这也是孙建新从不以金钱形式向白洁表达爱意的原因，白洁可以自己挣，只要他孙建新签个字就行。

余光瞥见办公室的磨砂玻璃门被人悄悄推开了一个缝，白洁就已猜到来人是谁了。

她将手中的钢笔扣上笔帽，抬头对着门口说道："进来吧！"然后，就看见了侯坤瘦得像被刀削过的嬉皮笑脸。

"没忙着吧？你要是有事，我待会儿再来也成。"侯坤嘴上虽这样说着，屁股却已很自然地坐到了白洁办公桌对面的椅子上。

"没事儿，你说吧。"白洁开始整理桌面上 PonyBaby 的报价单，因为她发现侯坤的眼睛像苍蝇见到了屎似的，围着那堆文件转个不停。

侯坤悠闲地伸手拿起白洁放在桌上的钢笔，在眼前晃了晃："哟，你这钢笔不错呀！LAMY 家的。他家特黑，一支圆珠笔就一百多。这钢笔还不得上千！蓝色的？也不适合你呀！我觉得要是你自己买，肯定得买粉的……"说到这儿，他半眯着眼睛，从眼角看向白洁，像发现了她的大秘密似的问道，"商户送的吧？"

"甭胡说八道！我自己买的！都多大岁数了还用粉的？我就不兴变成熟啊？"白洁探身一把将钢笔夺了回来，半严肃地说道。

她心中已有愠怒，却还得在侯坤面前忍着。四年前，白洁突然被提拔之前，与侯坤的职级相当，都是市场部里工作了八九年的老员工。

程苏浪离职后，曾经他手下的亲信要么被挤对走，要么自己离开，只有侯坤还一直赖在这儿不走。

因为侯坤学历低，又是靠关系才进到快乐城工作的，论能力，除了会溜须拍马，一无是处。

但考虑到侯坤人贱嘴杂，父亲还是集团某领导的老战友，白洁便也拿他毫无办法。

可是有侯坤在，她的处境难免尴尬。其他下属都会尊称她为"白总"，唯有侯坤还叫她白洁。他故意与其他人不同，进她的办公室从不敲门，就是要提醒白洁，他从没把她视作真正意义上的领导。

"快说吧，有什么事儿？"白洁变得有点儿不耐烦。

"嘿嘿，我想请两天假！"侯坤说着，拿起白洁桌上的塑料瓶，从里面倒出一粒樱桃味的口香糖，扔进嘴里。

"又要去爬山？你都晒这么黑了，气管又不好，就别玩命了！"听出他只是想请假，白洁倒感觉轻松不少，于是对他打趣道。

"咳咳，我这支气管炎啊，就是在山上冻的，但你说，哪个户外爱好者身上没点毛病啊？

"玩户外，膝盖不伤残，肺子不难受，那都不叫真玩儿，就是纯为发照片嘚瑟呢！

"我这次要去四川藏区的四姑娘山，景色特别美！要不，你也休几天，跟我一块儿去得了。到那儿转转经轮、绕绕佛塔，洗涤洗涤心灵。"侯坤坐直了身子，看起来十分真诚地向白洁发出了邀请。

"得了吧！我这儿还一大堆事儿呢！哪像你这么悠闲！行啊，把工作安排好，别耽误事儿就行！你从钉钉上发起申请吧，我待会儿给你批了。"

"你呀！就是让孙建新那孙子给压榨的，都不懂生活了。话说，他吃肉也不说给手下人留点汤喝，这内外审计时不时就跑来查合同。搞得我们这工作量无缘无故地增加了好几倍！"

"什么吃肉、喝汤的，你可别胡说八道啊！这要让审计听着，不是给老板找麻烦吗！再说了，审计也不是老板找来的，那是上级公司派下来对咱们日常工作进行纠察审核的。你要是没问题，抱怨什么啊？"

"得得得，孙建新是你老板，他可不是我老板。你没听新闻里报道啊？央企整风，不兴再管领导叫老板，你呀……"侯坤正头头是道地说着，却被突如其来的敲门声打断。

听到白洁喊"进来"，他跟她一块儿看向正在被推开的玻璃门。

"白总，孙总请您到办公室去一趟。"孙建新的秘书站在门口，探身说道。

"哦,好的,知道了。我一会儿就过去。"说完,发现秘书还站在那里,白洁又问道,"怎么了?"

秘书看了侯坤一眼,显得有些犹豫,最后还是说道:"孙总让您现在就过去,有重要的事情要说。"

"哦,好!"白洁马上从椅子上站了起来,将玻璃门拉开,即将要走出门口时,她回头看了一眼还坐在椅子上纹丝不动的侯坤。侯坤这才知趣地起身,走了出去。

将办公室门关好,白洁便跟着秘书,匆匆朝孙建新的总经理办公室走去。

站在孙建新办公室的门口,白洁在门上敲了两下。听到门内的声音,她旋转门把手,推门走了进去。

孙建新气派的办公桌对面,深棕色的真皮沙发上,坐着一男一女,她从未见过的两个人。

见此情景,白洁没有像以往一样在侧面的沙发上坐下来,而是规规矩矩地站在门口没动。

这时她听见孙建新对她说道:"白洁,进来坐吧!这两位是集团纪检办的同事,他们收到了一项关于咱们公司员工收受贿赂的举报,所以过来调查。你知道什么,直截了当地跟这两位同事讲就行了。"

原本听到孙建新的召唤已经走过来正打算坐下的白洁,一下子愣在了那里,她像没听到孙建新的介绍似的,完全不看沙发上的男女,而是目不转睛地盯着孙建新,那眼神既像是在求助,又充满疑问。

她脑中飞快回忆着,近来与她有往来的供应商,从媒体投放到喷绘制作,再到活动搭建,好似哪一个都不可能,也不应该把他们之间的利益牵扯举报出去,那么究竟是哪个环节出了问题呢?

她感觉胸口有把铁锤在敲,喉咙有一团火在烧,后背上更是有一只毛茸茸的手在不停地爬动,令冷汗一股股地从背上已经竖起的汗毛中涌到了一起,汇聚成缕,顺着脊椎滑到了腰间。

见白洁这副模样，孙建新忍不住皱起了眉，他几次使眼色让白洁坐下，可白洁就像没看懂似的，只是无助地望着他。

"小白！纪检的同事接到咱们商场里 UpSport 品牌的举报，说你部门里的侯坤在租赁活动场地给该商户时，向其索要一万五千元的活动报批费用，还说不能写在合同里，也不能开发票，这笔费用是什么钱，你知道吗？"

这些本该是由纪检人员问出来的话，现在只得由孙建新亲自讲了出来，他需要让白洁明白，这两个人并不是冲她来的。

白洁这才恍然大悟。她刚刚还在吃惊，为什么纪检来人孙建新没有事先通知她，难道是想跟她撇清关系、划清界限，进而保全他自己？现在看来，完全是她误会了。

白洁慌忙转过身来，面向沙发上表情早已变得耐人寻味的男女说道："报批费用是向负责审批聚众活动的各政府部门提交材料的代办费用，不过公司早在几年前就不再收取了，都是由商户自行联系代办公司去办理，会不会是搞错了呀？"

"白总，您先坐下，别着急，咱们慢慢说。"沙发上的男人笑了笑，对白洁说道。

白洁这才意识到自己刚才的失态，勉强回了个笑脸，在沙发上安稳地坐了下来。

"商户举报说，侯坤不但索要了这笔报批费用，还去商户店里拿了一双价值三千多元的户外登山运动鞋，并以此答应商户，给他们安排七月暑期档，在商场大堂进行展卖活动。

"可后来他又告诉商户，活动场地被其他活动排满了，只能等到明年再安排，所以人家 UpSport 的老板气不过，才跑来举报的。这事儿说得有板有眼，不知道白总您怎么看？"沙发上的女人，表情严肃地对白洁问道。

"这个嘛……"白洁将目光投向孙建新，发觉他将脸转向了一旁，故意避开了她的眼神。

她只得硬着头皮继续说下去："这个嘛，请容我内部调查一下。侯坤是老员工了，我相信他很清楚公司的纪律，不会干这么糊涂的事，所以其中也许有什么误会，请给我们一些时间，待查明后，一定会将调查结果尽快上报给集团纪检。"

白洁嘴上虽这样说着，心里却知道侯坤这事儿基本是板上钉钉。这些年负责场地租赁的侯坤，从不肯让其他同事涉足他的工作板块，其司马昭之心早已路人皆知。

以前爱拉帮结派的程苏浪在位时，侯坤就狗仗人势，没少明目张胆地跟商户吃拿卡要，早已忘了自己的本职工作应该是服务商户，而不是像车匪路霸似的为难人家。

平日里白洁不想招惹他，便对他私下里进行的这些勾当睁一只眼闭一只眼，可如今东窗事发，还招来了集团的纪检人员，着实让白洁心里恨得不行。

"那好吧，那就辛苦白总了。我们也不希望商户的举报是真的，但是，一旦属实，按照集团廉政建设的要求，一定会追责到底！"话说着，沙发上的男女已经站起身来。

就在男人说话时，白洁看见他金属框包围的镜片上闪过一道寒芒，刺得她眼睛生疼。

◇ 四 ◇

下午四点，孙建新从一七○一雾气蒸腾的淋浴房里出来，伸手从置物架取下蓝色的浴巾，在身上擦了擦，然后把它围了一圈，系在腰间。

他用手抹掉镜面柜上的水蒸气，从镜中看到了自己湿漉漉的头发，还有微红的脸。

忽然，他发现左太阳穴上有一块土豆皮色的印记，便将脸凑到镜子跟前，食指用力在那儿搓了搓。

印记并没有变浅，只是变红了一些，他这才明白，那一处并不是他脸上没洗干净的污渍，而是新生出的老年斑。

这一发现，让他的眼神立刻黯淡下来，转头不再看镜子，走出浴室。

不知从何时起，孙建新讨厌甚至痛恨去照镜子，因为那里记录着他青春的流逝，并提醒他，无论事业上多么成功，也无法让时间倒流的事实。

虽然逃得开这些镶在墙面、柜面上的镜子，但他逃不开方婷这个与他一起变老、一直作为参照物的镜子。

这令他感到无力，所以当那面照得他活力四射、意气风发的镜子出现时，他便毫不犹豫地站在了她的面前，将她扯进怀里。

那面如皇帝新装般的镜子就是白洁，她对孙建新极尽仰视，眼中总是闪烁着欣赏的光芒。

男人都有一颗英雄心，它需要女人的柔弱和依靠来彰显男人的勇猛和强大。与方婷的坚强、独立相比，跟白洁在一起时，她对他的渴望和依赖，让孙建新那颗浮躁的英雄心更能获得满足。

但男人也有一颗作为常人的虚荣心，同方婷的婚姻则着实满足了孙建新的这颗心，每当有人在他面前称赞方婷时，他脸上真诚的微笑便源自于此。

孙建新与方婷的结合是仓促的，但也是极具理性的。那年他三十三岁，她二十六岁，刚从维也纳学成归来。在亲戚的介绍下，他们从相亲认识，再到结婚，只用了不到一百天的时间。

起初，孙建新想不明白，方婷为什么会那么快就接受了自己。从孙建新的角度来看，家世及自身条件都极好的方婷，嫁给他这个已经结过一次婚的男人，无疑算是下嫁。

不过婚后不久，他便发现方婷并非表面上看起来的那么完美。她时常在夜里尖叫着惊醒，好似有一个梦魇一直在夜里纠缠着她，让她多年来不得不靠大量地服用安眠药才能入睡。

这种情形在孙文亮出生后变得好了很多。可就在九年前，那场轰动一时的"顶包案"发生不久前，方婷又开始与那个梦里的魔鬼进行无休止地搏斗。

有一次，被惊醒的孙建新试图抱紧方婷，安抚她的情绪。

她明明睁着滚圆的双眼，却像看着另一个人似的，对孙建新嘶吼："让我走！让我走！……"

"你要去哪儿啊？"孙建新用力摇晃着方婷的双肩，着急地想让她清醒过来。

可她还是用凄厉的喊声，重复着同一句话："让我走！"

那一夜，方婷独自在客厅的沙发上，如暗夜里的幽灵一般，孤坐了一宿。

默默地看着妻子孤寂的背影，孙建新明白，她是摔在地上的暖水瓶，表面完整，其实内里早已支离破碎。

孙建新曾试图探寻方婷噩梦的起源，他发现，方婷总是对她十六岁到二十四岁之间去维也纳深造之前的经历绝口不提。好似生命中的那段空白，是一个深不见底的黑洞，只要她略微靠近，便会被吸进万丈深渊。

听方婷说，她十六岁便有过要去维也纳学习的想法，孙建新试着追问她："那为什么一直等到二十四岁才去呢？"

"我申请了，可是没有去成。"方婷的声音很小，小到孙建新听得出，她是多么不愿意提及这件往事。

孙建新猜测，或许是因为方婷那时在小提琴方面的造诣还不够被维也纳音乐学院录取的标准，所以遭到了校方的拒绝，令她遭受了巨大的打击。

他想象着方婷是如何在此后的七年里极尽疯魔地练琴，最后才达成所愿的，或许也正是因此，她才会表现出与常人不同的坚强。

可这仍不足以解释方婷那夜夜不断的噩梦，还有那句耐人寻味的"让我走！"

为了更多地了解妻子，孙建新查遍方婷的履历，想搞清楚那段空白时间到底发生过什么。可他什么都没找到。

唯一所获，还是听方婷无意间说起，她曾在美国马萨诸塞州一个叫作"麦克莱恩"的地方生活过。方婷没说过她在那里做什么，只说"麦克莱恩"让她改变很多。

孙建新查遍了马萨诸塞州的地图，没有找到叫"麦克莱恩"的城市或是乡镇，却找到了一个叫"麦克莱恩"的疗养院，那里是全美最有名的精神康复中心。

对妻子的疑惑日益加深，可孙建新却从不逼问，也从没对任何人说过方婷在夜里尖叫的毛病。就像他从未对任何人说过，方婷对夫妻生活的冷淡超乎常人的想象。

自孙晶晶出生后，他们便不再进行房事。对方婷而言，好似先前与孙建新只是为了生儿育女，一旦达到了目的，这件事便不用再做了。

在外人眼里，方婷是完美的，孙建新与方婷的婚姻是完美的。他必须用极尽的理性维持这虚假的完美，不对任何人倾诉，不被任何人看出破绽。这就是他乐于接纳别人在他面前对方婷的夸赞，却很少对人主动提起方婷的原因。

方婷享受着孙建新的理性带给大家的好处，两人极有默契地对外塑造着完美家庭的形象。

孙建新有时会想，聪慧的方婷或许从一开始便看中了他这一点，才会嫁给他的。但她却不知道，他的这种理性并非与生俱来，而是他第一段失败婚姻中，烧剩下的灰烬。

前妻是孙建新的大学同学，是他刻骨铭心的初恋。她出生于农村家庭，可她清雅而独立，像长在田间的一朵白色小花，没有浓烈的芬芳却自然清新。

微风吹拂时，她会摇曳身姿，美丽而动人；狂风卷起时，她肯微微低头，但绝不许被连根拔起，谁也不能让她彻底屈服。

所以当这场门不当户不对的婚姻在亲友聚会上被有意无意地冷嘲热讽时，前妻从不肯退让半分，总是与人争得面红耳赤。

虽然他们当初的结合是源于野火燎原、飞蛾扑火般的爱情，但是没过多久，现实中的矛盾还是让他们不欢而散。

而孙建新也在这段经历中，烧光了他爱情里的所有感性。再遇到方婷时，留给她的只剩下爱情里的理性了。

很多年以来，孙建新从没有忘记过那个拿走了他全部热情的女人。也许是日积月累的想念在冥冥中汇聚成无形的力量，创造出让本已天各一方的两个人再度相见的机缘。

能再与前妻相见，是孙建新做梦也未曾想到的。

四年前，作为总经理上任的第一天，孙建新在快乐城商场里看到了那个熟悉的身影。

她略微胖了一些，也老了一些，挎着身旁一个年轻男人的左胳膊，脸上洋溢着慈爱的笑容。

那男人看起来比孙文亮大不了几岁，这让孙建新在那一刹那间，有想要冲过去看看那男人正脸的冲动。他很想知道，他们俩的五官是否有相像的地方。

可下一秒，这个念头又如烧红入水的铁，瞬间冷却了下来。他为自己的冲动感到可笑。

也是在那一天下午，孙建新与市场部的下属们召开了第一次见面会。

令他惊奇的是，中午才见过的前妻，竟以年轻的模样坐在了会议桌的另一端，与他面对面。

那个叫白洁的市场部经理太像他前妻年轻时的样子，尤其是她那一双丹凤眼里透露出来的妩媚，和他的前妻简直就是一个人。

这让孙建新产生了时空上的错觉。他仿佛又回到了血气方刚的年代，面对着那个曾经让他撕心裂肺，分分合合，却始终放不下的女孩。

会议中，他全程板着脸，眼神却无法控制地瞟向她那边。若不是肥头大耳的程苏浪不停地对他阿谀奉承，打断他的思绪，他真希望就那样待在那间会议室里，永远都不要清醒过来。

感觉到口渴，孙建新走到橱柜旁，拿了一瓶矿泉水出来。正打算关上柜门，他看见了那瓶装着叶酸的绿色塑料瓶。

孙建新想起，他曾问过白洁为什么突然开始服用叶酸。她给他的答案是，年初的例行体检中，通过基因测试，分析出她对叶酸的代谢能力较低，易患银屑病，以及脑部蛛网膜瘤等疾病，所以要及时补充叶酸加以预防。

孙建新对白洁的这个说法半信半疑，但猜她坚持不了多久，就会将这瓶叶酸同那些葡萄籽胶囊、蜂胶一起扔到一边，便没再留意。

孙建新伸手拿出绿色瓶子，轻轻摇了摇，眉头不禁皱了起来。瓶子快空了，看来她一直都在吃。这么有规律地服用叶酸，难免会令他联想到与备孕有关。

这个念头从脑中一闪而过，孙建新合上柜门，飞快地来到床边。

他打开雕花的咖啡色床头柜，把里面的避孕套全部拿了出来。为了方便使用，买回来后，白洁会将它们从包装盒里拆出，放到一起。

他拿起最上面的那枚避孕套举到眼前，仔细查看外面的塑料包装，果然，上面有一个从前到后、贯穿的针眼。而且不止这枚如此，接下来的两枚也都在相同的位置上有这样的扎痕。

他知道，一盒里有3枚这样的独立包装，难道是这一整盒从超市里买回的避孕套都被人从外包装上恶意破坏过，还是白洁故意将它们扎破的呢？如今外包装已经被扔掉，真相自然不得而知，但这着实在他心中埋下了疑问。

孙建新正坐在床边拿着避孕套发呆，门上的电子锁"咔哒"一声响了起来，他听见了关门声，却没有看见白洁。

白洁先前收到了孙建新的微信，约她在一七〇一见面，虽然知道此刻孙建新就在屋里，但白洁还是直接走进了浴室。

今天上午，她在那两个纪检办同事面前的表现十分糟糕，很怕孙建新会迁怒于她，她心存侥幸，想着能晚面对一秒是一秒。

从浴室里出来，把浴巾裹在胸前，白洁知道再也躲不过去了。

她小心翼翼地走进屋内，果然孙建新一看见她就没好气地开口问道："你找那个侯坤谈完了？"

"嗯，谈完了。"

"谈得怎么样？"

"能怎么样？他死不肯承认呗！"白洁叹了口气，坐到孙建新的身旁，无奈地跟他求助，"接下来要怎么办呢？这件事肯定是真的，UpSport的老板不会轻易罢休的，咱们是不是让侯坤走人？然后就跟纪检办说，查证属实，已经严肃处理过他了……"

"你疯啦！"白洁的话还没有说完，就被孙建新打断，"查证属实？那不就是认啦！侯坤走了，你以为就完事儿了？

"他一个人能这么干，那就说明咱们项目在管理上出现了漏洞，集团只会派更多的审计进驻到项目来，翻出你们部门从前所有签过的合同，把每一个经手人都彻彻底底查个遍！

"你能保证他们都没有问题吗？要是再查出一个'侯坤'来，你也得跟着吃不了兜着走，到时候我可保不了你。"

"那要怎么办呢？这件事儿硬抵赖也是抵不掉的呀！"白洁轻咬嘴唇，既怨恨侯坤找来的麻烦又感到着急。

"你再找他谈！让他把吃的拿的都给人家吐出来！只能多不能少！想办法让UpSport的老板撤回举报，将这件事解释成是内部沟通上的误会。"

"那侯坤呢？最终要拿他怎么办？就这样算了吗？还是……"

"你脑子有问题呀？"孙建新瞪着白洁问道。

不等她说话，孙建新又说道："算了？凭什么算了？现在不让他滚蛋，只是为了避过这个风头！先把他从原来的岗位撤下来，把他手里负责的所有工作都交给别人去干，不许他再染指场地租赁的事。先养他两个月闲人，之后就让他滚蛋！"

孙建新气哼哼地说着，手不自觉地握成了拳："还有，我可提醒你啊！做人不要太贪心，适可而止，想要的太多，最后只会鸡飞蛋打，什么都得不到！"

以为孙建新只是心情不好，白洁没有领悟到他话里的弦外之音。

她轻轻点了点头，站起身来，绕到了床的另一边，扯开披在腋下的浴巾一角，粉红色的浴巾便顺着她光滑的胴体落在了地板上。

她掀开被子钻了进去，感觉到了被窝里的冰凉，便对坐在床边的男人背影撒娇似的说道："快进来呀！发什么呆呢？"

白洁并不知道，孙建新手里正紧紧地攥着那枚被扎穿的避孕套，余怒未消，兴致全无。

◇ 五 ◇

回答完淘宝上最后一位顾客的问题，林红将客服对话框里的模式调整成自动答复，然后关上电脑，开始收拾屋子，准备迎接一位老熟人的到来。

半小时前，赵勇给她打来电话，说他母亲家新养了只泰迪犬，这只九个月大的小泰迪活泼又淘气，总是趁赵母不在家的时候啃卧室的床脚。所以赵母要儿子帮她买一个家用监控回来，装在床对面，然后故意制造不在家的空当，等从手机监控软件中观察到小狗干坏事时，再冲回家抓它个现行，对这个小家伙儿进行钓鱼执法。

初听到赵母的想法，林红在电话里被逗笑了，她提议，可以将摄像头寄到赵母家去，上次林红帮赵母家安装座机和家用宽带，赵母的地址还存在她的手机里。

赵勇连忙推辞说不用不用，不必麻烦了！反正他到林红这来也是顺路，过来跑一趟，主要是还有别的事要对她说。

听到赵勇的话，林红不再坚持。挂断手机后，她禁不住回想起，上一次与赵勇频繁地联系还是在四年前。

那时她已洞悉到他的心思，虽然赵勇一直未对她表白，但林红还是想给他机会，想看看两人最终会走向哪里。

两人以朋友关系约会了几次。林红知道赵勇忙，可她没想到赵勇会那么忙，几乎他们每次约会都会因刑侦队里突然打来的电话草草结束。

那段日子邹宇也对林红展开了猛烈的追求，思前想后，林红想到要尽快做出选择。

可二选一的考题，她还没有想出答案，他就替她做出了决定。

一天，林红浏览微博，临时起意在朋友圈转发了一条某情感大V的金玉良言。为了配文，她从网上随便找了一张男女牵手的手部特写，贴到文字下面。

刚在朋友圈里发了没多久，她就在留言中看到赵勇酸溜溜的质问。

"你又恋爱了？男朋友的手？"

林红气他在感情上畏缩不前，还有着一颗柠檬心，便故意回了一个似是而非的答案：笑脸。

不料，这之后赵勇便再没主动联系过她。林红渐渐得出了一个结论，或许赵勇对她压根儿就没那么上心吧！

目光扫到对面墙的货架上，林红决定先把赵勇要的家用监控替他准备出来，方便他一会儿带走。

她来到双排货架前，一脚刚踩到梯子上，就听到赵勇洪亮的声音在门口响起。

"林红！"

"来啦！你先在沙发上坐一下！"林红说着，将踩在梯子上的脚退了下来，指了指办公桌旁的深蓝色布面沙发。

她走到办公桌后的冰箱旁，从里面拿了一瓶冒着凉气儿的北冰洋，打开递给赵勇，笑着说道："给！喝吧！"

"嗯！"赵勇从沙发上欠身接了过来，目光在屋内转了一圈，对林红问道："你这地方还挺好找。这底商能有三十平方米吧？一年租金得多少钱啊？"

"不到三十，二十八点六平方米，租金还行，不临主街，一个月一万八。前几年一直开在小区车库改造成的一层底商里，这不，去年大兴一个消防设施不全的宾馆着了一场大火，所有开墙打洞的违建、底商都被整改了。我就把店搬了出来，租了这么个合规的位置，租金成本虽然上升了，但是也能办正规的营业执照了，生意做起来倒也踏实。"林红说着又往货架那走去。

"嗯,合规最重要。"赵勇将喝了一口的汽水瓶放到了林红的办公桌上,抬起一条腿,故作轻松地架在另一条腿的膝盖上。

看着林红一步步爬上高层货架,始终没有回头,让赵勇有机会对着她的背影仔细端详。

货架上方空调里吹出来的风,轻拂过林红的脸颊,令她鬓角的头发微微飘起,露出赵勇时常不经意间想起的侧脸。

他轻咳了两声,清了下喉咙,"那个,你这店……你现在……还是一个人?"赵勇犹豫着,终于把打从进屋起,仔细观察分析过后最想说的话问了出来。

"对,就我一个人。虽然忙,但自己也能应付过来,就没再花钱雇人。"林红完全没有理解赵勇的问话,精力依旧集中在正在翻找的家用监控上。

"哦,那个,那个,你晚上,没什么事儿吧?要不咱们一块儿……一块儿……"

不知是空调冷气不够,还是赵勇太过紧张,他只觉得手心冒汗,先前跷起的二郎腿也放了下来,两手着急地放在膝盖上摩擦着掌心,可就是说不出先前练习了几遍的邀请。

以为是把头探进了货架里,没听清赵勇的话,林红赶忙缩回身子,转过头对赵勇问道:"啊?你刚才说什么?"

"我说,你晚上要是能提前关店,我想请你去我家吃饭,我妈她……"赵勇故作平静地说着,可他的话还没说完,便看见林红在梯子上摇晃了起来。

他慌忙上前扶住了她,才没让她从梯子上跌下来。

林红的胳膊被赵勇的双手紧紧握着,感受到从他掌心传来的体温,林红下意识地躲开,留下赵勇空空的手还端在那里。

"啊,吓了我一跳,差点以为要摔下来了呢!呐,这就是你要的家用监控。"林红避开他炽热的眼神,故意转过身去拿桌上的袋子,帮他把东西装好。

她手上动作不停,为了化解尴尬,她同时对赵勇调侃道:"你呀,是不是忙得都没时间回家陪阿姨了,所以她才养这么个小狗解闷儿的。你小心点儿啊,这样下去,它在阿姨心目中的地位,很快就要比你高了!"

"嘿,还真被你说中了!它已经骑在我头上啦!我妈成天'儿子儿子'地喊它,还给它取了个名字,叫'小勇',完全当我不存在!我看啊,很快我妈就得让它继承我们家的家业了!"赵勇缓缓地走到了林红身边,对她傻笑着说道。

"那不能,甭管怎么说,你也是阿姨的亲生儿子,又不是后妈,她老人家不会这么对你的!"林红说着,将包好的家用监控往赵勇的怀里一塞,似要将这玩笑一开到底。

不料林红的话戳中了赵勇的心事,他怔怔地看着她,呆立了良久。

母亲并非生母,父亲受伤临终前的重托,让赵勇暗自发誓,要撑起这个家,照顾好妈妈。

四年前,他在林红的朋友圈里看到了那张男女牵手的照片后,心灰意冷。再加上母亲那时突然病重,为圆母亲盼他早日成家的愿望,他便很快与后来认识的相亲对象领了证。

可婚姻关系维持不到两年,就因赵勇升任刑侦队长,女方无法忍受他没有固定作息时间的工作性质,提出了离婚。

双方感情基础并不牢固,赵勇也没过多挽留,也算是好聚好散。

他有空时,会去翻翻林红的朋友圈,想知道她过得怎么样,却从不留下任何痕迹。

几番下来,赵勇观察到林红再没发过与人亲密的合影,似乎还处于单身状态。

他无意中将多年来的心思告诉了母亲。赵母知道后,一来责怪自己当年病倒,耽误了儿子的姻缘;二是埋怨赵勇在感情的问题上畏惧不前,一点儿也不勇敢。

痛定思痛后,母子俩共同制订了一个计划,让赵勇今晚约林红回家吃饭。到时，由母亲将林红的详细情况问个明白。只要林红没结婚，赵勇就伺机表白。

这一次，赵勇也下定了决心，就算林红已有男友，也要与对方公平竞争，不能再与她错过。

望着她被自己看得越发慌乱的黑色眸子，赵勇鼓起勇气说道："林红，晚上跟我回家吃饭吧，我妈她想见见你。我……"

"阿红，我回来了！"

深情告白突然被打断，赵勇循着说话声，皱眉看向了门口，与站在那里的男人对视了一眼。

多年来的刑侦工作让他练就了一双慧眼，只这一眼，赵勇就在记忆的档案中，翻找出初见这张脸时的片段。

八年前，在发小何磊工作的交通队，他见过这个男人，也是在那一天，他与林红初次相遇。

而在那之前，从何磊给他看的"方婷顶包案"的肇事现场视频里，赵勇就清晰地见过这张脸。

赵勇对这男人的印象深刻，因为那段视频中不对劲儿的地方给赵勇留下了诸多疑问，令他至今无法忘怀。

但此刻，令赵勇惊奇的是，他从男人的眼神中看出，对方竟也认出了他，而且似乎充满警惕。

果然，林红接下来的话印证了赵勇的记忆。

"邹宇，今天怎么这么早啊！物流站里的事儿都处理完了？"林红很高兴地朝门口迎了过去，帮男人接过手里厚厚的两摞宣传单。

"嗯。想着晚上还要去发这些广告，白天就加快了速度，今天的事情不多，很快就都安排好了。"邹宇说着，走进屋里，很自然地从冰箱里拿出一瓶北冰洋"咕咚咕咚"地喝了起来。

"你真印成广告了？我看看。

"红宇咸鱼闲置物品跳蚤店铺。

"这里有你要的各大超市购物卡、多重商家优惠券、各种演出演唱会门票。

"做黄牛,我们是勤恳的!"

林红抽出一张广告单,笑着念了出来。

"对呀,反正一会儿送外卖也要进到小区里,正好趁物业没发现,挨家塞一塞,没准能遇到顾客呢。"邹宇抹了一把嘴,撂下喝干的汽水瓶,走到林红身边,同她一起把剩余的广告单从包装里拆出。

发觉赵勇还愣愣地站在那儿,林红这才想起他来。她走到赵勇跟前,问道:"对了,你刚才说什么?"

"我说,晚上想请你到我家吃饭,我妈做了不少菜。"赵勇盯着邹宇跨出门口的背影,对林红说道。

"老婆!一会儿出来再拿些单子!我怕一摞儿不够发。"

"欸!知道了!"听见邹宇的喊声,林红只得先回答他,接着她转回头来,很抱歉地对赵勇说道:"这样啊,谢谢阿姨的好意,今天恐怕不行了。你特意来,就是要跟我说这事儿?"

赵勇这才如梦初醒般地抬起了眼,笑了笑:"啊,不是,还有个事儿。"

赵勇略微变得严肃了些,让声音听起来正式:"我看见你淘宝店里还卖车载GPS定位器,说这个东西不但能远程监测车子的定位,还可以对车内情况实时进行监听,一次充电能使用一百二十天,再不需要额外的供电设备,可以隐藏在车里的任何位置,使用起来极其方便。

"这东西看起来有防盗作用,但你想过没有,万一被不法分子买去,用在别有用心的地方,很可能会制造出刑事案件来。

"虽然现在国家没有严格控制这东西的销售渠道,但一旦出了大案,如果东西是从你这儿流出去的,难免会受到牵连。所以啊,我就想来告诉你,最好是别卖这个。"

"你说得对!我怎么没想到呢!确实存在这种风险,放心吧!我会把剩下的货都退还给经销商的,确实不能卖了!"

末了,林红感激地看着赵勇又说道:"谢谢你啊,还特意跑一趟来提醒我！"

　　赵勇轻轻点了点头。为了掩饰内心的失落，他强撑着冲林红微微一笑，与她一起走出门外。

　　邹宇已经换上了外卖员的制服，骑在电动车上，车尾的架子上绑着一个方方正正的保温送餐包。

　　林红与赵勇匆匆道别，坐到了邹宇身后。

　　看着他们两人有说有笑地扬长而去，赵勇的心，就像正在落下的日头一样，沉了下去。

　　"你刚才叫我什么？"坐在电动车上，林红对前面的邹宇问道。

　　太阳虽已开始落山，但仲夏夜晚的暑热依旧难耐，电动车行驶中的风，给他们带来了些许凉爽，令人感到放松惬意。

　　"老婆。"他很自然地回答了她，又问道，"怎么了？"

　　"没什么！冷不丁被你这么一叫，还没习惯。"

　　"那你叫我试试！看看我习不习惯？"

　　"叫你什么啊？"

　　"你说呢？"他在前面坏笑，风吹走了他的一些笑声，可听起来依旧爽朗开怀。

　　"我才不要呢！还没到时候呢！"虽然知道他看不到，她还是嘟起了嘴，露出了娇羞的表情。

　　"那好吧，就再容你几天！"

　　他的语气霸道中透露着得意，这是林红最喜欢邹宇的一点。先前，在赵勇面前，他拿捏时机刻意喊出的那声"老婆"，宣示"主权"的同时，也救她逃离拒绝赵勇的尴尬。

　　看破不说破却不唯唯诺诺，敏锐果决，对想要达成的目标有着异于常人的坚持和勤奋。

　　林红认为，正是这些邹宇身上的优点，让他在两年前从一个普普通通的快递员晋升成了物流站的站长。他没有文凭，却能游刃有余地领导着三十多个比他学历高的人。他设计改进的快件分拣流程被公司采纳，至今还在各个站点应用。

他野心勃勃，并没有就此安于现状。邹宇告诉林红，他看好了外卖行业的崛起，打算投资承包美团平台的区域配送业务，建设自己的送餐员团队。所以，从一年前，邹宇便开始利用下班后的时间送起了外卖，要先从基层摸透业务流程。

林红也曾提出疑问，他们居住在南五环外的大兴，可邹宇却选择在南三环接单送外卖，一来一回，路上总要耽误不少时间。

邹宇狡黠一笑，说他看中的那片南三环居民区里，住的大多是租房子的年轻白领，外卖订单可观，是个研究市场、分析数据的好地方。

邹宇眼光独到，让林红越发欣赏，渐渐仰视。

"对了，咱们一会儿吃什么？有没有什么想吃的？要是没有，就去吃'好媳妇'家的红烧排骨，我昨天送餐时发现他家在搞店庆，红烧排骨半价。"

"好啊！就去那儿吧！"林红知道邹宇最爱吃红烧排骨，听他这么一说，自不必再犹豫了。

林红记得，上一次他们吃红烧排骨还是在一个月前。她端着亲手做的红烧排骨和米饭，站在他面前，跟他要一个问题的答案。

在那之前，他们已经同居了两年。不知从什么时候起，邹宇会把挣来的每一分钱都交给林红，让她统一管理。而林红会在每一个季节交替之前，帮他购置新衣，再将过季的衣服打包整理，放进他们的衣柜里。

他敲敲打打，修理家里泡水变形了的地板，撸起袖子，抹掉头上的汗，疏通堵塞了的下水道。

她则为他洗衣做饭，一日三餐总是换着法儿地做给他吃，笑着看他竖起拇指称赞。

他们对彼此再熟悉不过，甚至了如指掌，除了结婚，林红实在想不出他们之间还有什么事情可以做了。

把红烧排骨放到桌上，将米饭摆在邹宇面前，林红心事重重地在他对面坐下。

今天排骨里的老抽放多了，因为那时她正心神不宁，猜测着邹宇一会儿的反应。如今这盘排骨看起来黑乎乎的，怕是激不起他一丁点儿食欲来。

没想到邹宇满不在乎，津津有味地吃起来。林红决定不再犹豫，长久以来的猜测，就像把思绪放在没倒油的锅上煎，焦灼得不行，她不想再承受这样的煎熬，下定决心要在今天问个明白。

于是她端起饭碗，假装不经意地对他问道："你有想过结婚的事儿吗？"

一小口米饭被她低头喂进了嘴里，轻轻地嚼着，却完全没有尝到滋味，林红很怕听到邹宇接下来的说辞会让她失望。

其实她愿意就这样与他一起生活下去，即使不改变现状，她仍然觉得幸福满足。但随着年龄的增长，蕴藏在体内的天然母性开始萌发，她很想要一个孩子，而他却始终对结婚的事绝口不提，令林红困惑、不解，甚至忧虑。

"想过。"

邹宇的回答简单明了，却再无下文，令林红不免吃惊地抬起头来，看着他问道："然后呢？"

邹宇的反应再度令她惊讶。"你愿意嫁给我？"他瞪大了眼睛盯着她反问道。

林红正打算点头，却看见邹宇突然放下了碗筷，腾地从椅子上站了起来，跑到他平时存放工具的柜子前，在里面一顿翻找。

她看见他先打开了一个大铁盒，又从锤子螺丝刀下拿出了一个小铁盒，最后他拿着一个红彤彤的烫绒布面小盒走了回来。

他直接单腿跪到了她的脚边，举着那盒子里金灿灿的戒指，说："这戒指我买了一年多了，一直藏在工具箱里，怕被你发现。我总是想着再攒些钱，能交得起一套房子的首付，然后再把它拿出来。可是，这两年北京的房价涨得越来越厉害，我发现怎么攒也攒不够……"

说到这儿，邹宇眼圈发红："我会更努力地工作，一定会让你过上好日子，我保证！你愿意嫁给我吗？"

夕阳把天边烧成了美丽的酒红色，与青色的云朵渐渐融合，孕育着夜晚里璀璨星空的到来。

"老婆，你要是累了，就靠在我背上睡一会儿。放心，我会一直护着你，不会让你掉下去的！"

邹宇的承诺总是简单实在，却在林红的心里升起了一片温暖。

他坚实的脊背是她渴望已久的依靠，她将头轻轻地靠了上去，就像是飞翔了很久的海鸟落进了岸上的巢。

她即将结束漂泊的生活，她已答应了他，下周他们就回她山东老家去领证。

归属感像扎紧口袋的绳子，令她踏实而安心。她用胳膊紧紧环住了他的腰，在心里轻声呼唤着他："老公！"

◇ 六 ◇

"建新，陪我出去一趟怎么样？"

方婷进来时，孙建新正站在书架旁，翻看着王阳明的《传习录》。他将书合上，塞回到书架里，对着站在书房门口的妻子说道："好啊，要去哪里？"

方婷兴冲冲地走到他身边，举着手机给他看上面的新闻："谭咏麟在工体开演唱会呢，我想去看！陪我去好不好？"

"今晚吗？"孙建新抬起手腕看了一眼手表，"可现在已经开始了啊！会不会来不及？"

"才刚开始嘛，赶到那应该能看到后半场。想着下礼拜咱们结婚纪念日那天，晶晶恰好就从法国回来了，到时肯定得陪女儿，不如就当今晚提前庆祝了。陪我去吗，好不好？"

发现妻子已经穿戴整齐，还化了全妆，孙建新知道她心意已定，便笑着同意了。

　　车行至西直门外大街，可能是周六的缘故，今晚的路况良好。亮着红色尾灯的宝马车在宽敞的二环路上流畅地穿梭着，无论驶至何处，都可见高高竖在道旁的暖黄色路灯迎面而来，就像是流逝的时光，因你无法停下，所以它只能离你而去。

　　"建新，我们结婚多少年了？"副驾驶座上的方婷，看着窗外荧荧的灯火，幽幽地说道。

　　"到下周就二十六年了。"孙建新扶着方向盘，目视着远方，回答着妻子的问题。

　　"二十六年了！好快啊，感觉一眨眼就过来了。想想，我们当初认识时我才二十六。"

　　"是啊，孙文亮都二十五了，晶晶也二十三了，能不快吗！"

　　"我记得我第一次见到你时，你一说话就把我逗笑了。你正儿八经地伸出手来，想同我握手，语气也很平静，但你却说，'我叫孙建新，孙悟空的孙，建立的立，新闻的闻'，哈哈……"回忆往事，方婷忍不住笑了出来。

　　孙建新的嘴角微微上扬："是啊，一见面我就被你迷住了，说起话来，语无伦次的。"

　　"我不信，你当时是故意的吧？哪有人会紧张到把自己的名字说错成那样，总共三个字，你说错了两个字，就是想给我留下深刻印象吧？"

　　"原来你当时就看出来啦？我还以为自己成功了呢。我怕自己配不上你，所以才要拼命引起你的注意，给你留下好印象。看来那时，是我在关公面前耍了把大刀，反倒丢人现眼了呢！"被妻子揭穿往事，孙建新笑着自嘲。

　　"嗯，看出你满肚子鬼主意，所以第二次约会才特意在下雨的时候约你去公园。"

　　"哦？原来你还故意挑选了天气，为什么？"孙建新忍不住侧过脸去，看了旁边的妻子一眼。

"我故意带了把坏掉的雨伞,就是想看看你跟我打同一把伞时的样子。你那天穿了一件棕色的皮夹克,其实款式蛮土气的,但是声音却让我很满意。"

"声音?"

"嗯,雨滴落在上面的声音。其实你带的那把黑色大伞足以容纳下我们两个人,可你还是让自己半个身子都淋在雨中,任凭雨水在你皮夹克上打出'哒哒'的声音。从那时起我便知道,你是一个谦谦君子,便认定你了。"

发现孙建新摇着头,笑而不语,方婷叹了口气,又继续说道:"有时候啊,有时候我在想,要是早一点遇见你就好了。我的人生或许会完全不同,也许我会成为一个好妻子。"

方婷的眼睛看着窗外遥远的地方,好似那里站着另一个自己,她完美无瑕,不曾被经历过的屈辱折磨到痛苦不堪。

"你就是一个好妻子啊!我很知足。"孙建新没有洞悉到她的变化,依然傻呵呵地笑着说道。

"不,我并不好。我并非别人看起来的那么好,这点你知道。我常在夜里被噩梦惊醒,惊声尖叫,还抓伤过你的脸,我并不能满足你,可我没办法,我……"方婷的声音里带着忧伤。

孙建新突然伸过手来,握紧了方婷的手,不让她继续说下去。

"嘘!没关系,没关系!这些不重要,没有人知道,永远也不会有人知道!这不是你一个人的事,这是我们俩共同的秘密。

"还有,我没有不满足,能娶到你,我感觉很幸福!没有婚姻是完美的,谁又不是在支离破碎中粘粘补补。

"从没有谁逼迫我们选择彼此,也没有什么能将我们彻底分开。能与你执手偕老,此生就算是圆满。好了,别提那些不开心的事儿了。快到了。还要留着好心情去看演唱会呢。"

孙建新腾出一只手抚了抚妻子的脸,他不知道妻子为什么会突然提起这些,但他只想尽快平复她的情绪。她的话,让他的心里也开始变得不是滋味，生出许多隐隐的愧疚。

在工体门口，孙建新刚将车在路边停好，车门外便有黄牛迎了上来，他手里举着两张演唱会的门票，轻敲车窗，问车里的人要不要票。

孙建新不慌不忙地将车熄火，随即下车对他问道："哪一排的座位？多少钱？"说完，孙建新突然瞪大了眼睛，不敢置信地看着眼前的这个人。

"内场第四排的中间位置，现在演唱会已经进行到一半了，便宜卖给你，两张两千块。"单眼皮，宽鼻梁，眼睛像溪水一样清澈的男人笑呵呵地答道。

可孙建新就像没听见似的，不再说话，只是目不转睛地盯着这个留着板寸的男人看。

他不相信这世上有这么巧的事，在半个月内，与这个陌生人竟有两次莫名其妙的交集。

孙建新认出这个黄牛，就是那晚团建后他怀疑偷拍了他跟白洁亲热的那个人。

"怎么样？要不要？不能再便宜了，这可是内场的票！"孙建新的反应让这个男人显得有些着急，他直视着孙建新冷峻的目光，好像生怕错过这个买主似的。

"建新，就这个吧！我想快点进去。"听着工体里时不时爆发出来的欢呼声，方婷显得很兴奋，变得跃跃欲试。

"哦，但是我现金可能没带够，要不……"孙建新想找个理由，避开这个男人，但是话还没说完就被他打断。

"没事儿，微信、支付宝都行。大哥，你就别犹豫了，你看这位大姐着急要去看呢，再耽误，一会儿演唱会都结束了，那多扫兴啊！"

他眉开眼笑地说着，还边瞄方婷边给孙建新递眼神，那样子就像是在帮孙建新的忙，给他在女人面前表现的机会。

手里握着从男人那儿买来的门票，孙建新匆匆地跟着方婷往工体会场里面走，感觉莫名地心慌。

他把这种心慌归结为做贼心虚。那个男人就像一个锚点，标记着那晚团建归来，孙建新与白洁所做过的一切。而如今方婷就在身边，这两者的联系让孙建新竟感觉到一种被捉奸的难堪。

走进昏暗的演唱会现场，天已全黑，露天场馆舞台上打出来的激光灯，照向漆黑的夜空，与谭咏麟的歌声一样深远悠长。

孙建新用手机照着，领着方婷穿过蓝粉色的荧光棒海洋，摸索到内场的第四排。

此时，一曲已结束。身穿着衬衣马甲、戴着黑框眼镜的谭咏麟抬起手来擦了擦额头上的汗水，他气喘吁吁地用带着港腔的普通话对台下热情的观众说道："接下来的这首歌，我希望我能够把它唱完。这首歌的名字叫……"

前奏一起，台下齐声喊道："《难舍难分》。"接着，台下人声噪起，欢呼声鼎沸。

唯有刚刚找到座位的孙建新不为所动。他半弓着身子，欲坐还站，吃惊地看着他左侧邻座的那个女人。

"忘不了你眼中那闪烁的泪光，好像知道我说谎，我茫然走错了地方，却已不敢回头望……"

白洁半张着嘴，眨着不敢置信的眼睛，抬头望着孙建新的脸。很快，她扫到了他另一侧的方婷，才将脸转了回去，眼睛直视前方的舞台，嘴角却带着难掩的惊喜。

"走过了一生有多少珍重时光，与你爱的人分享，我总是选错了方向，伤心却又不能忘……"

孙建新忐忐忑忑地坐下，余光发现，方婷好像一直在盯着他这边看，吓得他连动都不敢动一下。

场内人群密集，又正值炎夏，四周的温度很高，可孙建新就像被冻住了一样，变成了一座冰雕。他不敢有丝毫的表情变化，不敢动眼珠，也不敢喘大气，因为他不知道方婷究竟在看什么。是在看他，是在看白洁，还是在看更远的地方？

"放不开魂牵梦系爱的你，无处说凄凉，回首灯火阑珊处，是否还有你……"

　　方婷终于将头转了回去，可更糟糕的感觉却从孙建新的左手上袭来，他感觉到白洁柔软温热的手指正偷偷地在他手背上爬动，试图钻进他早已浸满冷汗的手心里。

　　"说起来人生的仆仆风尘，不能够留一点回忆，难舍又难分已无可追寻，烟消云散的往昔……"

　　孙建新像被蛇咬到了似的甩开了白洁的手，他听到她在歌声中没心没肺地轻笑，像是在为这场偶然相遇而分外欣喜。

　　那笑声让他心中更觉七上八下，他悄悄看向方婷，发觉她正望着舞台的方向，脸上也带着淡淡的笑意，可却没有了进场前的那种兴奋，更像是一种说不上来的满意。

　　方婷的模样没有让孙建新放下心来，反倒是感觉更加坐立难安，他时不时瞥向妻子，试图领会她眼神中的深意，可她就是不看他。

　　"说起来爱情的悲欢离合，有个你我永远不提，相偎又相依要留在心底，陪我一路到天涯……"

　　孙建新想要伸手去握妻子原本放在腿上的手，可方婷就像是故意似的，在孙建新触到她的瞬间，将手抬了起来，举到胸前开始鼓掌，让他扑了个空。

　　这时，四周掌声雷动，孙建新这才发现，这一首歌已经唱完了。

　　"我真的，真的，把这首歌唱完了。"

　　舞台上，在聚光灯交织之中，六十九岁的谭咏麟挥汗如雨，成功守卫了他此生作为传奇巨星的荣誉。

　　舞台下，五十九岁的孙建新坐立不安，汗流浃背，不知该何去何从。

◇ 七 ◇

-1-

演唱会后两周,周五的晚上,白洁在小区的地下车库里停好车,又坐在车里紧张地张望了半天,才敢下车。

停车场里即将报废的白炽灯忽明忽暗,像鬼魅到来前的异象,空气里掺杂着阴冷潮湿的瘆人味道,让她感觉喘不过气来。

她加快走进自家单元门里的脚步,玫瑰金色的高跟鞋,踩在水泥地面上急促又清脆地"嘎哒"作响。

今天下午与侯坤的谈话,进行得并不愉快。

"什么!让我把工作交出来?没门儿!孙建新决定的又怎么样?我在这儿都干了十几年了,没有功劳也有苦劳。他孙建新空降到这儿来才几年啊?来了就坐享其成,快乐城能有今天这规模,都是我们基层一线拿青春换来的!我又不是程苏浪,老子身上的那点儿事儿也叫个事儿?凭什么不让我干了?你以为这样,就能赶我走?我告诉你,白洁,做梦去吧!"

外面下着大雨,侯坤坐在落地窗边墙角的阴影里,斜着划过玻璃上的雨滴投出的影子印在他的脸上,让他原本瘦削的脸颊上看起来又多了几道黑色的疤痕,格外阴狠。

突然,他猛地站起身,两手直直地撑在白洁的办公桌上,探着身子逼近白洁:"行人方便,行己方便!我一直以为你明白这个道理。但是现在看来,你是想把我赶尽杀绝啊!有没有想过,我也会鱼死网破?"侯坤眼神凶厉,满是威胁与挑衅。

见白洁不说话,他又像顿悟到了什么似的用力点着头:"行!你不仁,就别怪我不义了!白洁,亏心事儿做多了,你晚上回家时可得小心着点儿。我就不信,你的孙建新能一直护着你,等着瞧吧!"

侯坤一把拉开玻璃门，然后摔门而去。

停车场里的电梯终于磕磕绊绊地从楼上经停几层之后，到达了地下。白洁确认里面没人，一个箭步迈了进去。她快速点着关门按钮，盼着缩进两侧的电梯门赶紧合拢到一起。

她心情忐忑，生怕会有一只青筋隆起、枯瘦的手，在门缝关上的间隙突然伸进来。

虽然只是想象，但足以让这段到达十四层的路变得无比漫长。

从电梯出来，她站到自家门口，慌忙在包里寻找钥匙。可翻了半天，就差把所有的东西都倒在地上了，白洁也没找到。

她很后悔没有听孙建新的，早该把门锁换成和一七〇一一样的电子锁，不然现在就不会这么手忙脚乱。

作为独居的女人，白洁有将备用钥匙藏在车里的习惯。刚打算回车库去拿钥匙，她悬在电梯门旁按钮上的手就停了下来。

电梯正在一层层地缓缓上升。

白洁有种预感，她觉得电梯最终一定会在她这一层停下，而电梯里的人来者不善。

这样想着，好似有一双透明的手从身后狠狠地插进了她的身体里，捏住她的肺，让她感觉快要窒息。

她下意识地看向对面邻居的门，打算求助。

邻居的门上插着积了薄灰的宣传单，与之一样的闲鱼广告，两周前送外卖的女孩曾亲手递到她的手里。

看来邻居家一直没人。白洁明白，即便一会儿侯坤要拿她怎样，她再怎么喊叫也是徒劳的了。

被恐惧的心理控制着，她感到寸步难行。然而更糟的是，电梯果真在她这一层停下来了。

就在电梯门打开的瞬间，吓呆了的白洁才想起来，要朝楼梯间里逃命。

"小姐！问一下，哪边是一四〇二？"听见身后陌生男子报出了她家的门牌号，白洁像被磁石吸住的铁块一样，牢牢地黏在原地。

她战战兢兢地回头，结果看到一个穿着快递制服的男人。

男人正愣愣地看着她惊慌的模样。

白洁长长地松了一口气，原来一切都只是虚惊一场。

"我就住一四〇二，是给白洁的快递吗？给我就行了。"她故作镇静，从容走回门口，伸手对快递员说道。

"对，收件人是白洁。是文件，从上海寄来的，不过文件封被我不小心弄湿了，就给你换了外包装，不好意思啊！"快递员腼腆地笑着道歉，抬手挠了挠留着板寸的脑袋。

用从车里取回来的备用钥匙进了家门，白洁"唰啦"一声将文件夹外面的封条扯开，里面是一个天蓝色的信封，上面印着服饰品牌"Jasmine"的商标。没有运单，白洁也能猜出这从上海发来的快件，是Jasmine公司给她寄的代金券。

在商场工作多年，白洁早已深谙这种商务互惠。每当品牌有新品上市时，品牌公司便会寄几张这样的代金券，邀请负责商场里运营的部门领导来店内选购试用，以赢得后期商场对新品售卖的大力支持。

但是这一回拆出来的代金券，着实令白洁直翻白眼——三张，每张两千元的券面上印着的使用截止日期竟然是明天。而且，不知道什么原因，店家寄来的优惠券并不能在东单快乐城里使用，必须到另一家商场去。

六千块不算多，也不算少，白白丢掉实在可惜。

"算了，反正明天是周六，不用上班，去就去一趟吧。"白洁在心里想道。她盘算着Jasmine家的风衣一件在三千元左右，正好可以为即将到来的秋天添置两件新衣，便也不再嫌路途不便。

-2-

第二天，白洁拿着Jasmine家给的代金券驱车来到了西单大悦城。

周末逛街的人不少，通道里来来往往的客流交错行进，每一层上下行的扶梯上都挤满了人。

穿过人潮，白洁找到 Jasmine 位于三层的店铺。她先站在门外，对着橱窗里的模特看了一阵子搭配在它们身上的应季新品，才走进店里。

今年上市的新款秋季风衣设计得不错，白洁一眼就看中了挂在最前排货架上的那件米白色长款束腰风衣。无须试穿，她就能想象出搭配上黑色平底靴后，那件衣服给她增添的飒爽气质。

发现店里的导购都在忙着，白洁打算自己先转转。然而，她只往里走了一步，就立刻定在了那里。

白洁看见了站在试衣间门口的孙建新，而孙建新似乎从她进门起就发现了她，此时也正目不转睛地盯着她。

这一次偶遇，再没令白洁感到一丝惊喜。孙建新从与她对视上的那一刻开始，就将原本插在裤兜里的手掏了出来，缓缓握成了拳。

他的眉毛像急速失去水分的树叶，紧紧地皱到一起，眼神中深藏着愠怒和防备。他嘴唇绷紧，身子僵硬，就像是前方有洪水猛兽，已经做好了防御的姿势，随时准备给对方致命一击。

僵持中，孙建新身后试衣间的门被人推开了。

白洁看见方婷从里面走了出来，她身上穿着的，正是白洁刚刚在心里选中的那件米白色风衣。跟白洁想象的黑色平底靴搭配不同，方婷脚下踩着的奶白色高跟鞋，把这款风衣穿出了端庄优雅的感觉。

方婷似乎没有看到白洁，她走到孙建新面前转了转。孙建新变脸表演似的，瞬间收起愁容，带着真诚的微笑和欣赏的眼神冲她点头。

他这突如其来的变化让白洁伤心。那感觉就跟她每次犯胃病时一样，从胃里涌起酸水，五脏六腑瞬间揪到了一块儿，喉咙里那股又酸又痛的灼烧感，也让她眼圈发红。

"小姐，需要我帮您介绍一下吗？"

看见方婷又走进了试衣间，孙建新也重新换上了横眉冷对的模样，朝她走过来，白洁对身旁的导购回答道："不用了，我想自己先看看。"

"那好，您有什么需要，只管叫我。"

导购刚转身离开，孙建新就冲到了白洁身前，他一把抓起她的手腕，不由分说地将她往店门外拉。

"你来干什么！"孙建新眼睛通红，里面布满血丝。

"我来买衣服啊！"为了证明自己没说谎，白洁很想掏出那三张代金券给他看，可她发现，手腕还被孙建新死死地攥着。

感觉到了难以忍受的疼痛，白洁本能地想要挣脱，可她的反抗只让孙建新攥得更紧。

他失控地抓起她的手腕，将她扯向自己，从牙缝里一字一句地对她低吼："我告诉你啊，适可而止！适可而止，你听懂了吗！赶紧走！"说完这句，孙建新愤怒地甩开了她，然后头也不回地匆匆朝店里走去。

白洁失魂地站在通道中央，若不是从她身旁经过的那些人的眼里奇怪的目光，她都没意识到，自己的脸上已满是泪痕。

冷飕飕的空调风，带走她脸上的泪水，留下一道道冰凉。

白洁抬手想要擦掉眼泪，还未触及脸庞，手腕上断骨似的疼痛便让她弓下身子，用另一只手的掌心小心地托住这只受伤的手腕。

她感觉骨头快碎了，她从来不知道孙建新会有这么大的力气，就像她从来不知道，自己的心可以为他变得这样疼。

◇ 八 ◇

周一早上，孙建新一到东单快乐城，没有进办公室，而是直奔酒店而去。

他怒气冲冲地推开一七〇一的门，没有像以往一样，在餐桌上看见可口的三明治和热腾腾的咖啡，还有金屋藏娇的美丽笑脸，而是在双人床内侧，看到了白洁孤坐在床角的背影。

他闻见屋里有一股说不上来的浓郁香味，却一点儿没有让他的心情好些，冲着白洁吼道："你疯了吗！你周六干吗去西单大悦城，你想干什么？"

那天，在孙建新的威慑下，虽然白洁没有再次出现，但那之后，他也没有获得片刻安宁。

方婷再次从试衣间里出来时，态度变得反常。刚才明明试得很满意的几件衣服，她最终一件都没买。当失望的服务员悻悻捧着那一大堆衣服挂回货架上时，她连头也没回。她再没跟孙建新说一句话，独自走到停车场，直接坐在副驾驶座，好似他一直在后面的呼唤她压根儿就听不见似的。

孙建新的心里开始打鼓，无章无法，鼓槌没有任何规律地在鼓面上急速敲打。他担心方婷刚才是不是看见了什么，却也不敢探她的话。因为孙建新还没想好，如果方婷反过来质问他，他该如何应答。

一切都发生得太突然，白洁没有让他有任何心理准备，就出现在他们的面前。

那感觉，就像是没有丝毫防备，就被人在脸上狠狠抽了一巴掌，让孙建新不由自主地在心里怨恨起白洁来。

回家的路上，孙建新试着与方婷搭话，可她只是简短地应付了几句，便将脸转向车窗外，再也不看他了。

看不到妻子的表情，孙建新更加心乱如麻。就在这样的忐忑不安中，他们回到了家。

还好，刚刚归国不久的孙晶晶今天并没有跟朋友出去玩，而是高高兴兴地等着父母回来，一块儿跟他们在家吃了英姐准备的丰盛午餐。

其间，方婷与女儿有说有笑，让孙建新的紧张感稍稍缓和了些。

可是到了夜晚，当他们俩在同一张床上独处时，孙建新发觉，方婷这一整夜都没有翻身，也没有被噩梦惊醒。她一直背对着他，甚至都没给他一个探听她呼吸的机会。

孙建新知道，她一直没有睡着，因为他也彻夜未眠。

"我想干什么？我说了，我是去买衣服的！怎么？她去的地方我就不能去吗！"白洁依旧背对着他，冷冷地说道。

孙建新气得在屋里来回踱着步子，却不曾越过床边，向白洁靠近半分。

曾经，她的脸庞、她的唇、她身上的每一块肌肤就像是开着白花的罂粟，对他产生了致命的诱惑，令他想拥她入怀，恨不得将她整个人都塞进身体里。

可如今，她令他讨厌、恶心、憎恶，要他走近她，简直就是强人所难。

"好！你也去买衣服，巧了，是吧？那么谭咏麟的演唱会呢？你怎么解释？你怎么坐到我旁边的，啊？为什么也那么巧！"

"我怎么知道？我是从闲鱼上买的票，当时只有一张，我连挑都没得挑！我怎么知道会那么巧！可就是巧了，又怎么样？我问你呢，她去的地方我就不能去吗！"白洁愤愤地说着，从床边弹起，终于转过来面向孙建新。

初看到她睁得滚圆红肿的眼睛，他着实被吓了一跳，就像两口干涸了的枯井，爬满青苔，积满淤泥，露着狰狞。

她没有化妆，穿着不合时宜的粉色长袖宽领毛衣，袖子盖过手背，齐至手指，与她平日里的俏丽模样截然不同，看起来既邋遢又可笑。

失去了理智的愤怒，像冲毁一切美好的洪水一样漫过孙建新的头顶，他像是快要被淹死了的人，大口喘着粗气："对！她去的地方你就不能去！连碰巧也不行！"

"凭什么！凭什么我不能去？如果你那么在乎她，为什么还来招惹我？"

白洁声嘶力竭地朝孙建新吼着，试图绕过床边朝他走来，结果一脚踩到耷拉在地上的窗帘，险些绊倒。她气恼地使尽全身的力气，把碍事儿的窗帘从窗帘盒里彻底扯了下来。

像落下的帷幕，又像倒了的大旗，窗帘扭曲地摔落在地上。

白洁磕磕绊绊走了出来，朝孙建新嘶吼着。

"为什么要来招惹我？我问你呢，为什么！"白洁的眼睛通红，像枉死的冤鬼，声音凄厉，"你为什么要来招惹我！是她伺候得你不满意，还是她不肯被你按在办公室的桌子上……"

"够了！你这个不要脸的……"孙建新怒不可遏，上前一步，带着掌风的巴掌最终还是悬在了白洁头上。

　　他原本以为对她的厌恶能让他将那些侮辱她的词儿一一说出口，能让他毫不留情地扇掉他们之间的所有情分，可孙建新发觉，一靠近白洁，一看着她满眼的泪水，便再也做不到了。

　　可白洁却替他说了出来："不要脸的什么？不要脸的贱货吗？是啊！我是你的情妇，一个已婚男人的情人，一个破坏别人家庭的恶人，一个不知廉耻的贱货！"

　　白洁幽幽地说着，然后她猛地瞪大了眼睛："孙建新，人人都可以这么骂我，可你不行！你不是人，你是畜生，是禽兽！"

　　她一幅幅地扯下墙上挂着的风景油画，摔在地上，直到力竭，才连连后退，背靠着墙面，摔坐到墙角，蜷缩着哭泣。

　　"你那么爱她，为什么要招惹我？你知不知道，有一天我也会对你认真。没有你的夜晚我也觉得冷，胃疼的时候我也需要你在身边，我也会想要跟你有一个真正的家，而不是窝在这个酒店的房间里，做你见不得光的情人！为什么……要招惹我！为什么要让我爱上你？为什么？为什么啊……你这个浑蛋！"

　　她哽咽的声音里带着令人听了心碎的痛苦，掩面哭泣的手藏得住眼泪，却关不住悲伤。

　　撕扯中退到胳膊肘上的袖子，让她手腕上的淤青暴露在了孙建新的眼里。他这才意识到那天情急之下他有多么用力，而白洁是为了掩饰这些伤痕，今天才穿得如此滑稽。

　　孙建新一直觉得，在同时面对方婷和白洁时，他可以毫不犹豫地在她们之间做出抉择。可今天，在单独面对白洁时，他突然感觉到了一种无法释怀的不舍。

　　这出乎意料的感觉令孙建新害怕，他不想让白洁洞悉到他心中的这份软弱，怕她借此再肆意妄为。于是，他转身走进浴室里洗脸，想让自己冷静一下。

行至门口,孙建新警觉地发现门外好似站了人,便厉声问道:"谁?"

"是我……老板,没事吧?"

是酒店经理的声音,看来他已经站在门外一阵子了,却一直没敢敲门。

"没事儿,你下去吧,有事儿会叫你的。"孙建新对着门外,冷冷地嘟囔了一句。

被人旁听到这些,他只感觉脸上有火在烧。但接下来走进浴室里,看到里面残破的景象,孙建新的感觉一下子从羞耻变成了失落。

老虎头形状的牙刷盒被蛮力从墙面上扯了下来,吸附在米黄色壁砖上的青色吸盘还在,黄白相间的老虎头却同牙刷一起被扔进了马桶里。

镜柜里的洗漱用品也被悉数掏了出来,散落在洗手盆里和地面上。摔开的瓶盖让再无遮拦的洗发香波和沐浴液流了一地,这就是孙建新一进门后,闻到的那股浓烈香味。

他的目光最后停留在破碎的须后水瓶那儿,瓶子空了,里面的液体早已不知去向,覆水难收。

◇ 九 ◇

门铃"叮咚叮咚"响起时,孙晶晶正坐在客厅沙发上,吃着英姐放在茶几上剥皮去核的妃子笑。

今天是周日,刚做完午饭,英姐便跟着她儿子一块儿出门了。

孙晶晶还记得那个叫黄源的男人站在她家门口时的情景,他朝屋里每一个人鞠躬问好,连小他几岁的孙晶晶也不例外,那样子就像他们全家都是他的大恩人似的。

那时就是孙晶晶给黄源开的门。现在门铃又响了,父亲在书房,母亲十分钟前收到一条短信后,突然从她身边起身回卧室了,现在只能由她再去开门。

快递员站在门口,对孙晶晶问道:"方婷?"

"不，她是我母亲，给我就行。"孙晶晶看着单眼皮，宽鼻梁，眼睛像溪水一样清澈的快递员答道。

"哦，行。那麻烦你帮我在上面签个字。"

接过孙晶晶签了字的文件夹，快递员从上面扯掉一半运单，向孙晶晶递了过来，嘴里抱歉地说道："哎呀，不好意思，把运单号扯坏了。这样吧……我把我手机号写旁边，要是有什么问题就给我打电话吧。"

孙晶晶应声说"好"，便关上大门，朝母亲的卧室走去。

刚进到走廊，她便听到方婷从卧室里传出的喊声："晶晶，是我的快递吗？刚收到快递公司发来的通知，说有一个快件在派送。要是我的，就帮我拆开看看，妈妈现在正忙着。"

"哦，好！"孙晶晶答应着，撕开了文件夹上的封条，只看了一眼里面的东西，她便大惊失色。

而偏偏就在这时，方婷鬼使神差地走了出来。

"是什么啊？"方婷伸出一只手，向孙晶晶索要。

"没，没什么。不是给你的。"孙晶晶将文件夹紧紧地抓在手里，见方婷靠近，她干脆背过手去，把文件夹藏到身后。

"哦？刚才你还说是我的来着。"方婷一脸狐疑。

孙晶晶眯起眼睛，僵硬地笑了笑："我那是随便'嗯'了一声。是给我的，真不是给你的。"

"收到什么东西了，神神秘秘、紧张兮兮的？"方婷略带埋怨地审视着女儿的眼睛，像要从那里钻进去，到她的头脑里看个明白一样。

孙晶晶没办法了，只得轻咬嘴唇，露出一抹既羞涩又尴尬的笑："好吧，是情书。我去法国前，以前高中同班的男生就在追我。知道我回来了，这不又非给我寄什么情书，恶心死人了。"

方婷一下子瞪大了眼睛，嘴张了半天，才把提到喉咙里的那口气叹了出来，"哈！情书！都什么年代了，还在用那么老套的法子追女孩儿。不过……"方婷顿了顿，然后拿女儿打趣道，"不过这小伙子蛮有趣的。嗯！晶晶，可以考虑考虑！哈哈！"

孙晶晶涨红着脸，眼看着方婷嘻嘻哈哈地走回卧室，她才松了一口气。之后，她眉头紧蹙，怒上心来，朝孙建新的书房走去。

没敲门就直接推开了书房的门，孙晶晶把文件夹里的照片掏出，一把摔在孙建新的书桌上。

她本急于质问孙建新，但想起还没关门，怕方婷听见，只得又压着火，扭头去合上了书房的门。

"晶晶，你怎么了？"书桌后的孙建新摘下眼镜，对风风火火的女儿困惑地问道。

"看看！看看你就知道我怎么了！"孙晶晶指着桌上的照片，压低了声音对父亲呵斥道。

孙建新稀里糊涂地拿起桌上的照片，来到落地窗边，借着光一张张地翻看了起来。

他表情未变，但脸上渐渐血色全无，苍白得像挡住了太阳的云，毫无光泽，透着阴暗。

"她是谁？算了，你别说了！她是你下属吧？不然T恤上也不会印着你们快乐城的Logo。你一直为退休返聘的事儿各方游说，就是为了跟她长相厮守吧？天啊，爸！她看起来比我大不了几岁，你真令我恶心！"

孙建新故作镇定地走回书桌旁，将他与白洁在不同时间、不同地点亲热的照片扣了过去，"你跟你妈妈说了？"他缓缓地坐到椅子上，声音沮丧，对孙晶晶试探道。

"没有！"孙晶晶赌气地把脸甩到一旁，但很快，她又大步走到父亲对面，"爸！妈有什么不好，你要这样对她？她哪一点儿比不上照片里的这个女人？你知道妈最爱面子，你这是在剜她的心，是在杀她啊！"

孙晶晶用手指"哒哒哒"地敲打着照片的背面，眼泪随即夺眶而出："爸，停止吧！别再和这个女人纠缠下去了！过了年你就退休了，你难道真的想晚节不保？想被妈扫地出门吗？她是方婷，绝不可能对这种事儿睁一只眼闭一只眼。你真打算等着妈跟你离婚，不要这个家了吗！"

原本还硬撑着的孙建新,被女儿真情实意的话语还有哽咽声击垮了。他用胳膊肘拄着桌面,把脸无地自容地埋进掌心里:"怎么会这样……怎么会这样!是谁干的?是他妈的谁寄来的!"他情绪失控,在女儿面前飙出了脏话。

"你还管谁寄来的?赶紧想想,怎么跟这女人分手,怎么不让妈知道吧!"

孙晶晶对父亲的反应很失望,她转身朝书房门口走去。

临开门前,她冷冰冰地给孙建新丢下了最后一句话:"你要是真想知道谁寄来的,就打上面快递员的电话。我猜,寄件人你肯定不陌生。"

孙晶晶的话音落下,门也被"砰"的一声摔上了。

女儿一走,孙建新再无顾忌,他从椅子上站起,抄起手机,按照文件夹上写着的快递电话拨了过去。

说清打电话的来意后,对方告诉他寄件人的名字没查到,很可能是寄件的时候没留。不过他倒是给孙建新念了一遍寄件地址,详细到门牌号。

孙建新说了声"谢谢",举在耳边的手便连带着手机一起摔落到腿侧。他听到了白洁家的地址,那个四年来他曾无数次造访过的地方。

孙建新咬着牙,觉得自己终于弄明白了一切"巧合",还有装着叶酸的绿色瓶子、被扎穿的避孕套,以及香山团建归来和演唱会门口遇见两次的陌生男人。

他开始在脑中复盘,从一年多以前,白洁就已在收集他们偷情的证据了。她找来帮手拍下他们在各处的亲密照片。团建那晚,他们在车里接吻,要不是她的帮手——那个单眼皮的男人操作失误,让闪光灯亮起,孙建新可能永远也不会注意到他,更不可能在演唱会那晚立刻就认出他来。

现在看来,那男人假扮黄牛就是要卖给孙建新那两张"特定"座位的票。

白洁要同方婷"偶遇",要让他孙建新进退两难,好让他在方婷面前露出马脚。

一次没成功,她就来了第二次,跑到他们正在购物的商场,再逼一次宫。

虽然没想明白,白洁是怎么知道他和方婷的行踪的,孙建新却已不想再纠结。

她能去找帮手,还有什么办不到的呢!

孙建新眼圈发红,不只是因为气愤,还有难过,他从来不知道白洁是这么有心机的女人,竟然会在背后算计他。

白洁不再满足只做他孙建新的情人,她一直在想尽办法逼宫上位。在两次"偶遇"都没奏效之后,她就匿名把这些照片寄给方婷,想让他们婚姻破裂,然后再出来收拾残局,坐享其成。

孙建新越想越气,他甚至开始怀疑那个帮手和白洁之间的关系。

其实,即使周一在一七〇一他们吵得四分五裂,此后的这个星期他也没再去那里,没跟白洁说过一句工作以外的话,孙建新依然觉得自己放不下她。

游戏玩久了,难免当真,谁也不能独善其身。

白洁不知道,孙建新早已做好了退休以后与她一直在一起的计划。他选好了附近小区的一套三居室,打算写在她的名下,只要过个马路就能相见,夜晚他站在自家露台,还能隐约看到她那里的灯火。

可如今看来,这一切永远都只会是计划,再无实施的可能。

那些照片已经让他在女儿的面前颜面扫地,更何况,就像孙晶晶说的,他不能不要这个家。

◇ 十 ◇

林红踩着梯子,找遍了货架上的所有箱子,最终也没能将车载 GPS 的库存对上。

"奇怪!明明应该有二十一个,怎么只剩十九个了呢?"她不禁蹙眉，看着手里的库存单，小声嘟囔道。

她低头看向进进出出、往车上装着包裹的邹宇："老公，前两天你帮我收拾货架，有没有数过 GPS 车载定位器，还剩几个啊？"

"数了！什么货有几个，都写在箱子上了。"邹宇似乎很忙，低着头回答道。

"哦，我看看。"林红将货架上装着 GPS 定位器的箱子拉出来，看着箱子上用黑色墨水笔歪歪扭扭写着的数字，念道："十九。"

她将库存单叠好，揣进裤兜里，边小心地从梯子上退下来，边小声嘀咕道："看来是我记错了。我说嘛，怎么少了两个。"

自打那天赵勇来过后，林红就决定尽快把剩下的货退还给经销商。赵勇说得没错，这东西看似防盗，其实成为作案工具的可能性更大。

GPS 可实时监控车辆动向，精准定位。只要在设备里插一张普通的 SIM 卡，一旦声音超过三十分贝，监听功能就会被启动，车内的一切声响都会被发送到这张 SIM 卡注册的用户软件上。

在移动通信工作多年的林红深知，即便现在 SIM 卡都已要求实名制了，但还是有好多早期用他人身份证号注册的老卡流通于市，所以要是有人用这个设备犯案，给警方侦查工作带来的挑战无疑不小。

发现闲鱼页面的对话框闪个不停，林红轻击鼠标把它点开，上面是一位买家发来的询问。

"在吗？我看见你们有三张 Jasmine 家的代金券，五折在售，但是有效期好像已经过了一周了，想问一下是写错了，还是没及时撤下来？如果还在有效期内，我就拍下了。"

"稍等，我看一下再回复您。"林红打完这行字，将办公桌下的抽屉拉开，她记得被邹宇收回来的那三张代金券放在蓝色的信封里，上面还印着"Jasmine"的商标。

这个抽屉里没有，她又拉开了另一边的抽屉，依然没有看到蓝色的信封。

这时，邹宇正巧走了进来。

"老公，看见你收回来的那三张代金券了吗？"

邹宇一屁股坐到林红办公桌旁的沙发上："扔啦！过期了，可不就扔了嘛！咋啦？"他平展双肩，左右晃动着脑袋，拉伸着脖子上的肌肉回答道。

"哦？你怎么知道我说的是什么代金券？"

邹宇正打了半截哈欠，听见林红的话，他半张着嘴，愣住了，缓缓将头转了过来。

"能是什么代金券！我先前收回来的，三张的，也就J……什么，那个牌子的了，你说的不是这个吗？"

"嗯，我说的就是这个，我问你是怎么知道的呢？"林红故意眯起眼睛，像是在审他，可她嘴角那掩藏不住的笑意却出卖了她。

"嗨！咱俩心意相通呗！反正你一说我就知道了！"邹宇一副胸有成竹的得意模样。

林红看着他笑，但一想到白白浪费的六千元代金券，又悻悻地说道："过期了，可惜了！本来还想着咱们自己用了呢，都给忙忘了。这牌子的衣服还挺贵的呢！"

邹宇不以为然："嗨！做生意嘛，有赔有赚很正常。收这些券回来，本来就有卖不出去的风险，别遗憾了！"邹宇说着，抬起左手挠了挠留着板寸的后脑勺，左手无名指上的婚戒金灿灿的，闪闪发光。

上周，他们回林红老家领了结婚证，举行完摆了二十多桌酒席的婚礼后，在家只待了一天，便因为物流站里事多，匆匆赶回了北京。

林红的父母对邹宇很满意，一直夸他憨厚踏实，小伙子可靠有出息。亲戚们倒也没说什么，可林红心里知道，他们一定在感叹，她都三十六岁了，能找个正儿八经的初婚男人就不错了。可林红自己知道，她嫁给邹宇绝非将就，而是源于实实在在的爱情和妙不可言的缘分。

他们已认识九年，也在北京漂泊了九年。没有根的浮萍只能漂在水面，还要经历风吹雨打。换工作、找房子、不停搬家……这些年里，他们不知吃了多少异乡人的苦。

可自从有了彼此，自从相伴相依，他们成了两只连在一起的海上帆船，无惧风浪，乘风破浪里也带着惬意。

但林红深知，邹宇并非无坚不摧的，他心中也有柔软的一面，只暴露给她看。

有一次，林红看见邹宇听到广播里的一首曲子忽然泪流满面。她被吓坏了，问他怎么了，他只是摇头不说话。她揽过邹宇，将他的头埋在怀里，任凭他像个孩子在母亲怀里一样哭泣。

后来，林红知道了这首曲子是萨拉萨蒂的《流浪者之歌》，可她依旧不知道邹宇那天为什么哭。

林红知道邹宇身世坎坷，母亲在他五六岁的时候就因病去世了，邹宇是与奶奶和他双目失明的父亲相依为命长大的。自奶奶去世后，父亲便成了邹宇在这个世界上唯一的亲人。

邹宇早早就挑起了家庭的重担，这造就了他刚强的性格，他从不喊苦，更没提过累，看起来比一般男人更有担当。这反倒让林红更加心疼他，想在婚姻生活中，补偿他自幼缺失的温情。

从被一场车祸联系在一起的陌生人到朋友，再到恋人，最后变成夫妻，兜兜转转，命运让他们成为一家人。这是命中注定，是割舍不开的缘分。

林红正在心里感叹这些，突然听见邹宇说道："老婆，你要是喜欢那品牌的衣服，咱们直接去买不就得了。用代金券还得凑数额，算计来算计去的，麻烦！明天我就发工资了，领完工资，我带你逛街去怎么样？"

感受到他的体贴，林红心里很是安慰，也很想去，但她还是眨了眨眼睛说道："得了，别败家了，我就是说说。对了，咱爸的生活费是不是又该寄了？明天你发了工资，直接去给郝辰汇钱吧，让爸手头宽裕点儿！"

离家来京快十年了，邹宇从未回过陕西老家。林红曾问过他原因，他总是说，要混出些模样来才有脸回去见乡亲。她欣赏他很有志气，更想帮他尽早实现这个愿望。

林红知道邹宇很努力，白天要管理物流站，晚上还要送外卖、做市调。邹宇也很有头脑，上回拿回来的那些印刷出来的广告单，虽然只发了一回，却也成功地迎来了一位买家，卖出了一张谭咏麟演唱会的内场票。而收来的另外两张连坐票则被邹宇在演唱会当天卖了出去，光是这三张票，他们就赚了一千五百元。

　　"那行吧！你要不说，我都给忘了。真是个好媳妇！"邹宇说着，从沙发上站起来，抻着脖子在林红的脸上亲了一下，然后走到门外，继续干活去了。

　　林红看着邹宇离开的背影，嘴角不禁挂上了会心的微笑。他们打算在北京过完年，就回陕西老家见邹宇的亲友。

　　嫁给勤奋又聪明的男人，再加上新婚，林红感觉很幸福。

　　如今，她唯一所盼的就是跟邹宇回家乡的时候，肚子里能有让亲朋们高兴的好消息传出。想到这儿，她脸上的微笑又添上了一抹红晕。

◇ 十一 ◇

　　"嗡嗡"，手机在手心里不停地振动。

　　拒接！白洁毫不犹豫地在屏幕上按下红键。

　　电话是艾佳打来的，这是她今早第四次打给白洁，也是白洁第四次拒接。

　　她手里拎着面包、蔬菜还有火腿等用来做三明治的食材，眼睛目不转睛地盯着电梯轿厢里向上攀升变换的数字，心思全部放在已经一周没来过的"家"上。

　　"叮"的一声过后，电梯门在十七层打开了。白洁从里面出来，踩着过道里深灰色的地毯走向一七〇一。

　　她将手指放进电子锁的指纹识别孔里，等待着门锁打开的"咔哒"声音。

　　她还记得第一次将手指伸进那幽闭的方孔时脑中闪过的遐想。她很担心伸进去的手指会突然被咬住不放,所以那会儿当"咔哒"声响起时,她着实被吓了一跳,还以为幻想成真,手指真的被咬断在了里面。

当然,想象终究是想象,那次"咔哒"声响起后,门开了,她看见孙建新站在里面,笑着冲她张开双臂,向她展示这间新装修的屋子·里属于他们俩的惊喜。

等了半天还没听见那声熟悉的"咔哒"声,只看到电子屏幕上显示着无法识别的标识。

白洁改换这只手来拿东西,腾出另一只手尝试着再去开锁,可门锁依旧纹丝不动。

"怎么回事?锁坏了?"白洁在心里犯起了嘀咕。

她改用密码去开锁,结果输入了由她和孙建新生日组成的密码后,屏幕仍在报错。

"看来是坏了。"白洁在心里安慰完自己,扭头往电梯间走。走到一半,她不甘心地转回头去,朝标着一七〇一门牌的深咖啡色木门上望了又望。

从写字楼下的星巴克打包了金枪鱼三明治和美式咖啡,白洁惴惴不安地走进了写字楼里。

她知道孙建新喜欢吃火腿三明治,可偏偏店里卖完了,只剩下金枪鱼的了。今早的一切好像进行得都不顺利,这让她的心绪纷乱不堪,比前两天周末在家时还要混乱。

四年来,白洁和孙建新曾经有过很多次争吵,但都没有这一次闹得凶。他没来哄她,而她也没去找他。整整一周,两个人都在僵持着,谁也不肯先低头。

这种像加在黑咖啡里的冰水一样的冷静,最终冲淡的只是白洁心中的怨气,而不是她对孙建新的感情。

她对他的思念越来越浓,甚至尝到了比黑咖啡还苦的苦涩。所以从昨天开始,白洁就已做好了屈服的打算,她要用实际行动告诉孙建新,她想过回原来的日子,哪怕是在那个名义上的"家"里寻找温暖。

孙建新是她的老虎哥哥，她是他的小白兔，愿意被他生吞活剥，哪怕是在他嘴里被一块块地咬碎也心甘情愿。只要，他不离开她。

走近总经理办公室门前，白洁用手捋了捋头发，她今天化了很漂亮的妆，从刚刚工区里男同事们看她的眼神就可以瞧得出来。

她深吸了一口气，准备好了待会儿见面时给孙建新的微笑，然后轻轻叩门。

等了片刻，屋里没有反应，白洁又敲了两下。

一阵安静后，当她正打算敲第三次的时候，孙建新的秘书从旁边的办公室里走了出来。

"白总，您这是……？"

看见秘书，白洁显得有些紧张："哦，孙总发微信给我，说让我早上给他带一套三明治当早餐。没事，你先进去吧。"说完这些，她对秘书嫣然一笑，故作平静。

"孙总吗？白总，您是不是搞错了呀？"秘书愣愣地看着白洁，接着又说道，"孙总他请了一周的病假，今天应该不会来了。"

"是、是吗？这什么情况啊？那可能是他请病假之前给我发的吧。看来之后就忘了告诉我不用给他带了，这事儿闹的。"

白洁极力掩饰语气中的尴尬。她知道自己该马上离开，可还是没忍住向秘书关切地探问道："那知道孙总怎么了吗？他病得厉害吗？"

秘书摇了摇头："不知道，我得到这个消息也很突然。"他看了一眼白洁，犹豫了片刻，还是说了出来，"白总，我还以为您会比我知道得早呢。孙总他不但这周不来了，以后也不会来了，他已申请调职回集团工作。听说接任咱们项目的总经理人选集团还没有决定，不过最晚下个月初就会有新领导来走马上任了。您之前……一点风声都没听到吗？"

看着秘书不像是在开玩笑的双眼，白洁只感觉眼前的景象都开始摇晃了起来。

孙建新真的不要她了，甚至为了躲开她，连退休返聘的机会都不要了。今早一七〇一那扇打不开的门，这些天来孙建新不曾回复给她的短

第七章 情人

257

信、微信,已将她最不愿接受的事实,赤裸裸地摆在眼前。

好在这时,手上的电话振动了起来,才替她找到了离开的借口。

"啊,我先接个电话。喂,艾佳。"她边将电话放到耳边说着,边背对着秘书朝工区的方向走去。

"我说亲爱的,你怎么才接我电话啊!"艾佳急促的声音在听筒中响起。

"啊,我刚才,我刚才……"

不听白洁解释完,艾佳就用沉重的语气又说道:"出大事儿了,我刚从集团人事那听到小道消息,你被人给举报到纪检办了。说你与供应商勾结,收受贿赂高达三百万,上面正开会商量如何对你进行调查呢!哎呀,都说小鬼儿难缠,这话一点不假!我帮你偷偷打听了,是侯坤那个癞皮狗,他联合程苏浪一起举报你前三年收受柯兆华设计公司的回扣。好消息是他们没能提供出什么真凭实据来。但是,一个叫PonyBaby的供应商倒是提供了你索贿的微信,还有你跟他们老板吃饭时谈回扣的录音。

"你知道吗,以前程苏浪在任的时候,据说这个PonyBaby的老板就曾用另一家公司的名义跟咱们合作过很多次了。所以这回他们的举报集团很重视,情况很糟糕啊……白洁!白洁!你在听吗?白洁!"

艾佳的声音落在地上,带着一同摔落的手机摇摇晃晃,泼洒出来的咖啡,像深棕色的血液,从晕倒的白洁手腕在米黄色的大理石地砖上四散蔓延。

第八章 本命年

◇ 一 ◇

二〇一九年，北京，秋。

"师傅，就要这条，麻烦您了！"从超市透明的玻璃缸里捞出最小的那条鲫鱼，郭鹏将兜着鱼的网子递给了负责称重的售货员，客气地说道。

拎着宰杀好的鲫鱼，路过特价蔬菜区时，他停下了脚步，从被扔得乱七八糟的菜堆里，挑了一袋打五折的红薯出来。那袋红薯看着还算新鲜，只是有不少摔成了两半，在横截面处呈现出淀粉氧化过后留下的青黑色。

在智能收款台上结完账，他拎着东西匆匆朝家的方向走去。

除了利用短暂的午休，赶回家给妻子做午饭，今天还有很多事等着郭鹏去办。

郭鹏推开家门，立刻就闻到了房间里散发着刚起床才有的浑浊味道。

床上被子凌乱，妻子正坐在地中央的矮板凳上对着画板勾勾描描。

他顾不得放下手中的菜，径直走进屋去，将半掩着的窗帘彻底拉开，向外推开窗户，初秋的风一下子就飘了进来，清爽宜人。

"回来了？中午吃什么啊？"

"买了鲫鱼和豆腐，吃鲫鱼炖豆腐怎么样？"郭鹏边回答着妻子的问题，边向厨房走去。

"要是你想喝汤，喝鲫鱼豆腐汤也行。我还买了红薯，待会儿蒸好了，给你先放锅里保温，要是我晚上回来得晚，你饿了，就先拿它垫吧垫吧。"

半天没有听见妻子的回答，郭鹏放下正在水池子里清洗的鲫鱼，走出了厨房。

他站在卧室门口，看着佝偻着背坐在那聚精会神、对着画板描摹的妻子。

因为掺杂了一半的白发，本与郭鹏同是三十五岁，明年才到本命之年的妻子看起来十分苍老。她在后脑勺上随意地把花白的头发盘起，手中握着的画笔在白纸上心烦意乱地一下下游走，发出"沙沙沙"的响声，很快填满了粗重线条之间的空白。

紫红色的旧笔袋展开着搭在她的膝盖上，垂下一排长短不一的铅笔，从HB到8B一样一支，只有2B和4B的口袋是空的，它们正被她攥在另一只手里。

弄明白了妻子刚才的问话只是她下意识的问候，郭鹏转身回到厨房里。

他拿出菜板，把清洗好的鲫鱼放在上面，提起菜刀，打算在鲫鱼背上切出几道花刀，让待会儿炖出来的鲫鱼豆腐更加入味。

"滋滋滋滋……"像软底胶鞋踩在光滑地面上不停扭蹭的声音传进了郭鹏的耳朵里。

手中的菜刀立即停在了鱼背上，他屏住呼吸，侧耳倾听，半天没再听见什么声响，才将刚刚蹙起的眉头舒展开。

郭鹏将鱼放进不锈钢盆里，打算先腌制一会儿，结果料酒还没倒进盆里，那奇怪的声音又从屋里传了出来。

"滋滋滋滋……滋滋滋滋……"

匆忙将料酒瓶放在灶台上，郭鹏冲到了屋里。

看见妻子在哭，他缓缓走了过去，在她脚边蹲下，搂住她因为不停哽咽而颤抖不止的身体，"怎么了？怎么突然哭起来了？"他小心翼翼地轻声问道。

第八章 本命年

妻子抬起红肿的眼睛："你说，儿子都已经十岁了，是不是已经开始变声了？如果他打电话回来，叫我'妈妈'，我是不是都听不出他的声音来了？"

这个突如其来又同样令郭鹏心碎的问题，让郭鹏的眼神一下子暗淡了下去。

没能从他眼中找到想要的答案，妻子的情绪彻底失控。伴随着撕心裂肺的号叫，她抓起画板上即将画完的素描，撕得粉碎。

"啊……儿子啊！你在哪儿啊？儿啊！你究竟在哪儿啊？妈妈真的好想你，求求你，快回来吧！儿啊……"

撕碎的画纸像战后燃尽的炮灰一样纷飞，她在绝望的哀鸣中撕扯着自己的头发。

怕妻子接下来会像以往一样，伤害她自己，郭鹏连忙将她扑倒在地。

他依靠着身体的重量，死死地压着她，双臂紧紧地箍住她的胳膊，向上顶着的头则用力地抵在她的脸颊上，难过地感受着她湿热的眼泪混合着口水甩在他的脸上，任凭她坚硬的下颚"咣咣"地撞击着他的头骨。

直到她在地上扑腾够了，挣扎到力竭，郭鹏才松开了她，然后费力地将她抱到了床上。

他从床头柜里拿出医生给妻子开的处方药，喂她服下。这药有放松肌肉、舒缓神经的作用，医生曾告诉郭鹏，一旦情况变得很糟，就不要再去管那些副作用了，关键是让她安静下来。

看着妻子呓语着睡去，郭鹏抹掉她脸上的泪水，又擦了擦自己额头上的汗，有一滴汗水被他带进了眼里，又酸又涩，却没能激发出眼泪来。

他觉得自己的眼泪在几年前就已流干，况且现在的情况家里只能允许一个人流泪，而另一个人必须永远坚强。

他重新走回画架旁，弯腰将妻子今日那些不满意的画作，还有她刚才撕碎的纸屑一一拾起，再抬头时，望着那一张张贴满整墙的人像画，重重地叹了口气。

那些画上画的都是同一个人——他们的儿子郭小鹏，从五岁到十岁男童的素描像跃然纸上，只不过那都是妻子想象出来的模样。

六年前，也是像今天这样初秋的一天，四岁的郭小鹏，被爷爷领着到楼下玩，自此走失。郭鹏他们报了警，也登了寻人启事，甚至翻开了小区里所有污水井的井盖也没能找到儿子的踪影。

一个月后，父亲穿着那一年过年时买回来的新衣新鞋，被人看见从武汉长江大桥上跳下，就此消失在江水里，母亲也从此一病不起。

后来有邻居声称，曾看见过衣着和郭小鹏一样的孩子，在案发当天被一男一女强行抱上了"豫"字开头车牌的面包车里。郭鹏夫妻便卖掉了房产，就此踏上了寻子之路。

将妻子撕得粉碎的画纸一块块地拼凑到一起，郭鹏看见了一个陌生男孩的笑脸。望着他脸颊两侧那对让郭鹏无比熟悉的酒窝，郭鹏张开嘴"嗤"一下笑了出来，飞溅出来的唾液里混杂着鼻涕和眼泪。

儿子长得并不像郭鹏，倒是像妻子多一些，但是那对像被牙签扎出来的小酒窝，却是来自他们郭家的基因。

郭鹏还记得第一次见到儿子带着这样的酒窝、笑着喊他爸爸时的情景，他背过脸去，眼圈控制不了地发红，一抬头，惊讶地瞥见父亲也在悄悄抹掉脸上的眼泪，好似那一声稚嫩的呼唤昭示着这两个男人活着的意义，唤醒了他们全部的爱。

郭鹏与父亲的感情并不好，年轻时在长途运输队里当货车司机的父亲，把大部分的时间都留在了没有高速公路的土道上。他一走就是一个多月，再出现时，郭鹏看见父亲的眼神里总是充满了胆怯和陌生。

成年后的郭鹏虽娶妻结婚，与父亲间的隔阂却并没有因此而变得少一些。他们俩时常会站在老房子里，对着墙上贴着的世界地图指指点点，为国际形势、中东战争争论不休。

其实，郭鹏只是想同父亲较劲。就像小时候，每一次陌生的父亲回来后，对他的管教会令他不服一样，他要与父亲永远持相反意见。即便郭鹏深知这样的争论毫无意义，他也要这样做，这是他在潜意识里对父亲的惩罚。

郭鹏真正理解父亲、与他和解，并不是在儿子郭小鹏那句"爸爸"的叫声中，而是父亲离世后，他踏上了寻子之路的过程里。

日日颠沛流离的生活让郭鹏十分想家，更分外想念儿子。他终于明白，若不是情非得已，没有哪个男人愿意离开自己的家，离开自己的孩子，在外漂泊。

他终于理解了父亲，若不是为了生计，若不是为了让他吃饱穿暖，父亲是不会舍得离开他的。

寻子路上，颠簸的汽车和常常筋疲力尽的行走跋涉，治好了郭鹏的颈椎病。从前在银行里做柜员的他，常常跟当美术老师的妻子抱怨，再这样整日坐在柜台里歪头接待来银行办理业务的顾客，他的腰椎和颈椎恐怕等不到退休就要彻底报废了。

旧病虽去，却添新病，自打郭小鹏走失后，时不时就有人打电话来声称知道孩子的下落，但要郭鹏支付一定数额的信息费。

最过分的一次是一个来自广东的电话，里面的男人用含糊不清的普通话告诉郭鹏，郭小鹏被他们绑架了，只要他支付三十万的赎金，就会放人。

救子心切，郭鹏不敢报警，反倒屡屡被骗，卖掉房子的钱花得所剩无几，却没有获得一点靠谱的信息。他得了重重的疑心病，妻子的精神也屡次在充满希望和极度失望的两极中跌宕，最后彻底崩溃。

今年年中，郭鹏又接到了一通提供孩子线索的电话。

这些年积累的经验让他不再轻信于人，他小心地向对方询问所知道的情况，结果对方说得有板有眼，还主动加了他的微信，提出要与郭鹏视频。

视频里的白胖男人戴着黑框眼镜，长相憨厚，看起来值得信赖。他眨着大大的眼睛，欲言又止，最后还是抿了抿发干的嘴唇对郭鹏夫妻说道："其实……向你们提供消息，我妻子并不赞成。

"她是县医院不孕不育专科的大夫，见过太多求子不得、沮丧落寞的夫妻。她跟我说，要不是实在生不出来，实在没办法了，谁家会去买别人家的孩子呢？再说，买回去也一定是当心肝宝贝那样宠着养着，如今，要他们把孩子还给原来的父母，无疑是让孩子现在的家庭经历一次丧子之痛啊。

"我妻子说，一切都是天意，我们不该插手管这种事。尤其她现在病了，病得很重，家里正在凑钱给她治病，我怕我这么干有损阴德啊！所以，我……"

他的话还没说完，郭鹏的妻子就把手机抢了过去，她对着手机又跪又拜，嘴里哭喊着："大哥，小鹏是我们的亲生儿子，他是我的命！求求你，告诉我们吧，他到底在哪里？要不是为了找儿子，我早就不想活了，求求你了！帮我们找到他，您是在行善积德啊！求求你了！"

发现妻子即将失控，郭鹏不得不怀着复杂的心情挂断了对方的视频。没想到，刚刚将妻子安抚好，他便从微信上又收到了那男人发来的一张照片。

照片里，农村低矮的红砖房前站着一排十来岁的男孩儿女孩儿。他们个个手里拿着塑料花束，看样子是在列队欢迎谁的到来，其中一个被红线圈住的男孩儿，脸上带着深深的酒窝，露出腼腆的笑容。

郭鹏连忙拉伸着两指，将屏幕上的照片放大后看了又看，发现这男孩真的与寻人启事上儿子的模样有几分神似。

被狂喜和怀疑纠缠交织在一起牢牢地捆住，郭鹏一下子竟不知该何去何从，紧张到不行。

郭鹏给男人回复了微信，说愿意拿出仅剩的五万元给他妻子治病，请他将郭小鹏所在的村落说出来。为了防止再次上当受骗，郭鹏提出见面交易，要亲自将这笔钱交到男人的手里。

发完了这条微信，郭鹏就紧紧地盯着屏幕，等待着对方的回复。

大概过了十分钟，男人给他回信了，内容很简单，却让郭鹏更加确信。

"好吧！孩子在河北，离廊坊不远。我也在这儿，你们过来吧。咱们廊坊见！"

郭鹏夫妻立即启程，赶到了廊坊，但他没有立即约男人见面，心中留存的最后一丝警惕，让他把这件事情的经过发到了"寻子论坛"上，想听听同样在寻找孩子的网友们的意见。

其实，他是想听到鼓励的声音，让他有勇气拿仅剩的家底再去赌一把。大多数同病相怜的网友都赞成郭鹏的这次交易，还有几个在寻子过程中见过面、互换过孩子信息的父母，还提前向他发来了祝贺。只有少数人认为这是一场骗局，其中以一个叫作"鱼耳朵"的网友说出的话最令人泄气。

"我觉得，那男的肯定是个骗子。他说他是在村干部的陪同下，去村里考察养殖基地拍到这个孩子的，这怎么可能！

"像这种被拐来的孩子，村里只要一有外人来，村民们就会自发把孩子们藏起来，还会派专人看管，不可能让这些孩子被外人看到。

"村干部往往也是睁一只眼闭一只眼，不然，这些被拐卖来的孩子早就被同村人举报，被救回家了。

"正是因为乡亲们的默认和包庇，买来的孩子们才那么难被找到。

"所以，他说村里人陪着他拍了那张照片，绝对是胡扯！不要相信他，不要付钱！"

鱼耳朵的话听起来很有道理，也许就是太有道理了，郭鹏才想用更多的"事实"来反驳。因为他太希望这个线索是真的了，进而不愿意听到任何有力的反对声。

"线人说了，后来第二天早晨，那男孩儿喊他去吃早饭的时候跟他说了句'去过早'。他当时没听懂，所以印象特别深刻。

"你知道吗？'过早'"，在我们武汉话里就是'吃早点'的意思。一个河北的男孩突然冒出一句武汉话来，你不觉得这太奇怪了吗？

"他就是我的儿子，小鹏一定是还记得每天早上，我喊他吃饭时对他讲的话。"

"天啊！我知道你找孩子心切，但是兄弟，清醒点儿吧！

"孩子是四岁时被拐的，如今已经十岁，你觉得对于一个那么小的孩子，六年来完全生长在远离家乡的地方，他还会说家乡话吗？

"这分明就是冲你而来的骗局！跟那男的视频时你截屏了吗？发给我！我把他发到其他寻子群里，看看有没有上当受骗的父母见过这个人渣。"

郭鹏没再回鱼耳朵，反倒是对他起了疑，自打郭小鹏走失后，他就时常登录"孩子回家"网站的寻子论坛。郭鹏早就注意到了鱼耳朵，他在论坛里面很活跃，频频发言，还会给求助的父母捐款。

但据郭鹏所知，鱼耳朵并不是孩子被拐的网友，他刚刚结婚，甚至还没有孩子，自称是志愿者。

鱼耳朵对拐卖儿童的事件十分关心，甚至对拐卖儿童的手法好像也知道得不少，如今他这样反对郭鹏，不禁令郭鹏怀疑鱼耳朵可能别有用心。

郭鹏特意在网上查了一下"鱼耳朵"这个奇怪的网名，百度给他的解释是，"鱼跟人一样，有十分灵敏的耳朵，用来探听水下的声音，只不过鱼只有内耳，没有外耳，所以从外面看不见。"

这样的解释不禁让郭鹏产生了联想，难道鱼耳朵其实是人贩子组织里的人，潜伏在打拐网站里探听消息，一旦有什么风吹草动，涉及团伙的切身利益，就立刻赶着去报信？

交易那天，郭鹏登录到最近一直都没有去的寻子论坛，他看见了鱼耳朵这些天接二连三给他留言，除了劝他不要去，还贴了几张孩子们的照片，都是三个以上孩子的合照。

鱼耳朵说，这是他从被骗子骗过的寻子父母们那儿收集来的，问这里有没有郭鹏收到的那张照片。

果然，郭鹏在其中看到了一张与那线人发来的一模一样的照片，只不过这张照片上被红线圈着的，不是那个带酒窝的男孩儿，而是另一个露出两颗虎牙的女孩儿。

郭鹏大惊失色，询问鱼耳朵怎么会有这张照片。

鱼耳朵当时在线，立刻就给了他回复："有些家伙专门用这些农村孩子的合影，同网站上父母们发布的失踪孩子的照片做对比，只要找到有几分相似的，就谎称手上有这个孩子的线索，找人家要钱。

"他们不怕见面交易，拿了钱之后，告诉父母一个假地址，然后就消失得无影无踪。即便有人报警，也无迹可寻。

"所以很多上过当的网友把这些惨痛的经历当作教训自发地放到网上，提醒他人不要受骗。

"怎么样，兄弟，你还没去吧？"

就这样，鱼耳朵在最后一刻拦住了郭鹏。后来郭鹏报了警，以其人之道还治其人之身，与警方合力把那个骗子钓了出来，将他绳之以法。

这次的经历，让郭鹏对鱼耳朵不再怀疑，更钦佩他为人的热心。后来，听说郭鹏离北京不远，鱼耳朵建议他来北京，边工作边收集信息边找孩子。

鱼耳朵说，北京毕竟是资源丰富、信息汇集的首都，在这里，有利于将小鹏的寻人信息更大范围地扩散出去。

恰巧那时鱼耳朵所在的快递站点缺人，于是郭鹏便听了鱼耳朵的话，带着妻子来到北京，当起了快递员。

有一次，郭鹏好奇地问鱼耳朵，为什么给自己取了这么一个网名，是不是有什么特殊意义？

结果鱼耳朵的回答云淡风轻："什么意义？没想那么多。从我名字两个字中各取一个偏旁部首，倒过来念不就是'于耳朵'吗，能有什么意义？"邹宇搬着两个快递纸盒塞进三轮车里，扭过头来对郭鹏答道。

郭鹏还想问他，为什么那么热衷于打拐，但是话到嘴边，还是吞了回去。

他猜邹宇一定会眨着像溪水一样清澈的眼睛，回答说："行善积德。"

但是郭鹏相信事情绝非那么简单，他可以感觉得到，对于邹宇来讲，打拐并非普通的公益，而是无法释怀的执念。

郭鹏不清楚邹宇的这份执念来自何处，但他知道邹宇对拐卖的深恶痛绝，一点也不比失去孩子的父母少。

刚将废纸倒进纸篓里，郭鹏的电话就响了起来，怕吵醒妻子，他赶忙跑到卧室外去接。

是邹宇打来的，告诉他一切都已就绪，要他一会儿忙完直接过去。

◇ 二 ◇

在赶往果园小区的路上，郭鹏通过了微信里好几个陌生人的好友申请。

陆续收到他们发来的红包后，他将走改成了跑。看来邹宇已将大幕拉开，而他这个主角却还没有进场，这使得郭鹏感受到了时间的紧迫。

一进到果园小区里，郭鹏就看见了小区道路左侧拉开的红色条幅，那上面用金黄色的字印着"打拐、防拐知识大讲堂"。

条幅前面由两张方桌拼成的一张长条桌上，铺着一块烫绒的红布。邹宇站在桌子后，几个小区的居民围在桌子前，手里举着从桌上拿来的宣传单。

有人认真读着桌子左侧的拉网展架，上面印着打拐防拐的常识，还有几个拐卖儿童的真实案例。

还有一些人看着立在桌子右侧的易拉宝，郭小鹏硕大的寻人启事被印在了上面，底部设有一个像迷宫一样的二维码。这是邹宇出的主意，那个二维码直接连着郭鹏的微信收款账户。

郭鹏看见一个打扮时尚的年轻女孩正在扫码，之后，果然他的手机响了一声，微信提示有一百元入账。

"郭鹏，快过来！"远远地看见气喘吁吁的郭鹏，邹宇朝他招呼道。

待郭鹏走近，他指着那个打扮时尚的女孩，对郭鹏说道："快谢谢这位姑娘，人家刚刚给你捐了一百元。"

郭鹏连忙对女孩说了句"谢谢"。

女孩不好意思地一笑，对他说道："没什么，希望能帮到你一些。你儿子的寻人启事我已经转发到朋友圈里了。不要放弃他，你们一定会团圆的。加油！"

来自陌生人的鼓励令郭鹏很是感激，他红着眼圈，重重地点了点头。

这时，邹宇的电话铃声突然响了起来。郭鹏听出来，邹宇的手机铃声是前些天电视里介绍过的世界名曲，萨拉萨蒂的《流浪者之歌》。

正惊奇于邹宇竟也会有如此高雅的音乐品位，郭鹏就看见邹宇背过身去，接起了电话。

看出他有意不想让自己听到通话的内容，郭鹏便代替邹宇，站到了桌子后面，给新凑过来的人发放宣传单。

宣传单上面不但印着郭小鹏的寻人启事，还印了另外几个寻子家庭的信息，最后统一留的都是郭鹏的微信号，以方便收集线索。

郭鹏一边回答着热心人的问题，一边忍不住偷听邹宇讲电话。

邹宇的声音变得很温柔，郭鹏从没有见过他这样温柔。再加上邹宇接电话前的紧张模样，郭鹏不禁对这通电话充满了好奇。

开始郭鹏还以为是林红打来的，但仔细听了听内容，却发现并非如此。

"……啊，我挺好的。你怎么样？"

"哦，那就好，挺好的就好。"

"对，我今天休息。"

"没在家，在外面帮一个朋友的忙呢，算是公益活动吧。"

"对，在大兴，离我们住得不远。"

"啊，你在附近啊？"

"哦，地址吗？果园小区。"

"好，我会注意的，你也是，多保重！"

撂下电话，郭鹏看见邹宇站在原地愣了好久才回过神来。重回到桌边，他脸上洋溢着难以掩饰的幸福笑意。

郭鹏正想问他来电的人是谁，却听见邹宇说道："你先在这盯会儿，我还没吃饭呢。回去跟林红一块儿吃完午饭回来替你，你再去上班，到时候给你带汽水回来。"

郭鹏发现，温柔已从邹宇的脸上消逝，又变回了他平时阳刚的模样，于是对他答道:"得嘞,你去吧!别着急,下午的件我上午赶着送得也差不多了,晚回去些也没事。"

邹宇走后没多久,人群也跟着渐渐散开,忙活了一中午的郭鹏终于可以在椅子上坐下来歇一歇了。

刚刚立秋的午后,秋老虎依旧凶猛,蒸走人精神的高温令郭鹏昏昏欲睡。

阳光透过榆树叶间的空隙,照在他枕着椅背仰起的脸上。榆树叶的阴影加深了他脸上的颜色,而被太阳照到的地方则呈斑块状地发白发亮,使他看起来就像是一个无精打采的白癜风病人。

郭鹏眯着眼睛,朝身后挂着居委会牌子的屋里瞧了一眼。看见屋里晃动的人影,他重新打起了精神。

郭鹏知道,今天这场活动是邹宇费了好大力气,才成功游说果园小区的居委会一起合办的。虽说名义上是一场"打拐防拐"的公益活动,但郭鹏深知,邹宇策划这件事主要是为了帮助他寻找儿子。所以,无论感觉多么疲劳,郭鹏都不能表现出来,特别是在居委会的门口,更不能给邹宇掉链子。

郭鹏往手掌里倒了些矿泉水,然后轻拍脸颊,重新站了起来,开始整理桌上的宣传单。

一抬头,他看见对面路边不知何时停了一辆黑色的奔驰。驾驶位上,戴着时装款墨镜的女司机正朝他这边张望。

发现已经引来了郭鹏的注意,司机推门从车里走了下来。

她轻轻抚平深蓝色套裙上的褶皱,径直走到铺着红布的桌边,从上面拿起一张宣传单来认真看。

白皙脖颈上的银白色珍珠项链和姣好身材下踩着的白色高跟鞋,让她看起来气质非凡。

"您好,这上面印着的男孩是我儿子。走失六年了,我一直在找他。您要是愿意,可以帮我把这个寻人启事转发到朋友圈里。呐,下面这个是我的微信,里面有电子版的海报,方便您转发,谢谢了。"郭鹏探着下巴，伸手指点着她手中的宣传单说道。

她没有回答，只是轻轻点了点头，然后将宣传单放回了桌上。

并非所有人都那么热心肠，郭鹏从前也不是没遭遇过这样的拒绝。他心有失落，正想对即将离开的女人机械性地说声"谢谢"，却看见她拿出手机，开始扫易拉宝上的二维码。

看着微信里的收款信息，郭鹏的眼睛突然瞪得像浮出水面的元宵一样又大又圆。带着心中沸腾的热气，他不敢置信地盯着数字"1"后的几个零，又数了一遍。没错，是十万，而不是一万、一千、一百或十块。

郭鹏看看屏幕又看看她，看看她又看看屏幕，嘴里结结巴巴地说着："十、十万，您是不是按错了呀？这太多了，我给您退回去吧。"

她没有说话，只是朝郭鹏笑笑，然后转身要走。

明白她并非手误，而是刻意为之，郭鹏连忙叫住了她："女士，谢谢您！谢谢您对我们全家的帮助！请您一定留下名字，让我们知道恩人是谁！"郭鹏的言语真切，句句带着发自肺腑的感激。

也许是被郭鹏微颤的声音打动，她停住，犹豫了片刻，然后走回来，拿起笔，在捐款名单上用秀美的字体写下一个"婷"字。这之后，她便再没回头，直接驾车驶出了小区大门。

邹宇一回来，郭鹏就迫不及待地把中午的经历告诉了他。

令郭鹏不理解的是，邹宇却出奇的冷静，他只是一言不发地盯着女人留下的签名看了良久，然后轻轻放下，望向远方，脸上带着会心的微笑。

◇ 三 ◇

金秋十月，国庆刚过，北京的大街小巷还插满了为祖国七十华诞庆生的红旗。

一阵风吹过，红旗迎风飘舞，像摇曳多姿的少女，神采飞扬。

此时，三里屯商场前的人行步道上，一个疾步行走的女人吸引了街拍小伙的目光。

她看起来比刚刚吹过去的那阵自然风还要拉风，烫成玉米穗一样齐至下颚的短发，一侧被别在耳后，露出了白皙且轮廓分明的脸颊；另一侧则因为她正在歪头讲着电话，散在眼前遮住了小半张脸。

她鼻梁上架着极为时尚的复古金丝边圆框眼镜，镜片颜色由浅咖过渡到深棕，像极了滴在纯咖啡里的可可浓浆所晕出的圆圈。

注射了玻尿酸的朱唇，让唇边微微翘起，看起来就像是顶级的车厘子，令人垂涎欲滴，分外诱人。

深海蓝色短款外套与黑色皮短裤间的腰身苗条而极富曲线，黑色高跟短款皮靴上的金色铆钉，发出比太阳光还要耀眼的光芒。

街拍小伙快步上前，试图拦住她，用惯用的伎俩从兜里掏出早已准备好的名片，对她说道："小姐姐，想不想当明星？我是星探杂志社的摄影师，我可以……"

他拿着名片的手刚递到她的身前，就被她一抬手打了回去："去去去，一边儿待着去！没看我正打电话呢吗，哪有空儿搭理你啊！还星探杂志社呢？我这么一大明星，都认不出来！"

姜梦娜边走边骂道，接着她一甩头发，让耳朵重新贴回到手机上，对着话筒说道："娇娇啊，刚才说哪了？

"啊，跟孙文亮吃饭。对，吃的什么？

"没！没吃西餐。吃的烤鱼，辣死我了，嘴现在还疼呢！

"不是麻辣的，是剁椒麻辣。说起来我就火儿大，明知道我不能吃辣的，他倒好，就为自己痛快，还点了一个'至尊辣'，要不是为了跟他说正事，姐姐我立马儿拍桌子走人。关键是，他前两天还犯痔疮呢，一上厕所就流血，对着菊花挤了两管马应龙才刚见好，今儿又记吃不记打，非要吃这破烤鱼，还靦脸问我呢，问我知不知道肛裂是什么感受？

"我能说什么呀，我又没裂过，当然说不知道了。他还给我描绘呢，说那感觉就像是有个人拿着一把小钢刀，在你菊花上顺着那些褶，一下一下地割着。欸！你说他都这样了，怎么还狗改不了吃屎呢！有时候啊，我真替他爹妈感到遗憾，怎么就生出他这么个让人操心的玩意儿！

"行了,你别乐了,我现在就跟你讲他听到正事时的反应。

"点的凉菜一上桌,我就跟他郑重其事地说:'我今天约你来,是有重要的事跟你说。'

"本来啊,我是想表现出惴惴不安来的,电影里女人谈这种事儿时,不都是一副忧心忡忡的模样吗!

"按理说,哪个男人看见自己女朋友这个样子,不都得赶紧问问'亲爱的,你怎么了呀,是不是出什么事儿了?'

"你猜他怎么的?他一边儿往嘴里丢着花生米,一边笑嘻嘻地斜眼问我'正事儿?你能有什么正事呀?又相中哪个包了?还是想要谁家的手链?我前两天不刚送过你礼物吗?又讹我呀?'

"我心里这火儿啊,腾地一下就上来了。我就跟他说:'孙文亮!你给我坐好了,人命关天的大事儿,你听还是不听?'

"结果我这话一出口,他倒真是把嘴里的花生米抠了出来,两眼睛瞪得跟汽水瓶盖儿似的瞅着我。

"可我不知道怎么了,这心里一下子又七上八下了。那感觉,就像有个乒乓球在你气管里跳啊跳,每次话到喉咙口,就被弹起来的乒乓球堵在那儿,就说不出来。

"他可能也看出我为难来了,就问我:'娜娜,你到底怎么了?快说呀!'

"我的声音一下子就小了起来,也不管他能不能听得见,含含糊糊地说道:'我两个月没来大姨妈了,到今天正正好好俩月了。'

"我这心里紧张的,也不敢抬头看他。结果我等了半天,除了周围人的说话声,还有商场里面的背景音乐,再没听到别的动静。

"我就忍不住抬起头,你猜怎么着?他正在那儿刷抖音傻笑呢!就是一脑残。

"我一把把他手机扒过来,拍桌子上,冲他吼道:'我都两个月没来月经了,你听到没有!'

"这回他倒是直勾勾地看着我了。可不止他,周围几桌全都直勾勾地看向我了。一个个那模样，就像我刚才说的话是定身咒似的，全不吃了，就举着筷子盯着我。

"我心里这个火大啊，我就冲他们嚷道：'都看什么看，好好吃你们的饭去！'

"接着我把头扭过来，反正我这脸也丢了，就抿着嘴，继续瞅着他：'你说吧，你打算怎么办？'

"他倒痛快，眨了眨眼睛，回答我道：'能怎么办，打了呗！不然还生出来吗？咱俩又没结婚。'他说话那模样就像这事儿是给猫做绝育一样容易。

"没，我当时没发火儿，因为我那时候突然觉得像是坐在过山车上被人剪断了安全带一样绝望。你看我现在说得轻松，当时眼泪差点没掉下来。

"后来，吃烤鱼时我们俩一直没说话。以前也这样，都谈了四年恋爱了，谁还能在吃饭时含情脉脉地看着对方啊！

"但是今天的沉默，却完全不是这个意思，我们俩就跟参加丧礼似的，一直低着头，互相为对方哀悼呢。

"最后，我终于忍不了了，就跟他说：'不行，你得娶我！我要这个孩子，这可能是你的儿子。'

"一说完，我就发觉我这话说得有歧义，又赶紧补充了一句'要不，就可能是你的女儿。'

"他倒是没在乎，立即愁眉苦脸地撂下筷子跟我说：'娶你？我妈肯定不同意！我妈和我妹最烦你了，跟你谈恋爱，我都是顶着巨大的压力呢！'

"你听听这孙子说的话！好嘛！就好像是他睡了我四年还做出了巨大牺牲似的。

"娇娇，你等等啊，我进地铁了，信号可能有点不太好……"

发觉地铁站里还有信号，姜梦娜赶紧对着电话说道："娇娇你别挂，我现在换个手拿电话，然后从包里把地铁卡掏出来。欸？地铁卡呢？

"我跟孙晶晶怎么掰的？没跟你说过吗？

"那你可能真不知道！还能为什么啊？就因为我跟孙文亮谈恋爱呗！

"不！她不喜欢她哥，正相反，她对她哥恨之入骨。当年我初中毕业，我妈跟我爸连哄带骗地把我奶奶送进了养老院，卖了老家的房子我才进的人大附中国际班。

"何止不容易啊！我们家那是相当不容易！我爸妈告诉我了，努力学习固然重要，在班里交到家庭背景殷实的朋友更重要。这就是我父母的人生信条，要不然，他们能放着二甲医院里的医生说不干就不干了，跑出来混社会，卖医疗器械吗？学习好最多就是混个高文凭，光有文凭能怎么着，撑死了端个铁饭碗。要想靠上班领工资暴富，那不可能。上班只能解决温饱，最多也就是个小康，只有做生意才能发财，才能暴富。做生意，靠的是什么？就是人脉呀！所以我爸妈告诉我，打小交朋友就得找有用的人，为将来积攒人脉！

"对吧！咱俩现在干带货主播，你也发现了，我爸妈说得一点没错吧！

"开始咱家卖的那几款面膜还有即食酸辣粉，不都是你发小给咱们介绍的商家吗！

"当时咱们一点儿流量没有，人家为什么让咱们卖呀？不就是看咱们朋友的面子！

"啊？是因为我脸蛋漂亮，你发小当时看上我了？那又怎么样？脸蛋不也是面子吗？

"得得得，别扯那么远了。我怎么说到这儿来了，接着说我的事。

"所以啊，一上高中我就盯上了孙晶晶。她坐在我前边儿，我坐她后排，时不时找她借个橡皮，问问她这道、那道题怎么做，课间喊她一块儿上厕所。有这么几回，自然就熟起来了。

"其实她这人特没劲，就知道学习和跳芭蕾，还特清高，对什么八卦都没兴趣。要是没有我呀，就只剩下班里那几个想追她的文弱书生围着她转了。

"可谁让她妈是方婷呢？打一进学校，就没人不知道这事，都立马对她高看一眼。

"但是我得声明，我是后来才知道孙文亮是她哥的，而且说实在的，我可不是为了孙文亮才接近她的，我是跟孙晶晶在一块儿玩久了，难免会见到孙文亮，才认识孙文亮的。

"而且孙文亮长得确实帅啊，你跟他不熟时，他看起来还人模狗样的，哪个怀春少女不爱啊！我不就也为他心动了嘛。

"结果我跟孙晶晶一说她哥追我想谈恋爱，她立马急了！她也不说为啥，就告诉我家丑不可外扬，说我要是答应了孙文亮，就跟我绝交。

"我当然选择爱情了，再说了，做孙文亮的女朋友，不比做她孙晶晶的朋友跟孙家的牵扯更瓷实吗？

"所以，我就跟孙晶晶说，绝交就绝交！

"结果她眼圈红了，眼泪汪汪地问我，是不是为了接近孙文亮才跟她交朋友的？

"我当时心里正生气，觉得她凭什么趾高气扬啊，我跟谁谈恋爱还得她同意？她有什么了不起的啊，不就是会投胎吗！她要不是生在那个家，凭什么能活得那么简单？

"所以她根本没资格质问我。我就是早有预谋，处处算计又怎么着？饱汉子不知饿汉子饥！她哪儿懂咱们这些平民女孩儿的心酸啊！于是，我就没搭理她，懒得跟她掰扯，结果就掰了。

"方婷为什么那么烦我？这我还真不知道。可能跟她女儿有关吧，毕竟我和孙晶晶那时候闹得挺僵的。

"哎呀，娇娇啊！你说我可怎么办啊？我这豪门之路走得怎么就这么艰难啊？话说，现在才十月份，还有仨月才到二〇二〇年的春节呢，才到我本命年呢，怎么现在就这么不顺呢，简直逆到无法阻挡啊！

"哎呀！脚！

"烦死人了，刚才有个小孩儿在地铁里跑来跑去，踩我鞋了，真讨

第八章 本命年

277

厌!

"一看见这帮熊孩子我就烦,你说我现在这状态是不是也不适合当家长啊?

"啊?什么?刚才信号不好,没听清,你刚才说什么?

"别放弃这个机会?可你看呢,我就算是真怀上了,孙文亮这浑蛋也不打算负责,怎么能嫁入孙家呢?而且万一没怀上呢?万一只是最近酒喝多了,内分泌紊乱,月经不调,虚惊一场,可怎么办啊?

"嗯,你说得有道理,叫我爸妈找他们以前的同事搞张验孕报告倒是不难。

"哎呀,娇娇,问题又回来了,就算怀上了,孙文亮今天也说了,他不会娶我。好烦啊!

"什么意思?找孙文亮他爸?

"喂,你说什么?哎呀,听不见了,断了,是不是断了,喂?"

不甘心地把电话塞回了挎包里,姜梦娜望着地铁车厢里贴着的婴儿奶粉广告上的白胖小孩发起了呆。

还没进家门,姜梦娜就从门口听见了像三千响的鞭炮被点燃了似的"噼里啪啦"的推牌声。

"回来了娜娜,听你妈说跟男朋友吃饭去了?玩得怎么样啊?"姜梦娜一进屋,父母的牌友、做医药代表的郑伯伯就叼着一支燃了一半的烟卷,虚着眼睛跟她打招呼道。

"还行,挺好的。"姜梦娜一下子变成了淑女,微微颔首,笑着回答道。

"听说男方家里条件相当可以,可得抓住了!好事将近了吧?你爸和你妈可都盼着呢!"郑伯伯对面做药品原材料经销商的刘阿姨接话道。

"快了!快了!不是今年就是明年,等着吃我们家闺女的喜糖吧!"不等姜梦娜说话,姜母就替她得意地答道。

"真的啊!那敢情好!我们得赶紧把红包准备厚点!你们结了这么厉害的亲家,我得趁你们家门槛没被踏破前,赶紧巴结起来呀!"郑伯伯旁边,姜母的对面,姜梦娜从来没有见过的一个中年男人打趣道。

伴着牌桌上哄起的笑声,姜梦娜灰溜溜地走进了卫生间。她将门从里面锁好,拿出回来路上从药房里买来的验孕棒,蹲在马桶上试了起来。

"欸,你们那谁有二条?这打了半天一个二条都没有,是不是谁一下拿了仨啊?说一声,我就改牌儿,不胡二条了。"

姜梦娜举着验孕棒紧张地盯着显示栏里的变化。

"还没有二条!咱们这可是一人最后一张了啊,抓完这圈,要是都没胡上,这把就和局了。你们真都没有二条?那二条哪去了?"

听着客厅里姜母在牌桌上的抱怨,姜梦娜紧紧地皱起了眉毛,显示格中隐隐的横道即将变得清晰,她感觉心脏都攥起了拳头,缩成一块儿。

"哎呀!二条!没想到真抓着了!哈哈哈哈,胡啦!"

◇ 四 ◇

-1-

孙建新在北大医院的一楼取药处,接过药剂师递给他的一大袋子药,转身朝门外的停车场走去。

他一路上都在回忆与那个脑神经外科医生的对话。

"其实,如果心里一直有事情,吃再多的安眠药也是解决不了问题的。"女主任医师一边写着处方,一边意味深长地说道。

"没、没事儿啊,我心里没什么事啊。"孙建新下意识地强装笑脸,回答她道。

女主任医师忽然停下了手中的笔,抬起头,定睛看着他:"嗯,好吧。很多病人都跟我这么说,但根据我从医的经验,患者因脑部器质性病变而引发失眠的其实并不多。

"大多数人还是因为有放不下、解不开的心结,才造成严重、长期甚至是习惯性失眠的。

"我曾经遇见过一个病人,他是一个富商,衣食无忧,儿女双全,家庭事业都很成功,可他就是睡不着觉,严重影响了日常生活。

"我为他诊治了很久,可始终找不出原因。也许是时间长了,他开始慢慢信任我,才跟我说了实话。

"原来他有性别识别障碍,他觉得自己是个女人,现在的生活并不是他想过的日子。

"我建议他到楼下,也就是三楼,到那边的心理科看一看,去那里寻求专业的帮助。

"结果,通过心理疏导他后来就好了。虽然整个人生发生了翻天覆地的变化,但他失眠的毛病最终还是治好了。

"我建议你……"

"我并不想变成女人!"孙建新瞪着眼睛说道。

孙建新说的是实话,他并不是因为想变成女人才失眠的,却是因为女人才失眠的。

失眠就像是冒着黑色泡泡的黏稠沥青,在夜晚里,将他整个人从颈部以下吞噬在其中,留下思绪万千又无比清醒的大脑,挣不脱也逃不掉;白天,那些沥青又会凝固如冰,将他死死地冻住,手脚冰凉,寸步难行。

失眠的味道熏得他头重脚轻,脑袋总是昏沉沉的。为此,他瘦了十多斤。他的胃口对食物失去了兴趣,而他也对生活失去了兴趣,垂头丧气,闷闷不乐。

他的这些变化,方婷看在眼里,却从未对他表示过一句关心。她只是在晚上临睡前,习惯性地在自己床头放上一杯水时,也开始为孙建新准备一杯,方便他半夜起来服药。

孙建新觉得,方婷简直就像是囚牢里铁石心肠的狱卒,她冷眼旁观,眼睁睁地看着他受刑、挣扎,却不曾有一丝同情,更不打算放他离开。

而且,她对他为什么会失眠一点儿也不好奇,无须询问便已心知肚明。这令孙建新困惑、害怕,进而伤心。

坐进蓝色的宝马里,孙建新将车子启动。他随手按开了收音机,想找到一个好听的节目驱散困倦。可偏偏不凑巧,广播里放出了邓丽君的《甜蜜蜜》,白洁为了迎合他的喜好,特意学的一首歌。

他慌忙伸手关掉了收音机,很害怕勾起更多的往事。关于白洁的一切他不愿再想,更不愿再提。可调回集团的这些日子里,总有人把纪检办对白洁的处理过程当作八卦新闻传进他的耳朵里,让他搞不清失眠究竟是因为白洁的困境,还是方婷的冷漠,也可能这两者兼而有之。

他痛苦地枕着手背将头靠在了方向盘上,心里想,或许该听那个主任医师的话,去培养些户外爱好,消耗掉白天过剩的精力和体力,也许晚上就能睡得着了。

或许,该把这宝马卖了,腾出购车指标换辆房车。再过两个月就到本命年,他也整满六十了。退休后,他可以买上几个长短镜头,再购置一个望远镜,然后开着房车四处旅行,用镜头记录下他的所见所闻。

拿着望远镜进山观鸟,看那些珍稀鸟类是如何筑巢、婚配、孵卵、哺育后代,像人类一样循规蹈矩地过完一生。

最后,等他漂泊够了,彻底厌倦了,再回到那个如今像牢笼一样的家,回到方婷身边。

孙建新的思绪被敲车窗的"当当"声打断,他抬起头,摇下了车窗。

"孙叔叔,真是您呀!我说看这辆宝马的车牌这么眼熟呢,没想到这么巧。"车窗外,阳光打在姜梦娜的脸上,让她的笑容看起来特别灿烂。

"哦,我是来这里看病的。梦娜,你怎么了?怎么也来医院了?哪里不舒服吗?"孙建新礼貌又关切地问道。

"我嘛……我、我是来、是来……"

看着说话吞吞吐吐、欲言又止的姜梦娜,孙建新疑惑又诧异,见她两手不安地上下揉搓着一边的衣襟,眼中即将酝酿出一场暴风骤雨。

-2-

周五晚上,英姐从厨房里端出方婷刚做好的清蒸鳜鱼放在餐桌上,门铃就响了起来。

她顾不得再回厨房去帮方婷的忙，就匆匆走过去开门。

看见来人，英姐显得很意外，她扭过头去，对圆形餐桌旁坐着的孙文亮大声喊道："亮亮，梦娜来了！快出来一下！"

孙文亮从椅子上站了起来，急匆匆地走向门口："你怎么来了？记错日子了吧？咱俩定的不是明天见吗！"

怕姜梦娜闯进来，孙文亮只用几步就冲到了她面前，边说边把姜梦娜往走廊里推："快走！快走！今儿周五，我妈特意准备了家宴，我们全家都得给她面子在家吃，可别让她看见你啊，不然她该不高兴了。"

方婷端着最后一道菜从厨房里走出来，瞥见儿子的举动，她没有说话，像没看见似的坐到了孙晶晶和孙建新的身旁。

菜已上齐，只待孙建新发话开饭，可他却将筷子重重地摔在了桌子上："等等！是我让她来的！"

"爸，今天是周五，你明知道妈要亲自下厨做家宴，家里不留外人，你让她来干什么？"孙晶晶不解地对父亲埋怨道。

"娜娜她不是外人，以后都不是了。有什么不能来的？她肚子里怀了我们孙家的孩子，以后就是我们孙家的人了！"

孙建新的话音刚落，方婷和孙晶晶就像被喊了口号似的，齐刷刷地看向他，眼中带着惊愕和不敢置信。场面一度极为尴尬，连刚刚坐好的英姐都半张着嘴，不解地眨了眨眼睛。

发觉她们误解了自己的意思，孙建新一下子变得又羞又恼，他对着妻子和女儿叫道："看我干什么？是他的！"

接着，他愤怒地抬起手来，指向孙文亮继续吼道："畜生！你要是个男人，就负起责任来，别让我瞧不起你！"

◇ 五 ◇

二〇一九年十二月二十六日（腊月初一），北京SKP商场。

导购刘蕾按照库存上的记录，从库房里找到最后的那条红色男款羊绒围巾，将它卷好，藏进货架的角落里。

她从工装口袋里掏出白手套重新戴上，走出库房，面有歉意地对柜台旁等了良久的年轻情侣说道："很抱歉，我刚刚翻遍了库房，结果一条都不剩了，只剩下挂在那儿的样品了。你们要是需要，我可以帮你们包起来。"

刘蕾说完，伸手指了指墙上挂着的红围巾，她偷瞄了一眼正在翻看那条样巾的另一位顾客，很担心她也听到了自己说的话而扭头走人。

"啊？没有多余的了吗？本命年的红围巾本就是为了防太岁的，谁买旧的啊！"年轻情侣中的女孩抱怨道，遗憾地看了一眼身旁的男朋友。

若是在平时，为了冲销售业绩，刘蕾一定会百般劝说，给他们解释，样巾没有人戴过，不是旧的，只是因为挂在那儿久了，有些浮尘罢了。但此时她却另有打算，所以希望由她接待的这两位顾客赶紧走人。于是，她说道："没办法，就剩这条了，不如你们……"

"能不能从别的店调货，我们可以等！"男孩儿打断刘蕾问道。

刘蕾看得出他是真心想要，而且也买得起。但是刘蕾还是找理由打发了他们："很抱歉，今天系统坏了，我们看不到别家店的库存。建议你们去国贸店看看，那边的店里也许会有。"

见这对情侣悻悻地转身，刘蕾几乎与他们同时迈开了步子，她朝还在翻动红色样巾的那位贵客走了过去。

之所以知道那个中年女人是一位贵客，不仅因为刘蕾正在学习小提琴的女儿整日把她的名字挂在嘴边，视她为偶像，还因为门口保安给她的"特殊待遇"。

作为一家奢侈品店，店内一直执行着导购与顾客一对一的服务模式。为了保证店内的购物环境，当没有导购空闲时，门口的保安就会拉起礼宾杆上的红带子，让顾客在门口等待。这也就是现在店里空荡荡的，但门口却排起了长队的原因。

可保安明知道店里的导购们都在忙着，却还是放了那位贵客进来，说明他也认出了她，著名的小提琴家方婷。

第八章 本命年

283

"女士，需要我给您介绍一下吗？"刘蕾十分客气地向方婷问道。

"哦，没关系，我只是随便看看！"

见刘蕾过来，方婷反倒放下了那条样巾，转身朝女士箱包的展柜走去。

方婷挑中了一款极为时尚的红色挎包，跟刘蕾说，请她帮忙拿一个新的包起来。

刘蕾应声说好，想起刚才费劲了的心思，她还是忍不住又问了方婷一句："刚才您一直翻看的那款红色样巾，其实还有新的。如果您想要，我可以拿给您看看。"

"哦？我听见你跟那对年轻人说没有了啊！"方婷显得很吃惊。

"啊，我是看您好像对那款围巾有兴趣，但是只剩下最后一条了，我想，没准您一会儿需要。我的女儿今年八岁，正在学小提琴，她很崇拜您，所以，我就想还是把那款围巾留给您。"刘蕾有些不好意思地说着。

"这样啊，那谢谢你了！请把那条红围巾一并帮我包起来吧！"方婷得体地笑了笑。

"好嘞，您稍等。"

刘蕾很高兴地从库房里把那条她先前藏起来的男款羊绒围巾拿了出来，帮方婷结账、包装。

也许是太高兴了，她有些忘了形，与方婷攀谈了起来："这款围巾好多女士买回去送先生或者儿子呢！对了，您是送？"她抬起眼来，笑着看向方婷。

"送我先生。"方婷淡淡一笑，简单答道。

"那很合适啊，这款围巾适合所有年龄阶段的男士，无论年老的、年少的，戴起来都很帅气！您先生一定会喜欢的……哎呀，怎么回事？"话正说着，刘蕾发现展开的围巾角处有一个小小的破洞。

这是一件残次品，准是店里其他导购早就发现了，才剩下来的。

刘蕾尴尬地看着方婷，方婷似也发现了围巾上的问题。

"真对不起啊！我还以为……"刘蕾话说一半，便飞快地走到了电脑前，接着不甘心地说道："您等等，我这就查一下，看看能不能从别处调货。"

几分钟后，刘蕾的眼睛亮了起来："金融街和国贸店里都还有库存，您要是方便，可以明天来拿。"

看出方婷有些犹豫，她又连忙说道："要是不方便来，快递也行。您给我留个地址，同城的当天准能到。"

刘蕾本以为她已解决了所有问题，却不料方婷终于开口："这样啊……谢谢你的好意，就不必麻烦了，只要那个包就好了。"

看着方婷拎着包装袋走出了店门，刘蕾难免有些失落。

她是顶级奢侈品牌店里的导购，是导购行业里的翘楚。但归根结底，她仍只是一个普普通通的售货员。每天两班倒，等商场关门她才能下班，回到家时，女儿早已睡去。背着销售业绩的压力，她拼命卖货，只为多得些提成，让女儿接受更好的教育。

刘蕾没有方婷那样的才华和威望，没法让女儿以她为荣，但身为母亲，她也希望，至少有一个瞬间孩子能以她为傲。

她本想将今天利用手里的小小"权力"，帮女儿的偶像成功购得心仪围巾的事儿讲给女儿听，听女儿夸赞她说"谢谢妈妈，妈妈真棒！"但现在看来，都成了泡影。

正当刘蕾垂头丧气地叠着红围巾，打算把它送回库房时，眼前的景象仿佛出现了时光倒转。

刘蕾怔怔地看着走进店里的人，直到她面带微笑地走到柜台前，刘蕾才终于相信这不是错觉，方婷又回来了。

"麻烦你，帮我从那家店里调一下货，这是地址。谢谢！辛苦了！"方婷将写有地址信息的手机屏幕递给了刘蕾。

"好嘞！没问题！放心吧！寄出前我一定会帮您仔细检查好了再发货的！这款为二〇二〇年鼠年定制的围巾，是由意大利设计师弗朗西斯·卡里奥特意为咱们中国新年设计的，特别抢手……欸？这地址是不是没写全？"由于太过兴奋，她一时有些喋喋不休，但看到方婷要她寄到的收货地址，不禁提醒道。

第八章 本命年

之后，刘蕾又与方婷反复确认了收货地址和收件人的信息。看着那处奇怪的地址，刘蕾虽仍有困惑，但显然方婷坚持要她寄到那里。

"谢谢你。"方婷最后一次笑着向她道谢后，匆匆转身离开。

刚还怔住的刘蕾，看着方婷离去的背影，赶忙掏出手机按下快门。虽然只拍到了方婷的背影，但刘蕾的心情还是很激动。因为今晚她可以在吃晚饭的时候兴奋地指着手机里的照片，跟女儿讲她今天遇见方婷的经过。她猜，到时候女儿一定也跟她一样兴奋。

正当刘蕾高兴地端着手机，反复欣赏着刚刚拍下的照片时，手机突然振动了起来。她迫不及待地接起电话，对着话筒里说道："喂！娇娇啊！你猜我刚才看见谁了！"

◇ 六 ◇

-1-

"喂，娇娇，你等一下啊。"

接了电话的姜梦娜，用一只手捂着手机话筒，转过头来对糖果KTV包厢里的众人说道："没事儿，是娇娇。你们继续。"

她的话音才落，刚刚突然安静下来的包厢内，音乐伴奏声、跑调儿的歌声、划拳行酒令的叫喊声轰然再起，热闹非凡。

姜梦娜走出包厢，来到走廊上，才又将手机举到耳边："喂，娇娇，你到哪儿了？怎么还没到？"

"……什么？不来了？不是吧你！今天可是我结婚前的最后一次单身派对，你跟我说不来了！

"……什么？找了两个肌肉猛男来给我助兴？已经在路上了？不行！你就是给我找十个健美先生来，也代替不了你呀！还有啊，让那俩人麻利儿回去！我这都要进围城的人了，已经决心开始吃素，见不得那些荤的。我可跟你说啊，别叫他们来啊……"

姜梦娜嘴上半开玩笑地说着，心里却在暗骂这个不省心的闺密。如果说将她与孙文亮的恋爱长跑比喻成是一场去西天取经的修行之路，那么现在她即将取得真经，绝不允许在踏进大雄宝殿、见到如来佛祖前有半点差池。

她要是真让那两个男人进了包厢，被里面那群没深没浅的狐朋狗友拍了照，发到朋友圈，还指不定闹出怎样的风波。更何况，此时包厢里已经有一个不请自来、令她头疼的男人了。

谨慎，谨慎，谨慎，这么简单的一个词儿，现在几乎成了姜梦娜的座右铭，因为她的准婆婆方婷实在不好对付。

昨天在孙家吃晚饭的时候，她伺机而动，跟孙建新聊起了网红经济，发觉孙建新对这个新兴行业十分感兴趣，她借机说出了在心中演练了好几遍的话。

鼓动孙建新出资，给她和孙文亮注册一个MCN公司，姜梦娜跟孙建新拍胸脯打包票，说自己就是网红，当然知道如何运营、培养带货主播，把他们炒成网红。

她的豪言壮志还没彻底说完，就听见餐桌对面的孙晶晶不屑地说道："听着怎么这么像青楼里当不成头牌的姑娘，现在信誓旦旦地要转行去做老妈子呢？"

姜梦娜耳根通红，正想与孙晶晶争辩，方婷就出口训斥了孙晶晶两句，算是帮姜梦娜找回颜面。

但随后，方婷又严肃地告诉姜梦娜，在孙家吃饭时从不谈公事，至于姜梦娜刚才说的那件事，她和孙建新会好好考虑，大年三十的时候会给她答复。

方婷的语气不咸不淡，表情无波无澜，让姜梦娜实在看不出她是在有意敷衍，还是真会认真考虑。

"到时候，她到底会不会同意给我投这几百万呢？"姜梦娜忍不住又在心里盘算了起来。她急于想从孙家变现，以不枉她这么多年煞费的苦心和付出的青春。

就在这时，电话那头的娇娇，心有灵犀般地跟她提起了方婷，她只得赶忙应答："……是吗？这么巧？方婷昨天去你嫂子在SKP的那家店了？"

"对，我知道你嫂子是那牌子的导购。方婷都买了什么？"

"一个最新款的红色女包。嗯！还有吗？"

"一条男款红围巾，那肯定是给我公公孙建新买的。

"我怎么知道那包是给我的还是孙晶晶的啊？我跟孙晶晶明年都是本命年，我估计是给她闺女买的，她对我才不会那么好咧。"

姜梦娜酸溜溜地说着，确认娇娇不会来了，她有些失望地挂断了电话。

回到包厢，姜梦娜刚在沙发上坐下，身旁穿着时髦的年轻男孩儿就把脸凑了过来："呦！你不是明天才去扯证吗？今天孙家就开始查你的岗了？"

姜梦娜扒拉着男孩的脑袋，把他推向一边："一边儿去，都说了是娇娇。再说，今儿谁叫你来的？我可跟你说啊，明儿我就是已婚人士了，咱俩可得保持距离。"

这时，包厢里正有人点唱《万水千山总是情》，年轻男孩看着姜梦娜半真半假的模样，又把头凑了过来："娜娜，你以后真不出来玩儿了？万水千山还总是情呢，你怎么对我这么无情？"

"你我哪有真情在？滚！只要是妞你就爱！滚滚滚滚滚滚！"

姜梦娜一边喊着"滚"，一边抄起桌上放着的充气大锤，朝身边的男孩一下下地砸着，引得屋里的众人一阵哄笑。

"娜娜加油！豪门生活快乐！干！"

闪耀的五彩灯球下，众人齐齐举杯，碰洒了的香槟，像肥皂沫一样顺着杯壁流下。

-2-

看着父亲孙建新落寞地走进了书房里，孙晶晶轻咬下唇，握紧了垂在身体两侧的拳头。她知道母亲不是一个人在练琴室里，但她决定不再犹豫，朝那里走去。

"欸欸欸，小心点！擦那些雕塑时得用干抹布，把浮灰擦掉就得了。那可是太太最喜欢的泥塑，别弄坏了！"

穿过客厅时，孙晶晶听到英姐指挥着正在干活的保洁说道。

已经进入腊月，转眼还剩下二十多天就要过年，家里额外请来了三名保洁工人，协助英姐打扫，但很多事方婷仍放心不下，还在亲力亲为。

来到练琴室，孙晶晶看见方婷正帮一名保洁扶着梯子，将琴室里高高的窗帘拆下来。

"妈，我有话要跟你说！"

方婷看了孙晶晶一眼，转回头对梯子上的保洁说道："下来吧，你先去歇一会儿，待会儿我再喊你。"

待保洁出去后，方婷对女儿问道："怎么了，晶晶？"

"妈，爸为什么要搬到客房去睡？"孙晶晶尽量让自己的语气听起来不像是在质问，但她仍控制不好声音里的严肃。

"你爸爸他自从调回集团工作后，就一直睡不好觉。我怕我夜里翻身会让床晃动，更不利于他的睡眠。所以就让英姐把客房收拾出来，劝你爸爸到那边去睡。"

方婷不慌不忙地朝乐谱架旁的净水机走去，在那里用玻璃杯接了半杯温水喝了一口后，她转过脸来看着晶晶问道："怎么了？有什么问题吗？"

感受到了母亲声音里突然传出来的冰冷，孙晶晶一下子变得结巴了："没、没有。我只是、只是担心爸爸在客房睡不习惯，毕竟你们在一起生活了那么多年，一下子分开，我怕他更睡不好了。"

"哦？我和你爸爸没有分开啊！只是分房睡，不还在一块儿生活吗！"方婷似笑非笑地看着女儿。

两个人沉默了半响之后，方婷又开口说道："晶晶，你是不是知道什么事情没有对妈妈讲？不然你为什么那么担心我和你爸爸……"

"没有，没有，我只是多心了。"孙晶晶果断否认，生怕方婷再继续追问。

自从那日替母亲收了孙建新与其他女人亲热的照片,帮父亲隐瞒了此事后,她就感觉自己也背叛了母亲,心里充满了对方婷的愧疚。

昨天,她收到了艺术总监麦克斯发来的邮件,说舞团在二月初就要开始排练一出新的芭蕾舞剧,决定让她做女主角,请她过完了春节,就赶紧回到巴黎,与团员们一起参加排练。

想到未来与父母在一起的日子越来越少,而父母如今也变得貌合神离,原本看起来幸福美满的家庭即将分崩离析,父母的婚姻也好似走到破碎的边缘,孙晶晶的心里很不是滋味。

但她已经二十三岁了,即将在下个月迎来自己生命里的第二个本命年,是个正在走向成熟的女人,而不再是小女孩儿了。

她已懂得很多事,即便倔强地哭闹,即便再向神明许愿,也无法扭转乾坤,于是她压抑住喉咙里本要爆发出的哽咽,换上和母亲平日里像极了的美丽笑脸,说道:"妈,等我回法国之后,你跟爸一定要好好照顾自己,都要好好的!"

方婷将水杯放在桌子上,转过身来,永远不失她的优雅和体面,淡淡地笑着对女儿说道:"放心吧,我们会的!"

◇ 七 ◇

大年三十晚上,邹宇踩着椅子,在阳台上把两个火红的灯笼挂好,按下了插线板上的控制开关。灯笼瞬间亮起,他的脸也跟着变得红彤彤的了。

他从椅子上跳下来,又往后退了几步,想看看灯笼的位置挂得是否恰到好处。

忽然,他看见窗外一颗托着绿尾巴的亮点,穿过玻璃上贴着红色"福"字的窗花,升到了漆黑的夜空之中。

猜到可能又是哪家的小孩在偷放烟花,邹宇生怕错过了似的快步走到窗前，将脸紧紧地贴在玻璃上，朝空中望去。

来北京这么多年，在严格的烟花爆竹禁放令控制之下，邹宇再没见过儿时老家过年的情景。那时，无论家里多穷，奶奶都会在过年时给他买上两挂鞭炮，一挂在大年三十晚上放，一挂被奶奶拆解成一只只红色的小炮仗，供他在过年那几天和村里的孩童一块儿玩耍。

他还记得，妈妈离开前的那年春节，破天荒的，奶奶除了买炮仗，还多给他买了两支烟花。

他跟妈妈手拉着手站在院子里，每人手里拿着一支像细竹竿似的"魔术蛋"，高高地举向天空。火光燃起，一颗颗五颜六色的蛋状火球，伴着"砰、砰、砰、砰"的闷响从烟花筒里喷出，冲向漆黑的天空。像盛放的鲜花，又像抛出去的彩带，最后有些陨落消失，有些则化成了点点繁星，永远挂在了天际上。

他看见，妈妈像丝绸一样的长发披在肩头，被烟花映得不停变换着颜色；她仰着的脸上带着难得的微笑，露出白如珍珠一样的皓齿，明亮的眸子里泛着莹莹的光。

妈妈在笑，那是他有生以来见过妈妈最美丽的笑脸。此后的多年里，邹宇都不曾忘记过那笑容，在每一个分外思念她的夜晚，那张笑脸都会出现在他的眼前，混着泪水一起模糊他的视线，打湿他的枕巾。

"吃饭了！"

"欸！"听见林红在屋里的呼唤，邹宇应和着走进了卧室。

屋里灯火通明，新添置的平板电视旁，两盆红色长寿花开得正艳。沙发上两只穿着红袄的老鼠玩偶手里抱着"幸福"二字。两人餐桌被临时抬进了屋里，支在屋子中央。

望着满满一桌的好菜，邹宇故意吞了吞口水，冲着妻子傻笑。

"把那红围巾摘了吧，看把你热的！成钢都给你买了条红腰带了还嫌不够，还要再给你寄一条红围巾。"林红看着丈夫额头上顶着的汗珠，假意埋怨着说道。

她挪了挪桌上拥挤的碟碗，将最后出锅的西芹百合摆了上去："我在网上查了，你知道吗，这条围巾出自意大利的知名设计师之手，年前就卖脱销了，后来网上还疯炒过一阵，现在能卖四位数呢，成钢可真舍得给你花钱。"

"呦，吃醋了，去年你本命年的时候，人家王丽娟不也给你买了红腰带和红鞋垫吗！你有啥不知足的？"邹宇笑嘻嘻地逗着林红。

林红俏皮地嘟起了嘴："那也比不上你这条围巾啊！再说了，成钢送你这么多东西，搞得我这个做老婆的都没发挥的余地了。"

"谁说的，这红毛衣，还有里面的红秋衣……"邹宇边说边撩开了毛衣，又从腰间扯着内裤和秋裤的边儿说道，"还有这红秋裤和内裤，还有……"

"好啦，好啦，逗你呢！"林红知道，再不阻拦丈夫，他就要脱鞋给她看红袜子了。

"我就说呀，这不都是你买的，还说没有发挥余地，我看你呀就差扯张红布把我像包婴儿似的包起来了。"看见林红抿嘴在笑，邹宇端起了酒杯，笑盈盈地望着她，"老婆！"

"老公！"林红也端起了酒杯，笑盈盈地回望邹宇。

"谢谢你，准备了一桌好菜，老婆辛苦了！"

"别客气，你也没少帮忙，老公辛苦了！"

两个人相视说完，终究还是没忍住笑，一起扑哧乐了出来。

邹宇举着酒杯清了清嗓子，让声音重新变得正式了一些："祝你鼠年快乐，越来越美丽，天天开心，健康幸福到永远！"

林红也端正了酒杯："那我祝你鼠年大吉，心想事成，发大财！事业蒸蒸日上，咱家越来越好！"

一声清脆的碰杯，岁月融于酒里，幸福醉在其中。

"嗯，好吃，这鱼烧得不错！"邹宇一边点头，一边用筷子指着盘中的大黄鱼，接着，他抬眼看向林红，"我有个好事想跟你说。"

"这么巧？我也有个好事想告诉你来着。那你先说吧！"林红从盘里夹起一块红烧排骨，放进了邹宇的碗里。

"嗯，郭鹏他们两口子回武汉过年前，大鹏跟我说了个想法。他提出等年后回来，咱们两家，一家拿十万投资合干一个菜鸟驿站。

"我觉得这想法不错，就大体算了算账。做菜鸟驿站没有加盟费，主要就是租底商和添置设备的钱。

"一个小包裹，物流送过来寄存在咱这儿，能挣一块钱。以我和大鹏的经验，估计了一下，一天三千个包裹没问题，那就是能挣三千块钱。这还不算代收件挣的那部分，一年下来咱们两家最少能各分到二十五万，利润可观。

"关键是时间灵活，一年中他们家干半年，咱们家干另外那半年，大鹏也能有时间出去找孩子了，而咱俩现在的事业也不会受影响。

"再说，等过两年咱们有孩子了，就不能再让你这么忙了，咱们得多腾出时间来陪孩子，你说是不是？所以，我觉得这个事儿还挺靠谱的，你说呢？"

"嗯。听着还不错，咱家现在有七十五万存款。咱俩在北京攒了这么多年也不够买房子的，不如拿出来一部分做投资，我同意！"

见林红点头，邹宇显得很高兴，继续说道："买房子的事我也想了，成钢说在天津武清，也就是天津和北京中间那地方，买房子能落天津户口。

"他们不久前就在那儿买了一套，现在咱家干儿子已经落成天津户口了。武清跟北京通了城际动车，到北京才一刻钟，跟坐地铁似的，将来肯定有发展。

"关键是那边房价便宜，咱们除去和大鹏投资做菜鸟驿站的钱，剩下那六十五万正好够那边一套大三居室的首付。等过两年，咱家孩子出生了还能落天津户口，多好！"

邹宇的脸上洋溢着憧憬未来的微笑，绘声绘色地说着，却突然听见林红说道："不行！不能过两年！等不了了！"

"啊？"没明白妻子话里的意思，邹宇禁不住"啊"了一声。他看着林红撂下碗筷，扭身朝电视柜走去。接着，他看见她拉开了抽屉，从里面拿出了一张叠得方正的纸走回桌边，放到了邹宇的跟前。

"呐！这就是我要跟你说的好事！"林红嘴角虽微微翘起，却似有憋不住的笑意藏在后面。

邹宇懵懵懂懂地将纸打开，"这是？这是……你有了？"他猛然抬头，将目光从纸上移向妻子，只一秒他就确认了。邹宇腾地站起身来，抄起电话就拨。

"你干什么？打给谁呀？"林红被丈夫的反应吓了一跳。

"打给郝辰，让他赶紧跑着去告诉咱爸，不然一会儿等春晚开始了，这小子肯定得犯懒，一准儿拖到明天才去。我要让咱爸今天晚上就乐着过年，哈哈哈哈……"邹宇一边大笑着，一边把手机举到了耳朵旁边，"喂，郝辰，我媳妇儿有了，快去我家……"

看着丈夫狂喜的模样，林红也会心地笑了起来。听见电视里春晚即将开始的倒计时，她的手不自觉地放在了小腹上。

她想象着明年这个时候，自己怀抱着婴儿坐在邹宇的身边，跟他一起看春晚的模样，渐渐发觉那是一幅十分模糊又无比幸福的画面。

◇ 八 ◇

"她的红旗袍真好看，我喜欢！"新婚没多久的姜梦娜，指着电视机里春晚女主持人身上的衣服，对小姑子孙晶晶说道。

"嗯，还行。"餐桌旁背对着电视的孙晶晶，头也没回地对她敷衍了一声。

姜梦娜看了一眼身旁一直在玩手机的丈夫孙文亮，还有主座上无精打采的公公孙建新，和他身边一言不发、小口吃饭的婆婆方婷，突觉这圆桌上摆着的十六道除夕家宴引不起她丝毫胃口。

这是姜梦娜作为新儿媳在孙家过的第一个除夕夜。来之前，她万没想到会如此沉闷无趣。

保姆英姐今晚没出现，年前就跟着她在北京工作的儿子，一起回老家过年去了。

这桌上的菜全部出自老字号"便宜坊"里的大厨之手,味道诱人,可这桌上的人,却个个都像得了厌食症似的,食之无味。

尤其是孙建新,从上桌后他只夹了一口菜,就把筷子放回了碗边,之后,那双筷子好似变得有千斤重,让他再也提不起来。

他幽怨地看着手里盛着茅台的酒杯发呆。就在上桌前,方婷当着他的面把一款红色的女士皮包送给了与他同过本命年的女儿孙晶晶,而他却什么都没从方婷那收到。

所以,现在他身上除了女儿买给他的红衬衫之外,再无半点祝福之意的红色。

落地钟的报时声打破了屋子里的安静,也震得孙建新一个激灵。他发觉自己的身体真是大不如从前了,才刚晚上八点,离跨年的钟声响起还有四个小时,自己就已熬不住了。

就在这时,儿媳妇突如其来的抱怨声让孙建新吓了一跳,他松开酒杯,抚着心脏听她说道:"不是不让放鞭炮了吗!怎么还有人偷着放,明天空气指不定污染成什么样呢,真烦人!就欠警察抓他们。"

姜梦娜皱着眉说完,见依旧没有人搭理她。听着窗外不绝于耳的鞭炮声,她负气地抬起手,捂住了耳朵。

她忽然觉得,那纷杂恼人的声响还不如平日里父母搓麻将的声音好听。她感觉心里烦闷,渐渐蔓延成委屈,又回想起傍晚刚到孙家时的情景。

孙晶晶来给她和孙文亮开的门,跟小姑子打过招呼,听说孙建新在书房,她便直奔书房而去。

肩头背着的挎包里装着姜梦娜父母帮她从潘家园淘回的一对儿上好的文玩核桃。姜梦娜要把它送给孙建新,顺便再问问他给 MCN 公司投资的事考虑得怎样了。

核桃虽不是正红,却也沾点儿红色,送给今年过本命年的公公孙建新,她觉得再合适不过。

毕竟孙家什么都不缺,给孙家人送礼物,心意比东西本身的价值更能让他们领情。这是父母的算计，姜梦娜十分赞同。

书房门半掩着，她没有敲门，顺势推门而入，嘴里兴奋地喊着："爸！我给您从……"

她看见孙建新正躺在窗边的摇椅上睡觉，便住了嘴。他睡得很熟，有阵阵鼾声从半张着的嘴里传了出来。

姜梦娜看了一眼时间，傍晚的五点整，"这不早不晚的，睡的是哪门子觉吗！"姜梦娜心中埋怨，便决定再唤孙建新。

可"爸"字还没叫出口，她就感觉胳膊被身后一只温热的手拉住了。她回头看去，是方婷。

"他昨晚没睡好，让他再睡一会儿。你跟我来！"方婷压低声音，随即转身。

"噢！"姜梦娜悻悻地跟方婷走进了卧室。

方婷从柜门里拿出了一个烫绒面的红色盒子递给她："给你的！"

姜梦娜心里一直想着MCN公司投资的事，见方婷突然有东西给她，她不禁猜想，那盒子里装的会是什么。

是啊，那天是方婷在饭桌上说，会在大年三十这天给她最终的答复，那么这盒子里装的必然是"决定"。

万分惊喜之下，姜梦娜将心里想着的话脱口而出："妈您看您，一张银行卡还拿礼盒装着，搞得这么隆重！我真是……"

盒子此时已被姜梦娜打开，一把刻着喜字、纯金打造的黄金尺出现在眼前。

"这是……"姜梦娜的声音一下子变得失落。

方婷不动声色，像没听到姜梦娜刚才说的"银行卡"三个字似的，开口说道："你们结婚时，我就想送你一把黄金尺来着。在过去，聘礼讲究的八大件中本就有尺子，寓意夫妻双方相处需把握分寸，善待对方，感情'增增'日上。

"正好明年又是你的本命年，家中摆有金物，可辟邪防太岁，妈想不出什么更合适送你的东西，你不妨把它摆在床头，算是我的一点心意。"

姜梦娜小声说"谢谢妈",脸上却无半分笑意。她觉得自己已完全领悟到这把尺子的寓意,并非方婷嘴里所说的那么简单。

这把纯金打造的尺子是把戒尺,要她姜梦娜懂得万事有度,不要得寸进尺;清楚自己的身份,懂得保持距离,不然就要被戒尺打手心了。

果然,方婷接下来的话更有深意。

她瞟了一眼姜梦娜的小腹,抬眼说道:"虽说,古来多是痴心父母,少有贤孝子孙。但如今,你们俩已成家,也即将要为人父母,不再是孩子,就该知报父母恩,不要总是想着索取,不懂回报。我准备了几盒高山松茸,还有一些点心,你回娘家的时候,帮我带给你父母吧。"

明白给 MCN 公司投资的事彻底泡汤了,姜梦娜没再说"谢谢",默默地走出了方婷的卧室。

之后,她也没把包里的文玩核桃掏出来送给孙建新。她觉得太不值,与孙文亮结婚,孙家给的房子票子都写在孙文亮名下,只给她姜梦娜买了辆保时捷卡宴,还不到一百万。

她原本以为嫁到了孙家,起码父母也能跟着换套新房,在亲朋面前显摆时也能更有底气。谁承想,孙家这么吝啬,方婷更是像防贼似的防着她。

所以,她打算把那对核桃让父母拿着回潘家园退了去,哪怕亏点钱,也不能在孙家这儿赔得更多。

正这样想着,身边孙文亮说出的话令姜梦娜回过神儿来。

"新冠,为啥叫新冠?怎么给病毒起了这么个怪名儿?"孙文亮看着电视机里,春晚主持人呼吁大家"过节期间少外出,不聚会"的画面问道。

"新型冠状病毒。"孙晶晶给无知的哥哥解释道。

"呵,罐装的?原来病毒还有包装呢?"孙文亮转过头来,笑嘻嘻地对着姜梦娜感叹道。

等孙文亮又转回头去,姜梦娜对着他的后脑勺狠狠地白了一眼。"脑残!"她在心里暗骂新婚的丈夫道。

第九章
夭折

◇ 一 ◇

二〇二〇年正月初七，北京。

"把口罩戴好了再出门！出去尽量什么都别摸，非碰不可的话，就用袖子垫着点儿手，见着人尽量躲着点儿走。电视新闻、广播里都在说，最少要保持一米的距离。"林红边将蓝色的医用口罩递到邹宇手里，边紧张地嘱咐他道。

"嗯，知道了，放心吧！去冰箱里看看菜还够不够，不够我去超市补点儿。"邹宇接过口罩戴在脸上，声音立刻变得模糊了起来。

"还够吃三天的，别去了，现在超市里也不安全。今早新闻里说一定会保证北京的蔬菜供给，不会让市民饿肚子的。我想咱们就不囤货了，等彻底吃完了，再一次性多买点儿，毕竟这里是北京，不会断供的。"

"行，那我走了。有事儿就给我打电话。千万别出去，不管谁敲门，都别给开！"邹宇出门前，最后对妻子嘱咐道。

天空灰蒙蒙的，干冷无风，空气中充斥着北京冬天特有的雾霾味道。

七天来第一次出门，邹宇对这个世界并无陌生感，但又觉得好似一切在几天之间已彻底改变。

平日里人来人往的小区路上，如今空无一人。直到小区大门口，邹宇才迎面遇见一个取快递回来的人。他戴着白色口罩、透明护目镜，拉着家用小推车的手上套着天蓝色的医用手套。

若是平时，一定会被人误以为他是一个重度洁癖患者。但如今，像他这样的打扮，马路上比比皆是。每个人都岌岌可危，仿佛除了家里，外面的空气中到处都弥漫着那骇人的病毒。

春节前，武汉封城的那天，邹宇给郭鹏打去了电话，郭鹏告诉他"一切都好，没有想象中的那么可怕"。

于是邹宇觉得，这个所谓的新冠病毒最多就是会引发一场规模不小的流行感冒，感染的人只要像往常一样吃点感冒药，最多去医院输两天液便会好起来了。

直到大年初三，邹宇看着微博上全国各地不断攀升的感染和死亡人数，他才意识到，一场如"非典"一样的灾难真真实实地到来了。

走出小区大门，果然马路上也没什么人，小区对面的一排底商，无论是餐饮还是美容美发都大门紧闭，透明的玻璃门里黑黢黢的，什么也看不见。

"大哥，买点西红柿吗？"

听见有人在喊自己，邹宇看了过去。车道旁的人行路上，一个穿着红色羽绒服的女人站在那里，身前摆了两筐满满当当的西红柿。

她戴着普通的棉布口罩，眼神跟她花白的头发一样灰暗无光，但从她的声音和眉宇间的气息，邹宇判断她跟自己的年龄差不多。

想不明白在如今这样的情形下，竟然还有人冒着被感染的风险，跑出来摆摊，邹宇的眼睛里流露出了不解，对她上下打量。

也许是看懂了邹宇的眼神，她在口罩背后说道："两块钱一斤，比超市里卖得还便宜，我不是为了挣钱，就是想出来跟人说说话。疫情前我在商场里卖袜子，结果疫情来了，商场关门了。

"这些天我一直一个人待在家里，整天刷新闻，抑郁症犯了，失眠，感觉整个人都快憋疯了。

"我不敢去医院拿药，所以就从市场批发了两箱西红柿，平进平出，不为挣钱，就想找人说说话。"她很自觉地与邹宇远远地站着，并没有因为他停下来听她说话，就试图靠前。

"我很想陪你说两句话，但家里的口罩用完了，我必须去药房看看。

据说现在口罩供应很紧张,家家基本都空了,所以我得赶紧去,也许还有抢回几个的希望。等我买完口罩再回来,一定会买你的西红柿。"邹宇看着她,默默在心里这样说道。

他不知道这个身处焦虑之中的可怜女人,能否从他们对视的眼神中读出他的心声。他很想帮帮她,却更急于躲开她散发出的负面情绪。

连日来,他绷紧的神经现在纤弱得就像春蚕吐出来的丝线,经不起半点压迫。在家里,邹宇不敢让林红看出来,可是在外面他已无力伪装。

郭鹏已经失联三天了,三天前,邹宇打给他,得知郭鹏全家都出现了感冒症状。

"咳咳……没事,我想只是感冒了,应该是流感,不可能是新冠。我们除了买菜,没和什么外人接触,也没有参加亲戚的聚会。我妈和妻子烧得比较厉害,我还好。

"……再观察两天看看,不行再去医院。等疫情过了,我们就回北京。咱还得把菜鸟驿站干起来呢!"

"……没事,放心吧!咳咳……"郭鹏的声音沙哑,每说几句话,就要喘一口大气,但这也是邹宇最后一次听到他的声音。

这之后,郭鹏再没回复邹宇的微信,这让邹宇心急如焚。邹宇打过去的电话,也只是"嘟嘟"地响,一直没人接。

但在昨晚,连那有所期盼的"嘟嘟"声也没有了。那一瞬间,邹宇感受到了绝望。可挂断电话,他还是转过身,笑着对满眼期待的林红说道:"电话还在'嘟嘟'响,估计是静音了吧,郭鹏没听见。"

走到药房,邹宇远远地就看见玻璃门上贴着的白纸——"本店口罩、酒精已断货,请去别家寻购"。

抱着一丝侥幸,他打算去窗口再问问,也许货已经补上,只是售货员没及时撕掉公告。

窗口外站了一个人,正在向售货员咨询胃药,看见邹宇走回来,他赶忙警惕地退后两步。

邹宇这才看见,屋内的售货员也紧张兮兮地离窗口远远地站着,对

第九章 夭折

着外面喊话。

大难来时，人人自危，邹宇后来又寻遍了几家药房，却没有买到一只口罩。

空手而归的路上，电话在邹宇的裤兜里振动了起来。他心中盼着是郭鹏给他打回的电话，慌忙掏出手机。

虽然屏幕上的名字没有让他如愿，却还是给了他一丝安慰："喂！郝辰……嗯，我和林红都还好。

"今天挺好的，你那边怎么样？"

"嗯，没事就好，那明天再联系。"

这些天来，邹宇跟郝辰每天都会这样问候对方，有时是郝辰打给他，有时是他打给郝辰。

即便远隔千里，他们仍如亲兄弟一般，挂念着彼此的安危。因为相同的家庭经历，邹宇与小他三岁的郝辰，是村里唯一的独生子女。

他们没有兄弟姐妹，从小只有彼此为伴。在母亲走的那天，五岁的邹宇第一次体味到了失去亲人的痛苦，他扑倒在母亲睡过的床上，哭号不断，被奶奶死死地搂住，最后精疲力竭他才终于明白，母亲再也不会回来了。

失去母亲的感觉就像是被一把无形的削皮刀从灵魂上滚过，无情地将生命中很重要的部分从其中剥离，那种伤痛永远无法痊愈，不会结成疤留在身上，却会变成思念和记忆刻在灵魂里。

至此，邹宇很害怕这种失去的感觉。虽然此后的生活里他还有奶奶和爸爸，但是邹宇依然时常感到孤独。

长大一些的邹宇，得知了村里还有一个叫郝辰的小孩跟他有相同的经历，他找到了郝辰，与他成了朋友，这种孤独才稍稍被弥补了一些。

有一年，山里突然下了好几天大雨。于是，贫瘠干裂的土地上出现了一个奇观，低矮的土洼变成了小水潭，没过多久，里面竟有些像化不开的墨点一样的小黑豆在游动，身后还拖着一条短小的尾巴。

"这是蝌蚪。"八岁的邹宇对五岁的郝辰说道。

"你怎么知道？"郝辰眨着眼睛对邹宇问道。他眼神里没有质疑和讥笑，只是单纯地想知道，在这个从没见过蝌蚪的山村里，邹宇为什么会知道。

"我就是知道，我妈妈给我讲过蝌蚪的故事，故事里的蝌蚪就是这样的，所以我就是知道。"邹宇笃定地答道。

"那咱们把蝌蚪带回家吧！要怎么带呢？揣兜里怎么样？"

郝辰说着就要伸手去捞，邹宇拦住了他："不行，蝌蚪不能离开水，不然就会死掉。"

"像鱼一样？"

"对，像鱼一样，你去找一个玻璃瓶子，咱们得把它们装到有水的瓶子里，才能带回家。"

"哎呀！"

邹宇的话音刚落，郝辰就发出一声尖叫，邹宇看见郝辰的额头破了，有血正顺着他的太阳穴往下流。

邹宇慌忙看向小水洼的对面，有几个大一点的男孩子，带着弟弟妹妹正在朝这边丢石头。

他们俩不是第一次与这群人邂逅。被村里的其他孩子捉弄，是邹宇自打妈妈离开后所要经历的家常便饭。

他下意识地扑到郝辰身上，石块便像子弹一样朝他们俩飞来。他用身体掩护着郝辰，在"枪林弹雨"中，搂着他前行。

跑回家里时，邹宇发现左耳朵被一块锋利的飞石划破，搞得一脖子都血淋淋的，看起来十分吓人。第二天，他的身上还出现了几块淤青。

可邹宇并不在乎，甚至感到庆幸，因为他真正在乎的并没有失去。他保护了郝辰，郝辰没有像妈妈一样从他生命里消失，这就足够了。

自此，邹宇学会了如何不再"失去"，那就是保护，保护所有他想保护的人，便不会再感受到那种"失去"的痛苦。

"保护他们，哪怕是粉身碎骨，也要不惜生命地保护！"邹宇仰头看着不知何时才能晴朗的天空，在心中对自己幽幽地说道。

◇ 二 ◇

二〇二〇年，六月。

刚走出汤泉御府小区的门口没多远，姜梦娜就瞪大了眼睛，一把扯掉刚还在小区门口保安提醒下戴上的口罩。

"我……靠！"她咆哮着，朝停靠在路边的保时捷卡宴狂奔过去。期间，她有两次让红色高跟鞋的鞋跟卡在人行步道上的砖缝间，险些摔倒。

"变态！变态！死变态！"姜梦娜将手伸进被砸得稀烂的破碎车窗，拿出被红砖压在驾驶位上的纸条，看着上面的留言大骂道。

"不是，娇娇，不是说你变态。姑奶奶我今天真是活见鬼了！"姜梦娜对着塞在耳朵里的苹果耳机解释着，开始围着桃木红色的SUV心疼地绕起圈来。她那手足无措的样子，就像是自己的孩子掉到了井里，而她却不知如何是好地围着井口绕圈圈。

接着，她恍然大悟："我知道了，我知道是谁干的了！以为给我留了张字条，上面写着'再占用别人的车位，下次砸的就不是你的车窗了'这样，我就会相信是'路人甲'干的？这个老妖婆，真够损的！

"谁是老妖婆？方婷啊！"

姜梦娜将驾驶侧的车门拉开，把掉在车座上的一小块钢化玻璃残渣扔出车外，确认座椅上再没有残余的玻璃后，才坐了上去。她将车子引擎发动，一打方向盘，驶进了道路中。

"人家都说婆媳问题是千古难题，嫁给孙文亮这孙子之后，我现在是深有体会啊！

"打我进门儿，那老妖婆就看我不顺眼，处处防着我。给我和孙文亮准备的新房也是婚前写在孙文亮的名下，除了这辆卡宴，别的我什么都没捞着。这不，惹她不高兴了，就把车也砸了。

"什么？你问我怎么知道是方婷干的？

"当然不是她亲手弄的了。

"对！就是她找人干的！

"我有确凿的证据，待会儿再给你讲，你先听我说。

"昨天晚上我来找她谈判，他儿子在结婚时答应我的事没有办到，我当然得找他妈要了。

"什么事儿？我没跟你说过吗？结婚前，孙文亮答应我，婚后要给我投资五百万开美容院。不是因为这个咱俩才拆的伙，我不再干带货主播了吗！

"他们家真是铁公鸡一毛不拔啊。上次过年，方婷就拿了把戒尺告诫我，不会给我投资MCN公司，现在她儿子连婚前答应我的事儿，算是婚前条件吧，都不提不念了。

"昨天上午，我趁孙文亮心情好，就特意提醒了他一下。结果那孙子的反应差点儿没气得我把他脸挠成年画儿。

"对，动手了，全武行。

"谁伤得重？那还用问吗？肯定是我呀！你看他是那种会怜香惜玉、手下留情的人吗？丫的就是一浑蛋！

"他说，当初答应娶我、答应给我投资，完全是看在我怀孕的分上，现在孩子没了，就不算数了。你说说，这是人说的话吗，流产是我愿意流的啊？

"过完年没多久我就发烧了，赶上疫情，谁不害怕呀！孙文亮跟坐上了蹿天猴儿似的躲回了他父母家，说是要跟我隔离。

"我能怎么办？只能让我爸妈来照顾我啊！虽然后来没两天就退烧了，知道不是感染了新冠，可因为那几天的高烧，孩子也流产了，连刮宫后恢复的那段时间，他都没回来看过我一眼。

"等再见面时，我身体已彻底好起来了，他看我那模样，就好像我骗了他家，压根就没怀过孕，借疫情发烧谎称流产，把之前的事儿遮过去似的。

"这把我给气的啊，但是转念一想，也挺好，幸亏没把孩子生下来，要不，就冲孙文亮这德行，我日后跟他离婚了，还得拖个孩子。挺好！

"得，甭劝我，都过去好几个月的事儿了，我没那么脆弱。"

"现在你知道了吧，并不是我嫁入豪门就不理你了，是我这几个月简直就是掉进了火坑里。

"我嫁给孙文亮之后才知道，他就是外强中干。他搞的那个'美丽山河'旅游养老项目，其实就是一个非法融资的P2P平台。让那些老头儿、老太太把钱存在他们平台上，打着高额返利、还能四处免费旅游的幌子，将这些资金流向其他不靠谱的项目借贷上。平时再给这些老头儿、老太太送点米呀油呀的，他们就美滋滋地将自己的棺材本都拿出来，放到了'美丽山河'上。

"'美丽山河'其实一点都不美丽，孙文亮跟我说过，它就是一个被多个齿轮带动着转起来的链条，那些齿轮就是不靠谱的借贷项目，只要其中一个项目出了问题，链条就断了，'美丽山河'就还不上那些老头儿、老太太存的钱，就得……

"对，爆雷，就是P2P爆雷。所以孙文亮这孙子早就是个空壳儿了，整日靠醉生梦死麻痹他自己，就等着哪天链条断了，直接被抓进去完事儿。

"他爸妈才不会管他呢！我公公自打退了休，整个人颓到不行。

"娇娇，我跟你说啊，我算看明白了，权力这玩意就是一支兴奋剂，你拥有它时，它能让一个五十多岁的男人看起来像四十多岁一样充满活力，可当你失去它时，六十岁的人瞅着比七十岁的人还要苍老颓废。

"真是！你从前多嘚瑟，现在都得找补回去。我公公现在就这样。这不，现在咱国家疫情被控制住了，连续俩月没有本土新增了，老头儿换了辆房车，买了一堆摄影设备，自己出去旅游去了。

"哎！不然，我也不用昨天晚上去找那个老妖婆谈判了。"

姜梦娜的叹息被吹进驾驶室里的风声淹没，她不停地捋着四散飞扬、时不时抽打到脸上的头发，继续说道："昨天晚上，除了保姆就那老妖婆一个人在家，我一进屋就直截了当地跟她说'妈，我有个事想跟您谈谈，您看在哪儿说合适？'

"她把我领进了老头儿的书房,坐了下来,问我出什么事儿了,我就把孙文亮婚前答应我的事儿跟她说了一遍。

"她沉默了半天,然后站起来,走到落地窗前,那样子就像是经过了深思熟虑,可她转过头来跟我说的话,却让我觉得她压根儿没把我的要求往心里去,甚至都没经过大脑。

"她说,婚姻里的承诺就像空头支票,能兑现的寥寥无几,劝我别太往心里去了。她还说,就算要兑现,也该去找当初许诺的人,而不该来找她,她说我找错人了。

"怎么样,听起来不卑不亢,还特气人吧?那老妖婆就是这样,无论遇到什么事,永远都能摆出一副优雅得体的姿态。

"说我找错人了?我怎么不这么觉得!这明明就是家务事,是他们孙家对我的承诺!说直白点儿,我要不是看重他们孙家背后的权势,单看孙文亮这个垃圾,我凭什么嫁给他!

"于是我就耐着性子跟她说:'妈,话不能这么说,我要不是在去医院做人流的那天,在停车场里碰巧遇到爸,最后促成了我跟孙文亮的婚事,可能我就不会嫁进这个家,那么孙文亮跟我之间也没有这五百万的承诺,所以我认为……'

"欸!我告诉你啊娇娇,我的话都没说完,那老妖婆就看着我笑了,笑得特别好看,声音还特温柔,她不慌不忙地反问我道:'那天在医院,真的只是偶遇吗?'

"我的脸啊腾地一下就红了,要是当时在我脸上打个鸡蛋,保准能熟。

"我就结结巴巴地说:'妈,您看您,您看您这话说得……'

"我以为她又会打断我,多少也得假模假式地劝我两句啊,结果她只是看着我,笑容满面地看着我,看着我怎么在她面前紧张得直眨眼睛,口干舌燥地直舔嘴唇。

"等她看够我出丑了,才又说道:'不用解释了,木已成舟,我早已不在乎你是怎么嫁进来的了,但还是那句话,你们婚姻里的问题只能

第九章 夭折

你们自己去解决。孙文亮已经二十六岁了,早就是成年人了,他是我的儿子没错,可我不能一辈子把他当成不懂事的小孩来看,他该负起责任来了。你是他的妻子,这话你帮我带给他。要合要散,你们俩自己决定。'

"我看着她,心想你以为这样就完了?

"我当然不能让她胜利了,于是我就跟她提到了一个人,结果这老妖婆就炸了,还警告我不要听信外人的流言,别总和一些不三不四的人交往,不然影响了孙家的颜面,后果我恐怕承担不起。

"你听听,你听听,任谁都知道这肯定是谈崩了嘛!我当时想,这要是再待下去,还不得要动手呀?我已被她儿子打得鼻青脸肿,难不成接下来还得跟她再比试比试武功。

"于是,我拎起包来就要走。结果你猜怎么着,那老妖婆突然拦住了我,说今天太晚了,又刚和孙文亮打完架,最好两个人分开各自冷静冷静。然后她缓和了语气,问我今晚要不要住下,如果住下,她就让保姆去帮我铺床。

"我本想拒绝来着,但又一想,没准是这老妖婆服软儿了,想跟我来个彻夜长谈,我倒是想看看她那葫芦里卖的什么药,就留下来了。

"弄了半天,是我自作多情了,还上了她的当,让她有机会找她的野男人砸了我的车,向我示威。

"就因为我揭穿了她,撕掉了她脸上的面具,我……简直了!

"什么?面膜?

"我没撕她面膜,我说我撕掉了她脸上的面具,是面具!

"得!先不跟你说了,我到修车的地方了,等下午咱俩做美容时,我再好好跟你说说,你保准想不到。"

◇ 三 ◇

美容院里,正在做全身 SPA 的姜梦娜,趴在美容床上,龇牙咧嘴。

今天这个技师的手法不好,搓得她后背上的皮肉疼痛难忍,却一点儿也不解乏。

实在忍无可忍,姜梦娜翻腾着坐了起来,一边挥手打开身后技师的手,一边对一脸惊讶的技师吼道:"别、别、别、别弄了你,疼死了!行了,就这么着吧,你出去吧,我们要说会儿话。"

等技师沮丧地离开,姜梦娜披上浴袍,对着另一张美容床上一身漆黑的女孩坐回床边。

她知道娇娇身上涂满着混合着火山灰的海藻泥不能动,便说道:"娇娇,你别动,就这么听我说着就行,现在能听清吧?"

听到了声音含糊的肯定回答,姜梦娜继续说道:"我上午跟你说到和那老妖婆谈判的事儿,然后我就去修车了,现在接着说啊!

"在被她羞辱了一通后,我当然不肯罢休了,我就跟她提到了一个名字。

"他是网容网里的编辑,之前对方婷进行过专题报道。他知道我是方婷的儿媳妇后,开始表现得很谨慎,但是后来他可能是看出我这个人说话大大咧咧的,跟装腔作势的方婷不一样,才慢慢地跟我说了些实话。

"他告诉我,从前他们网容网的交响乐版块对方婷的每场演出都十分重视,总是留下最好的版面给她做宣传,但是从三年前,他们就不再做'傻事'了。

"听他这么说,我当然好奇为什么了,就问他是不是方婷哪儿做得不好,得罪了你们呢?

"他立刻否定,我就又追问他,那到底是为什么呀?总得有点原因吧,方婷又没过气,他们这些拉小提琴的,还有画画的,不都跟老中医似的,越老越值钱吗!

"他犹豫了半晌之后,倒是反问了我一个问题,他问我'跟方婷的关系怎么样?'

"我说:'不怎么样,一般般吧。我那个婆婆总是高高在上的,跟我不是一路人。'说完这句我就后悔了,你说我这不是傻吗,跟一个没见过几面的人,说这个干吗。但我那时候刚做完流产没多久,满肚子都

第九章 夭折

是对他们孙家的怨气呢，所以就这么说了。

"结果没想到，他竟然点了点头说'能理解'。

"我就问他：'哦？你能理解？你跟我婆婆很熟吗？'

"他回答说：'曾经很熟。'

"看出他这话里的意味深长，我就忍不住盯着他的眼睛，想探个究竟，结果他那眼神……嗯！怎么跟你形容呢，你知道吗，就跟谈恋爱遇人渣了似的，总之就是很后悔、很悲伤那样儿。

"他告诉我，三年前他还是方婷的乐迷，特迷方婷！有一次，在对方婷的随行采访中发现了一件事，从此对她的为人就彻底失望了！

"对了，我还没跟你说他叫什么呢吧？方婷昨天晚上一从我嘴里听到'吴冬'这个名字，可是一下子变了个人儿。

"本来要走出书房的她，噌地一下转过身来，那眼睛瞪得啊，吓得我连连后退。所以打那一刻起，我就更确定那个吴冬跟我说的都是事实了。

"真没想到这个老妖婆这么不正经，我说她怎么保养得那么好呢，都五十多了，看着还那么年轻……"

姜梦娜咂咂嘴叹息着，伸手拿起小桌上的菊花茶抿了一口，听见娇娇趴着从美容床的圆孔里传出"唔唔"的问话，她继续说道："你问那个吴冬到底说了什么？不是我吊你胃口啊，我刚听到时真的可以用瞠目结舌来形容。他跟我说，那老妖婆养小白脸！

"天呐，有那么一瞬间，我甚至都怀疑他说的'小白脸'是不是就是脸很小很白的意思，因为我实在不敢相信，我那爱面子的婆婆会这么欲求不满。

"吴冬说他亲眼见到过方婷的小男人，不过那家伙脸一点儿都不白，还有点黑。吴冬跟我描绘了一下方婷的情人，说他体格很壮，力气很大，五官轮廓分明，就是看起来特别 man 的那种。

"这我就理解了，你要是见过我公公孙建新你就知道了，退休前还有点霸总风范，现在就是一个糟老头子。方婷肯定是看厌了他，所以就找了个年轻情人来弥补。

"我问吴冬,他是怎么发现的。他冲我歪嘴一笑,说有一次方婷去天津演出,他碰巧跟她住在同一个酒店,于是,就撞见了方婷和她的情人。结果那男人动手威胁吴冬,说他要是敢把这件事说出去,就要他的命,还要把他的牙齿一颗颗地拔下来。

"吴冬说他当然就不敢再报道方婷了,而且对这个偶像的人品也彻底失望了。

"你听听,你听听我婆婆这品位,估计是找了个健身教练。不过,她也不健身啊!你说这小男人,她是打哪儿认识的呢?

"我跟你说啊,我认为我那车窗就是方婷安排她的情人砸的,想给我个下马威,让我别告诉孙文亮她在外面有情人的事儿!

"她想太多了,这么大的桃色丑闻我能跟她儿子说吗,我不怕孙文亮把我灭口吗!

"我打算继续调查,一定得查出些确凿的证据来,到时候,看这个老妖婆还怎么在我面前嘚瑟!等我把那个小男人挖出来,他们家要是再不给我兑现那五百万的承诺,那就别怪她不仁我不义了!

"问题是……要怎么查呢?

"吴冬倒是说了,他到死都不会忘记那男人的长相,要是能再见到他,哪怕是照片,或是肖像画,都能一眼认出他。

"但是,要怎么找到这男人呢?

"他是方婷的秘密情人,肯定不可能光明正大地出现在她身边,所以他们一定有隐秘的约会场所,会在哪呢?

"哎……你知道吗,打我从吴冬那儿知道了这件事之后,就开始小心留意这老妖婆的行踪了,可我发现她真的就只是上班、回家、回家、上班,除了公开的社交应酬,没见她和什么人接触啊!

"你说……会不会是她音乐学院里的年轻同事啊?

"音乐家,肌肉发达,会不会是拉大提琴的?

"不对,拉大提琴的看起来也没多壮!到底是干什么的呢?

"欸！娇娇，我想起来了。去年过年前，你不是说你嫂子在SKP卖过方婷一条男款红围巾吗？我现在明白了，怪不得我没见着孙建新戴那条红围巾，现在看来，那条围巾是挂在别的男人脖子上了。"

"对！没错！肯定是这样的！"

"娇娇！我要见你嫂子！越快越好，快帮我约她！"

"娇娇，你听见我说的了吗？"

"娇娇，娇娇，你怎么睡着了呀你！"

◇ 四 ◇

林红走出北医三院的妇产科，手里拿着没有成功建档的孕期资料，她来之前就已预料到了这个结果，但她还是想来碰碰运气。

自年初开始的新冠疫情，让各地政府纷纷出台了较为严格的人员流动限制政策，林红一直在回老家还是留在北京生产的选择之间徘徊。

父母不能来京伺候月子，所以要她回东平老家，但她又不想离开邹宇，希望孩子出生后能第一眼看到爸爸。于是，如今已怀孕七个多月的林红，不得不在北京各大医院之间四处奔波，寻求生育建档的机会。

北医三院是北京知名的产科医院，这里一"档"难求，很多人即便花大价钱找黄牛也未必如愿。所以，没有成功建档，林红虽有些失望，却也并不感到意外。

牢牢地抓着向下滚动的扶手，林红站在从三楼通往二楼的自动扶梯上，身后两人的谈话引起了她的注意。

"赵姐，我今天只是来做个体检，还要你这个科室的一把手全程陪护，我心里真是太过意不去了。"

"欸，方婷，你这话是怎么说的！咱们两家住在一个大院里，论起来，咱俩也算是发小。这么多年没见了，我很想你啊，所以听说你要来，我就决定来见见你了。中午有什么安排？要是没什么事儿，咱俩一块儿吃饭，叙叙旧怎么样？"

"好啊,反正我今天请了假,不用回学校。今天这一见啊,好多往事就涌上了心头,你下午要是不着急回医院,咱俩多聊会!"

从电梯上下来,林红没有继续朝下一层的扶梯走去,她朝侧面迈了一步,故意站到墙角,侧身给继续下行的人让出地方来。

她假装不经意地抬头,看向刚刚在她身后说话的那两个女人。医生打扮的女人没有注意到林红,而另一个则在与林红眼光交会后,从林红戴着口罩的脸上停留了片刻,然后将目光滑到了林红隆起的小腹上。

有那么一刹那,林红很是惊讶,因为她觉得方婷的眼神像是认得她。这令林红分外疑惑,甚至有些莫名的紧张。虽然十年前林红曾作为方婷交通肇事案的证人,与方婷有过关联,但她们两人从未有过接触,更何况林红现在戴着口罩,遮住了多半张脸。就算右脸上的红色胎记暴露了自己,可方婷并没有见过自己,更何谈认识。

正当林红盯着方婷的眼神儿想要弄清楚时,方婷的目光已从她的小腹上滑走,没再做片刻停留,与身旁的医生有说有笑地继续朝下行扶梯走去。

林红回到家时,邹宇正在厨房里忙着做午饭。疫情当道,为了保证孕期的用餐安全,他们一直坚持在家中做饭。

"回来了?"邹宇正在切土豆丝,听见开门声,他转回头来笑着对妻子招呼道。

"嗯,回来了。"

"怎么样?能建吗?"

"不行。大夫说我来得太晚了,虽然属于晚期建档的范畴,但是去北医三院的孕妇,大都是在怀孕三个月的时候就在医院里建档了。就这样还有好多人建不上,排队等着呢。他们留了我的电话,说要是有空档就给我打电话,我估计啊是没戏了。"

林红说着,摘下了肩头的挎包放在餐桌上。她疲惫地在厨房门口的椅子上坐了下来,开始敲打有些酸胀的腿。

作为高龄产妇,自从怀孕之初,林红便感受到了身体的不堪重负,尤其是随着肚子的逐渐隆起，她这双腿所需承担的重量越来越大，时常有想要罢工的感觉。

"没事，别灰心！大不了就在门口的二甲医院生。现在医疗水平都进步了，在哪个医院生都差不多，别担心了！"邹宇放下了手里的菜刀，转过身来对林红安慰道。

他走向橱柜，从里面拿出了一个干净的玻璃杯，倒了杯温水，递给林红。

看见妻子轻轻地点头，邹宇才又拿起菜刀，边切葱花边说道："在那个二甲医院生啊，离家近，你也不用提前住进去。万一咱家孩子来个突然袭击，非要马上出来，我还能赶紧把你送过去，回头接你们娘俩回家也方便，省得道远，坐半天车再让你着凉了。咱就顺其自然吧，别折腾了！"

林红将喝了一口水的玻璃杯放回餐桌上："对了，我今天在医院里看见方婷了。"

林红的话音刚落，原本在邹宇手中上下移动、跺得菜板"乒乓"作响的菜刀突然停了下来，他愣了片刻之后，菜板才又响了起来。

"谁？"邹宇的声音听起来极为困惑。

"方婷啊！就是那年差点撞着你的那个女司机，那个著名的小提琴演奏家，你怎么忘了？"邹宇的反应令林红不解，她微微蹙额，给他解释道。

"哦！"邹宇淡淡应了一声，将切好的葱花倒入锅中，"嗞啦"一声，油锅中青烟四起，爆出的葱花香味儿开始在屋内飘散。

"抽油烟机！"

"哦！"听到了林红的提醒，邹宇才慌忙按下了灶台上方抽油烟机的开关。

看着丈夫在烟雾中逐渐清晰的侧脸，林红的心里反倒越来越糊涂了。她不明白，邹宇怎么会不记得方婷呢？不说十年前那场有惊无险的车祸改变了邹宇和林红的命运，让他们俩就此相识，单说方婷时不时就会在媒体上露头露脸，邹宇刚才也不该是这种反应才对。

不锈钢锅铲在铁锅中不停地翻动着，发出令人抓狂的"嚓嚓"声，像有只不安分的猫，试图挣脱困住它的笼子，用利爪在铁栅栏上拼命地挠着。

林红心也跟着开始躁动，想起了另一件让她困惑不解的事。

去年，谭咏麟演唱会结束后没多久的一天，她在家里签收了邮政寄来的一个信封。虽然收件人写的是邹宇的名字，但她当时想都没想就拆开了。里面装的是票务公司打出来的发票，发票内容上印着"谭咏麟演唱会内场票三张，金额共计：五千零四十元"。

这张发票令林红倍感意外，她记得邹宇明明告诉她，那三张演出票是他从别的黄牛那儿低价收来的，可现在看来，却是邹宇通过官方渠道正价买来的。他把正价购来的票印成广告，登在"闲鱼"上贱卖了一张，又在演唱会门口赔钱卖掉了另外两张，究竟为了什么呢？

林红当时很想问个明白，可晚上见到拖着一身疲惫归家后的邹宇，她又想算了，也许他本来是想炒高票价的，结果算计错了，赔了钱。

林红在心里替他这样解释完，便决定不拆穿他。可这件事却在她心里留下了一个疑问，那就是他究竟还做了多少事，是她不知道的呢？这以后，林红开始悄悄观察邹宇。她突然惊觉，不知是不是岁月的流逝，人世间的沧桑变迁，令人心里蒙了灰，不知从什么时候开始，邹宇的眼睛变得不再像溪水一样清澈明亮了。

"开饭啦！青椒土豆丝，红烧带鱼，西红柿鸡蛋汤，再来一个水果沙拉做饭后甜点。怎么样，够营养吧？"邹宇边往盛满水果的玻璃盆中挤着奶黄色的沙拉酱，边笑着问林红。

"嗯，不错！"林红强装着笑意，看向丈夫。

就在这时电话响了起来，林红接起电话与对方说了两句后，便满脸狐疑地撂下了电话。

见妻子蹙额、陷入了沉思的模样，邹宇不禁问道："谁呀？"

"北医三院妇产科。他们说有空出来的名额了，通知我去建档。"

林红愣愣地看着邹宇说道。

◇ 五 ◇

开车前往大兴的路上，姜梦娜还在不停思索着刚才在 SKP 楼下的咖啡厅里与刘蕾的对话。

"嫂子，你确定方婷那天跟你说，那条红围巾是买给她先生的？"因为是通过娇娇的介绍才约到的刘蕾，姜梦娜便也跟着娇娇称呼刘蕾为嫂子。

"嗯！肯定没错！那天我见到方婷太开心了，因为我女儿正在学小提琴，特崇拜你婆婆。爱屋及乌吧，所以我就没忍住想跟她多说几句话。我问她这围巾是送先生啊还是送儿子？她给我的回答是'先生'，我记得特别清楚。"

刘蕾绘声绘色地说着，将自己的手机从盯着屏幕发呆的姜梦娜手里抽了出来，又接着说道："刚看到她给我留的这个地址时，我跟你的反应差不多，这一看就不是一个住宅地址嘛！但转念一想，她这样的名人，肯定特注重自己的隐私，怎么可能把她家里的地址随便留给别人呢，想想也就不觉得奇怪了。"

姜梦娜没有接刘蕾的话，而是陷入了沉思，刘蕾并没理解姜梦娜刚刚发呆的原因，她不只是因为方婷留下的那个收货地址，还因为此时她终于可以确定了，方婷在过年时买的那条红围巾真的是送给那个"秘密情人"的。

就在这时，刘蕾又把手机递了回来："唉，你看！我后来还查了一下快递信息，显示已签收，签收人那栏写的是'本人'。那天方婷不肯给我留下收货人的名字，只给我留了这么一个手机号，所以我寄出的时候，在收件人姓名那里填的是'客人'。然后我还特意在备注里写道'签收时请务必核实收货人的手机号码，确保与收件人号码一致。'你看，这说明围巾寄到了正确收货人的手里，不然快递是要退回来的呀！"

这一次听刘蕾说完，姜梦娜再没有半分迟疑地说道："嫂子，把方婷留给你的地址还有收货人的电话，截屏发我。"

"已接近目的地，本次导航结束。"伴随着百度地图里的女声，姜梦娜所驾驶的保时捷卡宴缓缓地停在道边。

她落下车窗，探出头来，仔细对照眼前建筑上的门牌号与刘蕾给她的收货地址是否一致。

在确认无误后，她又观察了一下四周的情况，不禁皱起眉来。"奇怪！让快递把围巾送到快递站？这老妖婆是什么操作？"姜梦娜不禁在心里疑问。

与收货地址门牌号一致的这栋建筑，是一排一层的平房，门口挂着某快递品牌的Logo。十几个穿着制服的快递员正弓着身子，在院子里分拣快递，往自己红黑相间的三轮车厢里装包裹。

然而下一秒，姜梦娜往物流站对面望了一眼，便立即茅塞顿开。

那里是一座小学，大概是到了课间操的时间，正有系着红领巾的孩子们来到操场上列队。他们互相推搡，掩藏不住孩童玩闹的本性，可一看到走过来的老师们，就立刻老实起来，站得比一棵棵松树苗还要笔挺。

姜梦娜恍然大悟，她觉得自己搞明白了，方婷的"秘密情人"一定是这所小学里的老师，所以方婷才把围巾寄到对面的物流站，既隐藏了他的地址，又方便他来取。

"肌肉发达？体育老师吗？没想到这老女人玩这么野。"想到这儿，姜梦娜禁不住将拳头砸进了另一只手的手心里。她为方婷的隐秘工作做得如此之好拍案叫绝，更为自己的侦查能力及聪明头脑拍手称赞。

她没打算让事情到此为止，她要找到那个体育老师，要看清楚他的长相，最好是能偷拍他一两张照片，拿回去给吴冬确认。

见操场上的老师和学生都已站得整整齐齐，看样子不会再有人从教学楼里出来了。姜梦娜觉得时机已到，便将收件人的电话输进了手机里，按下了拨号键。

电话很快被人接听，里面一个年轻男人的声音传进姜梦娜的耳朵里。

她快速扫视操场，想找到那个正举着手机的男人。然而，她几乎看遍了操场上的每一个角落，也没看见谁正在讲电话。

此时，话筒里"喂"了半天的男声，好似也察觉到了什么，不再说话，却也没挂断电话。

"难道他没出来？"这样想着，姜梦娜焦急地往教学楼里张望。

"第九套广播体操开始！"喇叭里突然响起了播放广播体操的音乐声。

令姜梦娜倍感惊奇的是，相同的音乐也从手机的听筒里同步传了出来。

"不对！他就在这儿，就在这附近！"警觉的信号在姜梦娜的脑海里响起，她知道对方一定从手机里听到了音乐声，知道了她的位置。

姜梦娜知道现在是在铤而走险，可她不愿就这么放弃，仍将手机举在耳边，四处张望，紧张寻找。

电话里的男人依旧没有说话，但从他的喘息声，姜梦娜听得出来，他正在移动，应该是在寻找她。

果然三秒后，姜梦娜看见一个留着板寸的男人举着手机从物流站的平房里冲了出来。他表情冷峻，眼神紧张却不似姜梦娜那般慌张。

就在快与他对视上的瞬间，姜梦娜连忙搬动车座侧面的扳手，倚着倒向后方的椅背，顺势躺了下去。

"我这是在干什么？干吗躺平？我得赶紧离开才对呀！"她回忆着刚刚从那男人眼睛里看到的寒芒，害怕地对自己说道。

于是她赶忙坐了起来，踩着刹车快速发动引擎。她不用转头去看，用余光就已瞥见，那个体格健壮的男人正气势汹汹地朝她走来。

他不像吴冬所说的那样肌肉发达，但也称得上强壮，姜梦娜不敢想象被他逮到之后的情景。

就在他的手快摸到车门的瞬间，卡宴已经启动，像离弦的箭一样蹿离了路边，钻进主路行驶中的车流里。

虚惊一场，回家的路上姜梦娜大口喘着粗气，心绪却再难平静。

一进家门，她就冲到双开门的冰箱那儿，从冷冻室里掏出了还没开封的香草芝士冰激凌，这本是她买来应对不时之需的，每次与孙文亮吵架过后，她都要靠冰激凌来缓解身上被孙文亮打出来的淤青处的疼痛，同时靠甜食刺激出来的多巴胺舒缓愤怒委屈的心情。

坐到沙发上，掀开盒盖，姜梦娜用勺舀着冰激凌，大口大口地往嘴里送。

刚刚发生的事儿太过惊险，她需要冷静一下，然后把这一连串的事在此刻纷乱的头脑中捋清。

听到大门处的响声，姜梦娜知道是孙文亮回来了。可她没心思理他，依然沉浸着思绪里。

吴冬给的信息有误，那个男人不可能是方婷的情人，他皮肤黝黑，长相虽轮廓分明，极富阳刚，但看起来就是一个普普通通的快递员，绝不可能令方婷为他动情。

可吴冬说，那年在天津，他明明亲眼看到这个男人与方婷住在同一间屋子里，又是怎么一回事呢？

"嘿，你在家呢？老公回来，怎么一点动静都没有啊？也不说过来迎接迎接我？嘿嘿！"孙文亮今天看起来心情不错，嬉皮笑脸地说着，紧挨着姜梦娜坐到了沙发上。

"方婷会送红围巾给他，那么今年他也是本命年。不可能是二十四，应该是三十六，比我大十二岁，比方婷小十七岁，这不上不下的岁数，他跟方婷到底是什么关系呢？"厌恶地推开满身酒气的孙文亮后，姜梦娜继续在心里想道。

"哎哟！长本事了吧你？唉，我跟你说个事儿。"孙文亮假装生气地叫嚷着，然后又没脸没皮地凑了过去。

"我刚才去我妈那儿了，我妈特意叫我回去的，跟你有关。"听到孙文亮的话，姜梦娜终于转过去看向他。

她看着孙文亮的眼睛出神，紧接着心脏猛然一缩，不知为什么，她觉得孙文亮的眼睛与刚刚那男人的眼睛有几分相像，又有几分不像。

第九章 夭折

很快，她弄明白了不像的地方，是眼神。孙文亮的眼神里透露着呆傻和愚钝，而那男人的眼神则睿智果决，除此之外，这两双眼睛极为相像。可是，那男人怎么会像孙文亮呢？

"哈哈哈哈哈……傻了吧你！是不是担心我妈让我休了你？"孙文亮的傻笑声把姜梦娜从延伸的思绪中拉了回来。

接着，她又听见他说道："正相反，我妈说让我对你好点儿！还说，我婚前答应给你投资美容院的那五百万，她出了。让咱俩好好过日子，不要再胡闹了。"说到这儿，孙文亮一头倒在了姜梦娜的腿上，仰头看着她。

姜梦娜只觉得腿被他坚硬的脑壳砸得生疼，本想抬腿躲开他，怎奈孙文亮又说话了："太意外了有没有？我说，你要是努努力，这肚皮再争点气，明年生个大胖小子，没准我爸妈一高兴，直接把家产过户给我！到时候，你就待在家里貌美如花，我继续在外面风花雪月，岂不快哉？哈哈哈哈哈……"

笑够了之后的孙文亮突然歪了歪头，眼神疑惑地望着姜梦娜，问道："不过我倒是挺奇怪，你说我妈怎么突然又答应你了？"

默默地与孙文亮对视着的姜梦娜弄明白了，方婷突然决定拿出那五百万，是因为她今天找到了那个男人，方婷是在收买她，要她息事宁人。看来方婷与这个男人之间的关系非同一般，且见不得人。

在低头盯着孙文亮的眼睛又看了良久之后，姜梦娜突然有了惊人的发现——不对！那男人的眼睛不像孙文亮，更像方婷！

◇ 六 ◇

安雅坐在咖啡厅里的玻璃窗前，与美国家里的亲人们做完了每日一次的视频问候，她开始打量起这家老店里的布置。

一切都没有变，一切又好像都变了。俄式咖啡厅里特有的彩色琉璃吊灯依旧挂在屋子中央，但灯罩颜色排列的顺序明显发生了变化。

她记得十三岁第一次被父母带来这里时,那些灯罩的排序她曾特意记过,红、黄、蓝、绿、紫,而如今则变成了绿、红、蓝、黄、紫。

像这种细微的差别在这里比比皆是,让她感叹十七岁去美国留学后,三十几年来的物是人非。

想到一会儿要见的人,安雅变得更加伤感和忐忑,压在心头的负罪感像正在吸水的海绵,变得越来越沉重。

方婷走进咖啡厅里时,安雅正坐在靠窗的桌前,单手支撑着下巴,茫然地望向窗外,空出来的那只手在酒红色的西餐桌布纹路里,一下下不安地滑动着。

"安雅。"

安雅回过神来,抬起头,看着与她记忆中五官相似却又被岁月改变得不尽相同的笑脸,站了起来。

"方婷,你来了。"她下意识地伸出双手,想像从前一样去拉方婷的手,可只伸到一半,就察觉到方婷身上传来的生疏感,而识趣地收了回来。

方婷问她"是不是早来了",她回答说"没有"。她又问方婷"来的路上是否顺利",方婷说"还好"。这样简短地聊了两句之后,她们俩便就再也找不到话题,沉默了起来。

"啪嗒!"与她们相邻的卡座里传来了东西掉落的声音,打破了这一区域内的安静。安雅看见背面贴满金色亮片的手机摔到了过道上,却不见前面卡座里的主人出来捡。她记得来时曾往前面的卡座看了一眼,当时里面有两个年轻的女孩儿,正在有说有笑地聊着什么。然而好像自打她跟方婷开始说话后,那边就安静了下来。

金灿灿的手机已经在地上躺了半天,安雅对前面卡座里的情况越发觉得奇怪。

她向左探出半个身子,试图绕过挡在她们两桌之间的隔板向那边张望。

这时,一个男服务生走了过来,将地上的手机捡起,递进了前面的卡座里。

"安雅，咱们有多少年没见了？快四十年了吧？"

听到对面方婷的声音，安雅收回了探出半截的头，"三十八年了。"她看着方婷，认认真真地回答道。

"都那么久了！时间过得真快呀！你的孩子们都有孩子了吧？"方婷似乎在寻找轻松的话题，可安雅看得出，她笑得很勉强。

安雅不打算再这样下去："方婷，你是在怪我吗？不然，为什么这么多年你到美国去演出，我去见你，你的助理总会告诉我你的行程紧张，没时间会客。我回国探亲来找你，你又总在电话里说忙，不肯见我。"安雅的眼角微微颤动，泪水早已在眼中酝酿，若不是努力忍着，这一刻早已决堤。

"没有，不是你想的那样。"方婷嘴上这样说着，眸子却垂了下来。

"不，你是在怪我。你也应该怪我！那一年在济南火车站我不该丢下你一个人，我应该跟你一块儿去，这样你就不会被……"说到这儿，安雅终于泣不成声。她慌忙从桌上咖啡色的纸巾盒里抽出纸巾，抹掉了不停涌出的眼泪，继续哽咽道，"当时，那个老太太先喊住的我，我后来发现情况不对，就慌忙跑掉了。对不起！我那时该去报警的！如果我当时报警，后来绝不会发生那样的事了。

"怪我！是我的错！如果我当时能够陪你一块儿去火车站的派出所，她可能就不敢，不敢把你……"

安雅说不下去了，缩紧的心脏连带着抽搐的喉咙，让她把接下来的话变成了呜呜的哭泣。

虽然安雅已是泪流成河，方婷却没有掉下一滴眼泪来。她依旧垂着眼睛，用透露着无力和枉然的声音说道："别说了。我没有怪你，也没有怪过自己。

"我们当时都只有十六岁，每个人的选择不同，谁也想不到会发生那样的事。

"她突然喊住了我，跟我说她胃疼得受不了，求我帮她到对面的卡车上去拿药,谁能想到,我刚刚爬进那卡车里就被……

"我没有怪你,回来后,我只是不知道该如何面对过去的人和事罢了。"

"那些年,在陕西你一定吃了很多苦吧!一定是的,一想到这些,我的心里就分外难受,不知道你是怎么挨过来的。"安雅想要控制,可说完这句,眼泪便又不争气地涌了出来。

她听到方婷轻轻地叹息:"算了,都过去了,我不想再回忆。"

安雅知道不该再说下去了,于是她擦干眼泪,弯腰从椅子旁将今日随身带来的东西提了起来,放在桌上。然后她按着琴盒,两手轻推,将它推到了方婷的跟前。

只一眼,方婷就认出了它。她缓缓伸出手来,轻抚着琴盒,摸到上面那依旧光亮如新的金属扣,她的眼眸璀璨,似有泪花涌动,"这是我的那把……"方婷看向安雅,试图寻求确认。

安雅轻轻地点了点头:"那天在济南火车站前,我们分开时我跟你说过,会把它完好如初地还给你。这句承诺我从来都没敢忘记,今天我把它带来了,让它物归原主。"

"哒"的一声,金属扣弹开,一把并不算新、琴弦已磨得很旧的小提琴,以恍若隔世般记忆中的模样,与它的主人再度相见。

芳华已逝,岁月却未曾改变过它的容颜。就像那些藏在铁盒里,儿时写给长大后的自己的字条,曾经被它承载着的梦想,虽已一一实现,但它终究无可替代,因为那里面还藏着原始的初心和青春的回忆。

那一瞬间,方婷好似看见了那个穿着白衬衫、格子裙,扎着高高马尾的十六岁女孩,转过身来与她隔空遥望。

她纯洁无瑕,不曾经历噩梦,嘴角挂着桀骜不驯的微微笑意,眸子像溪水一样清澈、明亮。

◇ 七 ◇

"娇娇,我说你怎么……

"是我呀,姜梦娜!

"没换号,这是我万能副卡的号,主卡手机没电了。我说你怎么拒接了我两次呢。你没存我这个号呀?

"行,那正好,这回你把它存好了。

"我正在地下停车场里找车呢,你那边听起来可能才时断时续的。

"别挂,别挂,找着了,马上我就开上去了,你别挂啊!

"别问我为什么这么迫不及待,当然是有大事要告诉你了。

"爆炸性的大新闻,跟那个老妖婆方婷有关。还记得前两天,咱俩在咖啡厅里见面那回吗?

"就上礼拜的事儿啊,我当时跟你说,我看见我婆婆来了,咱俩立刻低头,假装寻思事儿,还用手挡着半张脸来着吗!后来我手机掉地上了,我都没敢去捡,还是等服务员过来帮我从过道上捡起来的,就那回,想起来了吧?

"当时方婷就坐在咱俩后面的那个卡座里。她对面还坐了个女的,比她先来的,估计她们也是约在那见面。

"对,咱俩当时不是还怀疑她们是同事关系吗,因为那女人来时手里拎了一个小提琴盒。

"提这个干吗?当然得提了,我得谢谢那女人,哈哈哈哈……等等,让我先笑一会儿……哈哈哈哈哈……

"行行行,不笑了还不成吗,可别让你耳膜穿孔了。

"你知道吗,就是那天,我从她们俩的对话中捕捉到了一些蛛丝马迹。

"这些天,我就凭着这些蛛丝马迹一直在调查。我跟你说过吧,出来混,人脉最重要!幸亏这些年我一直秉承我爸妈的教诲,结交了不少人。今天上午终于取得了惊人的发现！我想，我现在大体搞明白是怎么回事儿了！

"什么事儿？方婷和那小男人的事儿啊，我不是一直想找出那男人是谁来着吗！

"对！是早就找到了，确切地说，现在是把他彻底查清楚了。

"那是！我多机灵一人儿啊！

"打算怎么办？呵呵，先别急，我之前搞错了，都怪那个死吴冬给我假消息，他根本不是方婷的情人！

"什么关系？呵呵，现在还不能说。我明天得飞一趟陕西。到了那边，哼哼，就知道我分析得对不对了。

"哎呀，不是跟你卖关子，也不是不信任你啦，这事儿我可跟谁都没说，连我爸妈都没告诉，现在只有你知道我明天要去陕西的事。

"对，坐飞机，机票都买好了，明早七点半的，不到五点就得开车往机场赶。

"我跟你说啊，这些天为了调查这件事，我真是马不停蹄地奔波啊，弄得我每天晚上都睡不好觉。

"不是焦虑，我焦虑什么呀？又不是我的丑闻！该焦虑的是方婷！我是兴奋！兴奋得睡不着觉！现在还有一只蜜蜂在我脑袋里嗡嗡地飞，四处采蜜，到处乱撞呢。

"你等等啊，我得喝口咖啡，刚从星巴克打包的冰美式，现在我整天就靠它续命了。欸，刚才说到哪儿了？我脑袋现在整天晕晕乎乎的，时常断片儿。

"对，说到方婷的丑闻了。

"什么丑闻？呵呵，包你想不到！这事要是曝出来，绝对够她受的，她这些年努力维护的完美人设，顷刻之间就得崩塌碎成渣，哈哈哈哈哈。

"求我也不行。都说了现在不能说啦！但我保证，要真是我想的那样，我一定第一时间告诉你。

"好啦，好啦，收收你的好奇心，再等等，好饭不怕晚，嘻嘻。

"再跟你说另一个事儿！正是这事儿，让我更加确信我的猜测了。

"大概去年年底吧，我跟孙文亮结婚前那阵子，他有一次喝大了，就开始跟我满嘴胡诌，说我有福了，让他这个'海王'上岸了。然后跟我盘点起这些年他睡过的妞儿。

"我当然不乐意听了，就边玩手机边让他自己在那儿嘚瑟。后来听这孙子越说越没边儿了，我就拿手机想给他录下来，等酒醒后，让他自己看看自己那德行。

"结果，说到一件事时，他看见我正举着手机，就蔫儿了。说我要是录，他就不说了。那时，我嫁入他家心切，就哄他说'好啦，好啦，我不录了还不成吗！宝宝，你快说，我想听嘛！'

"他仔细地看了我半天，欲言又止，那德行就像拉屎拉不出来，干燥了似的。说实话，我当时恨不得他就此打住，但他接下来的话我现在想想都害怕，所以至今印象深刻。

"他跟我说，大概是八年前吧，二〇一三年立冬的时候，那天他参加完他奶奶的八十大寿寿宴，就溜去酒吧喝酒。这事儿我倒有点儿印象，因为他奶奶大寿那天我也去了，孙文亮弹完琴，我还给他献花来着。

"孙文亮说，他当天晚上认识了一个东北妞，哄着那妞去了她家。然后他们一起嗑药嗑出了事儿，把那妞嗑死了，孙文亮就吓得跑回了家。

"我听到这儿，觉得他吹牛吹上天了，就问他是不是说梦话呢？做梦吧？要是那女的死了，你现在还能那么安生地躺在这儿？别跟我说，又是你妈替你顶的包。

"结果他特正经地回答我，说警察来找过他，但是没办法证明是他干的。

"我就乐了，问他是不是电视剧看多了，他去过人家，还跟那妞一起喝酒嗑药，怎么可能什么证据都没留下呢？拿自己当能毁尸灭迹的高智商连环杀手了吧！

"我这话一说完，发现他眼神就变了，变得特别迷茫，还带着恐惧。孙文亮跟我说，他也不知道是怎么回事，但他猜，应该是他妈方婷找人去那妞的家里做了什么,才让警察拿他没办法的。

"我听他说得有鼻子有眼的,也跟着有点儿紧张了。就问孙文亮,他是怎么知道的?结果,他又跟我说了一件特离奇的事。

"那晚他仓皇从那妞的家里逃走时,把那阵子他刚从纽约珠宝拍卖会上拍回不久的卡地亚打火机落下了。他还竖起两指发誓,说他绝对没记错,因为坐上出租车往家逃时,他心里还一直惦记着这件事。隔天早上他清醒后,再找那打火机,翻遍了全身的口袋还是没找到,就更确定,那打火机肯定是落在那妞家里的床头柜上了。

"之后那两天他一直不敢出门。当然,他妈也不许他出门,每天灌他一桶一桶地喝水,然后逼他在家里的跑步机上玩命跑,要他尽快把毒品从身体里代谢掉,怕万一警察找到了什么证据,可以强制他配合验尿。

"三天后,他实在撑不住了,觉得就算警察不来抓他,他也会在跑步机上累死的,就赌气不跑了,回卧室蒙头睡觉。一挪枕头,他傻眼了,那个卡地亚打火机竟然安安静静地躺在他的枕头底下。

"他说这话时,伸出拇指告诉我,那打火机上的手工镶钻有指甲盖这么大一片,配以黑色的珐琅瓷机身,独一无二,就算是仿制,也不可能那么短的时间仿出来,更何况根本没有能仿制的地方。

"他当时被吓坏了,以为活见鬼了,出现了灵异事件,是那妞的鬼魂拿着打火机来找他索命。

"他就这么战战兢兢地躲在被窝里,挨到了当天傍晚。

"直到他妈来喊他吃饭,见他那副模样,先是叹气,然后突然说让他把打火机收好了,不要再到处乱放,否则下次不会再有人替他收拾。

"他后来从屋里出来,一直满脸疑惑地看着他妈,可他妈却没再给他任何回应,只是面无表情地吃饭。

"但是孙文亮好像明白了,也许是他妈看出他那慌慌张张、不知所措的模样,才给了他暗示,好让他明白,打火机是她给他弄回来的,让他不要害怕。

"说到这儿,孙文亮的酒也差不多醒了,他最后说,打那起,他才知道，他妈并非他以前想象的那样，那么柔软、那么简单。

"娇娇啊！你知道吗，我以前没把这件事想明白，现在我终于把它跟我的发现联系起来了。

"什么发现？就是现在还不能说呀！我这么告诉你吧，那个当年在方婷指使下，帮孙文亮洗脱罪名的人，一直都隐藏在方婷的身边，但他不是方婷的情人，而是方婷的……

"不行，我得管住我这张嘴，后天你就知道了。我就这么跟你说吧，这个秘密别说找方婷再要五百万，就是要她一半家产她都得给，你信不信？

"不信？呵呵，上回我通过你嫂子给我的收货信息找到那男人后，方婷就已经拿了五百万来封我的口，这次，怕是她要跪着来求我了。

"我估计她做梦都想不到，最后会栽在我手上！呵呵。我告诉你，我都计划好了，等我拿到钱，就把这消息卖给媒体，再赚她一笔，然后就和孙文亮离婚。

"为什么不先离婚？你傻啊，我是她儿媳妇时，提供的证据岂不是更可靠！谁让这老妖婆之前不对我好点儿。哼！我得让她知道，姑奶奶我就是这么不好惹！

"别高兴太早？呵呵，我特有把握，你就等着听好消息吧！先不说了，我上楼了，到家楼下了。"

◇ 八 ◇

林红从噩梦中惊醒，猛然盯着黑暗中的天花板，那里什么都没有，只有与卧室里其他地方同样的漆黑一片。

额角的汗顺着鬓发缓缓流下，滑过她的耳垂，滴落在枕巾上。

正值三伏，怕她被空调吹得着凉感冒，邹宇将风速调到了最小，家里的这台老旧空调现在俨然已经偃旗息鼓，工作没几个小时，就已吹不出半缕凉风了。

腹中的胎儿感受到了母亲心中的恐惧，开始不安地躁动，先是在肚脐左侧隆起了半个鸡蛋大小的圆包，转而又鼓动着换到肚脐上方。

林红用手轻轻抚着肚皮上的包，在心里安慰他道："孩子，别害怕，妈妈刚才只是做了个噩梦，那些都不是真的。"

感受到腹中又重回安静，林红下意识地去拉床头的台灯，她扑了个空，才想起自从她怀孕二十八周后，邹宇便将台灯搬到了他那一侧。他不许林红再独自起夜，要她半夜下床时，无论什么原因都要先推醒他，让邹宇来开台灯，这样他才好清醒地知道林红是不是又躺回了床上，以防她会发生意外。

"老公！"林红抬起左手，轻拍身旁，却什么也没拍到，她意识到邹宇并没有在床上。

如今已经怀孕三十二周的林红睡觉时无法侧身，只能平躺，于是她转动着脑袋，看见了从卧室外传进来的幽幽的光。

"老公！"林红朝那边轻声唤道，等了好半天，没有听到回答，林红强撑着身子，费力地坐了起来。她穿上拖鞋，手撑着床头柜一点点地站起，用手掌撑着后腰，慢慢地往外走。

站在卧室门口，她看见邹宇正背对着她，头戴着耳机坐在餐桌边。桌上放着打开的笔记本电脑，屏幕上的竖型指针正在由左向右地沿着横向的进度格缓缓滑动。

"老公！"

寂静的夜还能等来日出后的嘈杂，可林红的呼唤却始终等不来邹宇的回应。他只是垂下脑袋，手肘挂着膝盖，扶着额头。

看不见他的表情，也不知道他在专注地听什么，林红有些不高兴地走了过去，在他的背上轻拍了一下："你怎么还不睡？"

林红的话没有说完，吓了一跳的邹宇就从椅子上蹦了起来。被线拉扯住的耳麦随即从他的头上滑落，摔到了地上，里面传出一个年轻女人的声音，像是在跟谁打着电话。

邹宇慌忙转身，扣上笔记本，让那声音停止了下来。然后他又回过身来，对着一脸诧异的林红说道："你怎么起来了，吓了我一跳。"

"你在干什么？"

"没什么，睡不着，在网上找了些好玩的笑话，解解闷，一会儿我就去睡了，你快回去躺着吧，我关了电脑就上床去。"邹宇说着轻推林红的肩膀。

黑暗中，林红看不清邹宇脸上的表情，却感受到了他不同寻常的忐忑。

"真的没事？听笑话为什么不在床上用手机听？"

"怕吵醒你啊！没事，能有什么事？"他边推着她往卧室里走，边说道。

"那你可以戴耳机听啊！干吗非躲到卧室外去？"

听出林红语气里的不快，邹宇不再狡辩，只是哄着她又回到了床上。

睁着眼躺了良久，林红始终睡不着，邹宇并没有如他刚才说的那样很快回来睡觉，而是还坐在屋子外，对着笔记本屏幕上散发出的幽幽的光。

忽然，林红听见大门口发出了响动，好像是邹宇在穿鞋，"大半夜的，你要去哪儿？"林红勾着下巴，抬起头慌忙问道，沉重的身子还留在床板上。

"咔哒"，门锁重新弹回锁盒里的声音，代替邹宇回答了她。

他走了，不会告诉她去哪儿。

就像上次一样，他在深夜偷偷起床离家，被之后醒过来的林红打电话叫回后，始终支支吾吾，说不清楚到底去了哪里。

从未有过的不安传遍了林红的全身，那感觉就像是挂在旋转吊扇上、粘满苍蝇尸体的捕蝇纸，让她心烦意乱，又分外恶心。

孕期以来，她的妊娠反应一直都很强烈，呕吐伴随了全程，情绪也越来越不稳定。

林红想起手机还放在邹宇那边的床头柜上充电，便伸手去够。打开台灯，林红一遍遍地拨给邹宇，都被他一一拒接，最后彻底关机了。

还是不知道邹宇去干什么了，但是林红已领会到他不会告诉她答案的决心。

悬着的心像吊在空中的沙袋,沉重,却又无处安放。

林红决定自己找出答案,于是她来到邹宇刚才坐着的餐桌边,还好,他没有把电脑一并带走。

开机,输入他们俩一同设置的密码,林红皱着眉找了半天,都没有找到邹宇刚才听过的文件。她负气地扣上电脑,开始继续给邹宇打电话。

"浑蛋,你干什么去了!"

当关机的提示音又一次从话筒里传来,林红将手机狠狠地摔到了桌子上。

她站起身,打开鞋柜,打算穿上鞋,出去找他。

可还没走到门口,一阵钻心的绞痛就从腹中传来,让她不得不弓下身子大口地喘气。

林红本能地拉住了门把手,让疼得失去力气的身子一点点地倒在地上。她感觉肠子扯着胃,连着她其他的内脏,一起搅拧在了一块儿,疼得她连叫的力气都没有。

她浑身上下的衣服很快像被大雨淋过一样彻底湿透,最糟糕的是,她感觉内裤里正有一股股的热流,无法控制地向外奔涌。

"糟糕,羊水破了。"

看了那么多有关分娩的书,林红很快意识到这一点,可她现在才怀孕三十二周,还没到生产的时候。

她在地上努力爬着,想够到餐桌上的手机,打电话求救,可腹中的疼痛越来越剧烈。失去了羊水保护的胎儿感受到了严重的缺氧,开始本能地在腹中挣扎,这让林红的疼痛变得更加剧烈。

"孩子,别害怕!会没事儿的!妈妈不会让你有事的!别害怕!"嘴上这样说着,恐惧和疼痛制造出来的泪水却已模糊了林红满脸。

从她倒下的地方到餐桌腿,只有半米的距离,可那尖尖的桌角,在躺在地上的林红眼里看起来,就像是在云端。

她一遍遍地伸手,去够桌角边露出来的电话,几乎耗光了所有的力气,却始终遥不可及。

"孩子,坚持住!妈妈就要够到了,马上就会有人来救咱们了,坚持住啊孩子,孩子,孩子……"

林红平躺在地上,泪水混合着汗水不停地从眼角滑落;摔倒又摇晃着抬起的手臂,一遍遍地从桌腿上擦过,发出"嘣嘣"的声响;伴随着她嘴里越来越微弱的声音渐渐平息,最后彻底消失,她失去了意识。

手机振动的嗡嗡声,混合着微光,夹杂着从地面上传来的潮湿霉味,刺激着林红的感观,让她渐渐苏醒了过来。

她不知道自己在这里躺了多久,像一瞬,又像过了一个世纪。

再次抬手去够桌角的手机,恢复过来一点的力气,让林红的指尖终于触到了机身冰冷的背面,然后随着她的手,一起掉了下来。

她来不及去读显示屏上的名字,划开了接听键。

感受着腹中不祥的死寂,她哽咽地哭喊道:"邹宇,快,快来救救我们,孩子,孩子不动了,天啊!孩子不动了,啊……天啊……"

她的声音绝望而凄厉,泪水在眼中决堤,痛苦无法言喻。

"林红,你怎么了?你在家吗?不要动,我这就来了!"赵勇焦急的声音在电话里响起。

◇ 九 ◇

-1-

"啪"的一声,盛着鸡汤的白瓷勺被打得飞了出去,落在与旁边病床相隔的浅绿色拉帘上,然后狼狈地滑落,在地上摔成了两截。

"浑蛋!你干什么去了?"妇产科病房里,林红坐在床上,对空手摆着喂汤姿势的邹宇嘶吼道。她的嘴唇苍白,眼睛却血红。

邻床病友的家属早上就已见过这阵势,慌忙站起来匆匆赶到病房外寻找医生。

"我问你呢！你到底干什么去了？"见邹宇只是垂着头，缓缓转身蹲下去拾地上的碎勺碴儿，林红的声音变得更加愤怒。

她紧握双拳，每说出一个字，都会在身体两侧的铁床边上用力地捶一下。这句话说完，她的手掌边缘已开始迅速肿胀，高高地隆起。

三个小时前，林红被迫做了引产手术。通过注射药剂，她的子宫开始剧烈收缩，在完全清醒的意识下经历了与分娩过程一样的痛苦。

阴道撕裂，有血流出，只不过从引产的最开始，她就知道自己生出来的会是一个死孩子。

那历尽八个月才慢慢隆起的腹部，在一瞬间变得平坦时，仰面躺在引产台上的林红泪流成河。

刚被赵勇送进医院里时，林红还心存一丝侥幸，默默许下重愿，愿被夺去光明、声音和听力，只要换回这个孩子的平安。

可天不遂人愿，要留她眼睁睁地看着像烈日一样刺眼的无影灯；要留她清清楚楚地听着手术刀与止血钳冰冷清脆的撞击；要留她在每次宫缩剧痛间发出撕心裂肺的呼喊，却偏要夺走她腹中的生命。

她绝望、委屈、愤怒，她成了一具空壳。

"别碰我！你干什么去了？你这个畜生！你干什么去了？"她对着抱住她、不让她再伤害自己的邹宇又捶又打。

他的耳朵被她击中，随即嗡嗡作响；一只眼睛被指甲划到又酸又胀，眼泪顺着眼角留下；嘴唇被她手肘撞破，渗出淡淡血迹。

一名医生带着三个护士冲了进来，帮他按住了她。

"你这个畜生！他是你的儿子啊，你怎么能这样对我们？那是你的儿子啊，你怎么可以……"

"你干什么去了？你这个浑蛋！你这个畜生，你到底干什么去了，你干什么……你……你……"

林红的声音被注射进来的镇静剂稀释，越来越微弱，可她如破裂的肝脏一样深红的眼睛却还倔强地睁着，即便在渐渐失去光芒，仍不肯瞑目般地瞪着邹宇。

"你到外面去等！"医生皱着眉，转过身来推了邹宇一把，没好气地说道。

医院走廊里的石砖地踩在邹宇脚下，就像是沼泽，他深一脚浅一脚地来到塑料排椅前坐下。垂着的头，像烈日当空干燥黄土里无力挣扎的芽苗。

只安稳了片刻，他突然抬起手抽打自己的脸，"啪""啪""啪"……一下比一下用力。刚开始是红色的血印子，接着通红一片，高高隆起，这样还不解恨，他干脆换成了拳，打得自己金星四冒，从椅子上滑倒在地。

原先坐在他周围的人早已纷纷逃离，像躲开瘟神一样，对他避之唯恐不及。

只有一个人仍坐在邹宇对面的椅子上，纹丝不动，直勾勾地看着他，没有半点诧异和同情，只有带着憎恶的怨气。

感受到了这与众不同的冰冷目光，邹宇缓缓抬起了头，从肿得只有一只能勉强睁开一半的眼睛里，看到了赵勇的脸。

邹宇抬手，一把抹掉了脸上的泪和血，站起身来朝医院外面走。

"你站住！"赵勇朝他怒吼。

邹宇停了下来，没有转身，只给赵勇一个倔强十足的背影，他听见赵勇在他身后说道："不管你干什么去了，你就不能告诉她吗？哪怕是……骗骗她也好！"赵勇的声音在最后几个字上柔软了下来，透露着掩饰不住的难过。

他看见邹宇缓缓地仰起了头，看不见邹宇的全部表情，他只看见有泪水从邹宇的眼角顺着脸颊滑落。

"喂！你又要去哪儿？站住！你听到没有？站住！"赵勇对着企图离开的背影吼道。

正欲追赶邹宇，赵勇的手机响了起来，"喂？"他停下来，盯着前面越走越远的人，没好气地对话筒应道。

"队长！机场高速那边出了起事故，通知咱们过去！"葛悦的声音在电话中响起。

"交通事故不找交通队，找咱们干吗！"赵勇抱怨道，心绪仍未平复。

"交警勘查现场，发现刹车遭到人为破坏，可能涉嫌谋杀。"

-2-

在机场高速的应急车道上停好车，赵勇关闭了车里的空调，一开车门，七月午后特有的湿邪热气夹带着黏腻，扑面而来，令原本心情就不怎么好的他，将眉毛皱得更紧。

他一边戴着从车上拿下来的一次性手套，一边朝事故现场走去。

不远处，一辆桃木红色的保时捷卡宴侧翻在地，车头严重变形，歪歪斜斜地嵌在应急车道旁的银色护栏里，被撞得扭曲的双条护栏，像是用蛮力扯开的电线，从中间撕裂。

"队长！"看见赵勇，葛悦连忙走了过来。

葛悦今年刚从警校毕业，被分到赵勇所领导的刑侦大队实习。先前已出过几次外勤的她，在赵勇的悉心指导下学到了不少东西，所以对赵勇崇拜有加。队里的其他人依旧喊赵勇为勇哥，只有葛悦称赵勇为队长。

"嗯，有什么发现吗？"赵勇嗓音低沉地问道。

"事故时间发生在今晨五点四十五左右，肇事司机名叫姜梦娜，今年二十四岁，北京人。

"从她手机里查到的信息来看，她当时应该正在赶今早七点半起飞、飞往西安的飞机。

"从路况监控中的记录来看，在行至这个路段时，曾有一辆黑色的凯迪拉克试图从她侧方并道超车，应该就是在那个时候，姜梦娜发现刹车失灵，于是她向右猛打方向盘，与那辆凯迪拉克尾部发生剐蹭之后侧翻，撞上了旁边应急车道上的护栏。"

此时赵勇已经来到了撞得惨不忍睹的卡宴旁边，他绕着已形如废铁的车身转了一圈问道："不是说刹车有被人为破坏的痕迹吗，在哪里？"

"在这儿！"葛悦领着他走到了车身一侧的后轮处，指着车轮内侧的位置，说道，"这一侧，还有另外一侧，制动分泵的油管被剪断了，导致制动系统漏油失去制动力。"

果然，赵勇在葛悦所指的地方看到了刹车油管上的口子，断口整齐，一看就是被人用工具剪开的。

"肇事司机的情况怎么样？"刚才绕车走过驾驶室时，赵勇已看见车里车外一片殷红的血迹，于是问道。

"伤者的情况不容乐观，虽然气囊及时弹出，但是由于当时车辆是在高速行驶中发生碰撞，肇事司机依然伤得很重。我刚才给今早接走她的急救医院打了电话，医院说，姜梦娜头部伤势较重，还在进行开颅手术。"

葛悦认认真真地回答道。见赵勇轻轻地点了点头，她提起一直拿在手中的一个证物袋举到了他的眼前："队长，这是我们从驾驶座下面找到的。"

赵勇狐疑地看了她一眼，接了过来，在手里掂了掂。看着证物袋里这个如半个巴掌大小，跟移动硬盘差不多沉的黑色方盒，问道："这是？"

不等葛悦回答，他已念出了印在盒上一角的白字："GPS车载防盗定位器。"

"嗯，我们从这上面提取到了两枚清晰的指纹。"葛悦冲着已经陷入沉思的赵勇说道。

第十章 听风泣

◇ 一 ◇

二〇二一年一月二十日，大寒，北京。

刑侦大队的队长办公室里，光线昏暗，赵勇坐在办公桌前，点着一盏台灯，独自在等葛悦即将带回来的重要消息。

他认真地翻看着八年前"摇头丸致死案"的资料，想从里面找到之前未发现的疏漏。这是赵勇加入刑侦队后参与侦办的第一起案件，也是他至今未破的一个案子。

无独有偶，去年七月，发生在机场高速上，刹车被人蓄意破坏，致驾驶司机陷入昏迷至今未醒的恶性案件，像压在天平另一端上的砝码，又重新将这起陈年旧案翘了起来。

起初，赵勇他们把怀疑对象锁定在那一段时间，与姜梦娜纷争不断、屡屡动手的姜梦娜丈夫孙文亮身上。

他们寻找了孙文亮两日，最终，在城郊一处度假会所内抓到了连日宿醉未醒的孙文亮。他当时一脸茫然，还以为警察来抓他，是因为他所经营的P2P公司已无法向散户兑付，被人举报。

后经会所经理、服务员及会所走廊内的摄像头证实，孙文亮并未说谎。早在姜梦娜出事的前一天，孙文亮就来到了这家度假会所，在包房内与另外两名男性友人厮混。其间换了多名陪唱小姐，也点了很多酒，却并未离开过这家会所。

而从姜梦娜家地下车库调取的监控视频显示，案发的前一天晚上，凌晨一点四十六分，一名黑衣男子由小区车库坡道进入地下停车场内，在另外一辆桃木红色的卡宴前徘徊片刻后，最终来到姜梦娜的车前。

他前后转了两圈，好似在确认车牌号，然后便钻到了姜梦娜的卡宴车下。

他戴着黑色的棒球帽和口罩，无法看清面部特征，但从身高和体型来看，绝非孙文亮。

这时，鉴证科传来捷报，通过成功提取了驾驶座下车载 GPS 上的两枚指纹，与指纹库里的数据进行比对，竟匹配出这两枚指纹与八年前"摇头丸致死案"嫌疑人在现场留下的指纹一致，而与孙文亮在居民身份证系统中所采录的指纹不符。

怀疑很有可能是孙文亮雇凶杀人，刑侦队对孙文亮的手机进行了技术处理，却没有找到有用的线索。

在刑侦队又走访调查了一些时日后，新的情况一一冒出头来。

姜梦娜的社会关系极其复杂，即便婚后，依然与多名男性保持暧昧关系。在这些人中，有的曾与姜梦娜合伙投资生意失败，引发财务纠纷，把姜梦娜诉诸法院。这无疑也成为情杀或仇杀的动机。

因此，案件调查方向再度转移，刑侦队将目标集中在与孙文亮和姜梦娜共同认识的几名男性身上。

但在消耗了刑侦队数月时间后，仍然一无所获。

赵勇不甘心，将所有与姜梦娜有较密切接触的人又进行了二次摸排。

在警方的高压之下，一位姜梦娜的女性友人终于说出，姜梦娜出事前，曾一直通过各种渠道收集方婷过往的经历，好像正在调查方婷与某个男人的关系。

赵勇敏锐地觉察到，此处正是姜梦娜案的突破口，遂令所有人集中火力向此方向调查。

但是，无论是听姜梦娜提过这件事的人，还是姜梦娜手机备忘录里草草记下的几句话，都表明她一直在用"那个男人"作为这个调查对象的称呼，而从来没有提及他的具体年龄，甚至是姓名，可见姜梦娜对此事十分谨慎。

这更令赵勇隐隐地觉得，这起案子就像多年来他一直耿耿于怀的"摇头丸案"一样，一定与方婷母子有着千丝万缕的联系。

一切的焦点又重新回到孙文亮身上。可他没有作案时间，赵勇他们也没查到能够支撑孙文亮有较强作案动机的证据，没法说服检方强制提取孙文亮的DNA与"摇头丸案"的血液进行比对。

就当案件再次陷入僵局的时候，几天前，孙文亮却因在洗浴中心与人斗殴，致人轻伤，被刑事拘留。

就这样，孙文亮的DNA样本已被送到技术中心做加急处理，结果即将在今夜知晓。

感觉口渴，赵勇伸手去拿茶杯，发觉茶水已彻底凉透，他起身朝窗边走去，从保温瓶里倒出热水续上。

这几天，全国各地大幅降温，进入了入冬以来最冷的时节。今夜的北京，更是突破了几十年来罕有的低温纪录，降至零下二十三摄氏度。

窗外的狂风重重地拍在结满白色冰花的玻璃上，看不到室外的情形，却只听得到鬼哭狼嚎般的咆哮，令这个漫长的夜变得更加凄冷、诡异。

"队长，我回来了！"

突然听见从门口传来的声音，赵勇匆匆盖上瓶盖，转过头来大步朝葛悦迎去，嘴里埋怨道："你可算回来了！再不回来，我就要给你打电话了！"

"你可算回来了！再不回来，我就要给你打电话了！"郝辰慌忙从热炕上下来，看着刚刚进门，正在扫掉头顶和肩上雪的邹宇说道。

他走到邹宇身后，将头探出大门外看了看。远处的大山，融进了夜里，看不出一点轮廓，只有一片茫然的漆黑。泛着微光的雪地上，两排深陷的脚印，看得出行走之人的一路艰辛。

他用力一推，合上了对开的木门，将裹挟着巨大雪片的西北风阻隔在外。门缝瞬间形成了哨口，吹出"嗖嗖"的声响。

郝辰不死心地回过头来问道："林红真没跟你一起回来？"

见邹宇脱掉了厚厚的棉大衣，摇着头对他苦笑，郝辰沉重地叹了口气："怎么回事？就没有回头的余地了吗？"

此时，邹宇坐到了炕沿上，他抬起手，疲惫地搓着冻得通红的脸答道："她爸妈元旦前把她接回了东平老家之后，我们就再没联系过。是我害死了我们的孩子，毁了我们之间所有的一切，她恨死我了，不可能再原谅我了。"他的语气平淡，声音却嘶哑。

"别这么想！也许事情还有转机，再给她点时间，她会回心转意的。毕竟你们俩同甘共苦了那么多年，这份感情哪能说放下就放下，我不相信林红是这么绝情的人！"

见邹宇只是垂着头不说话，郝辰提起炉子上不停从壶嘴儿里喷着白色雾气的水壶，走了回来，又对他说道："别想那么多了，来！先喝点热水，暖暖身子！然后咱俩今晚喝个痛快！"

一只盛着茶叶的白瓷杯，被郝辰放在了邹宇跟前摆满了酒菜的炕桌上。

滚烫的热水在白瓷杯里冲出漩涡，先前还干瘪如枯草的茶丝漂荡盘旋，缓缓舒展，释放开积压已久的重负。

赵勇皱着眉，拿起了桌上放着的白瓷杯。他本想喝上一口热茶，以压下心中片刻前开始的震惊，但嘴唇刚碰到杯口，又赶忙将杯子挪开。

热水倒得太多、太烫，完全出乎他的意料，就像他刚刚从葛悦手里接过来的那份报告一样，让他难以开口。

"基因比对相似度较高。队长，鉴定中心给出的结论证明，嫌疑人与孙文亮是同母异父的兄弟，看来你的直觉是对的，这两起案子果然都同孙家有关！"葛悦边捧着茶杯焐手，边郑重地看着赵勇说道。

"嗯。"赵勇闷声应了葛悦一声，便绕过桌子，忧心忡忡地坐回了椅子上。

他打开电脑,输入权限密码,开始在系统里查找方婷的档案。

据他先前所知,方婷与孙建新是初婚,那么孙文亮的这个同母异父的血亲兄弟到底从何而来,让赵勇一下迷糊了,一时间陷入了沉思。

葛悦猜到了他的心思:"队长,你说会不会是方婷与孙建新结婚前,曾未婚生育,有一个私生子,一直被方家抚养,所以……"

葛悦的话还没说完就停了下来,因为她看见赵勇的眉毛突然越皱越紧,扯着五官都在往中间收缩。

"快!你去通知队里所有人回来待命!我现在去向上级申请调档,恐怕今晚有很多文件要查了。"赵勇说着已站起身,去门后的衣帽钩上拿起大衣。然后,他不等葛悦回话就匆匆出了门。

系统档案里的记录像冲破迷雾,载着真相而来,行驶在罪恶黑水里的小舟,搅得他的心绪再难平静。

他没有在档案里找到葛悦说的可能,但他却看到了另一条与方婷有关的记录。

虽然上面只寥寥地写着"方婷是一九八九年告破的一起全国性要案的受害人之一",以及档案卷宗所存放的地点及编号,但就那起案件的性质来看,赵勇已预感到,这里才是一切的起源。

"一切还得从你去北京说起,十年了,每次电话都寥寥几句,但我大体上猜到她一直不肯认你,却从没听你细说过,也没敢细问过你。可我知道你一直把一切压在心里。

"你从小就这样,把所有难过、痛苦都自己一个人背着。今晚,你要是愿意说,就跟我吐吐苦水。"郝辰见邹宇的酒杯空了,又把白酒倒满。

"没什么可说的,她不认我,永远也不会认!"

微醉的邹宇眼神恍惚,从鼻子里轻哼了一声:"说真的,我从没想过还会再见到她。要不是那天我爸在电视里听见了她的声音,我在电视里看到了她的脸,我做梦也不会想到,还会有与她再见的一天。

"那时,她在电视里被主持人问到与儿子的关系,她说'十月怀胎,

一朝分娩，从此就是一生的牵挂……'

"哈哈，你知道吗，我那时，竟觉得她说的是我！哈哈哈……"

邹宇开始大笑，笑得眼泪横流。

感受到郝辰拍在肩膀上试图安慰他的手，他一把抹掉脸上的泪："我看着电视，她看着镜头，好似与镜头外的我互相看着。她还是那么美丽，跟我记忆里一模一样，像溪水一样清澈的眼睛里透露着慈爱的光芒。"

"那一刻，时间仿佛倒流了，倒回到我小时候，那时，她经常这样看着我，看着我的眼睛笑……"

声音本已温柔下来的邹宇，突然拿起了桌上的酒杯像喝白水一样一饮而尽："你知道吗！就是因为那句话，就因为她的那个眼神，我才去的北京！"

"慢点儿喝！"郝辰上来抢他的杯子，被一把推开。

邹宇用尽全力嘶吼道："可她不认我！树欲静而风不止，子欲养而亲不认啊！我就是风，她就是树。她不认我！她只怪风不停地吹动树叶，沙沙作响，打扰了树的安宁，却不知道，风是在哭泣！"

"她要我离她远点！她说，她恨我，要撞死我！"

鼻涕混合着眼泪，挂在邹宇几日未刮的胡茬上，令他看起来分外狼狈。

也许是突然的释放，耗干了他连日赶路来的最后一点力气，他的声音一下子低沉了下去，带着悲伤："我满怀期待地去她工作的地方等她，她一眼就认出了我，可她却装作不认识我。她还警告我，再对她纠缠，她就报警。

"我既难过又生气，就告诉她，我不怕警察，谁也阻止不了一个儿子去找他的妈妈，想让我别再找她，就撞死我。不然，我就会天天在她上下班的路上等她，等到她肯与我相认为止。

"结果，有一天，她真的来撞我了。

"那一瞬间，我死心了，以为她只在乎她自己的名誉，不在乎骨肉亲情。

"我心灰意冷,本来买好了回家的车票,可在交警那儿我知道了另一件事,改变了主意。

"她竟然为她另一个儿子去顶罪,差点儿被拘留,就在她开车撞我的那天!

"我终于明白了,她不是只爱她自己,不爱孩子。

"她只是……不爱我罢了。

"就像她说的,我爸和我奶奶是魔鬼,我只是她被魔鬼逼迫生出来的孽种,是毁了她一生的人,是她无休止的噩梦!"

"哎!你妈妈的心是够狠的。她怎么能这么说你,她没想过你听了有多难受吗!

"她都忘了吗?当年,要不是她想逃走,被你奶奶发现非要打折她的腿,你扑上去替她挡了那一棍子,你的右胳膊也不会断,不会硬逼着成了左撇子。这些难道她都忘了吗?"郝辰也喝了不少,眼泪不知不觉地流了下来。

"不!她说得没错!我知道,我该补偿她,我决定要补偿她!

"于是我自愿为她做了很多事,很多我有愧于心的事!这些事做多了,我变得越来越坏,到最后,已经不用她吩咐,我就会主动去做了。当然,她也来不及知道了!"

邹宇痛苦地摇着头,手里的杯子跟着他一起摇晃,酒洒了他一身。

"那天晚上,我要是不想办法拦住那个女的,那女的就会飞来陕西,然后带着我们的秘密回去,毁了她和我!

"可我没想让那女的变成植物人啊!真的,我当时没想那么多,我只是想拦住她!

"我没有时间了,只能那么办,只是想让她受点伤,赶不到机场去,我真的只是这么想的……"邹宇像忏悔似的嘟囔着。

完全没听懂邹宇在说什么的郝辰,拖着醉醺醺的声音问道:"那你……那你为你妈做了这么多事,她就一点儿没感动?"

"开始,她只肯用公用电话联系我,不许我打电话给她。也许是我为她做的一切终于打动了她，她开始慢慢信任我了，主动打给我的次数越来越多，也开始像亲人一样问候我了。

"她给我钱，我不要。

"我告诉她，我知道她很有钱，可我不是为了这个。

"她点了点头，没再看我，可她始终不许我喊她'妈'，也再没像我小时候一样，叫过我'小宇'。

"我知道她需要时间，需要迈过心里的那道坎儿。我什么都不要，我只想能离她近些，能留在她身边，我只想补偿她。

"我以为这样，总有一天，她就会接受我，就会让我再叫她一声'妈'，她就会再喊我一声'儿子'了。"

仅是幻想那个情景，就在邹宇的脸上留下了幸福的笑。

他听见郝辰说道："算了吧！永远也不会有那一天！不要再想了，像我一样，就当作我妈在我很小的时候就死了，而不是被警察救走的。

"我妈走时，我才两岁多，早不记得她的模样了！"

郝辰打着酒嗝，倔强地说道："你压根儿就不该去找她！她们一直知道我们在哪儿！如果想认我们，她们早就回来找我们了！她们早把我们忘了！早在心里没有我们这个孩子了！

"她们走了，再不会想起我们，就算偶然想起，也会立刻劝自己赶紧忘记，我早就想明白这个道理了！

"我不知道我妈在哪儿，我也不会去找她，我就没有妈妈！"郝辰红着眼圈说完，把空酒瓶摔在了地上。

葛悦捡起赵勇丢在垃圾桶里又弹出来的空饮料瓶子扔了进去，默默拧开一瓶新的放在他的旁边。她知道赵勇熬夜会不停地喝运动饮料和浓茶提神，所以办公室里永远不缺一箱箱的饮料和茶叶。

"勇哥，查到了，你看看！"刑警大刘拿着打开的卷宗递给赵勇，继续说道，"原来，方婷于一九八三年高中春游期间，在济南火车站被人贩子拐卖，后被辗转卖到了陕西。一九八九年在陕西警方联合严打时被解救,为当时一起从周园县三个村解救出来的七名妇女之一……"

赵勇抬起了手打断了大刘,因为他此时已在卷宗上看到了大刘说的地方,顺着念道:"解救时,被害人已在邹姓买拐家庭育有一子。邹姓买拐家庭……邹姓……邹……"他皱着眉,嘟囔道。

接着,他的心突然一沉,将卷宗缓缓地放到了桌子上。

窗外的风声呜咽,引得赵勇看了过去,面色凝重。

邹宇将醉眼惺忪的目光,从被风吹得嘎吱作响的窗户上收了回来,他看着醉倒在炕上、不省人事的郝辰幽幽地说道:"不,你错了,她们从来没有忘记过我们,她们一直都惦记着我们……

"你知道吗,后来我做了很多年的打拐志愿者,认识了很多失去孩子的父母。他们告诉我,他们每一天都会在心里想象一遍孩子现在的模样,这样,多年后再见,就不怕认不出来了。

"我第一次出现在她面前,她只看了我一眼,眼圈就红了,连忙背过脸去。

"我知道她一眼就认出了我。

"我那时只怪她对我冷漠,却没想过,若不是日夜思念着我,她怎能一眼就认出我。

"我喊她'妈',她不答应,可眼睛里却都是泪。我也哭了,说我很想她,一直都很想她。她说我认错人了,她不是我的妈妈。

"我不怪她,我知道她有她的苦衷,是我们害了她。

"她是我妈,每晚都会哼唱《流浪者之歌》哄我入睡的妈妈。

"在我起水痘,痒得睡不着觉的夜里,背着我在地上不停地走,陪我挺过难熬夜晚的妈妈。

"上警车离开前,紧紧地攥着我的手,流着眼泪,舍不得我的妈妈。

"她爱过我,只是她不敢面对,她爱过我罢了。

"我没保护好我的孩子,没保护好我的妻子,我已经什么都没有了。

"我不能再失去她,我要保护她,永远守住这个秘密,就不会再失去她，再不会失去妈妈……"

屋内的呜咽融进了屋外的风声里，毫不违和，因为那原本就是同一阵哭泣。

◇ 二 ◇

-1-

隔着眼皮，感受到从车窗外射进来的刺眼白光，赵勇的眼球开始微微颤动。

"午饭，盒饭，红烧鳕鱼，香菇鸡块，还有人要盒饭吗？"

送餐车从他座位旁经过，叫卖声让赵勇彻底清醒了过来。他睁开眼，看向斜前排今早与他一起搭上这趟动车的两名刑警队员，他们俩正东倒西歪地靠着椅背酣睡。

赵勇又转回头，看了一眼身旁的葛悦，发现她头倚着车窗边，只穿了一件白色的高领毛衣，皱眉闭眼，双手紧紧地抱着胳膊，蜷缩在角落里。

赵勇坐直了身子，从她前面的小桌板上拿起她的羽绒服，帮她盖在身上。

衣领刚搭在葛悦的肩头，她就醒了过来。她眨了眨眼睛，迷迷糊糊地看着赵勇问道："队长，几点了？"

"快十一点了。"

"午饭，盒饭，红烧鳕鱼，香菇鸡块，还有人要盒饭吗？"

"队长，你饿了吗？要吃午饭吗？"葛悦探出头，寻找着送餐车的踪影，向赵勇问道。

"不用了，最多还有半个小时就到西安了，咱们到了西安再吃午饭，不在车上吃了，昨天晚上大伙都熬了一宿，就让他们多睡会儿吧。"

"哦。"听到了赵勇的话，葛悦轻轻应了一声，见他开始出神地望向窗外，便又好奇地问道，"队长，您是怎么想到方婷的那个儿子就是邹宇的？是直觉吗？"

赵勇看着窗外一闪而过的一片片枯树，茫然地回答道："这个嘛，也不全是直觉，只是将很多年前的一些画面联系到了一起罢了……"赵勇的话没说完，便继续陷入了沉思。

记忆带着他一下子又回到了十年前，在发小何磊的办公室里，看那段肇事逃逸视频的情景。

他当时就觉得画面中邹宇的行为有些不对劲，却说不上来哪里不对劲。

在车祸发生前的两分钟里，赵勇曾在视频中看见，邹宇出现在了画面边缘的公用电话亭里，可他没有挂断电话，而是负气地让话筒摔落，像钟摆一样吊在那儿晃动。然后，邹宇走上了过街斑马线，最后停在了路中央。

邹宇歪过头去，像有预知能力似的朝方婷即将驾车驶来的方向望了一眼，可那时摄像头中，还没有拍到方婷开车驶进来的画面。

大概又过了十五秒，当邹宇再次抬起头来时，方婷所驾驶的黑色奔驰才进入冲向他站立的车道。

而如今，赵勇终于为这一切找到了合理的解释，心情也随之变得更加沉重，那并不是一场普通的车祸，而是一场母子间的对决。

儿子在公用电话亭里对电话中的母亲说了些什么，母亲很生气，威胁他，再这样纠缠下去就撞死他。于是儿子愤然地摔掉话筒，走到马路中央，等着母亲开车来撞他。

先前在电话亭里，他们已经知道了彼此的位置，所以儿子才能像先知一样，抬头去看母亲驾车驶来的方向。

这场对决，儿子赢了，母亲虽然从他身边擦过，却还是没忍心撞到他，同时她也看到了他的决心，知道他们母子将注定从此命运纠缠。

赵勇突然明白了，那时交警们都猜错了。

摄像头中拍下方婷紧紧皱眉，一手扶着方向盘，一手举着电话在耳边的样子，并不是因为她接到了孙文亮的求助电话，而是在与那个悬在电话亭里无人应答的话筒嘶吼。

"队长，进西安站了，咱们准备下车吧。"葛悦的声音将赵勇从记忆里唤回，他轻轻地点了点头，站起身来，去拿头顶置物架上的行李包。

行李包很重，赵勇不得不屏住一口气，才将它从置物架上举下来。可与此刻压在他心里的秘密相比，行李包的重量就像是羽毛。

昨晚，为了更多地了解案情，其他队员都疲劳地睡去，他还在一页一页地翻看方婷当年被拐的卷宗。

里面记录的事实令他震惊不已，思绪万千，就此在椅子上呆坐到了天亮。

赵勇突然对方婷和邹宇这对母子产生了复杂的情感，却不能对任何人诉说。

-2-

冷，无法形容的冷。

邹宇瑟瑟发抖地醒来，发觉自己蜷缩在一只独木舟上，四周一片漆黑，天与地一样黑，只有一道微光像一条又细又长的白线在看似很遥远的地方，将天地分隔开来。

空气中弥漫着潮湿的臭气，像是鱼腥又像是水草腐烂的味道，他这才低头发现，原来自己与这独木舟正漂在一眼看不到边际的黑水河上。

水中没有他的倒影，却有波光粼粼，像是怪物的鳞片微微抖动，泛着阴森的光。

也许是发现了邹宇胆怯的注视，突然，水面开始抖动，独木舟连带着邹宇一起剧烈地晃动。

邹宇本能地去抓两侧的船帮，心中无限恐惧。他不会游泳，更别提在这不知躲藏着什么怪物的黑水河里游泳。

这一念头刚从他脑中闪过，就被那股不为人知的邪恶力量捕获，抖动的水面开始在他船帮的一侧慢慢聚拢，一只由黑水幻化而成的五指，从河底缓缓上升，浮出水面。

刚开始它还是人手的形状，之后就变成了怪物的利爪，邹宇本能地向后仰，船身立刻倾斜，让他险些跌进黑水里。

他感到脸上一阵刺痛，才发现原来身后这一边的船帮下也伸出了一只这样的利爪，两只利爪快速朝他扑来，全部插进了他的身体里，再拔出时，他的身上已留下十个窟窿，血流如注。

"啊，不要！救命！救命！"邹宇惊叫着从梦中醒来。

他发觉自己正躺在自家冰冷的炕上，身上的被子被邹瞎子掀开堆至脚下，这就是他刚才感觉分外寒冷的原因。

"你醒了吗？醒没醒？"邹瞎子一边用枯树枝一样的手指戳着邹宇，一边问道，嘴几乎要贴到了邹宇的脸上。

邹宇又再次闻到了梦中那股难闻的腥臭，"大，我头疼，让我再睡一会儿。"邹宇皱着眉，重新将被子拉回身上，盖住头。

被子再次被邹瞎子用力掀开，接着邹瞎子没好气地对邹宇说道："睡什么睡！都几点了！你起来，我有话要问你！你去北京十年了，每次打电话回来你都说正在找她，我问你，你到底找没找到？"

"没有！没找到！"邹宇已经坐了起来，他痛苦地揉着眉心，不耐烦地回答道。

"胡说！她是名人，怎么会那么难找！"邹瞎子厉声呵斥道。

"不是！咱们搞错了，那女的不是她。她不是……"

"放屁！敢骗你老子，她明明就是秀莲，我根本不可能听错！"

开始还坐在床边的邹瞎子激动地跪到了床上，他摸索着薅住了邹宇的衣领，干瘪萎缩的双眼猛然睁开，像两个深不见底的黑窟窿。

"你见到她了对不对？然后跟她一起来骗我。"

"你这个畜生！忘了是谁把你养大的吗？忘了你姓什么了吗？"

"我告诉你，别以为我瞎就没办法了。我已经托人买了火车票，明天我就去北京找她，她是我花钱买来的女人，生是我邹家的人，死也是我邹家的鬼，她就是秀莲，秀莲就是方……"

邹宇猛然捂住了邹瞎子的嘴巴，见邹瞎子挣扎，他翻身将邹瞎子压在身下:"大,别说出来,她不是!她不是!

"大,我求你!别说出来,我求你了!

"她不是!她不是……"

昨夜积聚在身体里还未散去的酒精,让邹宇的双手十分有力。

邹瞎子听着邹宇的哀求,依然在奋力挣扎,他又脏又黑的指甲盖儿在邹宇的手上抓出了一道道血肉模糊的伤痕。

直到邹瞎子胡乱蹬着的腿,最后彻底不动了,邹宇还在不住地向他哀求。

◇ 三 ◇

-1-

赵勇他们赶到邹家村的时候,天已蒙蒙黑。在陕西兄弟单位及村委会干部的配合下,他们一行十人来到了邹宇的家门口。

几声不安的狗吠提醒了赵勇,他转过身,对跟在后面的葛悦和大刘说道:"你们俩先到旁边邻居家里,了解一下邹宇回来后的情况,然后再过来跟我们会合。"

葛悦和大刘走后,村主任带头推开了邹家破旧的木门。

屋里比外面暗,却没有点灯。村主任倒也不客气,边喊着邹瞎子和邹宇的名字,边往内屋走。

赵勇他们已提起了警觉,用手纷纷解开了佩枪上的皮扣,按在上面。

就在这时,走在最前面的村主任突然喊了起来:"这是,这是……"

村主任瞪大了眼睛,指着炕边,连连后退。

赵勇看着直挺挺被被子盖住的身体,还有耷拉在炕沿下的两条腿,他一把将村主任拉到了身后,快步向前,把被子掀开。

邹瞎子半张着嘴,面色铁青。深陷的眼窝没有眼皮遮挡,像两块黑炭一样,直勾勾地望着天棚。

"队长,邻居说刚刚看到邹宇了,大概一个小时前,他们在山脚下的土道上相遇,说邹宇看起来精神恍惚,只穿了一件单薄的衬衫,邻居跟他打招呼,但他头也没抬地继续往山里去了。"葛悦跑进屋,上气不接下气地汇报道。

赵勇将手从邹瞎子再无脉搏的颈动脉上挪开,转过头来,对所有人命令道:"追!"

-2-

苍茫的山脚下,十天前搭建起来的临时帐篷是这块光秃秃的土地上唯一的几点绿色。北风呼啸而过,帐篷外用来挡风的帆布便会"啪啪"作响,不像是在鼓掌,更像是在抽打谁的耳光。

周身布满凹坑的旧铝壶,在帐篷里用来取暖的炉子上喷着白雾气,顶得壶盖"嘎哒嘎哒"地响,帐篷里的人却不予理会。

赵勇用冻得通红、已经在关节上生出冻疮的手,将保温杯的瓶盖拧开,干裂发白的嘴唇刚接触到热水,便疼得抿了起来。

"勇哥,葛悦烧得越来越厉害了,我看要不让她先回北京吧?"大刘佝偻着身子走进了帐篷。他的脸颊跟赵勇一样红,甚至有些地方还结出了浅浅的血痂。

那晚,赵勇他们从邹瞎子家出来,寻着邹宇追进了大山里。可天色已黑,队员们寻找了两个小时,也终无所获。

夜里气温骤降,怕有意外发生,赵勇决定带队撤到山下死守。

陕西刑警请来了武警协助围山。他们原本料定,在这个季节,山上资源匮乏,夜里温度低达零下十八九摄氏度,无米无水,要不了多久邹宇一定会乖乖从山里出来。

就这样,到今天他们已经在山脚下待了整整十天了,其实从第三天起,赵勇心中便冒出了一个想法,他没把这个想法告诉任何人,但自己却无比确信,邹宇不会再出来了,至少他不会活着自己走出来。

"你们都走吧!我一个人留下来。其他人都先回北京,有需要我会再让你们过来的。"赵勇深深地叹了口气,放下了手中的保温杯,对大刘说道。

"那怎么行,勇哥!怎么能让你一个人留下?不行,我不走。"

"叫你回去就回去!非得让我说这是命令吗!"赵勇口气强硬,皱眉看着大刘喊道。

"都别争了,谁也不用留下了,人找到了。"武警队长一撩帘儿,弓腰走了进来。

-3-

"二〇二一年,二月六日。"

盯着电脑屏幕上良久前打出的这行字,听着方婷诡辩的言辞,葛悦知道,今天的这份调查笔录里恐怕不会再有多余的字打上去了。

葛悦微微蹙额,表情严肃,后背重重地靠在了椅背上。

她早已厌倦了对面椅子上的女人表现出来的不卑不亢和振振有词。

当赵勇将邹宇冻死在山里的尸体照片一一摆在方婷眼前时,她连看都没有去看一眼。

葛悦想不明白,方婷怎么能做到如此无动于衷,她甚至开始对她感到厌恶。

"你说你不认识邹宇,可二〇一一年大年初七,在军博附近发生的那场交通事故,你是肇事司机,他是受害人,这你总该记得吧?"赵勇叹了口气,看着方婷问道。

"记得又说明什么?记得就算是认识吗?你会对十年前仅有过一面之缘的路人念念不忘吗?"方婷用冰冷的语气反问赵勇道。

赵勇没再说话,而是紧紧地盯着方婷的眼睛看了半天。

"好吧,我猜有件事你应该会想知道,那就是我们从哪里找到邹宇的。

"就在他家对面的那座大山里,我猜你应该还记得那座山吧!一年到头都是光秃秃的,苍茫茫的一片。

"你也应该知道,这个季节的山里,夜间温度能到零下十几摄氏度,人根本没有办法在那里存活超过两天。"

"我们用了十天的时间守在山脚,最后在一个山坳里发现了邹宇蜷缩着冻死在那里的尸体。"

"你有没有想过,他为什么要进山,要选择死在山里?"

说到这儿,赵勇顿了顿,他不是在给方婷时间回答,他知道方婷根本不会回答,他只是想让自己的心绪平静一下,能够用平淡的语气把接下来的话说完。

"我猜,他是为了让自己的尸体不被人找到,或者是等他的身体被野兽啃得面目全非、尸骨不剩,这样他的DNA就不会被我们轻易提取到。"

"他是在保护你,到死都在保护你。你现在还说你不认识他吗?"

"不认识!"

方婷用无比冰冷的声音一字一句地说完,身子便不受控制地微微颤动。她将两手交叠在一起,攥紧了拳头,努力阻止这种颤抖。

"蛇蝎心肠的魔鬼!"

葛悦终于忍不住了,冒着可能被赵勇责备的风险嘟囔道。可她还没有听见赵勇的训斥,就迎来了方婷的嘶吼。

"魔鬼?你知道什么叫魔鬼?"

"你去过地狱吗?"

"你被夺走过自由吗?"

"你在人间炼狱里生活过吗?"

"你被不分昼夜地侮辱过吗?"

"你被像畜生一样日日囚禁、殴打过吗?"

"你知道什么是魔鬼!"

方婷激动地从椅子上站了起来,再无先前的端庄模样,像变了一个人似的瞪着眼睛,一步步地朝葛悦逼近。

"你要是到过炼狱,你才知道什么是魔鬼!

"等你破败不堪,支离破碎,灵魂被蚕食得消失殆尽,你才有资格叫别人魔鬼!

"你说我是魔鬼?你不配!"

眼看着守在门外的警员进来要制止方婷,赵勇猛然抬起了手,示意他们退出去。

他在葛悦不解的眼神中缓缓站起,难过地看着眼前的方婷说道:"他是你的头生子,是你的亲生骨肉,你真的一点儿都没爱过他吗?

"你,是这样的人吗?"

赵勇的话让方婷冷静了下来,她转过身去,迈着沉重的步子,缓缓地走回到审讯椅旁。

她背对着他们站立了良久,最后幽幽地说道:"今天是周五,是我亲自给家人做饭的日子……

"如果你们没有能让我留下来的证据,请你们让我回去……

"我还要去给家人做饭……"

看不到方婷表情,但赵勇听得出她声音里尽是哽咽。

可据他所知,孙文亮还在看守所里,孙晶晶因为疫情滞留在法国,孙建新今早接到了赵勇他们的通知,正在从海南赶回来的路上,而保姆英姐则因涉嫌包庇,正在旁边的审讯室里接受调查。

孙家住的那栋房子里,现在已是人去楼空。

但盯着方婷的背影,沉默了良久之后,赵勇还是开口对葛悦说道:"你去帮她办下手续,让她走吧!"

葛悦猛地转过头来,不解地看着赵勇的脸,在领会到他那不容置疑的眼神后,她闷闷不乐地起身,将方婷带了出去。

葛悦再回来时,赵勇正站在窗边,手里拿着方婷未曾看上一眼的那些尸体照片。

"队长,为什么放她走?检方明早一定会批准咱们强制提取她的DNA样本,到时她就没法抵赖了!

"咱们今天完全可以扣留她!"葛悦对着赵勇的背影焦急地问道。

赵勇将目光从邹宇的尸体照上移开,投向窗外,看着楼下踉踉跄跄走出刑侦队大门口的方婷，深深地叹了口气："派两个人跟上去。今晚就让她在家里过吧。也许……以后很久，她都没法再回那个家了。"

"可是，队长……"

"别说了，她不会跑的，就这么办！"赵勇不由分说地打断了葛悦。

他知道葛悦无法理解他，他也没法让她理解。

赵勇的心情复杂，在个人情感与职责所在之间做着挣扎。他坚信方婷不会逃跑，也无处可逃，所以他才让她回家，同时，也让自己的私心好过一点。

忽然，赵勇的眼睛瞪得滚圆，他看着楼下，对身后的葛悦慌张地喊道："她在干什么？快！快去拦住她！"

"去哪？拦住谁？"

耳边响着葛悦的追问，赵勇的目光暗淡了下来。

一切都太迟了。

楼下，路中间的方婷已经倒在了疾驰而来的卡车下，被旁边迅速围上来的人群，淹没在了人头攒动的半圆里。

-4-

一九八八年，秋分，陕西省周园县邹家村。

午后的阳光，被枣树金黄的叶片挡住，在树下形成了一片蘑菇头一样的树荫。

一阵秋风吹过，枣树沙沙作响，一只载着阳光的枯黄叶片迎风而起，盘旋飘荡，最终落在从破旧泥砖房里伸出的，又长又粗的铁链上。

铁链的另一端拴着二十一岁的秀莲，她怀中四岁的儿子小宇还没听她讲完《小蝌蚪找妈妈》的故事，就已酣然入睡。

被风声吸引，她忍不住仰头向枣树上张望，脚上锈迹斑斑的铁链随她而动，在黄土地上翻转碾压着先前落在上面的枯叶，发出一阵"哗啦啦啦"的响声。

不知是被风声，还是锁链的响动吵醒，男孩儿懵懵懂懂地睁开了眼睛。

母亲颈上，小提琴形状的项链坠在他眼中闪闪发光，他揉着眼睛问她："妈妈，小蝌蚪最后找到妈妈了吗？"

半天等不到母亲的回答，他挣扎着从她怀里坐了起来，站到地上，学着她的样子向头顶的树梢望去。

他看见树枝在微微摇晃，树叶在轻轻颤抖，阳光穿过树杈间，化作一只温暖的手在他脸上抚来抚去。

"妈妈，你在干什么呢？"男孩儿微眯着眼睛，倔强地在抖动的阳光里寻找答案。

知道他还会不肯罢休地追问，她将他温柔地揽进了怀中，贴着他柔软的小脸，轻声说道："嘘……别说话，听风哭泣！"

（正文完）

拾遗补阙

　　《听风泣》这曲人伦悲歌的正文部分,到这里就算是给大家演绎完毕了。

　　但是,我们还有些许未解之谜,等待展开。

　　为了不留遗憾,作者写了四卷《拾遗补缺》,从不同人物视角为大家还原真相。

卷一

被拐的男孩

一九八三年芒种后第二十天，北京。

快下班的时候，刑侦大队副队长赵忠与福利院的工作人员确认了明日会面的相关事宜后，将黑色的电话听筒放回了办公桌角的座机上。

二十天前，赵忠与同事突然接到任务，赶赴济南，同当地的刑警一同破获了一起儿童拐卖案。

据抓捕回来的嫌疑人交代，她是在北京火车站的候车大厅里遇见的被拐男孩。

当时，可能是男孩父母的一对年轻男女，在发生激烈争吵后各自扬长而去，只留下那个三四岁的孩子，坐在候车席的木质长椅上放声哭泣。

人贩子坚称，这个孩子当时已被他的父母遗弃。她只是出于同情心，才将男孩抱上开往济南的火车，打算将他送到远在山东的亲戚家抚养。

然而经过调查，人贩子所谓的"远亲"，其实是一对居住在穷山沟里，多年来膝下无子的中年夫妻。他们通过邻居介绍，认识了人贩子，并最终以一千元的价格商定，由人贩子给他们寻来一个健康的男孩。

面对铁证，人贩子无话可说，最终认罪，还顺带供出了先前犯下的几起拐卖案。

然而，令刑警们失望且分外担忧的是，他们并没能从人贩子的嘴里得知方婷的下落。

正是这个叫方婷的十六岁女孩，在火车上发现了人贩子的异常举动，及时向济南火车站里的值班警察报了警，才让京济两地警方迅速响应，争分夺秒地救回了那个被拐的孩子。

可方婷却于当日在济南火车站外突然失踪，至此杳无音讯。

本以为是阴险狡诈的拐卖团伙实施的报复行为，但现在看来，并非同一拨人贩子所为。

在突击审讯中，由于人贩子交代了不少拐卖团伙的线索，刑侦队里的人员被分成两组。由赵忠带队的这组集中侦办拐卖团伙的案子，而由队长带队的那组则继续寻找方婷的下落。

赵忠想到今日在长途电话里队长说话时的语气，他猜到寻找方婷的工作进行得并不顺利。虽然队长说有了新的进展，但赵忠听得出来，这进展绝非是一个好消息。

挂念起那个正直善良的女孩，赵忠忍不住深深叹了口气。

抬起手腕，看了一眼手表，赵忠拿起办公桌下的皮革公文包，走出了办公室。

去往自行车棚的路上，拎在赵忠手里的黑色公文包，随着他的步子，有节奏地在他的腿旁晃动着。

黄昏时分的夕阳，给一切涂上了一层糖心蛋黄的颜色，印在皮革包表面的半圈白字"北京公安警务大比武纪念"也跟着泛起了一层温润的金色，更加显眼。

包里装着他今天抽空去供销社买来的冰糖，那是妻子今晚要制作的止咳偏方里必不可少的原料。

半个月前，那个男孩被赵忠他们从济南一处小旅馆里解救出来的时候，他已被人贩子藏在暗无天日的地下室里足足五天。

不足六平方米的封闭空间里阴冷潮湿，散发着浓重的霉味。

为了躲避警方追踪，人贩子几乎不怎么外出，只拿些饼干给他充饥。

在这样恶劣的生存环境下，小家伙儿患上了严重的肺炎，高烧不退，一度昏迷不醒。

赵忠将他送回北京，住了十天的医院情况才有所好转。之后他被赵忠接回家里，交由妻子悉心照料。

不知道那孩子的名字，提起他时，赵忠总是以"小家伙"来代替。

小家伙的肺炎虽然好了，但又引发了慢性支气管炎，总是在夜里咳嗽不止。大夫说，这个病得慢慢调理，一时间吃再多的西药也没办法立即治好。于是妻子一边领着小家伙看中医，一边找来冰糖雪梨的偏方，打算给他试试。

赵忠来到自行车棚里，给自己那辆全黑的二八式飞鸽自行车开了锁，他随手从自行车后座下面掏出一块抹布，开始擦拭车把。擦到车座前的横梁时，他手中的抹布缓缓停了下来。

他想到，或许过两天可以求大杂院里新搬进来的赵木匠帮他打一个儿童座椅，固定在横梁上。这样，等小家伙身体好些，赵忠就可以带他去前门大栅栏遛遛了。

那里卖很多小孩儿喜欢的玩意儿，糖画、面人、风车，都是那帮拖拉着裤子，抹着鼻涕的小东西们的最爱。

想象着骑车带着小家伙在大栅栏里闲逛，他坐在前横梁上拍手的开心模样，赵忠的脸上也挂起了笑容。

然而，想起下班前的那通电话，笑容又在赵忠脸上渐渐收敛。

半个月前，按照人贩子交代的情况，赵忠他们给北京附近的县市，及全国各大城市发去协查通知，帮助小家伙寻找他的父母。

可半个月过去了，各地公安陆续反馈，近期并没有收到过儿童失踪的报案。这令赵忠他们都开始怀疑，难道人贩子没撒谎，这个孩子真的是被他的父母遗弃的？

按规定，小家伙将要被社会福利机构接走抚养。

临下班前，赵忠接的那通电话，敲定的正是这件事。

看着空空的横梁发了会儿呆，赵忠知道，恐怕再不会有一个儿童座椅被装在上面了。他突然感觉心里空落落的，竟生出一股淡淡的不舍来。

"算了，不想了！"赵忠用力拍了拍车座，飞身跨上车，朝大栅栏的方向骑去。

一入盛夏,卖糖画的、卖糖葫芦的肯定不会出摊儿,但是捏面人的应该还在。他打算买一个齐天大圣孙悟空回去,至少还能让小家伙在今天晚上乐呵乐呵。

心里想着这些,他脚下踩得飞快,像一阵风,在红彤彤的夕阳里绝尘而去。

骑车来到大栅栏,赵忠把车停在捏面人的摊位前。这里被一群孩子围成了一个半圆。

面人师傅摆弄着手里的小竹刀和各色面团,揉揉搓搓,这捏一块那粘一块,几番雕刻后,木棍上肉嘟嘟的猪八戒已初具雏形。

开始有小孩拍手叫好,原本挤在一块儿的人堆一下子松散了许多。赵忠在其中看到了一个不和谐的身影。

那是一个成年人,他一直蹲在孩子们中间背对着赵忠,所以赵忠先前并没有注意到他。

直到他鬼鬼祟祟地伸手,似要去搂身旁的男孩时,赵忠才将目光落在了这举止可疑的男人身上。

机警的信号闪过赵忠的脑海,他好似已预见到了接下来的一幕——猥琐的男人揽腰,将男孩猛然抱起,然后捂着孩子的嘴迅速逃离,消失在孩子父母永远找不到的地方。

"又是一个拐孩子的!"愤恨的声音在赵忠的心里响起。

当他已做好准备,打算抓人贩子一个现行时,男人似要揽住孩子的手却突然改变了方向。细长的两指在男孩的后腰那儿晃了晃,找准位置后,直接插进了男孩微微隆起的后裤兜里,迅速而敏捷。

看着被他抽出来的几张毛票儿,赵忠这才搞明白是怎么回事。

不等男人的手收回,赵忠拎着他的后脖领子,把他从地上拉了起来。

"你大爷的!你……你,你,你是……"八字眉、脸颊消瘦的男人正想破口大骂,又瞥见赵忠白色大檐帽上的银色国徽,一下子愣在那里。

"对!警察!小兔崽子,连小孩的钱你也偷!说!这是第几次了?"

赵忠低沉的声音里带着冷笑，男人脸色煞白。

男人见状试图挣脱，赵忠扣住他的手腕反手一扭，将他的胳膊死死地别在了身后。

"哎呀！疼！疼！"

"老实点，跟我回派出所！今天晚上有你交代的。"赵忠怒斥道。

将男人扭送到附近的派出所，又协助所里的民警录完口供，赵忠回到自家和平门的大院里时，已是晚上七点多。

推开门，扑面而来的是一股熟梨肉的清香。

"怎么才回来？不是说今天能准时下班吗？"

看着煤气灶上咕嘟作响的铝锅，赵忠顾不得回妻子的话，赶忙从公文包里掏出新买的冰糖："冰糖还没放呢吧？呐，赶紧加进去吧。"

"放了。等你这冰糖，也不知道要等到猴年马月，我就去隔壁赵木匠家借了点。"妻子微笑着，带着半埋怨的语气，拿走了赵忠手里的公文包。

"哦，那我去还给人家！"赵忠说着，手里拿着冰糖，转身就要往门外走。

"欸欸欸，不用了。赵木匠爱人刚从广州出差回来，正好带了些上好的黄冰糖。

"今天在院子里洗梨的时候，跟她聊了几句止咳偏方的事，之后她就主动给我送来了一些。

"他爱人当时还说了，肥水不流外人田，咱两家都姓赵，不必那么客气。

"人家赵木匠有意与咱家交好，咱就领了人家的好意就得了。"

"噢，也是。"赵忠轻轻点了点头。

"丁零……"赵忠侧耳倾听，"丁零，丁零"，忽然听到从卧室里发出的似有似无的声响，赵忠看向妻子。

发现妻子也在听着屋里的动静，赵忠皱眉问道："什么声音？"

妻子这才恍然大悟似的拍了下手："哎呀，孩子，孩子醒了。"说完她便急匆匆地赶进屋内。

赵忠拉下卧室门口的灯绳，屋里一下子亮了起来。躺在床上半醒着的孩子本能地侧过脸去，皱起了眉。随着他翻身，系在他脚踝上的铃铛"丁零"响了一声。

"你当他是小猫小狗了？还在他脚上拴个铃铛？"

"谁让咱家床小，孩子不能跟咱们睡一块儿，晚上他醒了，我总不知道。"妻子边嗔怪着坐到了床边，边抬起手罩在男孩的额头上，为他挡住了刺眼的白光。

接着，她像换了一个人似的，声音变得又软又弱，俯身对睫毛微微颤动的孩子问道："宝宝醒了？宝宝饿了吗？要不要吃饭饭？"

盯着妻子略显憔悴的侧脸，和她连日来为了照顾孩子熬出来的黑眼圈，赵忠知道，自打小家伙被他从医院接回家交由妻子照料，妻子已对这个孩子产生了深厚的感情。他忍不住在心中叹息，不知道该如何开口将明天跟福利院交接的事告诉妻子。

就在这时，孩子的声音打断了他的愁绪，让他忍不住看向妻子。

"妈妈，我饿了。"缓缓睁开眼睛的孩子，又对着妻子重复了一遍刚刚赵忠听到的话。

"欸，妈妈这就给你蒸你最爱吃的鸡蛋羹去，一会儿就好。"

赵忠惊讶地看着妻子慈爱的脸庞，他不知从何时开始，他们之间已用母子相称，然而下一个瞬间，眼圈发红的不再只是妻子，还有赵忠。他听见小家伙转过头来喊他"爸爸"，彻底苏醒过来的眼睛像夜晚的星辰一样明亮。

夜晚，赵忠把明天福利院会派人来接孩子的事告诉了妻子，两个人都毫无睡意地靠在床头，不再出声。

"听说福利院里的条件艰苦，一个屋里上下铺，要挤下二十几个孩子吧？"妻子打破了沉默，满是担忧地问道。

"嗯！可能吧！怎么着也得十来个吧。集体抚养条件肯定比不了家里。"

"听说福利院的孩子几年都是一身衣服,不是穿着小得不行了,都轮不上穿新衣。"妻子幽幽地说道。

"嗯,物资紧张,能拿到社会捐赠来的旧衣服就不错了,哪还能穿新衣服啊?"

"也不知道福利院里的阿姨够不够,有没有精力管那么多孩子?小家伙到那儿会不会吃不饱饭?他的支气管炎怕受寒,一冻着肯定会变得更严重……"

听妻子断断续续地念叨着,赵忠早已明白了她想要表达的意思,不再等她把话说完,赵忠伸手将妻子揽进了怀里:"这孩子跟咱俩有缘,要不等明天跟福利院交接完,咱把他领养了吧。"

赵忠说出了积压在心里已久的话,还未来得及享受片刻的轻松,就感觉妻子从他的怀里挣脱了出来,兴奋地对着他问道:"真的?你说的是真的吗?"

赵忠再一次将她揽了过来,贴着她的额头说道:"真的!从他今天喊我爸爸那一刻起,我就这么决定了。咱俩没孩子,以后就把他当成亲生儿子。"

"可是邻居会不会说闲话,说他是一个被拐卖过的孩子?"靠在赵忠的胸口上,妻子喃喃地问道。

"那就让别人说去吧!他早晚要知道自己的身世,名字我都取好了,赵勇。

"我叫赵忠,他叫赵勇,忠勇无畏。

"不管未来的日子会遇到什么艰难、会有多少坎坷,我们爷俩都无惧无畏。"赵忠吻着妻子的头顶,坚定地说道。

……………

七年后,赵忠在一次抓捕行动中英勇牺牲,留下独子赵勇与母亲相依为命。

赵勇长大后继承了父亲的遗志,也成为一名优秀的人民警察,恪尽职守、屡立战功,时时刻刻保护着人民的安全,忠勇无畏。

卷二
方婷在美国的书信和照片

一九八四年，夏。

残阳如血，昏黄的梦境中，黑云压顶，深蓝色的轻型皮卡车身上，女孩匍匐在车厢底部奋力挣扎，却始终抵抗不过身后男人的重压。

原本高高竖着的马尾此时已散落在肩头，随后套在她头上的黑布口袋，让她没法再发出一声呼救，身上的白衬衫被车厢底蹭得肮脏不堪，膝盖随着她的挣扎，也磨得渗出血来，红黑相间的格子裙被身后的男人撩起，露出了雪白的内裤。

"不！不要！方婷！方婷！方婷……"安雅在梦中，焦急而绝望地对着车上的女孩大声呼喊。

十几秒后，她被现实中的声音唤得醒了过来。

"安雅，又做噩梦了？"

美国东部时间凌晨四点三十分，波士顿大学上方的天空隐隐约约透着光亮。安雅枕着被汗水浸湿了的枕头，侧过脸去看向叫醒她的人。

艾米丽半躺在床上，用一只胳膊肘支撑着身体，正关切地望着她。

"嗯！"

"都是假的！快睡吧！"见安雅彻底从噩梦中清醒了过来，艾米丽重新缩回了被窝里。

看着对面床上，艾米丽渐入酣睡的侧脸，安雅却再也无法睡着。

艾米丽的侧脸与方婷有几分神似，她们第一次见面时，安雅便发觉了。

那时，负责安排她在美国留学生活的白人老师，正式将艾米丽以语伴和舍友的身份引荐给了安雅。

艾米丽热情地笑着，大方地向她介绍着自己。

艾米丽是华裔美国人，祖父是逃到台湾的国民党军官，虽然出生在美国，但父母一直告诉她，中国才是她的根，是她真正的故乡，所以她自幼对那片遥远的大陆充满了好奇和亲切感。

艾米丽说话时笑容灿烂如花，可那时安雅全部的注意力都集中在她那张像极了方婷的侧脸上。心中的惊讶让安雅一时间忘了回应艾米丽的寒暄，感慨万千。

利用上早课前的时间，安雅伏在宿舍的书桌上，开始给同学们一一回信。每写一句话，她都要在方婷厚厚的作业笔记里找到那个对应的字，然后再模仿着方婷的字体，把它们写到信纸上。

"又在帮F给同学们回信呢？"刚从食堂回来的艾米丽，站在安雅的身旁问她道。

"F"是艾米丽对方婷的简称。

安雅没有抬头，只是轻轻"嗯"了一声，作为回应。

接着她听见艾米丽叹了口气，又说道："F若是知道你为她做的这些，一定会很感动，她有你这样的朋友真幸运。"

之后艾米丽把从餐厅帮安雅带回来的三明治放在了她的书桌上，就转身收拾书包去了。

而安雅的笔尖则久久地顿在了原地，直到在信纸上洇出了墨迹，她都没有缓过神来。

"有我这样的朋友，方婷真的是幸运的吗？"

一直以来的悔恨和愧疚再一次涌上心头，她强忍着不发出抽泣。

来美后，方婷的事安雅仅仅对艾米丽一个人说过。

藏在心里的秘密，时间久了会发霉，会腐烂，她急需一扇窗将它暴露在阳光下，才能让心里好受一些。

可即便如此，艾米丽从安雅口中知道的也并不是故事的全部。同自己的父母、方婷的父母，还有那些一直在追查方婷下落的警察们一样，仅仅是整个故事的后一部分。

安雅永远不会把另一部分讲给这世界上的任何一个人来听，哪怕任其在她的心里腐烂、化脓、流血、散发出阵阵恶臭。

她将这一切视为对自己的惩罚,是对自己那一日的选择所做的忏悔。

"哎呀,出来春游还不忘练琴!等你去了维也纳就得整天扛着小提琴啦,现在还依依不舍的!我先帮你拿着,保准完好无损地还给你。快去吧!"

济南火车站外,安雅接过方婷递来的琴盒,将它背在身后,大步朝老师和其他同学会合的地点走去。

"哎呀,哎呀……姑娘……哎呀!"从一名蹲在路边的老妇身旁经过,安雅因她痛苦的呻吟和召唤声停了下来。

这里离火车站不远,但是因为已偏离了主路,鲜有人来回经过。

"你怎么了?"安雅不禁对老妇问道。

"我……我胃疼得厉害。药……药在车上,能帮我去拿一下吗?"老妇一只手按在腹前,伸出另一只手朝对面的方向指了指,表情痛苦。

安雅扭过头,看见一辆深蓝色的轻型卡车停在路边。半敞着的车上码着一筐筐水果。透过竹筐的间隙,安雅看见里面装的是苹果。

"姑娘,求求你了。我这疼得……疼得都上不来气儿了,我儿子去车站里面办事儿,我的药就放在车上,你行行好,爬上去,水果筐后面有个布袋,药就在那里面,你帮我拿一下,好不好?"老妇断断续续地呻吟着,不住地向安雅央求。

"行,你等着。"最后四下张望了一眼,安雅不再犹豫,朝深蓝色的雁牌卡车跑去。

可只跑了几步,她就停了下来,一个人影在层层叠叠的水果筐中间晃动了一下。

"不对,那里有人!"感知危险的神经在安雅的脑中机警地释放了信号。

她止步不前,猛然转身,看向身后的老妇。

老妇依然蹲在道边,脸上却不再有痛苦的表情,眼中充满着的分明是祈祷猎物尽快上钩的期盼。

不知道老妇为什么要骗自己，也来不及想若按她说的爬上车，究竟会发生什么，安雅已在直觉的驱使下，朝人多的方向跑去。

她听见身后的老妇在喊她回来，反而更抱紧了琴盒，逃命似的朝主路上狂奔。

直到她觉着跑得足够远了，才缓缓地停了下来，气喘吁吁地朝身后看了一眼。

之后，她大步朝与老师会合的地方走去，仍不放心地回头张望。

这时，一辆巡逻的挎子摩托向她迎面驶来。

也许是这女孩苍白脸庞上的慌张神色引起了巡逻民警的注意，他一直用询问的眼神盯着她看。

"不要多管闲事，不要多管闲事。"一个颤颤巍巍的声音在安雅的心中响起，她怯懦地微微低头，错开警察的目光，与他们擦肩而过。

后来，安雅带着老师回到火车站的警察值班室与方婷会合时，方婷已不见了踪影。

安雅和老师心急火燎地找遍了火车站附近的各个地方，都没有看到方婷。

经过那辆深蓝色轻型卡车停留过的路边时，老妇和卡车早已不在那里。

安雅心中顿时生出了一种不好的预感——自己不会被怜悯之心冲昏了头，轻易上当，不会多管闲事，但纯洁无瑕、善良正直的方婷呢？

安雅不敢再想下去，她把刚刚的经历埋藏在了心里，没敢告诉任何人。

直到后来，她无意间从调查方婷下落的刑警们那知道了一些情况，才如遭雷击。

那段时间，山东多地都发生过利用轻型卡车拐骗妇女的案件，刑警们对方婷失踪的调查最后也指向了这里。

方婷被人贩子拐走了，罪犯很有可能就是那个假装胃疼的老妇和轻型卡车上的人。

"本该被骗上卡车的人是我！如果我那时报了警，是不是方婷就不会被拐走了？"这个疑问变成愧疚和悔恨，像刺一样扎在安雅的心里，流血化脓，生出阵阵的腐臭。

安雅现在唯一能做的，就是替方家、替方婷，守住方婷失踪的秘密。

自方婷被拐后，方伯父就因独女的遭遇生了场重病，离京在外地休养。

安雅每月都会同方家通一次电话，了解方婷案件的进展。

她按照与学校还有方家的商定，来美之后，一直模仿方婷的笔记与同学们书信来往，遇到好事的同学向她打听方婷的情况，她也想办法敷衍过去。

可即便如此，她听说北京的同学圈里还是刮起了一股"谣言"，说方婷被人贩子拐走了，并不在美国。

上午的课结束后，安雅和艾米丽中午一起去了学校的餐厅。

她们一走进餐厅，已经在就餐的人陆续向她们投来了奇奇怪怪的目光。

安雅知道，吸引他们注意的不是艾米丽，而是自己。

来美的时间不短了，可她依旧无法融入其中，无论是肤色还是装扮，她都显得与这里的学生们格格不入。

梳在头上的麻花辫和一整身看不出曲线的天蓝色连衣裙，没有让这里的年轻人感受到她的质朴和纯洁，看到的全是土气和落后。

安雅先买好食物，端着餐盘在一处靠角落的座位坐下。刚一坐好，她就听见隔桌几个白人男女发出的一阵哄笑。

知道他们是在故意引她注意，安雅没有抬头，而是用眼角瞥向那里。

发现成功吸引了安雅的目光，其中一个稚气未消，脸上还看得到隐隐雀斑，肩膀瘦得像一个晾衣架的男学生，朝安雅不停地重复着一个单词，他脸上带着戏谑的笑容，让安雅忍不住想听清楚他究竟说了什么。

"Monkey！Monkey！Monkey！"

安雅的脸一下子涨得通红，她知道那个学生之所以这样喊她，并非因她餐盘里放着的那根香蕉,这个用在黄种人身上的英文单词充满了歧视和侮辱。

愤怒至极,安雅开始疯狂地从脑中搜索"白皮猪""白鬼子"这些能让她痛快回击的单词。

可不知为什么,这些词已在嘴边,她就是无法在这到处都是蓝眼睛、金头发的人群中说出口。

就在这时,艾米丽的身影出现在她与那桌人之间。艾米丽背对着安雅,隔开了安雅与那桌人先前互相瞪着的目光。

安雅听不见艾米丽在说些什么,只看见那桌人的表情变得越来越尴尬,之后无奈地摊开双手,像是在跟艾米丽解释。

之后,艾米丽扭头端着餐盘朝安雅走了过来。

她在安雅的对面坐下,一脸轻松。跟那群人脸上依然挂着的败兴表情形成鲜明的对比。

"别理他们!都是一群无聊的人。"

听到艾米丽的安慰,安雅勉强朝她挤出一个笑容。

她继续低头吃饭,期间艾米丽故意找些话题逗她开心,她也只是淡淡一笑。

下午的最后一节课上,安雅收到了艾米丽传过来的字条。

"下课跟我回宿舍,有惊喜!"

安雅回头,疑惑地看向她。

艾米丽眨了眨古灵精怪的眼睛,又用力地挤了一下。

回到宿舍,安雅被艾米丽逼着,穿上了她的蝙蝠衫和牛仔裤,又弄湿了头发,被艾米丽用发棒卷着在吹风机的热风下一阵狂吹。

被艾米丽推着来到穿衣镜前,安雅看着镜子里面头发乱蓬蓬的自己,听见艾米丽在她身旁骄傲地说道:"哇哦,看起来不错嘛!怎么样?我的手艺还行吧?一会儿咱们去美发店,把你的头发染成棕色,像我这样,你看起来就是一个完完全全的美国女孩儿了!"

艾米丽说着,轻轻撩了撩她已经染成浅棕色的卷发,随手拿起枕头上的棒球帽扣在了安雅的头上："在那之前嘛，就戴这个出去。"

"不像！我怎么也不可能变成白皮肤！再说，我是中国人，为什么要像美国女孩儿？"安雅轻轻嘟嘴，摘下了头上的棒球帽又扔回到艾米丽的床上。

"欸，入乡随俗嘛！有坚持，能包容，才是大国风范。我们并不是要讨好他们，而是让他们看看，我华夏女儿可进可退，可守可攻，并不像他们那样故步自封。欸，古书上是这么写的吧？"

安雅知道，艾米丽最近一直在努力研习中国古典文集，没想到，她竟把学到的那些话都用到劝慰自己身上来了，一时间忍俊不禁。

她看见艾米丽重新拿起了棒球帽戴在头上，对着镜子左照右照，嘴里嘟囔着："还有，亲爱的，你知道吗，看一个人留下的第一印象，并不是她的肤色或是脸，而是她的整体形象，其次才是细节。

"尤其是远距离看一个人，我刚刚说的那些更为适用。"

"所以啊，我们待会儿真的要去商店好好给你挑几件衣服了……"

听到这些话，安雅看着艾米丽的侧脸渐渐出神，忽然，她像想明白了什么似的，斩钉截铁地说道："不，先去美发店把头发染了。"

"宝贝，你想通了！"艾米丽看着安雅，显得很兴奋。

"不是我，是你！是你要把头发染成黑色，我要你帮我个忙！"安雅盯着艾米丽的脸，一字一句地说道。

在照相馆里跟摄影师说好，安雅拿出白色连衣裙递给更衣室里的艾米丽换上。

这件裙子是安雅父亲去上海开会时带回来的，父亲一共带回了两件，一件安雅送给了方婷，另一件则自己留下了。

方婷曾在去年郊游时穿过一次，留给同学们的印象深刻，此后安雅便没有再穿。

她把这件裙子带来美国，算是对方婷的纪念，当作她们之间曾有过的某种联系，却没想到在这里派上了用场。

站在哈佛大学的"三大谎言"雕像前，黑色马尾辫高高地梳在脑后，身着一袭白裙的艾米丽看向安雅，对她问道："我这样看起来像F吗？"

"笑容再收一收，她总是浅浅一笑，你笑得太厉害了。"安雅牵起她的手回答道。

"好！"艾米丽将笑容收走一大半，接着，远处的摄影师按下了快门。

一九八四年柯达的彩照技术已遍布全美，但这张被刻意洗成黑白色调的照片，和安雅苦心模仿方婷字迹写出来的书信，一直作为方婷没有被拐卖的有利佐证，成功帮方婷守住了这个秘密。

直到二〇一六年立秋之日，刘溪敏和宋庆国的争吵中，这个谎言仍然没有被揭穿。

二〇一五年，方婷指使邹宇绑架孙晶晶的竞争对手丁欣，用的就是路边伪装胃疼的老妇和雁牌卡车上藏在水果箱后的男人对她实施过的骗术。

卷三
停车场里游泳的鱼

二〇一六年，秋。

为了今晚这个很难不穿帮的表演，闫静又在下眼睑处涂了些深色的粉底，以加深眼袋和皱纹的效果。可看着镜中的自己，她依然感觉心里没底。

一个月前，当闫静听说雇主让她模仿一个腿有残疾的中年女人时，她拍着自己的胸脯一直说"没问题"。

"别说右腿有残疾，就是全身瘫痪，我也能演！"说完，闫静就两腿一蹬，吊着膀子，瘫在了麦当劳的椅子上。

雇主眨了眨像溪水一样清澈的眼睛，看完她突如其来的表演，认真地说道："这次模仿，不仅要让别人相信你就是她，还得让她本人也相信，你就是她！你觉得你能办到吗？"

模仿行为的本质其实是表演，模仿者并不是本尊的克隆人，一切模仿的相似度都有一个极限。就算易容技术再高超，模仿能力再精湛，也经不起近距离的观察和熟人的推敲。

但是雇主给的酬金数额实在诱人，闫静虽心虚，嘴上却应道："没、没问题呀，可以试一试。"

于是，她与雇主一起制订了"作战计划"，然后各自分工。

雇主负责盯梢，掌握那残疾女人的行踪，同时给闫静一个星期的时间研究被模仿者的行为。等到时机成熟，闫静要在居民楼的楼顶上，进行她的第一场表演。

这天，接到了雇主的线报，闫静跟着被模仿者夫妻走进了庆丰包子铺。

她紧紧尾随在他们身后排队，轮到闫静点餐时，她学着那个残疾女人的声音和语调，对吧台后的服务员说道："一碗棒碴粥，一碗小米粥，二两牛肉包子、二两猪肉大葱包子、二两梅干菜包子，再来一盘老醋花生，这些够了吧庆国？"

说完最后这句，她立即后悔，自己没忍住把残疾女人的话原封不动地重复了出来，可闫静此时身边并没有同伴。

果然，服务员看她的眼神变得奇怪。

闫静反应很快，连忙抬手按住一边耳朵，微微偏头："好，那就这么多，你赶快过来吧，不然我可先吃了啊。"说完这些，她又镇定自若地抬眼看向服务员，"总共多少钱？"

以为闫静正对着入耳式耳机说话的服务员没再怀疑，收完钱后，将小票递给了她。

取完餐，闫静选择离被模仿者夫妇最近的那张桌子坐了下来。

她身材本就不胖，桌上摆了一堆食物，引得邻桌人纷纷朝她这边侧目。

闫静赶忙往嘴里塞了一个包子，表现出很能吃的样子。

好在过了一会儿，残疾女人和丈夫没再理会她，各自闷头吃了起来。

闫静也开始大大方方地模仿残疾女人的吃相，吃了起来。

她喝一口棒楂粥，闫静就喝一口；她夹着包子蘸醋，闫静也跟着蘸；她轻轻蹙额摇头，闫静也跟着皱眉晃了晃脑袋。

就这样一餐之后，闫静的信心倍增，她甚至通知雇主，可以考虑提前进行天台上的表演了。

第一场表演开始这天，闫静从容地爬上了残疾女人所住小区的12号楼楼顶。

之所以选择这栋楼，是因为她离残疾女人家所住的9号楼不远也不近。这样，当一会儿人群聚集时，还在自家屋里午睡的残疾女人并不会被嘈杂的人声惊动。而她在梦游之中，爬到自家附近的楼顶上打算跳楼的解释，看起来也更加合情合理。

站在天台上，闫静看见楼下的雇主已守在小径上准备就绪。她知道，雇主先前早已想办法潜进了社区微信群，还在群名下备注了和残疾女人家相同的楼栋单元——9号楼1单元。

一会儿，一旦有行人从小路上经过，雇主就会拦住这些人，指着闫静所在的楼顶让他们看。那时，闫静的表演就正式开始。

与此同时 雇主会在社区微信群里进行舆论引导，让大家觉得闫静就是住在9号楼1单元里的残疾女人。

果然，一会儿工夫，楼下的人越聚越多。按照先前与雇主商量好的细节，一旦楼下有人用手机拍摄，闫静就要爬出护栏，模仿着残疾女人一瘸一拐的模样，做出更加疯狂的举动。

雇主也会伺机而动，在录制视频的人的旁边进一步作出言论导向，"这女的别是有神经病吧，完了完了，看来她真要跳了，快打110吧！"这是闫静反复斟酌，帮雇主制定的台词。

最后闫静从雇主那得知，这场表演获得了圆满的成功，然而她也知道，下一场表演将更具挑战性。

"远距离，镜头模糊。到底多远才算远呢？镜头要模糊到什么程度才行呢？"当雇主听到闫静说必须要实现这两点，才能让模仿表演骗过众人时，他不禁问道。

"如果是十米以外的距离，不用镜头看也行，比如舞台在很高的地方，距离观众较远。但如果是五到十米这样的平地距离，就只能用摄像头拍摄，让观众从镜头里看，还不能是高清。"闫静记得，自己第一次见到雇主时就这样如实相告过。可即便如此，雇主这一次还是制订了一个冒险的计划。

"必须要在她本人面前吗？"闫静低声向雇主确认，底气不足。

"对！距离、角度你自己把握，但一定要想办法让她相信，你就是她自己！"

通过雇主提供的残疾女人家摄像头拍出来的视频，闫静了解到，那女人名叫刘溪敏，而那个一直被她称为"庆国"的丈夫，全名叫宋庆国。

从视频中，闫静看得出，近日来刘溪敏被闫静高楼上的成功表演已经吓得神情恍惚，于是她决定咬紧牙关，按雇主说的，去挑战第二场艰难的表演。

最终，闫静以一个相距六七米、完美地回眸一笑，让刘溪敏吓得掉头就跑。

当时，她看着刘溪敏歪歪斜斜地跑进了单元门里，心中不胜唏嘘，为自己的精湛模仿感到高兴，同时也佩服自己和雇主的运气。

若不是雇主去刘溪敏家里安装了摄像头，成功用对讲功能预先给刘溪敏进行了心理暗示，把这个女人吓得够呛，闫静这次是不会轻易成功的。

雇主研究过心理暗示，刘溪敏具备一切被心理暗示成功影响的条件。

刘溪敏性格自卑，自卑的人往往内向，容易封闭自己，而且她最近也确实因为假发票的事躲在家里，断绝了与外界的联系。

自我否定、自我封闭，使她的潜意识变得失去了怀疑的能力，让雇主和闫静制造的那些强暗示深入她的主观意识，令她信以为真。

第二场表演的顺利，加速了终场表演的到来。

雇主说，一切心理暗示都讲求心理加乘，才能达到最终效果。闫静前两次的表演已经起到了推波助澜的作用，终场表演作为最后一击，将更有难度，也更为冒险，一旦穿帮，之前的一切努力都将前功尽弃。

知道成败就在今夜，闫静对着镜子又重新审视了自己一番。

易容精湛，但要她对着只有两米远的摄像头露出正脸，闫静还是忍不住想要叹气。

先前，她在雇主的带领下，到宋庆国的停车位上踩过点。

那个停车场的四周安装了六个摄像头，其中最远的离停车位有二十多米，可雇主偏偏就指着那个离他们最近的摄像头，告诉闫静："最后一场的镜头就在这里。"

雇主给的理由很简单，他认为刘溪敏不该舍近求远，这个摄像头明明就在车位的旁边，她要发疯，应该是下意识地朝这个摄像头发疯，这样才更逼真，才不会让宋庆国怀疑。

凌晨时分，宿舍里的姐妹纷纷睡去，闫静却悄悄出门，即将迎来今夜的挑战。

在刘溪敏所住小区外的马路边，闫静与雇主如约相见。路灯下，雇主将一个肮脏的塑料袋递给了她。

她忘了这是第几次从雇主手里接过这样的袋子，袋子里装的是刘溪敏家今天扔出来的垃圾，这是闫静要雇主帮她每天收集的"资料"。

自打接受了这个任务，闫静用极为认真和专业的态度去对待这份工作，她的身高不如刘溪敏高，就在鞋底垫了两层内增高。

第一次在天台上表演时，她的体重还没有增加到满意的程度，为了更像刘溪敏，那天她选择用扇耳光的形式，抽肿了自己的脸，让自己的脸形看起来圆润了许多，更像刘溪敏。

她整日在右肩膀上挂个沙袋，配合刘溪敏弯曲的右腿，模仿刘溪敏一瘸一拐的走路姿势。

闫静让雇主去收集刘溪敏扔出来的快递包装，想知道她最近都买了些什么，分析她的心态和购物习惯。

可就是这样，闫静仍觉得不够，她不是刘溪敏，要骗过所有人，她必须让每一个细胞都像刘溪敏。

于是，闫静每天都要翻看刘溪敏家的垃圾，想知道她都吃了什么，然后再买相同的食物，作为自己第二天的午餐和晚餐。虽延迟了一天，但闫静坚信，假以时日，她身体里的细胞将与刘溪敏更为相像。

正是这种没有任何科学依据、近乎迷信的偏执，给了闫静底气，让她在一场场表演中充满自信。

可此刻，自信却和她躲起了迷藏，不知藏到哪儿去了。

她在垃圾袋里翻找着，忽然被什么东西扎到了手，本就心烦意乱的她立刻皱起了眉。但就在闫静与垃圾袋里的鱼刺仇视了良久之后，一个念头像朝着漆黑夜空发射出来的信号弹，突然在她脑海中灵光乍现。

她想起，有一次站在导演旁边，偷听他给主角演员说戏时的情景。那之后，她在她那本《群演的自我修养》里总结道："如果面部表情无法尽善尽美，就用肢体语言补足缺陷。导演说，富有深意的肢体语言更有说服力，还能将观众的注意力从表演者的脸上转移到表演者的动作上……"

就这样，知道刘溪敏当晚吃过鱼的闫静，在几个小时后，于刘溪敏家的停车场内，上演了一场绝妙的演出。

闫静模仿刘溪敏扮演的"病鱼"，让宋庆国相信刘溪敏真的疯了，最终将刘溪敏送进了精神病院。

卷四
邹宇的两次失误

—1—

二〇一三年，立冬。

戴上临走前从修车行里拿出来的棉线手套，邹宇轻轻拉开了半掩着的门。

屋里灯火通明，却死一般的寂静。因为此时，卧室的床上正躺着一个死人。

邹宇不是没见过死人，奶奶去世时，就是他最先在炕上发现的尸体，并一手料理的后事。

可如今，那具歪着脑袋、平躺在床上的女孩尸体，却让邹宇感到了前所未有的恐惧和恶心。

她双眼微睁，白眼仁儿暴露在外，一副死不瞑目的模样。发黄的呕吐物粘着散乱的头发，贴在床单上，糊成一摊。

邹宇仿佛看见有黑气正从她的周身散发，袅袅升起，缓缓聚集。他猜，那是她枉死的冤魂。

不敢再看，也不敢再想，邹宇慌忙低下了头。

他战战兢兢地走到床边，将倒在地上的啤酒瓶和床头柜上的两个玻璃杯拾起，拿到水池里冲洗。

发现墨绿色的啤酒瓶外还挂着一层薄薄的水雾，邹宇猛然想到，这瓶啤酒应该是从身后那个单开门的冰箱里拿出来的。

于是他走进厕所，找了块抹布，将冰箱门连同四周仔仔细细地擦了一遍，生怕有指纹留在上面。

做完这些，他便站在屋子里，茫然地看着四周发呆。邹宇没有处理凶案现场的经验，他不知道自己还能再干些什么。

他拼命回忆着，从老家那台旧得屏幕里布满雪花的电视中看过的刑侦剧，想象着警察明天来这里勘查现场时的情景。

可不知是因为太过紧张，还是因为看那些刑侦剧的日子太过久远，此时邹宇的脑中只有一片空白。

"算了！按下了葫芦还会浮起了瓢，不如彻底打扫一遍！"做了这个决定后，邹宇拿着抹布，开始进屋打扫。

擦到床头柜时，他看见那上面放着一个十分精致的黑色金属方块儿。

不知为何，邹宇觉得金属方块儿看起来很眼熟。但床头柜的位置离床上的女尸太近，每在那里多停留一秒，他的心跳便会失控地加速一倍。

于是，他将它当成装饰，用抹布在上面胡乱地抹了抹，便接着去擦下一个地方。

一番收拾过后，邹宇用拖布拖掉自己的脚印。他又站在门口仔细聆听了一会儿楼道里的动静，确认门外没人经过，才小心出门。

走出小区，邹宇掏出手机看了一眼时间，凌晨两点半。

他猜方婷此时一定还在辗转反侧，难以入眠，便在心里怨恨起孙文亮来。

没有人知道，刚来北京没多久，邹宇就已见过他那个同母异父的弟弟。那时，邹宇正试图找机会接近母亲，于是整日跟踪方婷。

一天，守在音乐学院门口的邹宇，看见方婷满脸笑意地朝街对面的年轻男孩招手，然后跟他一起走进了旁边的咖啡厅里。

他们在靠窗的桌边落座，待服务员将所点的咖啡和蛋糕端上来后，两人便有说有笑地边吃边聊。

男孩儿的长相清秀，与方婷有几分相似，这令邹宇很快猜到他们俩的关系。

来北京之前，邹宇曾设想过方婷现在的生活，早已做好了心理准备。可如今看着母亲用慈爱和欣赏的目光注视着她的另一个孩子时，邹宇的心里仍然很不是滋味。好似有瓶硫酸泼在他的心上，灼得他又疼又焦，那是他从未感受过的嫉妒。

回忆到此，邹宇负气地摘下了戴在手上的棉线手套，掏出打火机将它们点燃，然后毫不犹豫地扔进了垃圾箱里。

看着闪烁的火苗不安分地从垃圾箱口蹿出，邹宇仿佛在其中又看见了孙文亮那张不争气的脸。

孙文亮的嘴角挂着奶油，与方婷说话，方婷忍不住拿起桌上的餐巾纸，伸手帮他擦掉。

这一幕被街对面的邹宇看在眼里，胃里翻江倒海，连带着肠子都扭到了一起。

邹宇的反应，并不是因为看见一个快二十岁的男人还需要母亲帮忙擦嘴而感到恶心，而是因为方婷那温柔的举动，让邹宇再一次感受到了难言的痛苦。

邹宇拼命回忆小时候的情景，却无法找到母亲也曾这样对他的记忆。

邹宇记忆中的方婷很少会笑，也很少会主动拥他入怀。她总是望着窗外遥远的地方，失神的眼睛里尽是忧伤。

那时的邹宇不明白母亲为什么总是这样闷闷不乐，他总是想尽办法逗她笑。

他从山上摘回最香的野花，从草丛里捉来最精壮的蚂蚱，把奶奶煮给他的个头最大的双黄蛋，连同野花、蚂蚱一起送给妈妈。

可方婷只是浅浅一笑，便没再说话了。

他试图钻进她的怀里撒娇，以吸引她的注意，但她只是摸摸他的头，目光仍抛向山峦之后的某个地方。

"妈妈，你可曾想起过我？"这是邹宇在来北京的火车上，最想问方婷的一句话。

如今这个疑问又在他心间涌起。他很想知道，此时咖啡馆里那个同母异父的兄弟，究竟是他的替代品，还是令母亲将他彻底遗忘的、更可心的儿子？

就在这时，邹宇看见方婷起身，离开了桌边。随着方婷身影的消失，男孩的表情也起了变化。

他不再像刚才那样阳光俊朗，而是换上了一副淫邪模样，盯着送账单来的女孩歪着嘴，轻佻地笑。

女孩走后，他意犹未尽地晃着脑袋，抽出一支烟，衔在嘴角，仿佛是在回味他刚刚打在她屁股上的那一巴掌。

邹宇看见，他用一个黑色的小方块儿点燃了那支烟，然后傲慢地扬起头，将烟雾长长地吹向空中。任凭旁边那桌的顾客投来抱怨的目光，仍不为所动。

之后，男孩得意地将手中的黑色方块儿举到眼前，反复欣赏，来回把玩。

那枚黑色打火机一角处泛着的光芒在邹宇的记忆力闪现,那光芒与如今出现在他眼前的垃圾桶里的火苗不同,那里面蕴藏着耀眼的奢华。

突然,邹宇惊讶地张开了嘴,他意识到他犯了一个多么大的错误。

刚刚在那具女尸屋里,床头柜上的黑色方块儿并不是什么装饰品,而正是孙文亮那日一直在手里把玩着的打火机。

邹宇掉头,飞快地往回跑,虽然还有时间,但他并不知道还能不能顺利地将那枚打火机取回。

好在他再回到楼道里时,四周还跟刚才一样寂静,他急促的呼吸才获得些许平静。

邹宇伸手去握门把手,冰凉的金属触感让他马上意识到,自己没戴手套。

发现自己的指纹已经留在了门把手上,邹宇慌忙用袖口去擦。

手套已经被他扔进垃圾桶里烧掉了,失去了手套的保护,接下来的每一步都让邹宇胆战心惊。

他小心翼翼地用两指捏着,将打火机夹了起来,以确保不让自己的指尖碰触到床头柜表面。

他匆匆做完这些,正打算离去,一回头却看见自己留在屋里的一排脚印。

"乱了,乱了,全乱套了!"他一边埋怨着自己,一边紧张地拿着拖布去擦脚印。

邹宇的心中越发感到忐忑,因为自己刚刚的疏漏,更因为不知道自己会不会还遗漏了什么。

想起今夜,方婷在电话里求他做这件事时声音里的哽咽,他心里无法形容的难过。

"邹宇!"

"怎么了?"临挂断前,邹宇听见方婷带着哭腔,在电话里突然叫住了他。

"别忘了戴手套,小心别留下指纹……一定要保护好自己……"方婷断断续续的声音里隐藏不了对他的担忧。

"知道了，放心吧！"邹宇红着眼圈回答着，尽量不让方婷听出他声音里的颤抖。

邹宇知道若非实在没办法了，若非万不得已，方婷不会忍心求他这样做的。他也明白，如果孙文亮被抓住，方婷将遭受多么大的打击。

"按下葫芦浮起瓢，那就用瓢把葫芦盖住。"他盯着自己握紧拖布把儿的两手，咬牙想到。

为了母亲，他决定一不做二不休。他不再试图擦去拖布杆上的指纹，而是径直走到水池边，敲碎了一个本已洗得干干净净的玻璃杯，用力在手指上一划，将自己的血故意留在了水槽内侧。

之后，邹宇又在屋中四处留下自己的指纹，伪造犯罪现场。

那时，从大山里走出来没多久的邹宇听说过滴血验亲，也知道人的血液分为不同的血型，可他却不知道，DNA比对刑侦技术早已于一九八七年就在中国首次应用，从而留下了第一次"失误"。

-2-

二〇二〇年，夏。

虽然这么多年，邹宇曾来到汤泉御府很多次，对周围摄像头的分布了如指掌。但今夜他还是发现，对着路边停车位的金属杆上又新添了两个用来监控路况的摄像头。

他不自觉地抬起手，又压了压黑色棒球帽的帽檐，才朝桃木红色的保时捷卡宴走去。

四下看了看寂静无人的马路，邹宇迅速掏出一直藏在袖口里的平口螺丝刀，熟练地朝着驾驶位那侧玻璃外的密封条内插了进去。

选好着力点后，他用力一抬螺丝刀把手，驾驶侧的玻璃便像蝉翼一般碎裂成网状。

由于震动幅度不大，车内报警器没有被触发。邹宇收好螺丝刀，用戴着手套的双手按着玻璃，奋力向前一推，玻璃便成片落进了驾驶室内。

然而就在这时，不远处忽然亮起了一道车头光。

看着正缓缓向他这边驶来的出租车，邹宇明白，若此时离开，一定会被出租车上的人看见卡宴车窗上的巨大缺口。

于是，他将身后的双肩包拿了下来，抱在怀里，然后整个人靠向车窗，试图用身子挡住几步之遥、出租车里人的视线。

虽然出租车经过邹宇身边时，屏住呼吸的他感觉仿佛过了一个世纪，但好在出租车并没有减速，最终还是从他身后开了过去。

来不及松口气，邹宇迅速拉开包，从里面将先前准备好的砖头和写有字的纸条拿了出来。

他探着身子，用砖头把纸条压在了方向盘后的车座上，正打算从包里拿出 GPS 定位器装到车座下，手机刺耳的铃声却在这个时候疯狂地响了起来。

《流浪者之歌》的小提琴曲，像把锋利的尖刀刺穿了夜的寂静。

邹宇一边在心里埋怨自己疏忽，忘了将手机调成静音，一边慌张地按着手机侧面的静音键，想将电话拒接。

但看到来电人的名字后，他心中不由一惊。

他赶忙用牙齿咬着手套的指尖儿，将手从手套里彻底抽了出来，迅速划开屏幕，对着电话焦急地寻问道："林红，出什么事了？"

出门前，又看了一眼床上熟睡的她，他心里一直不是滋味，如今这种忐忑忽然变成了一种不祥的预感。

"你在哪儿？为什么没在床上睡觉？什么时候跑出去的？你干什么去了？"林红的疑问一连串地扑来，但好在声音还算平稳。

"我……我热得睡不着，怕来回翻身吵醒你，就出来散散步。这……这就回去了。"邹宇结结巴巴地答道。

感受着林红在电话那头满是怀疑的沉默，邹宇不放心地又问了一句："你怎么醒了？不舒服了吗？没事吧？"

"没，我做了个噩梦。你快回来吧！回来再说！"林红冷冷地答道。

挂断了电话，邹宇发现，刚刚驶过去的那辆出租车不知道什么原因竟开始掉头，又驶了回来。

这个角度如果再像先前一样，靠在车窗上势必会引起车里人的怀疑。

邹宇明白，留给他的时间不多了。

于是，他紧张地再次俯身，将身子探进车厢内，当他感觉 GPS 车载定位器背后的磁铁已牢牢地吸在驾驶座的底部后，便立即撒手，将胳膊抽了回来。

邹宇赶在出租车驶过来前离开了那里，却因刚刚接林红电话时摘掉了手套，在车载定位器上留下了两枚清晰的指纹。

也许是因为太慌张了，邹宇根本没意识到这个"失误"。

但经历了这一次"电话意外"，他在去破坏姜梦娜汽车刹车的那晚，拒接了林红的电话后，将手机彻底关机。

邹宇那时以为，林红只是在跟他赌气，所以才会不停地拨打他的电话，却没想到就此留下了永生的遗憾。

后记

二〇二〇年底,网络上一条实名寻母启事,引发网友热议。

寻找母亲的女孩为二十八年前被拐妇女在买拐家庭所生育的孩子,其母在她年幼时被警方解救,如今长大成人的她想寻找母亲。

有网友认为,女孩寻找母亲出自血缘本性,天经地义;但也有网友认为,女孩寻找母亲,将会再次开启母亲的噩梦,打扰她现在的生活,不赞成这个寻母行为。

正是这条寻母启事,让我产生了创作《听风泣》的冲动,决定用悬疑的形式讲述一个"小蝌蚪找妈妈"的故事。

故事中,邹宇是方婷在十六岁时被人贩子拐卖生下的孩子,是如今聚光灯下的方婷极力想要掩盖的黑暗过往。为了能与母亲相认、替父赎罪,以及补偿心中缺失的母爱,邹宇选择留在方婷生活的城市,默默守护着她,甘愿为她粉身碎骨,只为维护方婷"完美人生"的假象。

可当虚假被戳破,当令她爱恨两难的儿子邹宇为了她毁了自己一生,方婷才意识到——那些她拼尽全力想要维护的"完美",不过是一场镜花水月。多年来,她努力让自己在聚光灯下发光发亮,可每当午夜梦回,那些被铁链拴住的过往,依然让她噩梦连连,身处人间,却忍受着炼狱般的折磨。她的人生早已在被拐之初就支离破碎。她最终在悔恨交加之中心灰意冷,选择在疾驰的货车下结束了自己的生命。

这部小说以悲剧结尾,而造成这一切悲剧的根源是拐卖!

《听风泣》是被拐人物对命运的哭诉,更是对人贩子造成家庭悲剧的控诉。小说看似是一对母子的悲情故事,其实它更像一扇窗,想让人看见被拐卖家庭不为人知的一面。人贩子或许会被判刑，而被拐妇女、儿童遭受的痛苦则要伴随一生。无论生活在日后给予他们怎样美好的光环，当灯光熄灭后，却仍要在黑暗无人的角落里，独自舔舐伤口。

　　拐卖行为是人性的自私与贪婪，更是对妇女儿童人权的践踏，为文明社会所不容。值得欣慰的是，伴随着我们社会的进步，国务院在2021年4月9日颁布了《中国反对拐卖人口行动计划(2021－2030年)》，其中，就有效预防、依法打击拐卖人口犯罪、积极救助、妥善安置被拐卖受害人等方面做了进一步明确规定。这些措施的实施将会有效遏制拐卖人口犯罪。

　　希望我们所生活的世界少点悲剧，多些温情，愿我们且听风吟，没有哭泣！愿天下无拐！

　　最后，谨将这部作品献给我亲爱的两位母亲，每文女士和健惠女士。

　　感谢知音动漫、豆瓣阅读平台编辑部的老师们，为这部作品能顺利出版付出的辛勤努力。未来，徐暮明将秉承匠心精神为大家带来更好、更多的悬疑作品。欢迎关注微博账号"徐暮明"（豆瓣同名），以了解更多新作动态。

　　真诚感谢每一位阅读过此书的读者，咱们下一部作品见！

　　祝好！

徐暮明

2021 年 7 月 20 日

图书在版编目（CIP）数据

听风泣 / 徐暮明著. —— 北京：中国致公出版社，2022

ISBN 978-7-5145-1967-9

Ⅰ. ①听… Ⅱ. ①徐… Ⅲ. ①长篇小说 – 中国 – 当代 Ⅳ. ① I247.5

中国版本图书馆 CIP 数据核字 (2022) 第 072626 号

本书由徐暮明委托湖北知音动漫有限公司正式授权中国致公出版社，在中国大陆地区独家出版中文简体版本。未经书面同意，不得以任何形式转载和使用。

听风泣 / 徐暮明 著
TING FENG QI

出　　版	中国致公出版社
	（北京市朝阳区八里庄西里 100 号住邦 2000 大厦 1 号楼西区 21 层）
出　　品	湖北知音动漫有限公司
	（武汉市东湖路 179 号）
发　　行	中国致公出版社（010-66121708）
作品企划	知音动漫图书・时代坊
责任编辑	杨　鸿
责任校对	魏志军
装帧设计	方　茜
责任印制	程　磊
印　　刷	崇阳文昌印务股份有限公司
版　　次	2022 年 9 月第 1 版
印　　次	2022 年 9 月第 1 次印刷
开　　本	787 mm×1092 mm　1 / 32
印　　张	12.25
字　　数	352 千字
书　　号	ISBN 978-7-5145-1967-9
定　　价	48.00 元

（版权所有，盗版必究，举报电话：027-68890818）

（如发现印装质量问题，请寄本公司调换，电话：027-68890818）